唐宋八大家文选

甄妮吉 ◎ 主编

名师批注　无障碍阅读　有声伴读　原创手绘

北方妇女儿童出版社

图书在版编目（CIP）数据

唐宋八大家文选 / 甄妮吉主编. -- 长春 : 北方妇女儿童出版社, 2021.1

（悦享丛书）

ISBN 978-7-5585-4972-4

Ⅰ. ①唐… Ⅱ. ①甄… Ⅲ. ①唐宋八大家—古典散文—散文集 Ⅳ. ①I264.2

中国版本图书馆CIP数据核字(2020)第262149号

唐宋八大家文选

TANGSONGBADAJIA WENXUAN

出 版 人 师晓晖

责任编辑 张晓峰 李 媛

装帧设计 旧雨出版

开 本 787 mm × 1092 mm 1/16

印 张 20

字 数 460千字

版 次 2021年1月第1版

印 次 2023年1月第1次印刷

印 刷 北京市兴怀印刷厂

出 版 北方妇女儿童出版社

发 行 北方妇女儿童出版社

地 址 长春市福祉大路5788号

电 话 总编办：0431-81629600

定 价 50.80元

前言

Preface

德国诗人歌德说过：“读一本好书，就等于和一位高尚的人对话。”阅读中外文学名著，简直就是在和一位文学大师对话。他们创作的名著，纵贯古今，横跨中外，大浪淘沙，沙里淘金，成为全人类共同的宝贵财富。

名著是历史的回音壁，是自然的旅行册。它可以拉近古今的距离：通过阅读名著，可以探访在时间长河中和我们擦肩而过的人，看看他们怎样面对生活。它可以缩短地域的距离：通过阅读名著，便可足不出户而卧游千山万水，欣赏各地的风土人情。

名著是全人类智慧的结晶，那里面充满了智者的箴言。谁读了《论语》《老子》，难道不觉得是大师们站在人类思想的巅峰上，为我们播撒智慧的种子？我们阅读他们的书，就是站在巨人的肩膀上俯瞰世界。

名著是人类感情的储藏室，是传承文明的火炬手。它们展示着人类审视、确认、表现自身情感的过程，表现出一种摆脱生活的琐杂而趋向美与高尚的努力，其深厚的底蕴总是能够在唤起这种寓于诗意的情怀，因而具有永恒的魅力。

名著是真、善、美的化身，是人类生活中难得的一片净土。大师们在炼狱中心灵首先得到了净化，因此他们的作品无处不放射着高尚的光辉。在紧张而浮躁的社会中，我们的心灵有时会由于四处奔波而疲惫，由于过于好斗而阴暗，这时阅读名著能使我们变得宁静而高尚，在阅读的过程中抚慰心灵的创痕，涤荡心灵的浮尘。

本套丛书有《红楼梦》《水浒传》等中国传统名著，还有《钢铁是怎样炼成的》《格林童话》等国外经典名著。可以带领学生领略中外人文差异，徜徉思想之海，探索文学奥秘。编者在编写本套丛书时，本着学生的认知层面和生活经验，对原著进行了全方位的解读。每一章节前加上了“精彩导读”，帮助学生获取本章的大致内容，增强总结能力；同时，在每一章的大量文段中选取优美的词句，附有精彩解读，帮助他们理解作者的情感变化、写作手法等，提升学生的写作技巧；在章节后有“精彩点拨”，总结中心思想，剖析艺术手法，加深学生的阅读印象；还有“阅读积累”，拓展了学生的知识层面。

相信广大学子读完这套为他们精心打造的丛书后一定能开阔眼界，增加智慧，健全人格，铸就人生的新境界！

编　者

学问速递

作者素描

韩愈

韩愈，字退之，唐代杰出的文学家、政治家，同时也是唐宋八大家之首。贞元八年登进士第，两任节度推官，累官监察御史。因论事被贬，历都官员外郎等职。元和二年，参与讨平“淮西之乱”，后又因谏迎佛骨而被贬至潮州。长庆四年病逝，享年57岁。代表作品为《春雪》。

柳宗元

柳宗元，字子厚，唐代文学家，贞元九年进士，世称“柳河东”。一生创作作品600余篇，其中骈文有近百篇，笔锋犀利，讽刺辛辣。公元819年客死于柳州，享年46岁。代表作品为《江雪》。

欧阳修

欧阳修，字永叔，号醉翁，北宋时期的政治家，史学家、诗人。自幼喜爱读书，但是科举之路却非常坎坷，两次落榜。天圣八年，参加宋仁宗主持的殿试，位列二甲进士，而后被恩师胥偃招为女婿，步入官场。代表作品为《蝶恋花》。

苏洵

苏洵，字明允，四川眉山人。少时不好读，年27，始发愤为学。岁余举进士，又举茂才异等，皆不中，返回家中，闭门苦读，遂通六经、百家之说，下笔顷刻数千言。北宋宝元三年，刻苦研读学问已成。代表作品为《六国论》。

苏轼

苏轼，字子瞻，号东坡居士，是父亲苏洵的第五个儿子。宋朝著名的书法家、文学家，嘉祐二年，进士及第。宋神宗时，曾在杭州、密州等地任职。宋哲宗时，曾任翰林学士、侍读学士等职。有多方面的才能，在诗、词、散文、书画等方面均留下很多作品。善书，为“宋四家”之一。代表作品为《念奴娇·赤壁怀古》。

苏辙

苏辙，字子由，嘉祐二年与其兄苏轼同登进士科，北宋文学家、诗人，官至宰相。宋神宗时，为制置三司例司属官，因反对王安石变法，出为河南推官。与父亲苏洵、兄苏轼合称“三苏”，代表作品为《春尽》。

王安石

王安石，字介甫，号半仙，北宋著名的思想家、改革家。庆历二年，进士及第，历任扬州签判、舒州通判等职。熙宁二年，任参知政事，次年拜相，主持变法。元祐元年，保守派得势，新法皆废，郁然病逝于钟山。代表作品为《泊船瓜洲》。

曾巩

曾巩，字子固，世称南丰先生，北宋文学家、史学家。自幼天资聪慧，12岁即能为文，嘉祐二年，进士及第。历任齐州、襄州、亳州等知州。元丰四年，其以史学才能而被委任史官修撰，管勾编修院，判太常寺兼礼仪事。代表作品为《墨池记》。

内容精讲

“唐宋八大家”是唐宋时期八大散文家的合称，即唐代的韩愈、柳宗元，以及宋代的苏洵、苏轼、苏辙、欧阳修、王安石、曾巩。韩愈以尊儒反佛为题材的代表作有《原道》《论佛骨表》《原性》《师说》，嘲讽社会现状为题材的《杂说》《获麟解》，以及著名的《祭十二郎文》。柳宗元的寓言故事有《三戒》《黔之驴》《永某氏之鼠》《临江之麋》，哲学论著有《非国语》《贞符》《时令论》《断刑论》《天说》《天对》。宋欧阳修的主要作品有《醉翁亭记》《鸣蝉赋》《秋声赋》《与高司谏书》《朋党论》《伶官传序》《卖油翁》。苏洵的主要作品有《六国论》《衡论》《辨奸论》《管仲论》《权书》等。苏轼的主要作品有《前赤壁赋》《后赤壁赋》《平王论》《留侯论》《石钟山记》等。苏辙的主要作品有《栾城集》84卷，以及《栾城应诏集》12卷。王安石的主要作品有《游褒禅山记》《伤仲永》《答司马谏议书》。曾巩的主要作品有《上欧阳舍人书》《上蔡学士书》《赠黎安二生序》《王平甫文集序》等。

经典书评

唐宋八大家是主持唐宋古文运动的中心人物。

他们提倡言之有物的散文，反对六朝的浮丽文体，给当时和后世的文坛以很大影响。韩愈、柳宗元提倡“古文运动”，以革新六朝以来骈丽雕饰、专事浮华的文弊，建立崭新的文风为号召。宋代的欧、曾、王、苏等文学家继承唐朝古文运动的传统，更拓展了散文创作的领域，可以说，唐宋八大家的古文作品代表着唐宋散文的最高成就。八大家都在创作上取得了很高的成就，并形成了各自不同的风格。大体上来说，唐代两家之文雄健奔放，奇崛峭厉。宋代六家之文平易畅通，委曲迂徐。这也是唐宋散文的主要区别所在。细而言之，同属唐代的韩、柳，同属宋代的欧、曾、王，甚至同属一家的苏氏父子，其文风也各有特点。宋人李涂说:“韩如海、柳如泉、欧如澜、苏如潮。”清人吴振乾说：“奥若韩，峭若柳，宏逸若欧阳，醇厚若曾，峻洁如王，既已分流而别派矣。”他们的话虽不一定确切，但都看到了八大家之文的不同特征。

知识卡片

唐宋古文运动

唐宋古文运动是指唐代中期以及宋朝时，以韩愈、柳宗元、欧阳修为代表的文人提倡学古文、反对骈文的文体改革运动。自南北朝以来，文坛上盛行骈文。骈文中存在大量形式僵化、内容空虚的文章。安史之乱后，唐朝虽国力衰弱，但贞元后，社会暂时安定，经济有所发展，出现了“中兴”的希望。韩愈等人举起“复古”的旗帜，提出“载道”“明道”的口号，提倡学古文、习古道的主张。此举得到了柳宗元等人的支持和社会上的广泛反应，逐渐形成了群众性的革新浪潮。晚唐时期，古文运动趋于衰落，出现了讲究雕章琢句的不良文风。北宋时，以欧阳修为代表的文人极力推崇韩、柳，掀起了一次新的古文运动。韩愈、柳宗元所倡导的古文运动在文学上是利用复古的旗帜从事文学革新，推动文学前进。唐宋古文运动可以说是中国散文发展史上一座重要的里程碑。

乌台诗案

乌台诗案发生于元丰二年（公元1079年），时御史何正臣上表弹劾苏轼，奏苏轼移职湖州到任后谢恩的上表中，用语暗讥朝政，御史李定曾也指出苏轼四大可废之罪。这一案件先由监察御史告发，后在御史台狱受审。所谓“乌台”，即御史台，因官署内遍植柏树，故又称“柏台”。柏树上常有乌鸦栖息筑巢，乃称“乌台”。所以此案称为“乌台诗案”。

唐宋八大家

唐宋八大家，又称唐宋古文八大家，是韩愈、柳宗元、苏轼、苏洵、苏辙、王安石、曾巩、欧阳修八位散文家的合称。

唐宋八大家先后掀起的古文革新浪潮使诗文发展的陈旧面貌焕然一新。明初，朱右选韩、柳等人文为《八先生文集》，遂起用八家之名，实始于此，后因《唐宋八大家文钞》而流行。

目录

Contents

唐宋八大家文选

韩　愈

柳宗元

欧阳修

苏 洵

苏 轼

苏　辙

韩　愈

精彩导读

韩愈是唐代古文运动的积极倡导者。他是唐宋八大家之一，被苏轼誉为“文起八代之衰，道济天下之溺”，在文学史上是一座高峰。他的文学创作体裁主要有论说文、叙事文、散文、诗歌等。韩愈提倡“文以载道”，他的大部分文章具有丰富的现实内容，同情劳动人民，歌颂英雄人物，探讨为文之道，为受压抑的寒士鸣不平。下面让我们来一一品读《唐宋八大家文选》一书中所节选的著名作品吧！

原道①

原文

博爱之谓仁，行而宜之之谓义，由是而之焉之谓道，足乎己无待于外②之谓德。仁与义为定名③，道与德为虚位④。故道有君子小人，而德有凶有吉。

老子之小仁义，非毁之也，其见者小也。坐井而观天，曰天小者，非天小也。彼以煦煦为仁，孑孑为义，其小之也则宜⑤。其所谓道，道其所道，非吾所谓道也；其所谓德，德其所德，非吾所谓德也。凡吾所谓道德云者，合仁与义言之也，天下之公言也。老子之所谓道德云者，去仁与义言之也，一人之私言也。

周道衰，孔子没，火于秦，黄老于汉，佛于晋、魏、梁、隋之间。其言道德仁义者，不入于杨⑥，则归于墨⑦；不入于老，则归于佛。入于彼，必出于此。入者主之，出者奴之；入者附之，出者污之。噫！后之人其欲闻仁义道德之说，孰从而听之？老者曰：“孔子，吾师之弟子也。”佛者曰：“孔子，吾师之弟子也。”为孔子者，习闻其说，乐其诞而自小⑧也，亦曰“吾师亦尝师之”云尔。不惟举之于其口，而又笔之于其书。噫！后之人虽欲闻仁义道德之说，其孰从而求之？甚矣，人之好怪也，不求其端，不讯其末，惟怪之欲闻。

古之为民者四，今之为民者六；古之教者处其一，今之教者处其三。农之家一，而食粟之家六；工之家一，而用器之家六；贾之家一，而资焉之家六。奈之何民不穷且盗也？

古之时，人之害多矣。有圣人者立，然后教之以相生养之道；为之君，为之师，驱其虫蛇禽兽而处之中土。寒然后为之衣，饥然后为之食。木处而颠，土处而病也，然后为之宫室。为之工，以赡其器用[9]；为之贾，以通其有无；为之医药，以济其夭死；为之葬埋祭祀，以长其恩爱；为之礼，以次其先后；为之乐，以宣其湮郁；为之政，以率其怠倦；为之刑，以锄其强梗。相欺也，为之符玺、斗斛、权衡[10]以信之；相夺也，为之城郭甲兵以守之。害至而为之备，患生而为之防。今其言曰："圣人不死，大盗不止；剖斗折衡，而民不争。"呜呼！其亦不思而已矣！如古之无圣人，人之类灭久矣。何也？无羽毛鳞介以居寒热也，无爪牙以争食也。是故君者，出令者也；臣者，行君之令而致之民者也；民者，出粟米麻丝，作器皿，通货财，以事其上者也。君不出令，则失其所以为君。臣不行君之令而致之民，则失其所以为臣；民不出粟米麻丝，作器皿，通货财，以事其上，则诛。今其法曰：必弃而君臣，去而父子，禁而相生相养之道，以求其所谓清净寂灭[11]者。呜呼！其亦幸而出于三代之后，不见黜于禹、汤、文、武、周公、孔子也；其亦不幸而不出于三代之前，不见正于禹、汤、文、武、周公、孔子也。

帝之与王，其号名殊，其所以为圣一也。夏葛而冬裘，渴饮而饥食，其事虽殊，其所以为智一也。今其言曰："曷不为太古之无事？"是亦责冬之裘者曰："曷不为葛之之易也？"责饥之食者曰："曷不为饮之[12]之易也？"传曰："古之欲明明德于天下者，先治其国；欲治其国者，先齐其家；欲齐其家者，先修其身；欲修其身者，先正其心；欲正其心者，先诚其意。"然则古之所谓正心而诚意者，将以有为也。今也欲治其心而外[13]天下国家，灭其天常[14]，子焉而不父其父，臣焉而不君其君，民焉而不事其事。孔子之作《春秋》也，诸侯用夷礼则夷之，进于中国则中国之。经曰："夷狄之有君，不如诸夏之亡。"《诗》曰："戎狄是膺，荆舒[15]是惩。"今也举夷狄之法，而加之先王之教之上，几何其不胥而为夷也！

夫所谓先王之教者，何也？博爱之谓仁，行而宜之之谓义，由是而之焉之谓道，足乎己无待于外之谓德。其文《诗》《书》《易》《春秋》，其法礼乐刑政，其民士农工贾，其位君臣父子、师友宾主、昆弟夫妇，其服麻丝，其居宫室，其食粟米、果蔬鱼肉。其为道易明，而其为教易行也。是故以之为己[16]，则顺而祥；以之为人，则爱而公；以之为心，则和而平；以之为天下国家，无所处而不当。是故生则得其情，死则尽其常；郊焉而天神假，庙焉而人鬼飨。曰："斯道也，何道也？"曰："斯吾所谓道也，非向所谓老与佛之道也。"尧以是传之舜，舜以是传之禹，禹以是传之汤，汤以是传之文武周公，文武周公传之孔子，孔子传之孟轲；轲之死，不得其传焉。荀与扬也，择焉而不精，语焉而不详。由周公而上，上而为君，故其事行[17]；由周公而下，下而为臣，故其说长。

然则如之何而可也？曰："不塞不流，不止不行[18]。人其人，火其书，庐其居[19]，明先王之道以道之，鳏寡孤独废疾者有养也。其亦庶乎其可也！"

注释

①原道：探求儒家道统之源流。

②足乎己：自己内心满足，心安理得。无待于外：不需要外界的任何帮助和劝慰。

③定名：事物固定的名称。

④虚位：空位，抽象的东西。

⑤煦煦：柔顺和好的样子，此处指只对亲近之人和顺。孑孑：孤独的样子，此处指行为特殊，与众不同。其小之也则宜：他贬低仁义的内容就是很自然的事了。

⑥杨：杨朱，战国时期魏国著名思想家，主张“贵己”。

⑦墨：墨翟，即墨子，宋国人，战国时期著名思想家，墨家学派的创始人。

⑧为孔子者：孔门弟子。乐其诞而自小：赞同其荒诞之说而自己贬低自己。

⑨赡（shàn）：充分供应。器用：指工具。

⑩玺：玉制的印信，秦以后成为帝王专用印信的名称。权：秤砣。衡：秤杆。

⑪寂灭：即熄灭，系梵语“涅槃”的意译。

⑫饮之：让他喝水。

⑬治其心：指注意自己的思想品德修养。外：这里用作动词，遗弃、抛弃。

⑭天常：即所谓天伦，指封建社会中人际关系之总和，如君臣、父子、师友、宾主、昆弟、夫妇等伦理纲常关系。

⑮戎：古时汉族对西北各少数民族的通称。膺：抵挡，打击。荆：楚国。舒：楚国的一个小附属国。

⑯以之为己：即用先王之道来治己之身。

⑰由周公而上：指周公以前的尧、舜、禹、汤、周文王、周武王等。上而为君：以前这些人都是君主。其事行：他们可凭借权力而贯彻其政治主张。

⑱不塞不流：佛、老之道不堵塞，儒家的圣人之道就不能流传。止：废止。行：畅行。

⑲人其人：让僧徒、道士还俗，恢复他们普通人的本性。火其书：烧毁佛教、道教的经书。庐其居：将佛寺、道观改作民房。

译文

广泛的爱叫作“仁”，联系实际去实行仁就是“义”，顺着仁义之道上进便是“道”，内心充满仁义而不依靠外物就叫作“德”。仁与义是有确切含义的名称，道与德是没有实际内容的名称。道有君子之道与小人之道，而德有吉德与凶德。

老子轻视仁义，并非诽谤仁义，而是他观念狭隘。如坐井观天说天小一样，其实天并不小啊！他把待人温顺看作仁，小恩小惠看作义，那么，他小看仁义是必然的了。他说的

“道”，讲了他的道，并不是我说的“道”；他说的“德”，讲了他的德，并不是我说的“德”。凡是我阐述的道德，是与仁义一致的理论，是天下的公论。老子阐述的道德是背离仁义而讲的，是他个人的见解。

周朝的礼制衰落，孔子死后，儒家书籍被秦始皇烧毁，黄老之学盛行于汉代，佛教盛行于晋、魏、梁、隋之间。其间，那些讲道德仁义的人不是加入杨朱学派，就是加入墨家学派；不加入道教，便加入佛教。加入那一派，必须排斥这一派。被信奉的尊为主宰，被排斥的贱作奴仆；尊奉的就附和它，排斥的就诋毁它。唉！后代的人要想了解仁义道德的学说，应该听从哪一派的学说呢？道家信徒讲：“孔子是我们祖师的徒弟。”佛教信徒讲：“孔子是我们祖师的弟子。”信奉孔子学说的人听惯了这些话，乐于听信他们的荒唐话而自轻自贱，也说“我们的祖师也曾经以老、佛为师”的话。不仅口中讲，而且把这些话写进书里。唉！虽然后代的人想了解仁义道德的学说，可向谁去求教呢？人们喜欢奇谈怪论的风气太严重了！不找它的本源，不问它的结果，只愿听怪诞的说法。

古时候，百姓分为士、农、工、商四种，现在又加上僧、佛，成为六种；古时候，施行教化任务的只占其中之一，如今占其中之三。务农的有一家，而吃粮的却有六家；做工匠的只有一家，而使用器皿的却有六家；经商的有一家，而花钱的却有六家。老百姓又怎么能不贫困而沦为盗贼呢？远古时候，人民的灾难多极了。有圣人出现，教给他们互相依附、共同生存的本领，做他们的君主，做他们的导师，统领他们驱逐虫、蛇、禽、兽而让他们定居中原。冷了教他们做衣服，饥了教他们种庄稼。看到他们住在树上常常掉下来，住在野地容易生病，就教他们造了房屋。教他们做工，以使他们有器具用；教他们经商，使他们能互通有无；教他们问医求药，帮助他们不至于早亡；教他们葬埋死者、祭祀先人，以延长他们之间的恩爱；给他们制定礼仪，使他们懂得贵贱老幼的秩序；为他们创造音乐，来抒发他们心中的忧郁之情；给他们制定政令，来约束他们的懒散；给他们设立刑法，来除去他们之中的凶狠顽固者。有欺骗行为，就给他们制定符玺、斗斛、权衡来使他们诚信；有争夺现象，就给他们设城郭、军队来保卫他们。灾害来了使他们早有准备，祸患发生了要使他们进行预防。现今，道家说：“圣人不死，盗贼就不会终止。剖了斗，折了秤，百姓就不会互相争夺了。”唉！这不过是懒得动脑罢了！假如古代没有圣人，人类早已灭亡了。为什么呢？因为人类没有羽毛鳞甲来抵御寒冷与炎热，没有尖爪利牙来猎取食物啊！所以，君王是发号施令的，臣僚是向民众传达命令的；民众是生产粮、麻、丝，制作器皿，交流财物，来供养君主和百官的。君王不发令，则丧失了君王的资格；臣僚不将君王的命令传达给民众，则丧失了做臣僚的资格；民众不生产粮、麻、丝，制作器皿，交流财物，以供奉君主长官，就要受到惩罚。如今，佛、道二教的法则说：必须抛弃你们的君臣，远离你们的父子，停止你们相互依存的办法，来求得所谓的清静无欲的境界。唉！这些佛、道之徒也幸亏生在夏、商、周三代之后，没有被禹、汤、文王、武王、周公、孔子等圣人所贬斥；他们没有出生在三代以前正是他们的不幸，未能受到圣人的指正。

帝与王，名称虽不同，但他们在圣明这一点上是一样。夏天穿葛布衣裳，冬天穿毛皮衣服，渴了喝水，饥了吃饭，行为方式不一，这些都是人类智慧的表现。现今他们说道："为什么不学习上古的清静无为？"这也就像责备冬天穿皮衣的人说："为什么不穿轻便的葛布衣服呢？"责备饿了吃饭的人说："为什么饮水简便，却不去饮呢？"《礼记·大学》篇说："古代想要把完美的德性昭示、阐明于天下的人，就先要治理好自己的国家；想要治理好国家，就先要整顿自己的家族；想要治理好自己的家族，就先要修养自己本身；想要进行自身修养，就先要端正自己的内心；想要端正自己的内心，就先要使自己确立诚实而坚定的意念。"那么，古代所讲的端正思想而又确定诚心诚意的人，目的是要有所作为。现今，那些想要修养其心的人却不顾天下国家，毁弃了伦理纲常。儿子不孝顺父亲，臣僚不忠于君主，民众不做其该做的事。孔子写《春秋》，诸侯中有用异族礼仪风俗的就把他当作异族记载，有效法中国礼仪风俗的就把他当作中国人记载。《论语》篇说："异族有君主，也不如中原各诸侯国没有君主。"《诗》说："抗拒左右戎狄，打击荆舒。"现今却把异族的佛法置于先王教导之上，大家不全都变为夷狄了吗？

先王的教导到底是什么呢？广泛地爱大众叫作"仁"，联系实际实行仁叫作"义"，顺着仁义之路上进便是"道"，自己心里充满仁义而无欲于外人，就叫作德。圣人的著作有《诗》《书》《易》《春秋》；圣人的办法是制礼、作乐、定刑、施政；圣人的百姓是士、农、工、商；圣人确立的人伦位次为君臣、父子、师友、宾主、昆弟、夫妇；圣人教百姓穿麻布、丝绸衣服，住房屋，吃粟、米、果、蔬、鱼、肉。他们传布的道理简单明了，用它教化天下容易施行。因此，用它修养自身，则顺利而吉祥；用它对待别人，就博爱而公正；用它陶冶心灵，就和睦而端正；用它治理天下，就没有不适当的地方。所以活着就能感受情意，死时得以善终；祭祀天神而天神降临，祭祖宗而祖宗享供。若有人问："这种"道"是什么道呢？"回答说："这是我说的"道"，不是前面说的老、佛之道。"尧将此道传给舜，舜将此道传给禹，禹将此道传给汤，汤将此道传给文王、武王和周公，文王、武王和周公又将此道传给孔子，孔子将此道传给孟轲；孟轲死后，没有再传了。荀况与扬雄，选择得不精确，论述得不周详。自周公以上，都身居上位为君主，于是他们的措施能顺利推行；自周公以下，都身处下位为臣子，于是他们传播王道的言论能长久流传。

既然如此，怎么去做才可以呢？我以为："不堵塞佛、道邪说，圣人之道便不能畅流；不禁止佛、道邪说，先王之教便不能通行。应让和尚、道士还俗，烧毁佛、道书籍，改庵观、寺院为民房，光大先王之道来教导他们，使鳏寡孤独残废及病人都得到照顾和抚养。这样做也差不多可以了吧！"

评析

此篇是韩愈表达复古崇儒、排斥佛老观点的作品。文题“原道”就是探求“道”的含义。作者在文中提出了自己对“道”的理解，反对佛学“清静寂灭”之道。文章观点鲜明，对历史、社会生活等方面进行分析，驳斥佛老，阐述尊儒的宗旨。

原毁[①]

原文

古之君子，其责己也重以周，其待人也轻以约[②]。重以周，故不怠[③]；轻以约，故人乐为善。闻古之人有舜者，其为人也，仁义人也。求其所以为舜者，责于己曰：“彼，人也；予，人也。彼能是，而我乃不能是！”早夜以思[④]，去其不如舜者，就其如舜者。闻古之人有周公者，其为人也，多才与艺人也。求其所以为周公者，责于己曰：“彼，人也；予，人也。彼能是，而我乃不能是！”早夜以思，去其不如周公者，就其如周公者。舜，大圣人也，后世无及焉；周公，大圣人也，后世无及焉。是人也，乃曰：“不如舜，不如周公，吾之病也。”是不亦责于身[⑤]者重以周乎！其于人也，曰：“彼人也，能有是，是足为良人矣；能善是[⑥]，是足为艺人[⑦]矣。”取其一不责其二，即其新不究其旧，恐恐然惟惧其人之不得为善之利[⑧]。一善，易修也。一艺，易能也。其于人也，乃曰：“能有是，是亦足矣。”曰：“能善是，是亦足矣。”不亦待于人者轻以约乎？

今之君子则不然，其责人也详，其待己也廉。详，故人难于为善；廉，故自取也少。己未有善，曰：“我善是，是亦足矣。”己未有能，曰：“我能是，是亦足矣。”外以欺于人，内以欺于心，未少有得[⑨]而止矣，不亦待其身者已廉乎？其于人也，曰：“彼虽能是，其人不足称也；彼虽善是，其用不足称也。”举其一不计其十[⑩]，究其旧不图其新，恐恐然惟惧其人之有闻[⑪]也。是不亦责于人者已详乎？夫是之谓不以众人待其身[⑫]，而以圣人望于人，吾未见其尊己也。

虽然，为是者，有本有原[⑬]，怠与忌之谓也。怠者不能修，而忌者畏人修。吾尝试之矣，尝试语于众曰：“某良士[⑭]，某良士。”其应者，必其人之与也；不然，则其所疏远，不与同其利者也；不然，则其畏也。不若是，强者必怒于言，懦者必怒于色矣。又尝语于众曰：“某非良士，某非良士。”其不应者，必其人之与也；不然，则其所疏远，不与同其利者[⑮]也；不然，则其畏也。不若是，强者必说于言，懦者必说于色矣。是故事修而谤兴[⑯]，德高而毁来。呜呼！士之处此世，而望名誉之光，道德之行[⑰]，难已！

将有作于上者，得吾说而存之，其国家可几而理欤！

注释

①原：推究。毁：毁谤。

②轻：宽容。约：简要。

③不怠：不怠慢。

④早夜以思：早上和晚上都在思考。

⑤是不亦：这不就是。身：自身。

⑥善是：擅长做这个。

⑦艺人：有技能的人。

⑧不得为善之利：得不到做好人好事的益处。

⑨未少有得：没有一点儿收获。

⑩举其一不计其十：举出他的一点，不估计他其余的十点。

⑪闻：声誉。

⑫是之谓：这叫作。待其身：要求自己。

⑬为是者：这样做的人。有本有原：有根源。

⑭某良士：某人是好人。

⑮不与同其利者：跟他没有利害关系的人。

⑯事修：事情办好了。谤兴：毁谤产生了。

⑰行：不受阻碍。

译文

从前的君子要求自己是严格而全面的，他们对待别人宽容而简单。严格而全面，所以不懒惰；宽容而简单，所以别人乐于做好事。听说古时有一位叫舜的人，他是大仁大义的人。探求舜之所以成为舜的原因，君子责问自己：“他是个人，我也是个人。他能这样，而我为什么不能这样？”日夜思虑，克服自己不如舜的缺点，发扬与舜一样的长处。听说古时有一位叫周公的人，他是多才多艺的人。探求周公之所以成为周公的原因，君子责问自己：“他是个人，我也是个人。他能这样，而我为什么不能这样？”日夜思虑，克服自己不如周公的缺点，发扬与周公一样的长处。舜是一位大圣人，后代没有人能赶上他；周公是一位大圣人，后代没有人能赶上他；这个人却说：“不如舜，不如周公，是我的严重缺点。”这不正是要求自己严格而全面吗？他对别人，却说：“那个人能有如此品德，足可以称为贤良之人了；能擅长这样的技艺，足可以称为有才能的人了。”取他一个方面的长处，而不去苛求他其他方面的短处；看重他现在的优点和成绩，而不追究他以往的缺点和错误，惶恐地担心他人得不到做善事的好处。一件善事易做，一种技艺易学。对于别人，他就说："能做这样的善事也就足够了。"又说："能有这样的技艺也就足够了。"这不正是对别人宽容而简单吗？

现今的君子却截然不同了。他们对人求全责备，对己却要求很低。求全责备，所以别人难以做善事；要求很低，所以自己收益就少。自己没有什么长处，居然说："我能这么好也就足够了。"自己没有什么技能，竟然说："我做到这样也就足够了。"对外以此欺骗别人，对内以此欺骗自己，还没有取得一点儿成绩就停止不前了。这不正是对自己的要求太低了吗？他对别人，却说："他虽能够这样，但他的为人却是不值得称赞的；他虽擅长这种技艺，但他的作用却是不足挂齿的。"列举他一个缺点，而不计他的许多优点；追究人家过去的不足，不考虑人家新的进步，惶恐地担心他人获得好名声。这不正是要求别人太全面了吗？这就叫作不以大家的标准来要求自己，而以圣人的标准来要求别人，我看不出他这是在尊重自己啊！

如此做的人是有其缘由的，这缘由就是懒惰与妒忌。懒惰的人是不求上进的，而妒忌的人又害怕别人上进。我曾试过，试着对众人说："某人是贤良之士，某人是贤良之士。"那些赞同的人一定是这人的好朋友，或者是跟他关系疏远而没有利害关系的人，再不然就是害怕他的人。如果不是这样，强暴的人必然愤怒地用言语来反驳，懦弱的人也会表现出生气的脸色。我又曾经对大众说："某人不是贤良之士，某人不是贤良之士。"那些不赞同的人一定是他的朋友，或者是跟他关系疏远没有利害关系的人，再不然就是害怕他的人。如果不是这样，强暴的人必然用言语来表达自己的喜悦，懦弱的人也会表现出高兴的脸色。因为这样，事情做好了而诽谤产生了，道德高尚而诋毁兴起了。唉！读书人处于这种时代，期望名誉光大，道德流行，太难了！

居高位而想要有所作为的人，听到我的话而能够采纳的，大概国家可以得到治理了吧！

评析

相互毁谤是道德败坏的表现，本文即是探求毁谤产生的原因。作者认为，毁谤产生于对自身修养的懈怠和对他人优点的嫉妒，指出了君子之德的要求，明确了一个人应该怎样对待自己和他人，并与不符合这一标准的行为相对照，说明其原因和害处。

获麟解

原文

麟之为灵[1]，昭昭也。咏于《诗》[2]，书于《春秋》[3]，杂出于传记百家之书，虽妇人小子，皆知其为祥也。

然麟之为物，不畜于家[4]，不恒有于天下，其为形也不类，非若马牛犬豕豺狼麋鹿然[5]。然则虽有麟，不可知其为麟也。角者吾知其为牛；鬣[6]者吾知其为马；犬豕豺狼麋鹿，吾知其为犬豕豺狼麋鹿。惟麟也，不可知。不可知，则其谓之不祥也亦宜。虽然，麟之出，必有圣人在乎位。麟为圣人出也。圣人者，必知麟。麟之果不为不祥[7]也。

又曰：麟之所以为麟者，以德不以形[8]。若麟之出不待圣人[9]，则谓之不祥也亦宜。

注释

①麟：麒麟，传说中的一种动物。灵：灵异之物。

②咏于《诗》：《诗》里歌咏过它。

③书于《春秋》：《春秋》记载了鲁国人获麟之事。

④畜于家：在家中饲养。

⑤不类：什么也不像。非若……然：不像……那样。

⑥鬣（liè）者：长有鬃毛的。

⑦果不为不祥：最终不能算不祥之物。

⑧以德不以形：（麟之所以为祥瑞之物）是因其德行，而不是因其形貌。

⑨不待圣人：不等待有圣人在世就出现，即生不逢时。

译文

麒麟作为一种灵异动物是十分清楚的，《诗经》中歌咏它，《春秋》中记载它，它还出现在历史传记及诸子百家的书中。即使是妇女儿童，也知道它是吉祥的动物。

然而麒麟作为动物，不能养在家里，天下也不常有，它的形状不伦不类，不像牛、马、猪、狗、豺、狼、麋、鹿那样。既是这样，虽有麒麟，人们也不认得它就是麒麟。看到长角的我们认得它是牛，看到长鬃毛的我们认得它是马，看到猪、狗、豺、狼、麋、鹿，我们认得它们是猪、狗、豺、狼、麋、鹿。只有麒麟不能辨认出来。既然认不出，人们说它是不祥之物也是可以的了。虽然这样，但麒麟的出现一定有圣人临朝掌权，因为麒麟是为圣人才出现的。圣人是必定认得麒麟的。麒麟果真不是不祥之物啊。

我又认为：麒麟之所以为麒麟，是因为它的德性而不是以因为的形状。假如麒麟出现，却没有待到圣人在位，那么说它是不祥之物也是可以的。

评 析

人们都认为麒麟是代表祥瑞的，但又不清楚麒麟的形状。通过这一点，作者得出了内在的德行比外在的形状更重要的观点。由此可见，麒麟是否代表祥瑞，还要根据它是不是在圣德之人在世时出现来定。

杂说一·龙说

原 文

龙嘘气成云，云固弗灵于龙也。然龙乘是气，茫洋穷乎玄间，薄日月，伏光景，感震电，神变化，水下土，汩陵谷，云亦灵怪矣哉！

云，龙之所能使为灵也。若龙之灵，则非云之所能使为灵也。然龙弗得云，无以神其灵矣。失其所凭依，信不可欤？异哉！其所凭依，乃其所自为也。《易》[①]曰："云从龙。"[②]既曰龙，云从之矣。

注 释

①《易》：《易经》，中国古代一部占筮用的书。

②云从龙：语出《易经·乾·文言》"云从龙，风从虎，圣人作而万物睹。"

译 文

龙吐气成云，云本来就不比龙灵异。可是龙乘着这云气，飞游于浩茫无极的太空，逼近日月，遮蔽光芒，触撼雷电，变化神奇，雨注大地，水漫山谷。云也算得上灵异了啊！

云，是龙使它有灵的。至于龙的灵异，却不是云能使它拥有的。然而龙得不到云，就没法儿显示它的神灵了。失去它所依靠的，真的不行吗？奇怪啊！它所依靠的正是它制造的。《易经》中说："云随着龙。"既然是龙，云必然跟着它了。

评 析

《韩昌黎集》中共有《杂说》四篇，这是其中第一篇，又称为《龙说》。《杂说》中诸篇都是随感性的议论文，内容、形式都较为活泼。本文以云龙作比喻，寓意深刻。清人李光地认为"此篇取类至深，寄托至广"。其主旨大概是借龙能创造出自己所凭借依赖的东西，勉励有志之士要努力为自己创造出可以施展抱负才能的良好条件。

杂说四·马说

原文

世有伯乐[①]，然后有千里马。千里马常有，而伯乐不常有。故虽有名马，只辱于奴隶人之手，骈死于槽枥[②]之间，不以千里称也。

马之千里者，一食或尽粟一石，食马者不知其能千里而食也。是马也，虽有千里之能，食不饱，力不足，才美不外见，且欲与常马等不可得，安求其能千里也？策之不以其道，食之不能尽其材，鸣之而不能通其意。执策而临之曰："天下无马。"呜呼！其真无马邪？其真不知马也？

注释

①伯乐：姓孙，名阳，春秋秦穆公时人，以善相马而著名。事见《庄子·马蹄》和《列子·说符》。

②骈（pián）：并列、一同。骈死：指和普通马一起老死。槽：喂马的器具。枥：马棚。

译文

世上有了伯乐，然后才有千里马。千里马常有，而善相马的伯乐却不常有。所以虽然有好马，也不过是在马夫手里受屈辱，和普通的马一块儿老死在马厩里，而不能以日行千里而著称于世。

有日行千里之马，有时一顿要吃一石米，喂马的人不了解它能日行千里而与普通马一样喂养它。这样的马虽有日行千里的能力，可吃不饱，力量不足，特长不能表现出来，想和平常的马一样表现尚且做不到，怎么可以要求它日行千里呢？驾驭使用它又不依据它的特性，喂养它又不能让它吃饱，听到它嘶鸣又不懂得它的心思。手拿马鞭对它叹息："天下无好马。"唉！难道是真的没有千里马吗？其实是不能识得千里马啊！

评析

本文系《杂说》的第四篇，后人亦题为《马说》。这是一篇托物寓意之作。作者借千里马不被人所识来比喻奇才异能之士沉沦下流，慨叹封建统治者不能加以识别和任用。同时，也抒发自己怀才不遇，以及太受到压抑和委屈、郁郁不得志的思想感情。

师说

原文

古之学者[1]必有师。师者，所以传道、受业、解惑也。人非生而知之者，孰能无惑？惑而不从师，其为惑也，终不解矣。

生乎吾前，其闻道也，固先乎吾[2]，吾从而师之；生乎吾后，其闻道也，亦先乎吾，吾从而师之。吾师道也，夫庸[3]知其年之先后生于吾乎？是故无贵无贱，无长无少，道之所存，师之所存也。

嗟乎！师道[4]之不传也久矣！欲人之无惑也难矣！古之圣人，其出人[5]也远矣，犹且从师而问焉；今之众人，其下圣人也亦远矣，而耻学于师[6]。是故圣益圣[7]，愚益愚。圣人之所以为圣，愚人之所以为愚，其皆出于此乎[8]？

爱其子，择师而教之。于其身也，则耻师焉，惑矣！彼童子之师，授之书而习其句读[9]者，非吾所谓传其道、解其惑者也。句读之不知，惑之不解，或师焉，或不焉，小学而大遗[10]，吾未见其明也。

巫医乐师百工[11]之人，不耻相师。士大夫之族，曰师曰弟子云者[12]，则群聚而笑之。问之，则曰："彼与彼年相若也，道相似也。位卑则足羞，官盛则近谀[13]。"呜呼！师道之不复可知矣！巫医乐师百工之人，君子不齿[14]。今其智乃反不能及，其可怪也欤！

圣人无常师。孔子师郯子、苌弘、师襄、老聃。郯子之徒[15]，其贤不及孔子。孔子曰："三人行，则必有我师。"是故弟子不必不如师，师不必贤于弟子。闻道有先后，术业有专攻，如是而已。

李氏子蟠，年十七，好古文[16]，六艺经传皆通习之。不拘于时，学于余。余嘉其能行古道[17]，作《师说》以贻之。

注释

①学者：求学的人。

②生乎吾前：生在我之前的。闻：听见，引申为懂得。固：本来就。先乎吾：比我早。

③夫：句首助词。庸：难道。

④师道：从师而学的风尚。

⑤出人：超过常人。

⑥耻学于师：以向老师学习为耻。

⑦圣益圣：圣人更加圣明。

⑧其皆出于此乎：大概都是出于这个原因吧？

⑨习：教习。句读：也叫句逗，古人指文章休止和停顿处。。

⑩小学而大遗：小的方面学习了，大的方面漏掉了。

⑪巫：旧时专搞装神弄鬼、替人祈祷的人。百工：各种工匠。

⑫曰师曰弟子云者：听到称“老师”“弟子”等称呼。

⑬位卑则足羞，官盛则近谀：向地位比自己低的人学习，感到可耻；向官位高的人学习，又觉得近于趋奉。

⑭不齿：不与同列，表示鄙视。

⑮之徒：这类人。

⑯好古文：喜爱先秦、两汉的散文。

⑰嘉：赞许。古道：古人求师之道。

译文

古时候，求学的人一定要有老师。老师是给学生传授儒家之道、教授学业、解释疑难问题的。人不是一生下来就懂得道理和知识的，谁能没有疑惑呢？如果有疑惑却不跟老师学，那些成为疑惑的问题就始终得不到解决了。生在我前面的人，他懂得道理本来比我早，于是我就虚心跟着他，拜他为师；生在我后面的人，如果他懂得道理也比我早，我也虚心地跟着他，拜他为老师。我是为了学得知识啊，哪管他生的年代在我的前面或后面呢？因此，无论他地位高低，无论他年岁大小，道理和知识在谁那儿，谁就是我的老师。

唉！从师求学的风尚已经很久不流传了！当然想要人没有疑惑也就很难了！古代的圣人，他们的水平远远超过一般人，尚且跟着老师虚心求教；现在的一般人，他们的水平远远低于那些圣人，却以从师求学为耻。因此，圣人就更加圣明，愚人就更加愚昧。圣人之所以成为圣人，愚人之所以成为愚人，大概都是出于这种原因吧？有人爱他的孩子，就选择个好老师去教他；但对他自己却以从师求学为羞耻，这真糊涂啊！那些教孩子的老师，教给孩子们读书并帮他们学习断句的，还不是我前面所说的给人传授儒家之道、解除疑难的老师。一个是不懂得断句，一个是不能解决疑难，前者向老师请教，后者却不向老师请教；这正是小的方面学习而大的方面却丢弃不学，我看不出他的明智之处。巫医、乐师、各种工匠，他们还不以互相学习为耻。而士大夫之类一听到称“老师”称“弟子”等话，就凑在一块儿议论耻笑人家。问他们为什么要这样，就说什么：“某人和某人年龄差不多，学问知识也很相近嘛！以地位低的人为老师，就实在羞耻；以官职高的人为老师，就近乎巴结。”唉！从师求学的风尚不容易恢复，从这就可想而知了。那些巫医、乐师、各种工匠本是上流人物所瞧不起的，可现在“君子”的智慧竟反而不如他们，这真是很奇怪的现象啊！

那些圣人都没有固定的老师。例如孔子就曾经向郯子、苌弘、师襄、老聃请教过。像郯子这些人，他们的品德才智都不如孔子。孔子说过："几个人同行，其中就一定有可以当我老师的人。"所以说，学生不一定不如老师，老师也不一定样样都比学生强，这是因为掌握知识有早有晚，学术技能各有各的专门研究，就是这个道理罢了。

李家的孩子名叫蟠，十七岁，喜欢古文，六经的经文和传文都普遍地学习过，而且不受时俗的限制，跟着我求学。我赞许他能实行古人从师的正道，写下这篇《师说》来赠送给他。

评析

本文批评了当时社会上耻于相师的不良风气，阐明了从师求学的道理。文章首先提出"师"是"传道、受业、解惑"的人，并指出人必须学习，这样才能有所知，然后得出"弟子不必不如师，师不必贤于弟子"的结论。

讳辩

原文

愈与李贺书，劝贺举进士[①]。贺举进士有名，与贺争名者毁之[②]曰："贺父名晋肃，贺不举进士为是，劝之举者为非。"听者不察也，和而唱之[③]，同然一辞[④]。皇甫湜[⑤]曰："若不明白[⑥]，子与贺且得罪[⑦]。"愈曰："然。"

律曰："二名不偏讳[⑧]。"释之者曰："谓若言'征'不称'在'[⑨]，言'在'不称'征'是也。"律曰："不讳嫌名[⑩]。"释之者曰："谓若'禹'与'雨'、'丘'与'蓲'之类是也。"今贺父名晋肃，贺举进士，为犯二名律乎？为犯嫌名律乎？父名晋肃，子不得举进士；若父名仁，子不得为人乎？

夫讳始于何时？作法制[⑪]以教天下者，非周公孔子欤？周公作诗不讳；孔子不偏讳二名；《春秋》不讥不讳嫌名。康王钊之孙，实为昭王[⑫]；曾参[⑬]之父名晳，曾子不讳"昔"。周之时有骐期，汉之时有杜度，此其子宜如何讳？将讳其嫌，遂讳其姓乎？将不讳其嫌者乎？汉讳武帝名"彻"为"通"[⑭]，不闻又讳车辙之"辙"为某字也；讳吕后名"雉"为"野鸡"，不闻又讳治天下之"治"为某字也。今上章及诏，不闻讳"浒""势""秉""机"[⑮]也。惟宦官、宫妾，乃不敢言"谕"及"机"[⑯]，以为触犯。士君子言语行事[⑰]，宜何所法守也？今考之于经，质之于律，稽之以国家之典，贺举进士为可邪？为不可邪？

凡事父母，得如曾参，可以无讥[18]矣；作人得如周公、孔子，亦可以止矣。今世之士，不务行曾参、周公、孔子之行，而讳亲之名，则务胜于曾参、周公、孔子，亦见其惑也。夫周公、孔子、曾参卒不可胜[19]。胜周公、孔子、曾参，乃比于[20]宦者、宫妾，则是宦者、宫妾之孝于其亲，贤于周公、孔子、曾参者耶？

注释

①李贺：字长吉，河南昌谷（今河南宜阳）人。中唐著名诗人，颇得韩愈赏识。举进士：应进士科考试。

②毁之：诋毁他。

③不察：不加分辨。和而唱之：随声附和。

④同然一辞：众口一词。

⑤皇甫湜（shí）：字持正，睦州新安（今浙江淳安）人。元和进士，曾任工部郎中。

⑥明白：讲清楚。

⑦且得罪：将要得到无视“避讳”这种礼法习俗的罪名。

⑧二名不偏讳：名字中的两个字只避讳其中一个字。

⑨言“征”不称“在”：孔子之母名“征在”，孔子在用到这两个字时，用了“征”字，就不连用“在”字，用了“在”家就不连用“征”家。

⑩不讳嫌名：不避讳与名字声音相同或相近的字。

⑪作法制：制定礼法制度，此指“避讳”的各种具体办法。

⑫康王钊：周康王名剑。之孙实为昭王：其孙名瑕，后谥“昭”。

⑬曾参：字子舆，孔子弟子，事亲至孝，性又谨慎，每日必三省其身。以其学传子思，子思传孟子，后世称之为“宗圣”。曾皙：名点，春秋时期鲁国人，孔子弟子，曾参之父。

⑭汉讳武帝名“彻”为“通”：汉武帝名彻，汉代为避其讳，改“彻”为“通”，如“蒯彻”改为蒯通，“彻侯”改为通侯。

⑮今上章及诏：当今臣下给皇帝的奏章和朝廷发布的诏令。浒：唐高祖李渊小名虎。势：唐太宗名世民。秉：唐高祖李渊之父名昞。机：唐玄宗名隆基。

⑯谕：唐代宗名豫。机：唐玄宗名隆基。故当时宦官、宫妾不敢说“谕”和“机”。

⑰士君子：泛指品德端正的知识分子。言语行事：说话、办事。

⑱无讥：不受别人讥讽和嘲笑。

⑲卒不可胜：最终也不可超越。

⑳比于：类似于。

译文

我写信给李贺，劝他参加进士考试。李贺准备考进士，已有点儿名气，与他争名的人攻击他说：“李贺的父亲名叫晋肃，李贺不参加进士考试是对的，劝他应试的人是不对的。”听了这话的人也不加分析考虑，便随声附和，异口同声。皇甫湜对我说：“如果不把这件事分辨清楚，您与李贺将蒙受罪名。”我回答：“是这样。”

“二名律”规定：“两个字的名字只避讳其中一个字。”解释律令的人说：“孔子的母亲名‘征在’，孔子言‘征’字不言‘在’字，言‘在’字不言‘征’字。”律令又说：“不避讳同音字。”解释的人说：“是指例如‘禹’字与‘雨’字，‘丘’字与‘蓲’字这一类。”如今，李贺的父亲名晋肃，李贺去参加进士考试，是犯了“二名律”呢，还是犯了“嫌名律”呢？父亲名叫晋肃，儿子就不能考进士；如果父亲名字叫“仁”，儿子就不能做人了吗？

避讳是从什么时候开始的呢？创立礼法制度来教化天下的人不就是周公、孔子吗？周公作诗不避讳父兄之名，孔子对他母亲的名字“征在”的单字也不避讳，《春秋》中也不讥讽不避讳同音字。周康王姬钊的孙子谥号为昭王。曾参的父亲名叫皙，曾参也不讳“昔”字。周朝有个人名叫骐期，汉朝有个人名叫杜度，像这种情况，他们的儿子应如何去避讳？是避讳同音，连姓都改了呢，还是不避讳与名字同音的字呢？汉朝为避讳武帝刘彻的名字彻，就将“彻”改为“通”，但没听说他们将车辙的“辙”字改成什么字。为了避讳吕后的名字雉，将“雉”叫作“野鸡”，但没听说又将治理天下的“治”字改成什么字。现在的奏章和诏书没有听到避讳“浒”“势”“秉”“机”这几个字。只有宦官宫女们才不敢说“谕”字和“机”字，认为说了就是触犯了代宗与玄宗的名讳。君子谈话做事应遵守什么礼法呢？现经过对律令的质询，以及对国家典章的稽考，李贺去考进士是可以呢，还是不可以呢？

凡是侍奉父母能如曾参那样，就无可指责了；做人能够像周公、孔子，也算是到顶点了。现今的读书人不努力学习曾参、周公、孔子的品行，却在避讳父母名字这一点上要超过曾参、周公、孔子，足见他们的糊涂了。那周公、孔子、曾参终究是超越不了的。要在避讳上超越周公、孔子、曾参，就是与宦官宫女类似了。那么这些宦官宫女对他们亲人的孝顺还能胜过周公、孔子、曾参吗？

评析

在封建时期，对于帝王和尊长的名字须用其他字代替，而不能直接写或说，这叫作避讳，如果有人违犯，便会受到批判。才华横溢的诗人李贺只因为他父亲的名字晋肃的“晋”与进士的“进”同音，便不能参加进士科考试而取得功名。对此，韩愈十分气愤。在此文中，虽然他不敢直接反对避讳，但引用经典和法律对避讳过多表示反对。

与于襄阳书

原文

七月三日，将仕郎、守国子四门[①]博士韩愈，谨奉书尚书阁下[②]：

士之能享大名、显当世者，莫不有先达之士、负天下之望者，为之前焉。士之能垂休光、照后世者，亦莫不有后进之士、负天下之望者，为之后焉。莫为之前，虽美而不彰；莫为之后，虽盛而不传。是二人者，未始不相须也。然而千百载乃一相遇焉。岂上之人无可援，下之人无可推欤？何其相须之殷而相遇之疏也？其故在下之人负其能不肯谄其上，上之人负其位不肯顾其下。故高材多戚戚之穷，盛位无赫赫之光。是二人者之所为皆过也。未尝干之，不可谓上无其人；未尝求之，不可谓下无其人。愈之诵此言久矣，未尝敢以闻于人。

侧闻阁下抱不世之才，特立而独行，道方而事实，卷舒不随乎时，文武唯其所用，岂愈所谓其人哉？抑未闻后进之士，有遇知于左右，获礼于门下者，岂求之而未得邪？将志存乎立功，而事专乎报主，虽遇其人，未暇礼邪？何其宜闻而久不闻也？愈虽不才，其自处不敢后于恒人，阁下将求之而未得欤？古人有言："请自隗[③]始。"愈今者惟朝夕刍[④]米仆赁之资是急，不过费阁下一朝之享而足也。如曰"吾志存乎立功，而事专乎报主，虽遇其人，未暇礼焉"，则非愈之所敢知也。世之龊龊者，既不足以语之，磊落奇伟之人，又不能听焉，则信乎命之穷也。

谨献旧所为文一十八首，如赐览观，亦足知其志之所存。愈恐惧再拜。

注释

①将仕郎：文散官。守：唐代品级较低的人担任较高官职的叫作守。国子：即国子监，唐代最高学府。四门：即四门学，为国子监所统辖，其中设博士，即四门馆教授若干人。

②阁下：指于頔。因做过襄州大都督，故称于襄阳。

③隗：郭隗。郭隗建议燕昭王礼贤待士"先从隗始"。

④刍（chú）：草料。

译文

七月三日，将仕郎守国子四门博士韩愈恭敬地呈上书信给尚书阁下：

读书人能享大名，显耀于当世的，无一不是有先于达仕、有天下声望的人为他做先导的。读书人能够流传美名，照耀后世的，也无一不是有后起的、有天下声望的人来做他的接班人的。无人做先导，虽然有美好的德才而不能彰明；无接班人的，虽有盛德而不会流传。这两种人未曾不互相等待，然而千百年才相逢一次。难道是上面没有可以攀援的人，下面没有可以推荐的人吗？为什么他们互相期待如此殷切，而相互知遇的机会是如此稀少呢？其原因是下面的人恃才而不肯奉迎地位高的人；上面的人恃高位而不肯顾怜地位低的人。于是才高者往往郁郁而不得志，位尊的无显赫的声名。这两种人的做法都是不对的。未曾去向权贵拜求，就不能说上面无可攀援的人；未曾去搜求贤才，就不能说下面无可以推荐的人。

我讲这样的话已经很久了，却没有告诉过别人。

从侧面了解到您具有稀世之才能，人品独特而行为出众，遵儒家正道而处世务实，进退不随世俗，文治武备之道只有您能自如运用。莫非我说的那先达之士就是您吗？可是还没有听说有为您所赏识的后辈，受到您的礼遇。难道是搜求而未得吗？还是您立志于建功立业，而办事专注以报答君主，即使遇到那样的贤士，也没空闲以礼相待他呢？为什么应该听到这种提携后辈的事，而长久没有听到呢？

我虽无才，但对自己的要求却不敢低于一般人。也许阁下是求贤士没有得到吧！古人有这样的说法："请从我郭隗开始吧！"现在我每天为衣食住行和雇用人的费用而着急，这不过花费您一天的享用便足够解决问题了。如果您说："我立志于建功立业，而办事专心以报答主上，即使遇到这样的人才，也没空闲以礼相待。"这就不是我敢于理解赞同的了。世上无能的人不值得向他们谈这些；而刚直高尚的人又不能听我的话。我的命运注定穷困是无疑的了。

谨此献上以前所写的文章一十八篇，如蒙翻阅，也就可以知道我的志向所在。韩愈惶恐地再次拜礼。

评析

本文也是韩愈的一篇干谒文章。作者写信给于襄阳，希望能够获得他的赏识与推荐。士人若要扬名于世，就需要有身居高位的人提拔引荐，而身居高位的人也需要有后起之秀来继承他的事业，才能使自己流芳千古，这两种人应该是相辅相成的。作者把于襄阳和自己分别比作这两种人，试图以这种赞美获得于襄阳的赏识。

送孟东野[1]序

原文

大凡物不得其平则鸣：草木之无声，风挠[2]之鸣；水之无声，风荡之鸣。其跃也，或激之[3]；其趋也，或梗之；其沸也，或炙之。金石之无声，或击之鸣。人之于言也亦然：有不得已者而后言，其歌也有思，其哭也有怀。凡出乎口而为声者，其皆有弗平者乎！

乐也者，郁于中而泄于外者也，择其善鸣者而假之鸣[4]。金、石、丝、竹、匏、土、革、木八者，物之善鸣者也。维天之于时也亦然，择其善鸣者而假之鸣。是故以鸟鸣春，以雷鸣夏，以虫鸣秋，以风鸣冬。四时之相推敚[5]，其必有不得其平者乎？

其于人也亦然。人声之精者为言，文辞之于言，又其精也，尤择其善鸣者而假之鸣。其在唐、虞，咎陶[6]、禹，其善鸣者也，而假以鸣。夔弗能以文辞鸣，又自假于《韶》[7]以鸣。夏之时，五子以其歌鸣。伊尹鸣殷，周公鸣周。凡载于《诗》《书》六艺，皆鸣之善者也。周之衰，孔子之徒鸣之，其声大而远。《传》曰："天将以夫子为木铎[8]。"其弗信矣乎？其末也，庄周以其荒唐之辞[9]鸣。楚，大国也，其亡也，以屈原鸣。臧孙辰[10]、孟轲、荀卿，以道鸣者也。杨朱、墨翟、管夷吾、晏婴、老聃、申不害[11]、韩非、慎到、田骈、邹衍、尸佼、孙武、张仪、苏秦之属，皆以其术鸣。秦之兴，李斯[12]鸣之。汉之时，司马迁、相如、扬雄，最其善鸣者也。其下魏晋氏，鸣者不及于古，然亦未尝绝也。就其善者，其声清以浮[13]，其节数以急[14]，其辞淫以哀，其志弛以肆[15]，其为言也，乱杂而无章。将天丑其德莫之顾耶？胡为乎不鸣其善鸣者也？

唐之有天下，陈子昂[16]、苏源明、元结、李白、杜甫、李观，皆以其所能鸣。其存而在下者，孟郊东野始以其诗鸣。其高出魏晋，不懈而及于古[17]，其他浸淫乎汉氏矣。从吾游者，李翱、张籍其尤也。三子者之鸣信善矣，抑不知天将和其声而使鸣国家之盛耶？抑将穷饿其身，思愁其心肠，而使自鸣其不幸耶？三子者之命，则悬乎天矣。其在上也奚以喜[18]，其在下也奚以悲！东野之役于江南也，有若不释然者[19]，故吾道其命于天者以解之[20]。

注释

①孟东野：即孟郊（751—814），著名诗人。四十六岁始中进士，五十岁被任命为溧阳县尉。

②挠：搅动，搅乱。

③其跃：指水掀起波浪。或激之：是有东西阻遏其势。

④假之鸣：借助其物而发出鸣声。

⑤推敚（duó）：推移变化。敚，同"夺"。

⑥唐：帝尧的国号。虞：帝舜的国号。咎陶：即皋陶，舜时执掌司法和典章制度的大臣。

⑦夔（kuí）：舜时的乐官。《韶》：韶乐，舜时的乐曲名。

⑧夫子：指孔子。木铎：金属制成的大铃，中有舌，摇之即响，因舌为木制，故称木铎。古时以摇木铎为召集民众的信号。

⑨荒唐之辞：指其文章设辞奇诡，汪洋恣肆，气势宏大无边。

⑩臧孙辰：即臧文仲，春秋时期鲁国大夫。

⑪申不害：战国时期韩国人，后世奉为法家之祖，著《申子》。

⑫李斯：战国末年楚国上蔡（今河南上蔡）人。著名政治家，法家学派，为秦相，佐秦统一中国，著有《谏逐客书》等。

⑬清以浮：清淡而浮夸。

⑭数以急：频繁而急促。

⑮弛以肆：松懈而放肆。

⑯陈子昂：字伯玉，初唐著名诗人，唐代诗文革新运动的先驱者，著《陈伯玉集》。

⑰不懈而及于古：不懈努力而可追及古人。一说："不懈"即"无懈"，指其诗精到严密，无懈可击。

⑱奚以喜：有什么值得高兴的呢？

⑲有若：好像有。不释然者：不能释然于怀的，即有不开心、不愉快之事闷在心里。

⑳道其命于天者：说他的命运系于上天。解之：宽慰他。

译文

大约物体不能得到平安就会鸣叫：草木无声，风却摇动它们发出声音；水无声，风吹动使它激荡发出声音。水跃波浪是因为有东西阻挡了它，水流湍急是因为有东西堵塞了它，水沸腾是因为火在烧它。金钟石磬无声，有人敲击它才发出声音。人们说话也是这样，心中有不平之事而后才说出来，他们歌唱是为了思念，他们哭泣是为了怀念。一切出口而成为声音的，也许是心中都有所不平吧！

音乐，是人们郁结在心中的情感向外发泄而成的，它选择善于发音的物体来表现。钟、磬、琴瑟、箫管、笙、埙、鼓、柷敔八种乐器是物体中善于发出声音的。自然界对时令的更替也是这样，它常常选择那些善于发出声音的物体，借助它们来得以表现。所以鸟儿鸣春，雷声示夏，虫声唤秋，风声号冬。四季的推移变化必定是有所不平的原因吧！

这一点对人类也是同样的。人的声音之精华是语言，文辞对于语言来说，又是它的精华了，特别要选择那些善于文辞的人来表达。在唐尧、虞舜时代，咎陶、大禹是善于以文辞发声的人，于是便以他们为时代的喉舌。夔不能用文辞来表达思想，于是就创制《韶》乐，借助它来表达情感。夏朝时，太康的五个弟弟用他们的歌声来表达思想。伊尹表达了殷商王朝的兴盛，周公的著作表达了周王朝的昌明。凡是记载在《诗》《书》等六经中的著述，都是文辞最好的。周朝衰败的时候，孔子那一班人发出呼喊之声，那声音洪大而悠远。《论语》中说："上天要把孔子当作宣传教化的木铎。"难道不是真实的吗？周朝末年，庄周用他的汪洋恣肆、夸张比喻的言辞来表现自己的时代。楚是一个大国，到灭亡的时候，以屈原作楚辞来哀痛国破家亡的惨景。臧孙辰、孟轲、荀卿是用学说来表达的。杨朱、墨翟、管夷吾、晏婴、老聃、申不害、韩非、慎到、田骈、邹衍、尸佼、孙武、张仪、苏秦这些人都是以自己的学术来表达的。对于秦朝的兴盛，李斯用言辞来表现它。汉朝的时候，司马迁、司马相如、扬雄是特别善于文辞的人。汉代以后的魏、晋两代，刻文辞虽然比不上古代，但也从来没有间断过。就其中好的来看，他们的声音清淡而浮夸，他们的节奏繁杂而急促，他们的文辞轻浮而哀怨，他们的思想空虚而且放纵，他们的言论文章杂乱而没有章法。可能是老天爷认为他们的德行丑陋而不肯照顾他们吧？为什么不出现那些善于表达的人呢？

唐朝统治天下以后，陈子昂、苏源明、元结、李白、杜甫、李观都以他们的才能来鸣。那些活在世上而地位低下的人中，孟郊孟东野开始以他的诗鸣响于世。他的诗高出魏、晋人的水平，有些无懈可击的作品已经赶上古人的水平，其他的作品也逐渐接近汉代人的水平了。跟我交游的人，李翱和张籍是其中突出的。这三人的文辞确实是有水平的，但不知道老天爷欲使他们的声音和谐，以便让他们鸣国家的兴盛呢，还是要使他们的身体遭到贫穷饥饿的折磨，使他们的内心蒙受忧愁苦恼的煎熬，让他们鸣自己的不幸呢？三个人的命运都掌握在老天爷的手里。那么，如果他们做了大官，有什么值得高兴的？如果屈居下层，又有什么值得悲伤的？这次东野到江南去任职，好像心中有所不平，于是我说了那些命运取决于天意的话来安慰他。

评析

中唐著名诗人孟郊一生郁郁不得志，他年轻时屡试不第，四十六岁才中进士，五十岁时被任命为溧阳县尉。在他即将上任时，韩愈写了这篇文章对他加以赞扬并进行了安慰，表达了对朝廷不能选用人才的感慨和不满。

送温处士赴河阳军序

原文

伯乐一过冀北之野，而马群遂空。夫冀北马多天下，伯乐虽善知马，安能空其群邪？解之者曰：“吾所谓空，非无马也，无良马也。伯乐知马，遇其良，辄取之，群无留良[①]焉。苟无良，虽谓无马，不为虚语矣。”

东都，固士大夫之冀北也。恃才能深藏而不市者，洛之北涯，曰石生[②]；其南涯，曰温生。大夫乌公，以铁钺镇河阳之三月，以石生为才，以礼为罗，罗而致之幕下。未数月也，以温生为才，于是以石生为媒，以礼为罗，又罗而致之幕下。东都虽信多才士，朝取一人焉，拔其尤[③]；暮取一人焉，拔其尤。自居守河南尹，以及百司之执事，与吾辈二县之大夫，政有所不通，事有所可疑，奚所咨而处焉[④]？士大夫之去位而巷处者，谁与嬉游？小子后生，于何考德而问业[⑤]焉？缙绅之东西行过是都者，无所礼于其庐。若是而称曰：“大夫乌公一镇河阳，而东都处士之庐无人焉。”岂不可也？

夫南面而听天下，其所托重而恃力者，惟相与将耳。相为天子得人于朝廷，将为天子得文武士于幕下，求内外无治，不可得也。愈縻于兹[⑥]，不能自引去，资二生[⑦]以待老。今皆为有力者夺之，其何能无介然于怀[⑧]邪？生既至，拜公于军门，其为吾以前所称，为天下贺；以后所称，为吾致私怨于尽取[⑨]也。留守相公首为四韵诗歌其事，愈因推其意[⑩]而序之。

注释

①群无留良：马群中没留下一匹好马。

②石生：即石洪。温生：即温造。二人同隐于洛阳，石洪住洛水北，温造住洛水南。

③拔其尤：选拔其中最优秀者。

④奚所咨（zī）而处焉：到什么地方去询问以得到解决。

⑤考德：考察其品德。问业：请教学业上的问题。

⑥縻于兹：被束缚在这（河南县）。

⑦自引去：自己离开。资二生：依靠此二人。

⑧介然于怀：耿耿于怀。介然，耿耿，有心事。

⑨吾致私怨于尽取：我因人才尽被有力者夺去而耿耿于怀。私怨，指个人耿耿于怀。

⑩推其意：进一步发挥郑余庆诗中所表达的思想。

译文

伯乐一经过冀北的原野，马群就空了。冀北的马多于天下各地的马，伯乐虽善于识马，但怎么能使那里的马群空了呢？解释的人说：“我说的空不是没有马，而是无良马。伯乐识马，遇到好马，就挑走了，马群里没有留下一匹好马。如果没有一匹好马，即使说是没有马了也并不算是假话。”

东都洛阳原本是士大夫的“冀北”啊。有才学却隐居不出仕的人，住在洛水北岸的那位是石生，住在洛水南岸的那位是温生。御史大夫乌公以节度使的身份镇守河阳的第三个月，认为石生有才学，于是就以礼节来招聘，把他招聘到自己的幕府中。没过几个月，乌公又认为温生是个有真才实学的人，于是让石生作介绍，以礼节来招聘，又把温生招聘到自己的幕府中。虽然东都洛阳确实有不少真才实学的人，早晨录取一人，选拔其中优秀者；晚上录取一人，选拔其中优秀者。照此下去，从东都留守、河南尹直到各部门的官员和洛阳、河南二县的官员，如果发生政事不能畅通之处，事情有疑难不解之处，到哪里去商议并能够得到解决呢？士大夫中辞去官位而居里巷的，跟谁去嬉戏交游？年轻的晚辈到什么地方去研究德行、请教学业呢？东来西往，经过这个都城的达官显贵们也没法儿去他们的家中施礼致意。鉴于这种情况就说："御史大夫一到河阳镇守，而东都处士的住宅里就没有人了。"难道不可以吗？

君主治理天下，委以重任并依靠出力的人只有丞相和将军啊！丞相替天子选用人才到朝廷任职，将军为天子选用能文能武的人到幕府中，这样，想使天下得不到治理也是不可能的。我羁留在这里，不能以自己的力量引退，全靠石生、温生二人的帮助以度余年。现在他们都被有力量的人夺走了，这怎么能不耿耿于怀呢？温生到河阳后，在军门之前拜见了乌公，这正如我前面所说的那样，为天下人所祝贺；如我后面所说的那样，因乌公把人才搜罗净尽而招致了我个人的私怨。留守相公首先写了一首四韵的诗来赞颂这件事，我就推度他的诗意而写了这篇"序"。

评析

文中将镇守河阳的节度使乌重胤比喻为善于相马的伯乐，说他到河阳不久就网罗了当地的人才石生，几个月后又通过石生，将人才温生招至幕下；还以埋怨的口吻抱怨乌公将当地人才尽皆选去，其实是赞扬乌公能够为国选才，也将温处士比喻为国家需要的贤士。

祭十二郎文

原文

年月日，季父愈闻汝丧之七日，乃能衔哀致诚[①]，使建中远具时羞之奠，告汝十二郎之灵：

呜呼！吾少孤[②]，及长，不省所怙[③]，惟兄嫂[④]是依。中年，兄殁南方，吾与汝俱幼，从嫂归葬河阳，既又与汝就食江南，零丁孤苦，未尝一日相离也。吾上有三兄，皆不幸早世，承先人后者，在孙惟汝，在子惟吾[⑤]。两世一身，形单影只。嫂尝抚汝指吾而言曰："韩氏两世，惟此而已。"汝时尤小[⑥]，当不复记忆；吾时虽能记忆，亦未知其言之悲也。

吾年十九，始来京城。其后四年，而归视汝。又四年，吾往河阳省坟墓，遇汝从嫂丧来葬。又二年，吾佐董丞相于汴州，汝来省[⑦]吾，止一岁，请归取其孥[⑧]。明年，丞相薨，吾去汴州，汝不果来。是年，吾佐戎[⑨]徐州，使取汝者始行，吾又罢去，汝又不果来。吾念汝从于东，东亦客也，不可以久；图久远者，莫如西归，将成家而致汝[10]。呜呼！孰谓汝遽去吾[11]而殁乎！吾与汝俱少年，以为虽暂相别，终当久相与处[12]，故舍汝而旅食京师，以求斗斛之禄[13]。诚知其如此，虽万乘之公相，吾不相以一日辍汝而就[14]也。

去年，孟东野往，吾书与汝曰："吾年未四十，而视茫茫，而发苍苍，而齿牙动摇，念诸父与诸兄，皆康强而早世，如吾之衰者，其能久存乎？吾不可去，汝不肯来，恐旦暮死，而汝抱无涯之戚也。"孰谓少者殁而长者存，强者夭而病者全乎？

呜呼！其信然邪[15]？其梦邪？其传之非其真邪？信也，吾兄之盛德而夭其嗣乎？汝之纯明而不克蒙其泽[16]乎？少者强者而夭殁，长者衰者而存全乎？未可以为信也。梦也，传之非其真也，东野之书，耿兰之报，何为而在吾侧也？呜呼！其信然矣，吾兄之盛德而夭其嗣矣！汝之纯明宜业其家[17]者，不克蒙其泽矣！所谓天者诚难测，而神者诚难明矣！所谓理者不可推，而寿者不可知矣！虽然，吾自今年来，苍苍者或化而为白矣，动摇者或脱而落矣，毛血日益衰，志气日益微，几何不从汝而死[18]也！死而有知，其几何离；其无知，悲不几时，而不悲者无穷期矣！汝之子始[19]十岁，吾之子始五岁，少而强者不可保，如此孩提者，又可冀其成立邪？呜呼哀哉！呜呼哀哉！

汝去年书云："比得软脚病，往往而剧。"吾曰："是疾也，江南之人常常有之。"未始以为忧也。呜呼！其竟以此而殒其生乎？抑别有疾而至斯乎？

汝之书，六月十七日也。东野云，汝殁以六月二日；耿兰之报无月日。盖东野之使者，不知问家人以月日，如耿兰之报，不知当言月日。东野与吾书，乃问使者，使者妄称以应之耳。其然乎？其不然乎？

今吾使建中祭汝，吊汝之孤与汝之乳母，彼有食，可守以待终丧，则待终丧而取以来；如不能守以终丧，则遂取以来。其余奴婢，并令守汝丧。吾力能改葬，终葬汝于先人之兆，然后惟其所愿。

呜呼！汝病吾不知时，汝殁吾不知日；生不能相养以共居，殁不抚汝以尽哀，敛不凭其棺，窆不临其穴。吾行负神明，而使汝夭，不孝不慈，而不得与汝相养以生，相守以死。一在天之涯，一在地之角，生而影不与吾形相依，死而魂不与吾梦相接，吾实为之，其又何尤！彼苍者天，曷其有极！自今以往，吾其无意于人世矣！当求数顷之田于伊、颍之上，以待余年，教吾子与汝子，幸其成；长吾女与汝女，待其嫁。如此而已。

呜呼！言有穷而情不可终，汝其知也邪？其不知也邪？呜呼哀哉！尚飨！

注释

①衔哀：含着哀痛。致诚：表达心意。

②孤：幼年死去父亲（韩愈的父亲韩仲卿去世时，韩愈只有三岁）。

③不省所怙：不晓得依靠谁。

④兄嫂：韩会和郑氏，就是十二郎的嗣父母。

⑤在孙惟汝，在子惟吾：从韩愈的父亲一辈算起，孙子一辈只剩下十二郎，儿子一辈只剩下韩愈自己。

⑥汝时尤小：当时你很小。

⑦省：探望。

⑧孥：家属。

⑨佐戎：辅助军事工作。

⑩致汝：招你来。

⑪孰谓：谁料得到。遽去吾：骤然离开我。

⑫终当久相与处：到底要长久住在一起的。

⑬斗斛（hú）：形容数量不多。禄：古代官吏的薪俸。

⑭辍：中途离开。就：就任官位。

⑮其：还是，表示选择问，下面两个“其”字相同。信然：确实如此。邪：呢。

⑯纯明：纯正贤明。克：能够。蒙其泽：承受其父的福泽。

⑰宜业其家：该能继承家业。

⑱几何：多久。从汝而死：跟着你去死。

⑲汝之子：指十二郎的儿子韩湘。始：刚。

译文

某年某月某日，叔父我听到你去世消息的第七天，才能忍痛含悲向你倾诉衷肠，派建中远道送来时鲜食物的供品，祭告你十二郎的灵魂：

唉！我从小成为孤儿，等到长大，早不记得父亲的样子，只有依靠兄嫂抚养。哥哥中年死于南方任所，我和你还小，跟随嫂嫂回到故乡河阳安葬我的哥哥。后来又和你一块儿到江南谋生。你我二人孤苦零丁，没有分离过一天。我上边有三个哥哥，都不幸早亡。作为祖先的后代，在孙子辈中只有你一个人，在儿子辈中只有我一个人，两代都是一个人，形影如此孤单！嫂嫂曾抚摸着你对我说：“韩家两代只有你们两个了。”当时你还很小，当然不会记得。当时我虽能记得，可也不懂得她话语中的悲哀啊！

我十九岁时才到京城。此后第四年，回去看望了你。又过了四年，我去河阳扫墓，遇着你送嫂嫂的灵柩来安葬。又过了两年，我在汴州辅助董丞相，你来看望我，只住了一年，要回去接家眷。第二年，董丞相去世，我去汴州，你没来成。这一年，我在徐州协理军务，派去接你的人刚走，我又离职，结果你又没来成。我考虑你随我去东边，但东边也是客居，不可能长久住下去。考虑做长远打算，还不如回西边，打算安好家后接你来。

唉！谁想到你会这么突然地离开我而死去呢？

我和你都还年轻，认为虽暂时分别，但终归要长久住在一起的，于是我离开你而去京城谋生，以便求得微薄的俸禄。假如确实知道事情会变成这样，即使是让我当高官领厚禄，我也不会离开你一天而去就职！

去年，孟东野去的时候，我写了信带给你，信中说：“我不到四十岁，却视力模糊，头发花白，牙齿松动。想起父辈与兄长都是身强体壮而过早去世，像我这样衰弱的人还能活多久呢？我不能到你那里去，你又不肯到我这里来，担心早晚有一天我会死去，你就要长怀无穷的悲哀了。”谁能想到今日却是年少的死了而年长的活着，强壮的夭亡而病弱的生存着。

唉！这是现实呢，还是梦呢，还是消息不真实呢？如果这是真的，我哥哥有高尚的德行，而他的儿子怎么会短命呢？你纯真聪明，却不能承受他的德福吗？年轻的、强壮的早逝，年长的、衰弱的却存全吗？不能认为这是真的。是做梦，是消息不真实，那么东野的信，以及耿兰的丧报为何在我身边呢？唉！可能是真实的了！我哥哥有高尚的德行而他儿子却短命了，你有纯真聪明的品质应继承他的家业的，如今却不能蒙受他的德福了！所以说天命确实难以估测，而神意确实难以明白啊！所说的常理不能断定，而寿命也不能知晓啊！

虽是这样，我从今年以来，花白的头发有的变成全白了，松动的牙齿有的脱落了，毛发血脉一天天枯衰，神志精神一天天减少，过不了多久就将随你而去了。死后若有知觉，那么现在的分离又能有几天呢？若无知觉，悲痛也就不会有多久，而没有悲痛的时间就没有穷期了。

你的儿子才十岁，我的儿子才五岁，年轻而强壮的不能保全，像这样的小孩子，还能希望他长大成人吗？唉！伤心啊！唉！伤心啊！

去年你来信说：“近来得了软脚病，常犯病，而且越来越厉害。”我回信说：“这种病是江南人常常有的。”没有把它当作可忧虑的事。唉！难道你竟是因此病而丧命的吗，还是有别的病导致你遭遇这样的不幸呢？

你的来信是六月十七日写的。东野说，你是六月二日死的；耿兰的丧报没有月日。可能是东野派去的人不知道向家中的人问明日期。至于耿兰的丧报，竟不懂得应该说清死期。东野大概写信的时候才问使者，于是使者就胡乱说了一个你死的日期来应付罢了。是这样，还是不是这样？

现在我派建中去祭你，吊慰你的遗孤和你的乳母。他们有吃的，可以守灵到丧期结束，就等到丧期满再将他们接来；如果不能守灵到丧期满，就马上接他们来。其余的奴婢，都叫为你守丧。如果我有力量能为你迁葬，最终要把你安葬在祖坟地。然后，根据奴婢们的意愿，随他们是去还是留。

唉！你生病我不知道时间，你去世我不知道日期；活着我不能照管你、和你共同居住，死时我又不能抚你的遗体而倾诉衷肠，以泄心中悲哀，入殓时不能凭吊你的灵柩，安葬时不能亲临你的墓穴。我的行为有负于神灵，而使你夭亡，我不孝不慈，不能与你互相照顾着生活，伴守以待终。一个在天边，一个在地角，活着的时候，你的身影不同我的形体相依随，死了以后，你的魂灵又不与我的梦境相接触，我自己造成了这情况，又有什么可怨恨的呢？那苍茫老天，悲痛哪里有尽头！从今以后，我对人世再没有什么留恋了！还是回家，在伊水、颍水之畔买几顷地，以度余年。教养我的儿子与你的儿子，希望他们成长；教养我的女儿与你的女儿，等待她们出嫁，就这样了。

唉！话有说完的时候而情思不能终结，你知道吗，还是不知道呢？唉！伤心啊！请享用这些供品吧！

评析

十二郎名老成，是韩愈次兄的次子，过继给他的长兄，在族中排行第十二。韩愈小时丧父，由长兄嫂抚养，与十二郎因年龄差不多，故感情十分亲密。这篇祭文回忆了小时与十二郎共同成长的往事，融入了真挚的感情，非常感人，被誉为祭文中的“千年绝调”。

祭鳄鱼文

原文

维年月日，潮州刺史韩愈，使军事衙推[①]秦济，以羊一、猪一投恶溪[②]之潭水，以与鳄鱼食，而告之曰：

昔先王既有天下，列山泽，罔绳擉刃[③]，以除虫蛇恶物为民害者，驱而出之四海之外。及后王德薄，不能远有，则江汉之间，尚皆弃之以与蛮、夷、楚、越；况潮岭海之间[④]，去京师万里哉！鳄鱼之涵淹卵育[⑤]于此，亦固其所。

今天子嗣唐位，神圣慈武，四海之外，六合之内，皆抚而有之；况禹迹所揜[⑥]，扬州之近地，刺史、县令之所治，出贡赋以供天地宗庙百神之祀之壤者哉！鳄鱼其不可与刺史杂处此土也。

刺史受天子命，守此土，治此民，而鳄鱼睅[⑦]然不安溪潭，据处食民畜[⑧]、熊、豕、鹿、獐，以肥其身，以种[⑨]其子孙，与刺史亢拒，争为长雄[⑩]。刺史虽驽弱[⑪]，亦安肯为鳄鱼低首下心，伈伈睍睍[⑫]，为民吏羞[⑬]，以偷活于此邪？且承天子命以来为吏，固其势不得不与鳄鱼辨。

鳄鱼有知，其听刺史言：潮之州，大海在其南，鲸鹏之大，虾蟹之细，无不容归，以生以食，鳄鱼朝发而夕至也。今与鳄鱼约：尽三日，其率丑类南徙于海，以避天子之命吏[⑭]。三日不能，至五日；五日不能，至七日；七日不能，是终不肯徙也，是不有刺史[⑮]，听从其言也；不然，则是鳄鱼冥顽不灵，刺史虽有言，不闻不知也。夫傲天子之命吏，不听其言，不徙以避之，与冥顽不灵而为民物害者，皆可杀。刺史则选材技吏民[⑯]，操强弓毒矢，以与鳄鱼从事[⑰]，必尽杀乃止。其无悔！

注释

①军事衙推：官名，州刺史之属官。

②恶溪：潮州境内一河流。

③列山泽：治理山林水泽。列，同“烈”，这里用作动词。罔绳：用绳结网捕捉。罔，同“网”。擉（chuò）刃：用利刃刺杀。

④以与：以之给予。况潮岭海之间：何况潮州在五岭和南海之间，言其被视为蛮荒僻远之地。

⑤涵淹：潜伏于水中。卵育：产卵繁殖。

⑥禹迹：夏禹治理洪水，足迹遍及九州，故以此称中国的疆域。揜：同“掩”，覆盖。

⑦睅（hàn）然：瞪大眼睛，凶恶的样子。

⑧据处：占据固定的地点。民畜：百姓的家畜。

⑨种：繁殖。

⑩长雄：称雄。

⑪驽弱：才能低下而又懦弱。

⑫低首下心：甘心低头，屈服听命。伈（xǐn）伈：小心恐惧的样子。皝（xiàn）皝：不敢睁眼看。

⑬为民吏羞：被官吏和百姓所耻笑。

⑭命吏：任命的官吏。

⑮是不有刺史：是你鳄鱼眼中没有刺史，即轻视刺史之意。不有，没有。

⑯材技吏民：有才干、有技艺（此指武艺高强）的官吏和百姓。

⑰以与鳄鱼从事：即以弓矢来对付鳄鱼。从事，此指作战、拼杀。

译文

某年某月某日，潮州刺史韩愈派军事衙推秦济将一只羊、一头猪投到恶溪的潭水中给鳄鱼吃，并警告它说：

从前先王统治天下之后，治理山林水泽，用罗网捉，用利刃刺，以此来铲除虫、蛇等凶恶的祸害百姓的害物，把它们赶到四海之外。到了后代帝王，德望浅薄，不能统治远方，连长江、汉水一带都丢弃了，将它们让给蛮、夷、楚、越等族；何况潮州在五岭与南海之间，离京都遥遥万里呢？鳄鱼在这儿潜游繁殖，本来也是它的自然处所。如今天子继承了大唐帝位，神明、仁慈、威武，四海之外，普天之下，都在安抚统治之下。何况潮州是大禹到过的地方，靠近扬州，是刺史、县令管理之地，出贡品、赋税用来供奉天地、宗庙、百神的区域呢！鳄鱼与刺史不能在此混杂居住！

刺史受了天子的命令，守护这个地方，治理这里的百姓，而鳄鱼却十分凶恶，不安居于潭溪之中，盘踞在这里吞食家畜、熊、野猪、鹿和獐等动物来养肥自己，来繁衍自己的后代，与刺史对抗争雄。刺史虽愚鲁懦弱，又怎能向鳄鱼低声下气，畏畏缩缩，为百姓和官吏所耻笑，在这里苟且偷生呢？况且是奉了天子的诏命来此做官，本来的职责就是不得不给鳄鱼讲清道理。

鳄鱼如有灵性，请听刺史的宣告：潮州，大海在它的南边，鲸鱼、鲲鹏这些庞然大物，以及鱼虾、螃蟹这一类细小动物，没有不能在大海中容身，在那里生育寻食的。鳄鱼早晨出发，晚上就可到达。现在我与鳄鱼约定：三天之内，要率领你的丑恶的同类，向南远迁于大海来回避天子的命官。三天不行，可宽延到五天；五天不能，再宽延到七天；七天还不能做到，那是终不肯迁走了，那就是不把刺史的话放在心上，而不肯听从他的告诫了。不然就是鳄鱼冥顽无知，虽然刺史有言在先，它却不听也不懂。傲视天子的命官，不听他的话，不肯迁徙以回避他，和冥顽无知而成为百姓祸害的，都应杀掉！刺史就要挑选有才能有武艺的官员和民丁，操起强弓毒箭来与鳄鱼较量，一定要杀光才住手。可不要后悔！

评析

元和十四年，韩愈因谏迎佛骨，被唐宪宗贬为潮州刺史。据说，韩愈到潮州后听说境内的恶溪中有鳄鱼危害百姓，于是作了这篇《祭鳄鱼文》，劝诫鳄鱼搬迁，使得潮州境内永远免受鳄鱼的侵害。当然，靠文章与鳄鱼沟通只是古人的迷信做法，但此文简短有力，体现了韩愈为百姓除害的思想。

《张中丞传》后叙

原文

元和二年[①]四月十三日夜，愈与吴郡张籍[②]阅家中旧书，得李翰[③]所为《张巡传》。翰以文章自名[④]，为此传颇详密。然尚恨有阙者：不为许远[⑤]立传，又不载雷万春[⑥]事首尾。

远虽材若不及巡者，开门纳巡，位本在巡上，授之柄[⑦]而处其下，无所疑忌，竟与巡俱守死，成功名；城陷而虏，与巡死先后异耳。两家子弟材智下，不能通知[⑧]二父志，以为巡死而远就虏，疑畏死而辞服于贼。远诚畏死，何苦守尺寸之地，食其所爱之肉，以与贼抗而不降乎？当其围守时，外无蚍蜉[⑨]蚁子之援，所欲忠者，国与主耳；而贼语以国亡主灭。远见救援不至，而贼来益众，必以其言为信。外无待[⑩]而犹死守，人相食且尽，虽愚人亦能数日而知死处矣。远之不畏死亦明矣！乌有城坏其徒俱死，独蒙愧耻求活，虽至愚者不忍为；呜呼！而谓远之贤而为之邪？

说者又谓远与巡分城而守，城之陷，自远所分始。以此诟远，此又与儿童之见无异。人之将死，其藏腑必有先受其病者；引绳而绝之，其绝必有处。观者见其然，从而尤之，其亦不达于理矣。小人之好议论，不乐成人之美，如是哉！如巡、远之所成就，如此卓卓，犹不得免，其他则又何说！

当二公之初守也，宁能知人之卒不救，弃城而逆遁？苟此不能守，虽避之他处何益；及其无救而且穷也，将其创残饿羸[⑪]之余，虽欲去，必不达。二公之贤，其讲之精矣！守一城，捍天下，以千百就尽之卒，战百万日滋之师，蔽遮江淮，沮遏[⑫]其势，天下之不亡，其谁之功也！当是时，弃城而图存者，不可一二数；擅强兵坐而观者，相环也。不追议此，而责二公以死守，亦见其自比于逆乱，设淫辞而助之攻也。

愈尝从事于汴徐二府，屡道于两府间，亲祭于其所谓双庙[⑬]者。其老人往往说巡、远时事云：南霁云[⑭]之乞救于贺兰也，贺兰嫉巡、远之声威功绩出己上，不肯出师救。爱霁云之勇且壮，不听其语，强留之，具食与乐，延霁云坐。霁云慷慨语曰："云来时，睢阳之人不食月余日矣！云虽欲独食，义不忍；虽食，且不下咽！"因拔所佩刀，断一指，血淋漓，以示贺兰。一座大惊，皆感激为云泣下。云知贺兰终无为云出师意，即驰去；将出城，抽矢射佛寺浮图，矢著其上砖半箭，曰："吾归破贼，必灭贺兰，此矢所以志也。"

愈贞元[15]中过泗州，船上人犹指以相语。城陷，贼以刃胁降巡，巡不屈，即牵去，将斩之；又降霁云，云未应。巡呼云曰："南八，男儿死耳，不可为不义屈！"云笑曰："欲将以有为也。公有言，云敢不死！"即不屈。

张籍曰：有于嵩者，少依于巡；及巡起事，嵩常[16]在围中。籍大历[17]中于和州乌江县见嵩，嵩时年六十余矣。以巡初尝得临涣县尉，好学无所不读。籍时尚小，粗问巡、远事，不能细也。云：巡长七尺余，须髯若神。尝见嵩读《汉书》，谓嵩曰："何为久读此？"嵩曰："未熟也。"巡曰："吾于书读不过三遍，终身不忘也。"因诵嵩所读书，尽卷不错一字。嵩惊，以为巡偶熟此卷，固乱抽他帙[18]以试，无不尽然。嵩又取架上诸书试以问巡，巡应口诵无疑。嵩从巡久，亦不见巡常读书也。为文章，操纸笔立书，未尝起草。初守睢阳时，士卒仅[19]万人，城中居人户，亦且数万，巡因一见问姓名，其后无不识者。巡怒，须髯辄张。及城陷，贼缚巡等数十人坐，且将戮。巡起旋，其众见巡起，或起或泣。巡曰："汝勿怖！死，命也。"众泣不能仰视。巡就戮时，颜色不乱，阳阳如平常。远宽厚长者，貌如其心；与巡同年生，月日后于巡，呼巡为兄，死时年四十九。嵩贞元初死于亳、宋[20]间。或传嵩有田在亳、宋间，武人夺而有之，嵩将诣州讼理，为所杀。嵩无子。张籍云。

注释

①元和二年：即公元807年。

②张籍（约公元767年—约公元830年）：字文昌，原籍吴郡（今江苏苏州），少时迁和州乌江（今安徽和县乌江镇），唐代著名诗人，韩愈的学生。

③李翰：字子羽，赵州赞皇（今河北省元氏县）人，官至翰林学士。

④自名：自诩。

⑤许远（公元709年—公元757年）：字令威。唐杭州盐官（今浙江海宁西南）人，今伊桥人，唐开元末年进士。

⑥雷万春：张巡部下勇将。

⑦柄：权柄、权力。

⑧通知：通晓。

⑨蚍蜉（pí fú）：黑色大蚁。蚁子：幼蚁。

⑩外无待：睢阳被围后，河南节度使贺兰进明等皆拥兵观望，不来相救。

⑪羸：瘦弱。

⑫沮遏：阻止。

⑬双庙：张巡、许远死后，后人在睢阳设立庙宇来祭祀他们，于是称之为双庙。

⑭南霁云（公元712年—公元757年）：生于魏州顿丘（今河南省清丰县）南寨村农民家庭，因排行第八，故人称“南八”。在平定“安史之乱”中屡建奇功。曾被遣至睢阳与张巡议事，为张所感，遂留为部将。

⑮贞元：（公元785年1月—公元805年8月）唐德宗李适的年号，共计二十一年。

⑯常：通“尝”，曾经。

⑰大历：（公元766—公元779）唐代宗李豫年号。

⑱帙（zhì）：书套、书本。

⑲仅：差不多。

⑳亳：亳州，位于今安徽亳州。宋：宋州，位于今河南省商丘市睢阳区。

译文

元和二年四月十三日那天晚上，我和吴郡人张籍一起翻看家里的旧书，发现了李翰写的《张巡传》。李翰以文章写得好自夸，这篇传记写得非常周密详尽，但可惜的是，这其中还是缺漏的地方：既没有替许远立传，也没有写下雷万春事迹的开始和结尾。

虽然许远的才能比不上张巡，但他打开城门接纳张巡，本来自己的官位在张巡之上，却把兵权交给了张巡，听从他的指挥而没有妒忌猜测，最后和张巡一起遭受磨难，成就了功名。守卫的城池沦陷后被俘虏，他与张巡的死比起来只是先后时间不同罢了。许家和张家两家的子弟不明事理，不能从根本上理解两位贤人的志气。张家的子弟认为张巡牺牲而许远被俘虏，于是怀疑许远是怕死。如果他真的怕死的话，为什么要苦苦地守着一个小小的城池，把自己的仆人杀了让士兵吃，抗战到底而不投降呢？当他们被围困的时候，城外连一个援兵都没有，他们想要效忠的只是国家和自己的君主而已，叛军告诉许远唐朝已经灭亡，君主死了。许远看到一直没有救兵，而城外的叛军越来越多，一定相信了敌人的话。明知没有救兵，却还在坚守，城内人吃人也快吃完了，就是蠢人也知道死亡近在眼前。这样看来，许远不怕死是非常明显了！哪有城池被攻破，将士死完，而他自己却承受耻辱活下来呢？即便是最愚蠢的人也不会这么做的，难道像许远这么贤德的人会这么做吗？

评论者又说许远和张巡分开守城，城破是从许远这里开始的。用这个来骂许远，就跟孩子的见识没什么两样了。人要死的时候，他的五脏六腑一定有个先得病的器官；拉断绳子，首先断开的一定是绳子的某一处。观察者看到这样的情况，就责怪先得病的那个部位和绳子先断开的那一段，这也太不懂事情的道理了。小人喜欢非议别人，不喜欢夸赞成全别人到了这个地步！像张巡、许远这么卓越的贡献还不能免除别人的指责，其他的事情该怎么说呢？

当张巡、许远两个人刚刚守城的时候，他们怎么能知道没有人来救援，从而放弃城池而退走呢？如果不能够坚守睢阳，即使退到别的地方，又有什么用呢？等到没有一个救兵，陷入困境的时候，两人率领着伤兵弱兵，即使想走也走不了了。像他们这样贤明的人，想得已经够周全了！守卫一座城池，保卫着朝廷的周全，凭借着千百个濒临死亡的残兵抵挡着上百万越来越多的大军，遮蔽江淮之地，阻止敌军前进的势头，让朝廷没有灭亡，到底应该是谁的功劳呢？那个时候，放弃城池保全自己的不是少数几人，坐拥强兵静观局势的人满地都是。不去批评这些人，反而责怪死守城池的张、许两人，由此可见那些抨击者是把自己比作了叛军，用歪理邪说来帮助叛军攻击两人。

我曾经在汴州、徐州两地任过推官，经常来往于两州之间，多次经过睢阳城，亲自到被人称为“双庙”的地方祭拜过。在那里生活的老人经常会谈论到张、许两人的事迹。老人常说：南霁云曾经向贺兰进明请求出兵援助，贺兰妒忌张、许两人，觉得他们的声名和功绩超过了自己，于是不愿意派兵。贺兰欣赏南霁云的勇猛壮硕，不理会他要求出兵的请求，强行想要把他留在自己的身边做部将，并且摆下了酒肉准备了歌舞请南霁云入座。南霁云慷慨激昂地说：“我来这里求援的时候，整个睢阳城里的人已经有一个多月没什么可吃的了。虽然我想独自一个人吃，但道义上不能这么做，即使我吃进嘴里也咽不下去啊！”而后他拔出自己随身带的刀砍掉一根指头，血淋淋地拿给贺兰看。在座的人都大惊失色，感动得快要哭了出来。南霁云看出来贺兰说到底不会出兵援救睢阳了，于是就拍马离开。即将离开城池的时候，南霁云一箭射向佛寺高塔上面的图案，箭头有一半都扎进了墙里。南霁云说：“这次我返回睢阳，如果能够打退叛军，一定回来杀掉贺兰！这一箭就代表我的决心！”我在贞元年间路过泗州的时候，船上的人还指着当年被箭射中的佛塔给我描述当时的情况。当睢阳城沦陷的时候，叛军用刀逼迫张巡投降，张巡宁死不屈，就被拉到一边准备斩首。判军又去威逼南霁云，南霁云没有说话。张巡大喊道：“南八，大丈夫死就死了，不能屈服于不义的人！”南霁云笑着说：“本来我还想做些事情的。现在您说了这样的话，我敢不死吗？”于是就从容就义。

张籍说：有一个名字叫作于嵩的人，年轻的时候跟着张巡做事。张巡起兵讨伐叛军的时候，于嵩也曾被敌军围困过。张籍大历年间曾经在和州乌江县看到过于嵩，这时于嵩已经六十来岁了。由于张巡曾经建立战功而自己跟随过张巡的原因，曾经当过临涣县县尉；于嵩喜欢读书，涉猎很广。那个时候张籍年纪还小，只是简单了解过张、许二人的事迹，知道得并不是很详细。于嵩说张巡有七尺多高，胡子长得像神灵一般威武。有一次，张巡看见于嵩在看《汉书》，就问他：“你怎么总是读这一本书呢？”于嵩说：“现在我还没有读熟呢。”张巡说：“我读一本书从来不会多于三遍，读过后一辈子都不会忘记。”于是就背诵起于嵩正在读的那一卷，整卷书一个字都没有背错。于嵩非常惊讶，他认为张巡只是凑巧对这一卷书非常熟悉，于是就随意乱抽出其他各卷来让张巡背，结果张巡都背得非常熟。于嵩又从书架里抽出另外一些书来试着考张巡，张巡立马背诵，没有丝毫停顿。于嵩跟着张巡很久，很少见到张巡读书。但他在写文章的时候，起笔就写，从来没有打过草稿。张巡刚开始驻守睢阳的时候，士兵的数量有上万人，城中的居民也有几万户。张巡只要见过一个人一面，问过他的姓名后，以后再看到时都能认识。张巡发怒的时候，胡子总是张开的。城池沦陷的时候，张巡等几十个人被捆着，坐在一起等着被杀。张巡站起来小便，其他人看到张巡站起来，有的也跟着站起来，有的则坐在地上流眼泪。张巡说："你们都不要害怕，死是命中注定的事情。"将士们低头哭泣，都不忍心抬起头来。张巡被杀害的时候，脸色没有丝毫变化，就跟平常一个样子。许远是个老实人，宽厚待人，相貌和他的内心一样朴实。他和张巡同年出生，出生的日子在张巡之后，于是称呼张巡兄长，许远死时四十九岁。于嵩在贞元初年死于亳、宋那一片。有人说于嵩在那里有一些田产，有个武人强行霸占了他的田宅。于嵩想要去睢阳告状，结果却被杀害。于嵩没有儿子。这些都是张籍所说的。

评析

此文写于唐宪宗元和二年（公元807年），距安史之乱已有四十多年，此时四十岁的韩愈正任国子博士。韩愈政治主张的一个重要方面是反对藩镇割据，维护中央集权，本文即表达了这一思想。文中表彰张巡、许远抗击安史叛军的功绩，驳斥对张、许的诬蔑、中伤，以此来歌颂抗击藩镇作乱的英雄人物。元和元年（公元806年），宪宗开始制裁藩镇。在这样的背景之下，韩愈重新阐扬张、许功绩，具有一定的现实意义。

《顺宗实录》卷二《宫市》

原文

旧事①：宫中有要市②外物，令官吏主之，与人为市，随给其直③。贞元末，以宦者为使，抑买④人物，稍不如本估⑤。末年不复行文书⑥，置"白望"数百人于两市⑦并要闹坊⑧，阅人所卖物，但称"宫市"，即敛手付与，真伪不复可辨，无敢问所从来，其论价之高下者。率用百钱物买人直数千钱物，仍索进奉门户⑨并脚价钱。将物诣市，至有空手而归者。名为"宫市"，而实夺之。

尝有农夫，以驴负柴至城卖，遇宦者称"宫市"取之，才与绢数尺，又就索门户，仍邀⑩以驴送至内。农夫涕泣，以所得绢付之，不肯受，曰："须汝驴送柴至内。"农夫曰："我有父母妻子，待此⑪然后食。今以柴与汝，不取直而归，汝尚不肯，我有死已！”遂殴宦者。街吏擒以闻，诏黜⑫此宦者，而赐农夫绢十四。然“宫市”亦不为之改易。谏官、御史数奏疏谏，不听。上初登位⑬，禁之；至大赦，又明禁。

注释

①旧事：以前的惯例。

②市：买，置办。

③直：通“值”，此处指价款。

④抑买：压低价钱购买。

⑤本估：原本的价钱。

⑥行文书：出示文书证明。

⑦两市：长安东、西两市。

⑧要闹坊：指繁华地带。

⑨进奉门户：指卖主将货物送入宫中的时候，每过一道宫门都向守门人交纳的钱。

⑩邀：请，要求。

⑪待此：指全都依靠这头驴。

⑫诏黜：下诏罢免。

⑬上初登位：顺宗李诵初登皇位。

译文

依照以前的习惯，如果宫中需要出去买外面市场上的东西，就让相关的官员负责这些事情，派人向摆摊的老百姓买宫中需要的物品，随便给点儿钱就行了。贞元末年，皇上命令宦官负责出外买东西，这些宦官趁机用很低的价格来买市场上的物品，给的钱要远远低于货品的价值。贞元末年的时候，这些宦官买东西时甚至不出示公文，皇上设立了一个叫作“白望”的组织，有几百人，这些人在京城的东、西两市和繁华的闹市区一旦相中了某件货品，就说自己是负责“宫市”（即皇上派出来买东西的人），马上就要掏钱买东西。这些人身份的真假没有人知道，但没有人敢问他们到底是什么身份。他们跟卖东西的人讨价还价时，价值几千文的东西用差不多百文钱就买走了，甚至还索要进宫门的钱和运费。有的老百姓来集市上卖点儿东西，甚至有空手而归的。虽然宦官的这种行为名为“宫市”，其实就是强取豪夺。

曾经有个农民用毛驴拉了几捆木柴到城里的集市卖，遇到了几个宦官，自称是“宫市”，拿走了他所有的木柴，一共才给了几尺绢，还要向农民索取给守门人的进门费，并且让农民用驴把木柴送到皇宫里去。这个农民哭了出来，把刚刚得到的几尺绢都给了这些宦官，没想到他们不愿意要，说："你必须用毛驴把木柴送到皇宫里面。"这个农民说："我家里还有父母妻儿，他们都在等着我用毛驴拉一点儿东西赚几个钱，才能去买点儿粮食吃饭。如今我把木柴全都给了你们，一分钱都不要只想回家，你们这还不愿意，分明是想把我逼上死路啊！"于是就上前去打那几个宦官。街上巡逻的士兵抓住他，然后把这个农民的事禀告了皇上。皇上颁下诏书罢免了那几个强买的宦官，并且赏赐给农民十四绢。但是"宫市"这种现象并没有因为这件事情而减少。谏官和监察御史们多次上书向皇上提意见，但皇上并没有采纳。顺宗皇帝刚刚即位就废止了这种做法。后来大赦天下的时候，又明令禁止了所谓"宫市"的行为。

评析

这篇文章抨击了宫市的蛮横和罪恶。宫市有几百个称为"白望"的人，在京城市场上肆意抢夺，他们的首领是得到皇上默许的宦官，于是肆无忌惮地作恶。这篇文章所描写的农夫的遭遇只不过是冰山一角而已。农夫在被逼到绝境的情况下，无可奈何地起身反抗。虽然皇上罢免了负责的宦官，还赏赐了农夫一些绢，但这种施小恩惠的办法只能稍微缓和一下官民对立的局面，起不到实质性的作用。

御史台①上论天旱人饥状

原文

右②。臣伏以今年已来，京畿③诸县，夏逢亢旱④，秋又早霜，田种所收，十不存一。陛下恩逾慈母，仁过春阳，租赋之间，例皆蠲免⑤。所征至少，所放至多；上恩虽弘，下困犹甚。至闻有弃子逐妻，以求口食；坼屋伐树，以纳税钱；寒馁道途，毙踣沟壑。有者皆已输纳，无者徒被追征。臣愚以为此皆群臣之所未言，陛下之所未知者也。

臣窃见陛下怜念黎元，同于赤子。至或犯法当戮，犹且宽而宥之，况此无辜之人，岂有知而不救？又京师者，四方之腹心，国家之根本，其百姓实宜倍加忧恤。今瑞雪频降，来年必丰，急之则得少而人伤，缓之则事存而利远。伏乞特敕京兆府，应今年税钱及草粟等在百姓腹内⑥，征未得者，并且停征，容至来年蚕麦，庶得少有存立⑦。

臣至陋至愚，无所知识，受恩思效，有见辄⑧言，无任恳款惭惧之至。谨录奏闻。谨奏。

注释

①御史：谏官，唐代设置的一种官职名称。台：与阁、府、寺等相似的一种机关。

②右：古时写文章是从右往左的竖行写法，于是右代指右边的文章标题。

③京畿（jī）：都城及其周边一带。

④亢旱：大旱。

⑤蠲（juān）免：免除。

⑥腹内：唐朝时的一种俗语，公文中也常常用到，相当于后来的“名下”。

⑦少有存立：能够勉强生活下去。少，稍微。

⑧辄：就。

译文

右题。臣俯首。今年以来京师周边各县，夏天碰到了大旱灾，秋天又遇到了早霜冻，地里的收成连原来的十分之一都没有。陛下您的恩德超过对孩子慈爱的母亲，仁慈之心就连春天的阳光都赶不上，将赋税和田租按照以前的惯例统统免除掉了。虽然陛下您征收的田租少了，但普通官员施加给百姓的压力却更多；虽然陛下您慈爱宽宏，但普通百姓却更加困苦。甚至听到有人扔掉孩子赶走妻子，就为了能吃上一口饭；拆掉房子砍伐树木，只是为了凑够纳税的钱；大街上到处都是饥饿寒冷的人，许多人饿死在了路边的沟里。有钱人家有能力的都已经纳了税，而穷苦人只能受到逼迫压榨。我认为造成这样的局面是大臣们没有上奏，于是陛下您有所不知。

我私下认为皇上您爱惜自己的百姓就像爱护婴儿一样。就连有人犯法应该被处死，您还饶恕了他，更何况是这些无辜的百姓，如果您知道了他们的处境，怎么可能不去救助他们呢？再说京城是国家的心脏，一个国家的根本所在，这里的老百姓应该受到更多的照顾。如今瑞雪连续降下，明年一定是丰年，如果急于逼迫百姓强征赋税，不但不能多收税，还会伤害到百姓的积极性，而缓征赋税则能给百姓留下余地，也能维持国家的长远利益。我万分恳请陛下您能颁下告示给京兆府，今年应征钱粮赋税而没有征收的，前去征收但还没有缴纳的，今年全部停止征收，等到明年蚕丝上市、麦子收获以后，老百姓有了收益，勉强能够生活的时候再征收。

我这个人愚昧浅薄，没什么眼光见识，因为感受皇恩浩大，想要报答陛下，有了点儿想法就赶紧说了出来，言辞恳切甚至恐惧到了极点。微臣这里恭谨地写下奏状呈递给皇上您，谨奏。

评析

贞元十九年（公元803年），韩愈调任御史台任监察御史。虽然这只是一个八品的小官，但是职权却很大。韩愈的职责范围包括考察百官、巡查地方行政等，有干政的机会。有一年，都城长安周边好几个县出现了灾情，春天和夏天两季干旱，而秋天又遭受了早霜袭击，老百姓的收成连以前的十分之一都没有。可当时主抓京城行政的京兆尹李实却为了赢得皇上的欢心，一直欺下瞒上，报喜不报忧。天灾加上行政长官的作为，使得老百姓的生活极端困苦。性格刚直的韩愈为此向皇上呈上了这份奏状，在文中揭露了灾情的事实，请求皇上能减免周边县域的赋税。状文在介绍了今年京城周边一带遭受灾害的情况之后，还向皇帝请求停征灾民今年的赋税，等来年有了好收成的时候再一起征收。而后作者写出了自己的心声，说自己愚昧鲁莽，这篇文章只是看到什么说什么，但这篇揭露现实的文章还是触怒了皇上，加上另外一些因素的影响，韩愈被贬为阳山县令。

送董邵南序

原文

燕赵[①]古称多慷慨悲歌之士。董生[②]举进士，连不得志于有司[③]，怀抱利器[④]，郁郁适兹土[⑤]。吾知其必有合也。董生勉乎哉！

夫以子之不遇时，苟慕义强仁者皆爱惜焉。矧[⑥]燕赵之士出乎其性者哉！然吾尝闻风俗与化移易，吾恶知其今不异于古所云邪？聊以吾子之行卜之也。董生勉乎哉！

吾因之有所感矣。为我吊望诸君[⑦]之墓，而观于其市，复有昔时屠狗者[⑧]乎？为我谢曰："明天子在上，可以出而仕矣。"

注释

①燕赵：战国时期的燕国和赵国。

②董生：即董邵南。

③有司：在此指主管进士考试的官员。

④怀抱利器：形容才能出众。

⑤兹土：指当时能够自己选用官吏的河朔三镇。

⑥矧（shěn）：况且。

⑦望诸君：即乐毅，战国时期燕国名将，曾为燕昭王洗刷耻辱，攻打齐国，连下七十余城，战功赫赫。但是后来却被小人诬陷，被迫逃离燕国归赵。赵国将观津（今河北武邑

东南）作为乐毅的封地，并封其为望诸君。

⑧屠狗者：据有关资料记载，燕人高渐离曾经以屠狗为业，后来其挚友荆轲刺秦未遂被杀，高渐离想尽办法再次刺杀秦王，想要为荆轲报仇，但最终未能成功。这里借高渐离泛指不得志的豪侠义士。

译文

自古相传燕、赵之地有很多慷慨豪迈、击剑高歌的侠义之士。董生去考进士，连着几次都没有被录取，其实他才情过人，但郁郁不得志，于是他决定要到燕赵之地去。我知道他这次前去一定会有好的机遇。董生，加油啊！

像你才高八斗却生不逢时，如果是钦慕先哲而自身又仁德高义的人，都会同情爱惜你的，更何况燕、赵之地的豪侠之士的仁义之心，完全出于他们的本性！不过，我听说过一个地方的风俗是会随着教化而有所不同，我也不知道现在的燕赵之地跟以前所说的有没有什么不同？所以这次你就前去验证一下吧。董生，努力吧！

你这趟远行让我产生了一些想法。请你帮我到望诸君乐毅的墓前去凭吊一番，另外请你到那里的街上看看，那里还有以前所说的屠狗者之类的侠义之士吗？替我向他们表达我的敬意：“如今的天子英明神武，你们可以出世任官职效忠皇上了！”

评析

董邵南，寿州安丰（今安徽寿县）人，因为好几次考进士都没有中第，所以就想去河北加入藩镇幕府。韩愈向来反对割据的藩镇势力，于是就写了这篇序送给他，既表达了对他仕途不顺的同情，同时劝告他不要替割据势力做下不忠不义之事。第一段先说这次远行一定会有所收获；第二段马上又说因为古今的风俗有所不同，所以这次远行不一定真的有好的机遇。虽然没有明确表达自己的想法，但倾向已经很清楚。最后一段暗示董邵南生不逢时，他应该和燕赵之地以前的忠义之士一样全力效忠朝廷。全文用词讲究，情意恳切，虽然字数不多，但起伏跌宕，具有很强的感染力。

《感二鸟赋》并序

原文

贞元十一年①，五月戊辰②，愈东归。癸酉③，自潼关出，息于河之阴④。时始去⑤京师，有不遇时之叹。见行有笼白乌、白鸲鹆而西[6]者，号于道曰："某土之守某官，使[7]使者进于天子。"东西行者皆避路，莫敢正目焉。

因窃[8]自悲，幸生天下无事时，承先人之遗业，不识干戈、耒耜、攻守、耕获之勤[9]；读书著文，自七岁至今，凡二十二年。其行已不敢有愧于道[10]，其闲居思念前古当今之故[11]，亦仅志[12]其一二大者焉；选举于有司[13]，与百十人偕[14]进退，曾不得名[15]荐书，齿[16]下士于朝，以仰望天子之光明。今是鸟也，惟以羽毛之异，非有道德智谋，承顾问赞[17]教化者，乃反得蒙采擢[18]荐进，光耀如此。故为赋以自悼[19]，且明夫遭时者，虽小善必达；不遭时者，累善无所容焉。其辞曰：

注释

①贞元十一年：即公元795年。

②五月戊辰：按照干支纪年，是农历五月初二。

③癸酉：即五月初七。

④潼关：在今陕西华阴县。河之阴：黄河的南岸，水的南岸叫作阴。

⑤去：离开。

⑥行：道路。笼：这里用作动词，即用笼子装着。鸲鹆：鸟名，即八哥。西：向西。

⑦号：叫喊。使：用作动词，派。

⑧因：于是。窃：私下里。

⑨勤：苦。

⑩行已：行止。道：道义。

⑪故：事情。

⑫志：记忆、记住。

⑬举：提拔。有司：这里指官府。

⑭偕：一起。

⑮名：用作动词，列名。

⑯齿：位于、排列。

⑰赞：辅助、辅佐。

⑱擢：提拔。

⑲悼：伤心。

译文

贞元十一年五月初二，我往东回故乡。初七，我从潼关出来，在黄河南面休息。当时刚刚离开长安，有生不逢时的感叹。我看到路上有用笼子装着白色的乌鸦和白色的鸜鹆往西走的人，其一边走，一边在路上喊着：“某地某官派使者进献给皇上！”来来往往的行人都把路让开，没有人敢正眼看他。

我由此而私下为自己觉得悲哀，有幸生在天下太平的时候，继承了先人的遗产，没用过兵器和农具，不知道征战固守和耕耘收获的辛苦，读经书、写文章，从七岁到现在，一共已经二十二年了。我的行动不敢有愧于道义，空闲待着的时候，想着古往今来的事迹，也只记住其中一两件最重要的。我到吏部去参加选拔考试，和很多人一起应试，但连举荐的文书都没能列上找的名字，只能位列下级小吏，期盼得以瞻仰皇上的光明。现在这两只鸟只因为羽毛不一般，既不是有道德有智谋，又不能成为政治顾问，帮助朝廷教育统治百姓的人，却反而得到提拔推荐，这样荣耀。于是我作这篇赋来为自己悲悼，并且阐明那些有时运的人，即使只有小小的长处，也一定能成为达官显贵，而没有时运的人，就算有一连串的优点，也没有地方施展。这篇文章是：

原文

吾何归乎！吾将既行而后思。诚不足以自存，苟有食其①从之。出国门而东骛②，触白日之隆景③；时返顾以流涕，念西路之羌永④。过潼关而坐息，窥黄流⑤之奔猛；感二鸟之无知，方蒙恩而入幸⑥。惟进退之殊异，增余怀之耿耿⑦。彼中心⑧之何嘉，徒外饰焉是逞。余生命之湮厄⑨，曾二鸟之不如；汩⑩东西与南北，恒十年而不居；辱饱食其有数⑪，况策名于荐书；时所好之为贤，庸⑫有谓余之非愚。昔殷之高宗，得良弼于宵寐；孰左右者为之先，信天同而神比⑬。及时运之未来，或两求而莫致；虽家到而户说⑭，只以招尤而速累。

盖上天之生余，亦有期⑮于下地；盍求配于古人，独怊怅⑯于无位？惟得之而不能，乃鬼神之所戏；幸年岁之未暮，庶无羡于斯类⑰。

注释

①苟：如果。其：这里是第一人称代词，指我。

②骛：奔驰、疾跑。

③隆景：盛景。

④羌永：遥远的样子。羌，发语词。

⑤黄流：指黄河水。

⑥幸：得到皇帝的宠幸。

⑦耿耿：忧虑不安的样子。

⑧中心：心中。

⑨湮厄：困厄，阻塞不通达。

⑩汩：句首发语词。

⑪有数：指次数少。

⑫庸：哪里。

⑬天同：上天的赞同。神比：神灵的帮助。

⑭家到而户说：挨家挨户地宣传。

⑮期：期待。

⑯怊怅：感伤失意的样子。

⑰斯类：这一类，指像文中提到的鸟一样仅仅凭借着美丽的外表就得到皇帝宠幸的一类人。

译文

我回到哪儿去呀！我将在行动以后再思考。如果的确不足以让自己生活下去，那么哪里有饭吃，我就到哪里去。出了京城的门就往东飞快地走，接触到白天明亮的阳光；我时时回头看，忍不住涕泪双流，感叹西边那离开长安的道路是多么漫长。走过潼关，我坐下来休息，看见黄河的流水澎湃奔流；感触于那两只鸟无知却正蒙受皇上的恩宠，想到自己和两只鸟一个被斥退一个被宠爱境遇完全不同，心里更增加了烦闷不安。它们的内在有什么美好的地方？只不过是靠外表美丽而自鸣得意。我一生的命运艰难阻塞，连这两只鸟都比不上；我在东南西北四处漂泊，连续十年没有安定的住所；屈辱地吃饱饭的时候都寥寥可数，更何况被列名于推荐文书之上呢？符合现在时俗陋见的喜好的，才被称为贤人，哪里有人说我这个人不愚顽的呢？当年殷高宗在晚上睡梦中得到贤良的辅佐；在这个贤人的周围，哪里有什么人为他推荐，实在是得到了天神的认同和帮助。在时运没有到来的时候，有时候两方面的追求都达不到目的；即使是挨家挨户地去宣扬自己，也只能招来错误和麻烦。

大概上天生下我，也还是希望我在人世间有所作为的；为什么我能与古人相比，而独独为自己得不到官位而惆怅呢？我想那些得到了官位的人却无法胜任，是鬼神的戏弄；幸好我的年纪还没有到太老的地步，大可不必羡慕这一类人。

评析

按照唐朝的制度，学子中了礼部进士后，还必须经吏部考试合格，才能得到一官半职。考取进士后，韩愈满怀希望地应试吏部的“博学宏词”科，但连续三年应试均告失败。此时韩愈已二十八岁，到京求位已历十年，犹未得一官，于是他心中极为焦灼，深感受到命运的作弄。这年正月，他曾三次上书宰相，以优美的笔调表白自己的抱负和才华，以及穷愁潦倒之态，但韩愈的上书如石沉大海。求仕不得的韩愈只好离开京城，怀着不得志的心情东归故里。在归乡途中，见有人笼白乌、白鸲西行送给天子，韩愈深有感触，联想到自己饱读诗书、身怀抱负，却不得名于荐书，而这两只鸟只不过有华丽的羽毛，反得如此光耀。感物伤生，心中极为苦涩，于是就有了这篇《感二鸟赋》。在文中，韩愈发出了“遭时者，虽小善必达；不遭时者，累善无所容”之叹。他把穷达归因于命运的安排，只好按捺住自己要求出仕的迫切心情，等待机会，相信“盖上天之生余，亦有期于下地”。第二年，机会终于来了，因汴州发生叛乱，韩愈被辟署试校书郎，汴、宋、亳、颍四州观察推官，随宰相董晋由洛阳到了对州。

答李翊书

原文

六月二十六日，愈白[①]。李生足下[②]：

生之书辞甚高，而其问何下而恭也。能如是，谁不欲告生以其道？道德之归也有日矣，况其外之文乎？抑[③]愈所谓望孔子之门墙而不入于其宫者，焉足以知是且非邪？虽然，不可不为生言之。

生所谓立言者，是也；生所为者与所期者，甚似而几矣。抑不知生之志：蕲[④]胜于人而取于人邪？将蕲至于古之立言者邪？蕲胜于人而取于人，则固胜于人而可取于人矣；将蕲至于古之立言者，则无望其速成，无诱于势利，养其根而俟[⑤]其实，加其膏而希其光。根之茂者其实遂，膏之沃者其光晔[⑥]；仁义之人，其言蔼如[⑦]也。

抑又有难者，愈之所为，不自知其至犹未也，虽然，学之二十余年矣。始者，非三代两汉之书不敢观，非圣人之志不敢存，处若忘，行若遗，俨乎其若思，茫乎其若迷。当其取于心而注于手也，惟陈言之务[⑧]去，戛戛[⑨]乎其难哉！其观于人，不知其非笑之为非笑也。如是者亦有年，犹不改，然后识古书之正伪，与虽正而不至焉者，昭昭然白黑分矣，而务去之，乃徐有得也。

当其取于心而注于手也，汩汩然[⑩]来矣。其观于人也，笑之则以为喜，誉之则以为忧，以其犹有人之说者存也。如是者亦有年，然后浩乎其沛然矣。吾又惧其杂也，迎而距[⑪]之，平心而察之，其皆醇也，然后肆[⑫]焉。虽然，不可以不养也，行之乎仁义之途，游之乎《诗》《书》之源，无迷其途，无绝其源，终吾身而已矣。

气，水也；言，浮物也。水大而物之浮者大小毕浮。气之与言犹是也，气盛则言之短长与声之高下者皆宜。虽如是，其敢自谓几于成乎？虽几于成，其用于人也奚取焉？虽然，待用于人者，其肖于器邪？用与舍属诸人。君子则不然，处心有道，行己有方，用则施诸人，舍则传诸其徒，垂诸文而为后世法。如是者，其亦足乐乎？其无足乐也？

有志乎古者希矣，志乎古必遗乎今，吾诚乐而悲之。亟⑬称其人，所以劝之，非敢褒其可褒而贬其可贬也。问于愈者多矣，念生之言不志乎利，聊相为言之。愈白。

注释

①白：告诉。

②足下：对对方的尊称。

③抑：可是。

④蕲（qí）：通“祈”，希望。

⑤俟：等待。

⑥晔：明亮。

⑦蔼如：形容很茂盛。

⑧陈言：陈旧的观点和言辞。务：务必，一定。

⑨戛戛：吃力的样子。

⑩汩汩然：水流很通畅发出的声音，在此指文思如泉涌。

⑪距：通“拒”，此处指批驳。

⑫肆：恣意，放纵。

⑬亟（qì）称：屡次称赞。

译文

六月二十六日，韩愈启。李生足下：

你信中的文辞很好，而求教的态度又是多么谦逊、恭敬。能像这样，谁不愿把他所懂得的仁义之道告诉你呢？看来，你成为一个有道德的人已经指日可待了，更何况文章是道德的外在表现呢？但我是个所谓望见孔子的门墙而没有进入他的家门的人，哪能分清道理是对还是不对呢？即使这样，我也不能不和你谈谈这个问题。

你所讲的志在立言的话是正确的，你所写的文章和你所期望的很相似而且很接近了。但是我不知道你的理想，是要求胜过一般人而被人学习呢，还是要求达到古代著书立说的人的标准呢？如果要求胜过一般人而被人学习的话，那现在你本来已经胜过一般人而可以被人学习了！如果要求达到古代著书立说的人的标准的话，就不能指望很快就成功，也不能受权势和功利的诱惑，而要像栽培果树一样，先培养它的根，再等着它结果；又要像燃灯一样，先添进油脂，再希望它发出光亮。根长得茂盛的树木，它的果实就顺利成长；油脂肥沃，灯自然就会明亮。奉行仁义之道的人，他说起话来总是和蔼温顺的。

可是又有为难的地方，我韩愈的行为，自己也不知道是否达到了古代立言者的标准。即使如此，但我也学习了二十多年。起初，不是夏、商、周和两汉时代的书我不敢看，不是圣人的观点我不敢记。无论是在静处的时候，还是行动的时候，我都像忘掉了世上的一切，成天一副庄重的样子，总像在思索问题，茫茫然像被什么东西迷惑住了。当我把心里的想法用手写出来时，凡是陈旧的观点和言辞，都一定要去掉，真是困难啊！我把写好的文章给别人看，不把人们的讥笑当作讥笑。像这样过了好些年，还是没有改过来，然后才识别出古书中哪些是讲的真正的儒家之道，哪些不是讲的儒家之道，哪些虽然是讲的儒家之道，却还没有达到完美境界，对这些区别得清清楚楚如同黑白分明一样。而后务必除去自己文章中不可取的地方，这样才渐渐地有所获得。

当把自己的想法写出来的时候，文思勃发就像流水奔涌一样不可遏止。当把写好的文章给别人看时，人家笑话，我就认为值得高兴；人家赞美，我便感到发愁，因为这说明文章中还保留着一般人的观点。像这样也过了好些年，然后文思就像水浩浩荡荡地奔流。这时我又担心内容不纯，便让文思的奔流停止下来，平心静气地考虑一下，使内容都纯正了，然后放手去写。即使如此，自己不能不继续加强修养。要在仁义的大道上行进，在《诗》《书》等儒家经典著作的源泉中游泳，不迷失仁义这条道路，不离开《诗》《书》等儒家经典著作这个源泉，我终身如此。

人的精神状态好比水，言辞好比浮在水面的物体。水大，那么能浮在水面的物体大大小小都能浮起来。气和言辞的关系就如同水和浮物的关系一样，气盛，那么言辞的长短、声调的高下便都会恰到好处。即使到了这种地步，难道自己敢认为已经接近成功了吗？即使自己的文章接近成功了，待到为人所用时，人家从中能得到什么呢？即使如此，大概等待别人任用的人就像器物一样吧？用和不用都听从别人的摆布。君子就不是这样，他思考问题有一定的方法，自己行事有一定的原则，能为人所用，就把自己的道德表现出来，给人们带来好处；不能为人所用，就把自己的道德传给他的弟子，把它写在文章中让后人学习。像这样做是值得高兴呢，还是不值得高兴呢？

现在有志于学古人立言的人太少了。有志于学古人立言必然会被今人遗弃，我确实为他们既感到高兴，又感到悲哀。我多次赞扬这些人，用来鼓励他们，并不是我敢赞美那些应该赞美的人和敢批评那些应该批评的人。向我求学的人很多，我想到你说的用心不在于急于求利，姑且对你说了以上这些看法。韩愈诚告。

评析

这篇论说文是写给李翊的回信，作于唐德宗贞元十七年。文章讲述了韩愈自己在文学方面的想法和自己学习的经历，提出了很多独特的文学主张，比如内容决定形式、大力创新等思想，体现出了韩愈大无畏的精神和积极进取、不甘人后的性格。

精彩点拨

韩愈是司马迁以后最大的散文家。感情充沛、风格豪迈、笔锋犀利、气盛言宜，以及雄奇恣肆、浩大奔放的气势和充沛的逻辑力量，是韩愈散文的基本风格。而他不同类型的散文又有不同的风格：（1）论说文气势磅礴、纵横开阖，论证雄辩有力，善于通过对比、排比、比喻、反讽等手法增强文章的论辩力量。（2）杂文嘲讽现实，揭露矛盾，犀利精悍。或长或短，或庄或谐，嬉笑怒骂，怪怪奇奇，具有一种反流俗、反传统的力量，并在行文中夹杂着强烈的感情倾向，如《杂说》等。（3）记叙文继承和发展了《史记》《汉书》记事写人的传统，善于选择典型的真实事件和细节来突出人物的主要性格，在客观的叙述中寄寓作者强烈的爱憎感情，如《张中丞传后叙》等。（4）抒情文主要见于祭文、书信。这些作品融抒情、叙事和议论于一体，感情强烈，具有很强的艺术感染力，如《祭十二郎文》等。

阅读积累

韩愈名字的由来

韩愈父母早亡，从小由哥哥韩会和嫂子郑氏抚养。到了上学的年纪，需要取个大名，嫂子郑氏翻开书典进行挑选，但都不满意。小韩愈站在一旁问嫂子："给我取个什么名字嫂子才满意？"嫂子说："你大哥名会，聚集之意；二哥名介，耿直之意，都是人字头，象征要做人群之首。你的名字，也须人字作头，含义好才行。"韩愈说："干脆叫'愈'吧，愈是超越的意思，我长大后，一定要做一番大事，前超古人，后无来者，不做平庸之辈。"嫂子拍手叫好。韩愈后来取字"退之"，与夫人卢小姐有关。由于韩愈特立独行，科举之路坎坷。与卢小姐订婚后，卢小姐见韩愈情绪失意，便劝道："科场屡挫，先找出缘由才是。"韩愈请教，卢小姐说："人言求实，火求心虚，欲成大器，必先退之。"韩愈茅塞顿开，叫"愈"，光想超越别人，缺少谦虚之情啊！于是，韩愈的字，就叫"退之"，取谦虚之意，预示他的人生开始走向新的境界。

柳宗元

精彩导读

唐中叶，柳宗元和韩愈在文坛上发起和领导了一场古文运动，要求文章反映现实，“不平则鸣”。柳宗元的散文在继承前人成就的基础上又推陈出新，在创作实践中身体力行自己的文学主张，创作了许多内容丰富、技巧纯熟、语言精练生动的优秀散文。无论是他的文学理论，还是创作实践，都为中国文学的丰富与发展做出了巨大的贡献。让我们一起走进柳宗元的创作园地，去欣赏那无限的美好风光吧！

驳复仇议

原文

臣伏见天后[①]时，有同州下邽人徐元庆者，父爽，为县尉赵师韫所杀，卒能手刃父仇，束身归罪。当时谏臣陈子昂建议诛之而旌其闾，且请“编之于令[②]，永为国典”。臣窃独过之[③]。

臣闻礼之大本[④]，以防乱也，若曰无为贼虐，凡为子者杀无赦。刑之大本，亦以防乱也，若曰无为贼虐，凡为理者杀无赦[⑤]。其本则合，其用则异，旌与诛莫得而并焉。诛其可旌[⑥]，兹谓滥[⑦]，黩刑甚矣；旌其可诛，兹谓僭，坏礼甚矣。果以是示于天下，传于后代，趋义者[⑧]不知所向，违害者不知所立，以是为典，可乎？

盖圣人之制，穷理[⑨]以定赏罚，本情以正褒贬，统于一而已矣。向使刺谳[⑩]其诚伪，考正其曲直，原始而求其端[⑪]，则刑礼之用，判然离矣[⑫]。何者？若元庆之父，不陷于公罪，师韫之诛，独以其私怨，奋其吏气，虐于非辜，州牧不知罪，刑官不知问，上下蒙冒，吁号不闻；而元庆能以戴天为大耻，枕戈[⑬]为得礼，处心积虑，以冲仇人之胸，介然自克[⑭]，即死无憾，是守礼而行义也。执事者宜有惭色，将谢之不暇，而又何诛焉？其或元庆之父，不免于罪，师韫之诛，不愆于法，是非死于吏也，是死于法也。法其可仇乎？仇天子之法，而戕奉法之吏，是悖骜而凌上也。执而诛之，所以正邦典[⑮]，而又何旌焉？

且其议曰：“人必有子，子必有亲，亲亲相仇，其乱谁救？”是惑于礼也甚矣。礼之所谓仇者，盖以冤抑沉痛而号无告也，非谓抵罪触法，陷于大戮。而曰“彼杀之，我乃杀之”，不议曲直，暴寡胁弱而已，其非经背圣，不亦甚哉！《周礼》：“调人[16]，掌司万人之仇。凡杀人而义者，令勿仇，仇之则死。有反杀者，邦国交仇之。”又安得亲亲相仇也？《春秋公羊传》曰：“父不受诛，子复仇可也。父受诛，子复仇，此推刃[17]之道，复仇不除害。”今若取此以断两下相杀，则合于礼矣。

且夫不忘仇，孝也；不爱死[18]，义也。元庆能不越于礼，服孝死义，是必达理而闻道者也。夫达理闻道之人，岂其以王法为敌仇者哉？议者反以为戮，黩刑坏礼，其不可以为典，明矣！

请下臣议[19]，附于令[20]。有断斯狱者，不宜以前议从事。谨议。

注释

①伏见：看到。伏，和下文“窃”一样，是旧时下对上用来表示敬意的。天后：指武则天。

②编之于令：把处置这一案件的办法编为法令。

③窃独过之：个人意见认为陈子昂的建议是错误的。

④大本：根本作用。

⑤凡为治者杀无赦：凡是治理人民的官吏，无故杀人也不可赦免。

⑥诛其可旌：杀死那可以表扬的。

⑦兹谓滥：这叫作滥杀。

⑧趋义者：寻求正义的人。

⑨穷理：据理。

⑩刺谳（yàn）：审讯议罪。

⑪原：推究。端：原因。

⑫判然离矣：明显地区别开了。

⑬枕戈：连睡觉时也头枕着兵器。

⑭介然：坚贞。自克：下定决心。

⑮正邦典：正国法。

⑯调人：周朝官名。

⑰推刃：往来相杀。

⑱爱死：怕死。爱：吝惜，指吝惜生命。

⑲请下臣议：请求发下我这篇驳议。

⑳附于令：附在法令之后。

译文

臣敬闻在武后时，同州下邽有一个名叫徐元庆的人，其父徐爽被县尉赵师韫所杀害。后来徐元庆为报父仇，亲手杀死了仇人赵师韫，并到官府自首认罪。当时的谏官右拾遗陈子昂向武后建议，一面将徐元庆定罪斩首，一面旌表其门里以表彰孝道。并且请求将此事“编入法令之中，永远为国家的典章”。臣私下认为陈子昂的主意是错误的。

臣听说礼的宗旨大意本是为了防止为祸作乱的。如果说，不能叫杀人者呈现其残虐，儿子不是为报仇杀人的就不能赦免。刑法的宗旨大意也是为了防止祸乱的。如果说，不能叫杀人者呈现他的残虐，凡当政为官吏的人，不应当杀人，杀了人也不能赦免。礼和刑两者的根本原是相合的，但其使用的方法是相异的。旌表和诛杀是不能并行的。如果诛杀可以旌表的人，那就是滥杀，用刑过分了；如果旌表可以诛杀的人，那就是差失，破坏礼法太严重了。要是真的那样告示天下，传到了后代，趋于礼义的人不知道何去何从，违害的人不知道自己的作为如何。用这个作为典章难道可以吗？

大概圣人订立制度的时候，深入研究义理来定出赏罚，推断实际情况而做出公正褒贬，不过是为了统一罢了。假如要刺探它的真伪，考证它的曲直，推论它的开始，穷究其原因，那么用刑遵礼的区别就是很明白的了。这是为什么呢？如果元庆的父亲不违犯法律而获罪，师韫却将他诛杀，那是为了私人的怨恨。师韫施展其县官的气势，虐待无罪之人。州官不知道将他加罪，刑官也不知道去加问审讯。上下左右，蒙蔽不清。无辜黎民的叫喊呼号没有人能够听见。而元庆因将不共戴天的父仇未报作为奇耻大辱，枕戈待旦以为符合礼，处心积虑，拿着刀去刺入仇人的胸腹，坚贞又能下定决心，就是死了也不感到遗憾，这是遵守礼法而行孝义。执政的人应该感到惭愧，对他表示感谢还来不及，又为什么将他诛杀呢？如果元庆的父亲犯法有罪，师韫将他定罪诛杀，是根据法律办事。这不是死在县官手中，而是死于法律。法律是可以仇视的吗？仇视天子治国的法律，而杀死执行法律的官吏，这是大逆不道，犯上作乱。将这样的人捉拿诛杀，明正国家的典章制度，又有什么可以旌表的呢？

而且发议论说：“人必然有儿子，儿子必然有父母亲，相亲的互相报仇，这样的乱子怎么救助呢？”这是在礼法上过分地迷惑了！礼法上所谓的仇敌，大概他们的冤仇难解，沉痛难伸，呼号无应，求告无门。不说犯法抵罪，陷于诛杀死罪，反倒说“他杀了人，我去杀他”，不论是非曲直。这是以众欺寡、以强凌弱罢了，他的离经叛道，违背圣人的意愿，不是太过分了吗？

《周礼》上说“‘调人’的官员，处理万民的冤仇之事。凡是杀人而合乎义理的，教他不要报仇，如果报仇，就犯了死罪。有反而杀人的，全国都把他看作仇敌。”又怎能容忍亲人之间相互仇杀呢？《春秋公羊传》说：“父亲没有犯死罪却被人杀死，儿子可以报仇；父亲犯有死罪而被人杀死，儿子前去报仇，这是互相仇杀的做法，这样的报复行为是不能根除彼此仇杀不止的祸害的。”现在如依此来论断师韫、元庆的相杀，就合乎礼法了。且说那不忘报仇的，这是孝道；不惜一死，这是义啊。元庆如能不越过礼法，服从孝道死于礼义，他就是达理闻道的人。凡是达理闻道的人，怎能将王法视为仇敌呢？议论这事的人反而将元庆诛杀，这是滥用刑法太过分了。不能依此为典章是很明白的了。

请颁布下臣这个议论并附于有关法令，以后如有断类似狱讼的，就不应该照以前的议理办事。臣恭敬地建议。

评析

本文是针对陈子昂的《复仇议状》而作的。徐元庆为父报仇，杀死仇人后自首。对此，陈子昂认为杀人犯法应判死罪，而为父报仇合乎礼义，又应予表彰。柳宗元认为这种观点赏罚不明，自相矛盾，指出徐元庆为父报仇合于礼义和法律。此文强调了封建礼义和法律的一致性，在吏治腐败的封建社会具有一定的进步意义。

桐叶封弟辨

原文

古之传者①有言：成王以桐叶与小弱弟②戏，曰："以封汝。"周公入贺，王曰："戏也。"周公曰："天子不可戏。"乃封小弱弟于唐③。

吾意不然。王之弟当封邪，周公宜以时言于王，不待其戏而贺以成之也。不当封邪，周公乃成其不中之戏，以地以人与小弱弟者为之主，其得为圣乎？且周公以王之言不可苟焉而已，必从而成之邪？设有不幸，王以桐叶戏妇寺④，亦将举而从之乎？

凡王者之德，在行之何若。设未得其当，虽十易之不为病；要于其当，不可使易也，而况以其戏乎？若戏而必行之，是周公教王遂过也。

吾意周公辅成王宜以道，从容优乐，要归之大中而已。必不逢其失而为之辞；又不当束缚之，驰骤之，使若牛马然，急则败矣。且家人父子尚不能以此自克，况号为君臣者邪？是直小丈夫缺缺⑤者之事，非周公所宜用，故不可信。

或曰：封唐叔⑥，史佚⑦成之。

注释

①古之传者：指《吕氏春秋》的编者吕不韦和《说苑》的作者刘向。

②成王以桐叶与小弱弟：周成王姬诵用桐叶当圭（帝王用作凭证的玉制品）送给幼弟叔虞。

③唐：古地名，在今山西翼城一带。成王封叔虞于此，后来改称晋。

④妇寺：指妇人和宦官。

⑤缺缺（quē）：耍小聪明的样子。

⑥唐叔：即叔虞，因封于唐，故称唐叔。

⑦史佚：即尹佚，周朝太史。

译文

古书上说：西周成王姬诵拿了一片削成圭（圭是古时王公大臣手中所执的礼器）样子的桐叶与幼弟游戏说："把这个封给你。"周公旦知道了，就前来道贺。成王说："我这是和他开玩笑呀。"周公说："天子口中无戏言。"于是成王就把唐这个地方封给了幼弟。

以我的看法，这是不对的。成王的弟弟如可以封，周公应及时对成王把道理评析明白，不应该乘他游戏的时候去道贺，以赞成此事；如其幼弟不应当封，而周公竟然以一句游戏的话，把许多地方和人民封给成王幼小的弟弟，叫他去作为那里的君主，周公可以称为圣人吗？况且周公只是因为帝王为万民之尊，出言必行，不可苟且从事罢了，难道必须顺从帝王成就他据说之事吗？假如不幸，成王和妇女宦官游戏，难道也以戏言去分封他们吗？

大凡王者的德行治化，要看他如何施政。假若做法不得当，就是更改十次也不过分；如果做法妥当，那就不能更改，何况他是游戏之言呢？假若开玩笑的话也要实行，这是周公教成王犯错误了。

我仔细想来，周公辅佐成王，应当以礼义之道从容和缓地加以劝导，必须指引他到不偏不倚的中正地位。不要逢到成王有了错失，就去替他文过饰非。也不必处处束缚他、放纵他，或使他像做牛做马一样辛劳；过于急躁，则要坏事了。且在一家之中，父子之间尚不能行使这种不妥的管理方法，更何况成王、周公在名分上是君臣呢？这是小丈夫做的小聪明的事，不是周公所应该采用的，所以古书上说的此事并不可信。

也有人说："成王封唐叔的事是那时的太史尹佚所促成的。"

评析

本文论述了大臣应如何辅佐君主这一问题。通过桐叶封弟的典故，作者批评了君主随便的一句玩笑话，臣子也要绝对服从的荒唐现象，主张不要盲从统治者的言行，要看它的客观效果。在封建社会，发表这样的观点需要具有非同一般的胆识。

箕子碑

原文

凡大人之道有三：一曰正蒙难，二曰法授圣，三曰化及民。殷有仁人曰箕子[1]，实具兹道以立于世。故孔子述六经之旨，尤殷勤焉。

当纣之时，大道悖乱，天威之动不能戒，圣人之言无所用。进死以并命，诚仁矣；无益吾祀，故不为。委身以存祀，诚仁矣；与亡吾国，故不忍。具是二道，有行之者矣。是用保其明哲，与之俯仰；晦是谟范[2]，辱于囚奴。昏而无邪，隤[3]而不息。故在《易》曰："箕子之明夷[4]。"正蒙难也。及天命既改，生人以正，乃出大法，用为圣师，周人得以序彝伦[5]，而立大典。故在《书》曰："以箕子归，作《洪范》[6]。"法授圣也。

及封朝鲜，推道训俗，惟德无陋，惟人无远，用之殷祀，俾夷为华，化及民也。率是大道，丛于厥躬。天地变化，我得其正。其大人欤！

呜呼！当其周时未至，殷祀未殄[7]，比干已死，微子已去，向使纣恶未稔[8]而自毙，武庚[9]念乱以图存，国无其人，谁与兴理？是固人事之或然者也。然则先生隐忍而为此，其有志于斯乎？

唐某年，作庙汲郡，岁时致祀。嘉先生独列于《易》象，作是颂云。

注释

①箕子：名胥余，商纣王叔父，因封在箕地，故又称箕子。

②谟：谋划。范：法，原则。

③隤（tuí）：跌倒。

④明夷：卦名，象征暗君在上、明臣在下，明臣隐藏起自己的智慧。

⑤彝（yí）：常规。伦：人伦。

⑥《洪范》：相传为禹时的文献，箕子增订并献给周武王。

⑦殄：灭绝。

⑧向使：如果。未稔：没有成熟，没有达到顶点。

⑨武庚：名禄父，纣王子。周武王灭商，封武庚以存殷祀。武王死，武庚与管叔蔡叔反叛被杀。

译文

凡是有德行的人遵从的道理有三种：第一是纠正人违法作乱；第二是把大道传授于圣人；第三是教化万民。在殷朝时有一位仁人名叫箕子，他实实在在地具备了这三道，以大德行立于世上。于是孔子在叙述六经的要旨大意时，尤其殷勤。

在殷纣王之时，大道逆乱，上天的震怒不能引起人们警戒，圣人的言论无所用处。臣下拼死进谏，把己身的生死置之度外，诚然是仁者的作为了，但无益于殷朝的社稷祭祀，所以不这样做；委曲求全，以保存殷朝的祭祀，诚然是仁者的所为了，但是亡国的预兆很明显，所以不忍心去这样做。这两条路都有人行了。这样的作为是保其贤明，与世俗人一同俯仰屈伸，隐藏自己的谋略，在奴隶中间受凌辱。虽然卑微不得意，但也不肯乱来；虽然颓废失落，但忠心不熄灭。所以《易》上说："箕子不敢显露自己的明智。"这就是蒙受苦难而能坚持正道。等到天命已经改变，百姓已经走上正轨，就拿出大法《洪范》以传授圣人，周公旦得依此法序次伦常，后来设立大典章制度。所以《书》说："箕子归来作《洪范》。"这就是把大道传授圣人。

到了周朝封箕子于朝鲜地方，他顺应大道，教育感化俗人，德行无论大小，人群不论亲疏远近，光大殷朝的祭祀，使得夷狄蛮荒变为中华，这是教化万民呢。这些大道聚集于箕子一身；天地之变化，箕子独得其正气，这真是有大道德的人了！

唉！当周朝还没有建立，殷商还没有灭亡的时候，殷商大臣比干已死，微子也已离去。假如殷纣还没有恶贯满盈，竟然自毙，纣王之子武庚忧虑乱世，图谋保存殷朝，此时国中没有贤明之人，谁能辅佐他治理国家呢？这是人事中或者有的吧。但箕子先生隐忍受辱为奴，也许是有志于此吗？

唐朝某年，建箕子庙于汲郡，岁岁祭祀，钦佩先生独自列入《易》卦象之中，于是我作了这篇颂词。

评析

本文是为箕子庙写的碑文。纣王无道，箕子劝谏不从，反遭迫害，却能忍辱负重，建立功业，作者对他表示了极大的推崇和同情。作者以伟大人物的三个标准——"正蒙难""法授圣""化及民"为评价箕子的出发点，依次展开论述，彰扬箕子的人品、功业，也表达了对自己及对一切仁人志士的勉励。

捕蛇者说

原文

永州之野产异蛇，黑质而白章[①]，触草木，尽死，以啮人，无御之者。然得而腊之以为饵，可以已大风、挛踠、瘘疠[②]，去死肌，杀三虫。其始，太医以王命聚之[③]，岁赋其二[④]。募有能捕之者，当其租入。永之人争奔走焉。

有蒋氏者，专其利三世矣。问之，则曰："吾祖死于是，吾父死于是，今吾嗣为之十二年，几死者数矣。"言之，貌若甚戚者。

余悲之，且曰："若毒之乎[⑤]？余将告于莅事者，更若役，复若赋[⑥]，则何如？"

蒋氏大戚，汪然出涕曰："君将哀而生之乎？则吾斯役之不幸，未若复吾赋不幸之甚[⑦]也。向吾不为斯役，则久已病矣。自吾氏三世居是乡，积于今六十岁矣，而乡邻之生日蹙[⑧]。殚其地之出，竭其庐之入[⑨]，号呼而转徙，饥渴而顿踣，触风雨，犯寒暑，呼嘘毒疠，往往而死者，相藉[⑩]也。曩[⑪]与吾祖居者，今其室十无一焉；与吾父居者，今其室十无二三焉；与吾居十二年者，今其室十无四五焉。非死则徙尔，而吾以捕蛇独存。

悍吏之来吾乡，叫嚣乎东西，隳突乎南北[⑫]，哗然而骇者，虽鸡狗不得宁焉。吾恂恂而起，视其缶，而吾蛇尚存，则弛然而卧。谨食之，时而献焉[⑬]。退而甘食其土之有[⑭]，以尽吾齿。盖一岁之犯死者二焉[⑮]；其余则熙熙而乐，岂若吾乡邻之旦旦有是哉？今虽死乎此，比吾乡邻之死，则已后矣，又安敢毒邪？"

余闻而愈悲。孔子曰："苛政猛于虎也。"吾尝疑乎是。今以蒋氏观之，犹信[⑯]。呜呼！孰知赋敛之毒，有甚是蛇者乎？故为之说[⑰]，以俟夫观人风者得焉。

注释

①黑质而白章：黑底上有白的花纹。

②已：治疗。大风：麻风病。挛踠：手脚弯曲不能伸展的病。瘘：脖子肿。疠：恶疮。

③以王命聚之：拿皇帝的命令来征集这种蛇。

④岁赋其二：一年征缴两次。赋，此处为动词，指征取。

⑤若：你。毒之乎：怨恨这件事吗？

⑥复若赋：恢复要你纳税。赋，此处为名词，指税赋。

⑦未若：比不上。不幸之甚：更为痛苦。

⑧生：生活。日蹙：一天比一天困苦。

⑨竭其庐之入：用尽他们家庭的全部收入。

⑩相藉：横一个竖一个地压着。极言死人之多。

⑪曩（nǎng）：从前。

⑫隳（huī）突乎南北：到处骚扰。

⑬时而献焉：到时候把蛇献上去。

⑭退而甘食其土之有：回家就很有味地吃着田地里产的东西。

⑮盖一岁之犯死者二焉：原来一年中冒死亡的危险只有两次。

⑯犹信：才相信。

⑰故为之说：因此写这篇“说”。

译文

永州的野外生长着一种异蛇，通体黑色但长有白色的花纹。草木碰到它，便会死去；它如咬人一口，便无药可医。但是把它捉来杀死，挂起风干，做成药引，可以治疗麻风病、脚弯曲、肿疡、恶疮，去除坏死的肌肉，杀死人体的寄生虫。起初，太医官以皇上的命令来征集，每年征收此蛇两次，征募能捕蛇的人，可以用捕到的蛇充抵其税赋，于是永州的人争相奔走去捕捉了。

有蒋姓人家享有这个利益已经三代了，问他，则说：“我的祖父死于捕蛇，我的父亲也死于蛇口，至今我继承此业已十二年了，有几次险些丧命。”他说话的时候，面色很是悲戚。我听了很伤心，很可怜他，就对他说：“如果你怨恨捕蛇这件事，我将去告诉地方官，更换你捕蛇的差事，恢复你原来的赋税，你认为如何？”

听了我的话，蒋氏大为悲伤，泪眼汪汪地说：“您是可怜我而要救我吗？那么我干捕蛇这差事的不幸，远远不如让我纳赋税的不幸厉害。假如我不干这差事，我早已穷困不堪了！我蒋氏三代居住在这个地方，到现在已六十年了。而我的乡邻的生计日益困苦，其土地的出产，以及家中全部收入都充抵税赋。只得呼喊叫苦，转徙迁出，饥渴交迫，颠沛流离，风吹雨淋，冒着寒暑，呼吸着瘴毒之气，他们往往因此而死去，尸体相枕于道。过去与我祖父居住在一起的邻居，如今十家之中只剩下一家了；过去与我父亲同住一起的邻居，如今十家之中只有两三家了；和我十二年来同居住的邻居，如今十家之中只有四五家了。他们不是死了，就是搬走了，只有我因捕蛇还住在这里。凶狠的官吏差役来到我乡，东西呼喊叫嚣，南北冲突骚扰，喧哗吵嚷，使人提心吊胆，闹得鸡犬不宁。我担心着起身，看那装蛇的罐子，我捕的蛇还活着，便安然放心去睡觉。平时我小心地喂养蛇，到时供献θ给官府，回来后舒舒服服享用土地上生产的食物，以尽我的天年。大约一年之中，只有两次冒着死的危险去捕蛇，其余的时间则快快乐乐地过日子。哪里像我的邻居，天天都要受穷苦的煎熬呢。现在就是死于蛇口，比起乡间已死的邻居来，也已经晚得多了，又怎么敢有怨言呢？”

我听了蒋氏的话，更觉得悲伤。孔子说：“苛刻的政令比老虎还厉害。”以前我常怀疑这句话。现在从蒋氏的遭遇来看，这才相信了。唉！哪里知道苛捐杂税的残酷比这种毒蛇还要毒。于是我写了《捕蛇者说》这篇文章，以待那观察民情疾苦的人作为一个参考吧。

评析

本文通过对以捕蛇为业的蒋家三代遭遇的描述，记录了在苛捐杂税的压迫下，百姓难以生存而纷纷逃亡的社会现实。揭露了唐朝中后期社会政治的黑暗和统治阶级的贪婪，体现了孔子所说的“苛政猛于虎”的思想。

种树郭橐驼传

原文

郭橐驼，不知始何名。病偻，隆然伏行，有类橐驼者，故乡人号之“驼”。驼闻之曰：“甚善，名我固当。”因舍其名，亦自谓“橐驼”云。

其乡曰丰乐乡，在长安西。驼业种树，凡长安[①]豪家富人为观游及卖果者，皆争迎取养。视驼所种树，或迁徙，无不活，且硕茂，蚤[②]实以蕃。他植者，虽窥伺效慕，莫能如也。

有问之，对曰：“橐驼非能使木寿且孳也，能顺木之天，以致其性焉尔。凡植木之性，其本欲舒，其培欲平，其土欲故，其筑欲密。既然已，勿动勿虑，去不复顾。其莳[③]也若子，其置也若弃，则其天者全，而其性得矣。故吾不害其长而已，非有能硕茂之也；不抑耗其实而已，非有能蚤而蕃之也。他植者则不然，根拳而土易，其培之也，若不过焉则不及。苟有能反是者，则又爱之太殷，忧之太勤，旦视而暮抚，已去而复顾。甚者爪其肤以验其生枯，摇其本以观其疏密，而木之性日以离矣。虽曰爱之，其实害之；虽曰忧之，其实仇之。故不我若也。吾又何能为哉？”

问者曰：“以子之道，移之官理可乎？”驼曰：“我只种树而已，官理，非吾业也。然吾居乡，见长人者[④]，好烦其令，若甚怜焉，而卒以祸。旦暮吏来而呼曰：‘官命促尔耕，勖尔植，督尔获，蚤缫而绪，蚤织而缕，字而幼孩，遂而鸡豚[⑤]。’鸣鼓而聚之，击木而召之。吾小人辍飧饔[⑥]以劳吏者，且不得暇，又何以蕃吾生而安吾性邪？故病且怠。若是，则与吾业者，其亦有类乎？”

问者嘻曰：“不亦善夫！吾问养树，得养人术。”传[⑦]其事以为官戒也。

注释

①长安：现在的陕西西安市。

②蚤：通“早”。

③莳（shì）：栽植或移植。

④长人者：指官吏。长（zhǎng），官长引申为管理。人，民，百姓。

⑤尔：你。字：养育。豚（tún）：小猪，泛指猪。

⑥辍（chuò）：中止。飧（sūn）：晚饭。饔（yōng）：早饭。

⑦传（zhuàn）：记载。

译文

郭橐驼这个人不知原来叫什么名字。因为患了佝偻病，背上突起，走路时低头弯腰，像驼背一样，于是乡间人叫他郭橐驼。他听了，说：“好吧，这样叫很合适。”于是舍去了原来的姓名，也自称起橐驼来。

其居住的地方名叫丰乐乡，在都城长安之西。驼以种树为业，凡是长安豪门富室以树木为观赏的，以及卖水果为营生的，都争着迎他来奉养。驼栽种的树木移植到别的地方，没有不成活的，而且枝繁叶茂，早生果实，果子结得又大又多。别的种树人虽然窥伺着百般仿效他，但没有能比得来的。有人去问他的诀窍，他回答说：“橐驼并不是能使树木常活而且繁茂，只不过顺应树木自然的习性罢了。凡种植树木的方法是：树之根要松舒，对其的培养要平缓，树底及周围的泥土要陈旧，对土要捣得密实。树既种好，就不要再动，也不必想着它，走时不要再回顾。种时好像交给了土地，植在那里就像抛弃了一样，顺其自然，适应其本来的习性，所以我从不去妨害它的生长发育，不过如此，并非是我能使它高大繁茂起来。不抑制损毁它的果实，并非是我能使它早结果、多结果。别的种树人却不是这样，他们使树根卷曲，不培旧土。培育树不是太过分，就是很不够。即使有不是这样做的人，便因爱护过度，忧虑过分，早晨看，晚上摸，走时又不放心，转回来又看几次。更有性急的人竟剥下一块块树皮来看它的生死，用力捣动树干看它枝叶的疏密，这样树木的本性一天天被背离了。虽说是爱它，其实是害它；虽说是忧虑它，其实是仇视它。于是他们都比不上我，我哪里又有什么能力作为呢？”

问他的人说：“以你种树的道理，转移到官府的行政治理上可以吗？”郭橐驼说：“我只知道种树，官府政治不是我的生业。但我居住在乡间，见官吏喜欢发布烦琐的政令，好像是怜惜百姓似的，但到底祸害了百姓。早晚官吏来呼喊道：‘长官命令你耕田，勉励你种庄稼，督促你收获，早些缫丝，早些织布，养育你的小孩，喂你的鸡和猪。’呜鼓聚集他们，敲着木梆子召集他们，我们小民顾不得吃早晚饭，忙着接待这些官吏，不得闲暇，又怎样去治家立业，安身立命呢？于是才患病疲惫不堪。如此这样，就和我种树的道理有些相似呢！”

问的人笑着说：“这不就很好吗？我问养植树木的方法，而知道了养育人的道理。”现在记载这事，以使做官的作为警戒。

评析

这是一篇寓言体的政论性散文。作者通过描述郭橐驼栽培、管理树木的方法，阐明自己的政治主张，即做官治民也应顺乎自然，减少繁杂的政令滋扰，这样老百姓才能安居生息。文章层次井然，对比生动，特别是论种树的一段话富含哲理，耐人深思。

梓人传

原文

裴封叔[①]之第在光德里，有梓人款其门，愿佣隙宇而处焉。所职寻引、规矩、绳墨[②]，家不居砻斫[③]之器。问其能，曰：“吾善度材。视栋宇之制，高深、圆方、短长之宜，吾指使而群工役焉。舍我，众莫能就一宇。故食于官府，吾受禄三倍；作于私家，吾收其直大半焉。”他日，入其室，其床阙足而不能理，曰：“将求他工。”余甚笑之，谓其无能而贪禄嗜货者。

其后，京兆尹[④]将饰官署，余往过焉。委[⑤]群材，会众工，或执斧斤，或执刀锯，皆环立向之；梓人左持引、右执杖而中处焉。量栋宇之任，视木之能举[⑥]，挥其杖曰：“斧！”彼执斧者奔而右。顾而指曰：“锯！”彼执锯者趋而左。俄而斤者斫，刀者削，皆视其色，俟其言，莫敢自断者。其不胜任者，怒而退之，亦莫敢愠焉。画宫[⑦]于堵，盈尺而曲尽其制，计其毫厘而构大厦，无进退焉。既成，书于上栋曰：“某年某月某日某建”，则其姓字也，凡执用之工不在列。余圜视大骇。然后知其术之工大矣。

继而叹曰：彼将舍其手艺，专其心智而能知体要者欤？吾闻劳心者役人，劳力者役于人，彼其劳心者欤？能者用而智者谋，彼其智，者欤？是足为佐天子、相天下法矣，物莫近乎此也。彼为天下者本于人。其执役者，为徒隶，为乡师、里胥，其上为下士，又其上为中士，为上士；又其上为大夫，为卿，为公[⑧]。离而为六职，判而为百役[⑨]。外薄四海，有方伯连率[⑩]，郡有守，邑有宰，皆有佐政。其下有胥吏[⑪]，又其下皆有啬夫、版尹[⑫]，以就役焉。犹众工之各有执伎以食力也。彼佐天子相天下者，举而加焉，指而使焉，条其纲纪[⑬]而盈缩焉，齐其法制而整顿焉，犹梓人之有规矩绳墨以定制也。择天下之士，使称其职；居天下之人，使安其业。视都知野，视野知国，视国知天下，其远迩细大，可手据其图而究焉。犹梓人画宫于堵而绩于成也。能者进而由之，使无所德；不能者退而休之，亦莫敢愠。不炫能，不矜名，不亲小劳，不侵众官，日与天下之英才，讨论其大经[14]，犹梓人之善运众工而不伐艺也。夫然后相道得而万国理矣。

相道既得，万国既理，天下举首而望曰："吾相之功也。"后之人循迹而慕曰："彼相之才也。"士或谈殷周之理者，曰伊、傅、周、召[15]，其百执事[16]之勤劳，而不得纪焉，犹梓人自名其功而执用者不列也。大哉相乎！通是道者所谓相而已矣。

其不知体要者反此。以恪勤为公，以簿书为尊。炫能矜名，亲小劳，侵众官，窃取六职百役之事，听听[17]于府庭，而遗其大者远者焉。所谓不通是道者也。犹梓人而不知绳墨之曲直、规矩之方圆、寻引之短长，姑夺众工之斧斤刀锯以佐其艺；又不能备其工，以致败绩，用而无所成也。不亦谬欤？

或曰："彼主为室者，傥或发其私智，牵制梓人之虑，夺其世守，而道谋[18]是用，虽不能成功，岂其罪耶？亦在任之而已。"余曰："不然。夫绳墨诚陈，规矩诚设，高者不可抑而下也，狭者不可张而广也。由我则固，不由我则圮[19]。彼将乐去固而就圮也，则卷其术，默其智，悠尔而去，不屈吾道，是诚良梓人耳。其或嗜其货利，忍而不能舍也；丧其制量，屈而不能守也。栋桡[20]屋坏，则曰：'非我罪也。'可乎哉？可乎哉？"

余谓梓人之道类于相，故书而藏之。梓人，盖古之审曲面势者，今谓之都料匠云。余所遇者，杨氏，潜其名。

注释

①裴封叔：名瑾，柳宗元的姊夫。一说名玮，曾任长安县令。

②寻引：计量长度的器具。寻，八尺；引，十丈。规：圆规。矩：矩尺。绳墨：木匠画直线用的工具。

③砻（lóng）：磨刀石。斫：刀、锯、斧之类的工具。

④京兆尹：官名，管理京都及其附近属县的地方长官。唐改雍州为京兆府，以亲王担任雍州牧，雍州长史称京兆尹，治所在长安。

⑤委：集聚、堆积。

⑥举：适用，承当。

⑦宫：这里指宫室图样。

⑧徒隶：差役。乡师：一乡之长。里胥：一里之长。士：周时最低一级的贵族。大夫：地位在士之上的官员，再上为卿。公：公侯。

⑨六职：指吏、户、礼、兵、刑、工六部。百役：即百官。

⑩方伯连率：指地方上封疆大吏。据《礼记·王制》载：十国为连，设连帅；二百一十国为州，设方伯。

⑪吏：办理公文的小吏。

⑫啬（sè）夫：秦汉时小乡设啬夫一人，管理诉讼和赋税。版尹：乡中掌管户籍的小吏。

⑬纲纪：法制、典章。

⑭大经：根本的法则、措施。

⑮伊：即伊尹，商初大臣。曾辅佐商汤灭夏。傅：傅说，殷王武丁大臣。周：周公，武王之弟，佐助武王灭商，后辅佐成王治理天下。召：即召公，周武王之弟，名爽，辅佐武王灭殷商，周成王时，与周公旦一起辅佐成王管理国家。

⑯百执事：百官。

⑰听听：笑的样子。一说为争辩之貌。

⑱道谋：行路之人的主意，意即不负责任的议论。

⑲圮（pǐ）：倒塌。

⑳桡（náo）：弯曲变形。

译文

裴封叔的住宅在京城光德里，一天，有一个木匠来叩门，要租借一间空房子住，情愿做裴的仆人来抵房租。这木匠的职业用具只有尺子、圆规、矩尺、墨斗，家里却没有刀、锯、斧头等家伙。问他的本领，他说："我善于度量选用木材。观察高楼大厦的规模，其高深圆方短长如何布置，我指挥而众工人做工，而没有我，众人连一间房也盖不起来。所以在官府做事，我拿三倍的工钱。给私人做事，我拿的工钱超过了一多半。"一天，到了他的卧室，他的床脚坏了，他却不能修理，说："将要叫别的工人来。"我觉得很可笑，说他没有什么本领，是一个贪求财物的人。

后来京城的太守要修理官署，我从路上经过，看见那里堆积了很多木材，聚集了很多工人，有的拿着斧子，有的拿着刀锯，都围成一圈看着那位木匠。那木匠左手持着引绳，右手拿着木杖，站在中间量栋梁的大小，看木材能否合用。他挥着木杖说："拿斧子砍！"执斧的工人奔到右面去砍。他回头又指着木材说："拿锯来锯！"那执锯的工人奔向左面去锯。过了一会儿，执斧子的人砍完，执刀的人削好，都看着木匠的眼色行事，等着他发话，没有人敢自作主张。有不胜任工作的，木匠发怒将其赶走，也没有人敢抱怨。画房屋的样子在墙上，虽然只有一尺见方，但曲尽其妙，以图上的毫厘尺寸而构建大厦，没有一点儿差错。大厦建好了，木匠在栋梁上面写上："某年某月某日某某建造。"某某便是他的姓名，凡是参加建造的工役，一个都没有写上。我四面一看，大惊失色，这才知道这木匠的本领是太大了。

接着我叹息道："他大概是抛弃了技艺，专门使用思想智慧，能知道全局要领的人吧？"我听说劳心的人役使人，劳力的人被人役使。木匠是劳心的人吧？有一般技艺的人出力劳动，而有智慧的人就去商量谋划，这位木匠是有智慧的人吧？木匠足以去辅佐天子，治理天下立法了。事情没有比这个更相近的了。

那些治理天下的人原是使用别人的策略。执差役的人为徒隶，为乡师、里胥，这以上为下士，再上为中士、上士，这些人之上为大夫、为卿、为公，合并起来为六官，分开来为百役。向外推广到四海，有方伯、连率的官职，一郡有郡守，一个地方有邑宰，都有辅佐的官。这下面有管文书的小吏，再下面有乡官啬夫、管户籍的版尹去执行差役，就像众多的工人各有一种技艺，可以自食其力。那些辅佐天子治理天下的人，由上面推举而任用，指挥而使用，整理纲纪以增加减少，收齐法律制度而加以整顿，就好像木匠有规矩绳墨以确定尺寸一样。选择天下的士人，使各称其职；聚集天下的民众百姓，使他们安居乐业。看见都城，便知道乡间田野；看见乡野，便知道一个国家；看见一国，便知道天下如何。天下地方的远近大小，可以用手按着地图来研究，就好像木匠把房屋的图样画在墙上，最后建成了高楼大厦一样。使用有才能的人，叫他们不必感激；叫无才能的人退去休息，他们也不敢抱怨。不向别人夸耀自己的才能，不称誉自己的名声，不亲自做那些细微的小事，不去过问百官的政事。每日与天下的卓越人才讨论治国的大道，就像木匠善于指挥运用许多工人，而不称赞自己的功劳一样。以如此的才能去做宰相，即使万国的事情，也能治理。得到做宰相的道理，万国也已治理，天下人都仰着头观望说："这是我们宰相的功劳！"后来的人看着政绩而钦慕说："这就是那个有才能的宰相！"士人有谈论殷、周治理政绩的，都说这是伊尹、傅说、周公、召公的功劳，其他百官执政的勤劳都没有被记载流传下来，就好比木匠自己题名记功，其他执役做事的人名全都没记一样，宰相之功大得很啊！能通达明白这事理的人，就所谓宰相罢了。

其不懂得纲要体势的人则完全相反。以殷勤劳苦算是办公事，拿着公文簿藉以为尊贵，炫耀自己的才能名望，亲自去做细小的事，侵犯众官员行使权力，窃取六官百役的政事，在公庭广众之下大声争辩，却忘掉了远大的宏图，这就是所谓不通达事理的人了。好像木匠不知道绳子墨斗的曲直，圆规矩尺之方圆，尺子之短长，夺取众工人的斧子刀锯，以帮助他们施展技艺，但又不能完成工程，以致失败，没有成功，岂不是荒谬的事吗？

有的人说："那要建造房屋的主人，假若以自己的见解处处牵制木匠的主张谋划，夺取他积累的经验，听从道旁人的话，假使不能成功，岂不是自己的罪过？只在信不信任木匠罢了。"我说："这不对！绳子墨斗已经齐备，规矩已经设立，高的不能压低放下，狭的不能扩张广大。按这个办，则房屋坚固；不按这个办，房屋就要倒塌。如果建屋的主人宁愿不要坚固而要损坏，那么木匠只有藏起本事，不说出智谋，悠然离去，不屈辱背离他的道理，这才是真正的好木匠；如果贪图屋主的财物，忍气吞声舍不得离去，丧失其制度尺寸，屈从而不能坚持，那样栋梁弯曲，屋宇损坏，反而说：‘不是我的罪过。’这可以吗？这可以吗？”

我认为木匠的道理类似做宰相的道理，于是写下来收藏好。木匠大概是古代审查木材曲直形体的人，现在称为估木匠。我所遇见的木匠姓杨，名潜。

评析

本文借梓人建造房屋的方法来阐述宰相的治国之道。作者认为，作为辅佐君主治理国家的宰相，应该懂得治理国家的道理，不需要事必躬亲，而应掌握全局，统领百官；若君主犯了错误，宰相也应坚持原则，宁可辞官，也不能贪恋权位而迎合上意。

小石城山记

原文

自西山道口径北，逾黄茅岭[①]而下，有二道。其一西出，寻之无所得；其一少北而东，不过四十丈，土断而川分，有积石横当其垠。其上，为睥睨[②]、梁欐之形；其旁，出堡坞[③]，有若门焉。窥之正黑，投以小石，洞然有水声，其响之激越，良久乃已。环之可上，望甚远。无土壤而生嘉树美箭，益奇而坚，其疏数[④]偃仰，类智者所施设也。

噫！吾疑造物者[⑤]之有无久矣。及是，愈以为诚有。又怪其不为之于中州，而列是夷狄[⑥]，更千百年不得一售其伎[⑦]，是固劳而无用。神者傥不宜如是，则其果无乎？或曰："以慰夫贤而辱于此者。"或曰："其气之灵，不为伟人，而独为是物，故楚之南少人而多石。"是二者，余未信之。

注释

①黄茅岭：在今湖南零陵西南。

②睥睨（pì nì）：同“埤堄”，城上的矮墙。梁欐：屋的正梁。

③堡坞：小城堡。

④数：密。

⑤造物者：古人指创造万物的神。

⑥列是夷狄：排列布置这样的美景在偏远地区。

⑦伎：同“技”，技巧，指小石城山的奇景。

译文

自西山山道口一直朝北走，越过黄茅岭，向下而行，有两条小路。一条向西面去，走过去看看，没有看到任何东西；另一条路稍微偏北向东，走不到四十丈远，地形便断开了，河水从此地分开，有许多石头堆积，横为边际。这上面的形状如城墙、房屋栋梁，旁边有一为守卫而筑的小城堡，好像一道门。朝里面看去，一片漆黑。我试着投下一块石头，空洞洞地响起水声，其音激越响亮，过了很久才逐渐停息。环绕着小路，可以走到上面，四面望得很远。这里没有泥土，却生长着许多好树美竹，非常奇异坚固，树竹的疏密俯仰好像是聪明人精心布置的。

唉！我怀疑造物者的有无已经很久了。看到了这一切，我就更加相信造物者一定是有的了。但又奇怪他为什么不把这小石城山生在中原地区，而将这小石城山生在夷狄之处，隔了千百年也不能将其神奇的技艺呈献出来，这真的是劳而无用。如果不是这样，那么真的没有神明吧？有人说："造物者之所以这样安排，是用这佳胜景色来安慰那些被贬逐在此地的贤人的。"又有人说："天地的灵气不钟于伟人，而独钟于景物。所以楚地的南面少出贤人而多怪石。"这两种说法我都不相信。

评析

本文是《永州八记》的最后一篇。文章先对小石城山奇异的景色进行了描述，以这种景色的不为人知来借景抒情，表达了自己虽有才学却无用武之地的感慨，隐约地含有对统治者在不能任用贤才方面的讽刺。

童区寄[1]传

原文

柳先生曰：越人少恩，生男女必货视之。自毁齿[2]以上，父兄鬻卖，以觊[3]其利。不足，则取他室[4]，束缚钳梏之，至有须鬣[5]者，力不胜，皆屈为僮[6]。当道相贼杀以为俗，幸得壮大，则缚取幺弱[7]者。汉官因以为己利，苟得僮，恣所为不问。以是越中户口滋耗[8]，少得自脱，惟童区寄以十一岁胜，斯亦奇矣。桂部从事杜周士[9]为余言之。

童寄者，郴州荛牧[11]儿也。行牧且荛，二豪贼劫持反接，布囊其口，去逾四十里之虚所[12]卖之。寄伪[13]儿啼，恐栗，为儿恒[14]状。贼易之，对饮，酒醉。一人去为市，一人卧，植刃道上，童微伺其睡，以缚背刃，力上下，得绝，因取刃杀之。

逃未及远，市者还，得童大骇。将杀童，遽[15]曰：“为两郎[16]僮，孰若为一郎僮耶？彼不我恩也。郎诚见完与恩，无所不可。”市者良久计曰：“与其杀是僮，孰若卖之；与其卖而分，孰若吾得专焉。幸而杀彼，甚善。”即藏其尸，持童抵主人所，愈束缚牢甚。夜半，童自转，以缚即炉火烧绝之，虽疮手勿惮，复取刃杀市者。因大号，一虚皆惊。童曰：“我区氏儿也，不当为僮。贼二人得我，我幸皆杀之矣，愿以闻于官。”

虚吏白[17]州，州白大府，大府召视、儿幼愿[18]耳。刺史颜证[19]奇之，留为小吏，不肯。与衣裳，吏护还之乡。乡之行劫缚者，侧目莫敢过其门，皆曰：“是儿少秦武阳[20]二岁，而讨杀二豪，岂可近耶！”

注释

①童区寄：童，童子。区，童子姓。寄，童子名。

②毁齿：换乳牙，儿童在七岁左右时换牙。

③觊：觊觎，贪图。

④他室：别人家。

⑤鬣：长须。

⑥僮：随从，仆人。

⑦幺弱：幼小柔弱。

⑧滋耗：更为减少。

⑨从事：官职名。杜周士：人名。

⑩郴（chēn）州：地名，一说为柳州。荛牧：打柴放牧。

⑫逾：超过。虚所：集市。

⑬伪：假装。

⑭恒：通常。

⑮遽（jù）：急忙，赶快。

⑯郎：仆人称主人为郎。

⑰白：告诉，禀报。

⑱愿：老实。

⑲颜证：人名。

⑳秦舞阳：战国时期燕国的勇士，十三岁时就杀过人。

译文

柳先生说，东南沿海一带的人缺少恩爱之情，生下儿女，都把他们当作货物看待。小孩刚换牙，就被父兄卖掉，用以谋取钱财。如果得不到满足，就偷捉别人家的孩子，用枷锁捆绑住手脚。甚至有些成年人力量敌不过别人，都屈服做了奴仆。还经常出现拦路掠夺和残杀的现象，并渐渐成了风气。有幸能够长大的就抓住弱小的。汉族官吏利用这些恶习为自己谋私利，只要能买到僮仆，就放任这种罪恶行为而不加追究。因此东南沿海的人口越来越少。这些被贩卖的小孩很少有能够自己逃脱的，只有十一岁的幼童区寄逃脱了，这也是个奇迹吧。桂州都督府属下的官吏杜周士把这件事告诉了我。

区寄是郴州一个打柴放牧的小孩。（一天，）他正在放牧打柴，被两个强盗劫持并反绑着两手，用布塞住了口，被带到四十里以外的集市上去卖。区寄装出小孩啼哭的样子，表现出小孩害怕颤抖的常态。强盗觉得他好对付（放松了警惕），对饮喝得大醉。此后，一个人到集市上去进行交涉，一个人躺下了，把刀插在地上。区寄暗中窥察，等这个人睡着了，把绑缚双手的绳子背靠着刀刃，用力一上一下地磨，磨断了绳子，就用刀把睡觉的强盗杀了。还没来得及跑远，到集市上谈价钱的那个人回来了，抓住了他，区寄非常恐惧，那人要杀他。区寄急忙说："做两个人的奴仆怎么比得上给一个人做奴仆？那个人对我不好，如果你确实能保全我的性命，对我好一些，让我干什么都可以。"这个强盗想了很久说："与其杀了这个小孩，不如卖了他；与其和那个人一起分卖小孩所得的钱，怎么比得上我一个人独得？幸好小孩把他杀了，很好。"于是他就把尸体埋好，带着区寄到了买主家，又把他绑上，并且绑得更加牢固了。半夜，区寄转过身，用炉火把绑手的绳子烧断了，即使烧伤了手也不害怕，又拿刀把第二个强盗杀了。接着他大声呼喊，整个集市都被惊动了。区寄说："我是区家的小孩，不应当被卖为奴。这两个强盗抓住了我，幸好我把他们都杀了！希望能让官府知道。"

管集市的官吏报告了州官，州官又报告上级，知府召见他，发现他只是一个幼弱老实的小孩。刺史颜证认为区寄是神童，想把他留下做个小吏，区寄不肯，刺史只好送给他一些衣服，并派官吏保护他还乡。乡里那些专门从事绑架的人贩子不敢正视他，也没有敢从他家门口走过的，都说："这个小孩比秦舞阳小两岁，却杀了两个强盗，谁还敢去招惹他呢？"

评析

抢劫贩卖少年儿童，以供朝廷和官僚、地主们奴役驱使，是唐代边远地区人民的一大苦难。这篇传记通过牧童区寄横遭劫持、智杀豪强的英勇事迹，歌颂了区寄勇于反抗、善

于自救的斗争精神，揭露了官吏纵容豪强掠卖人口，致使边地户口日益减少的罪恶行径。本文依据真人真事，首先介绍了掠卖人口的社会政治背景，然后着力塑造牧童区寄机智勇敢、不畏强暴的淳朴形象。区寄从智杀二贼到胜利还乡的情节发展惊险紧张；伪装啼哭的细节和讨好对方的对话描写真实生动；结尾处点出众盗“侧目莫敢过其门”，更加衬托出区寄的凛然可畏。

段太尉逸事状

原文

太尉始为泾州刺史时，汾阳王以副元帅居蒲①。王子晞为尚书，领行营节度使，寓军邠州②，纵士卒无赖。邠人偷嗜暴恶者，率以货③窜名军伍中，则肆志，吏不得问。日群行丐取于市，不嗛，辄奋击折人手足，椎釜鬲瓮盎④盈道上，袒臂徐去，至撞杀孕妇人。邠宁节度使白孝德以王故，戚不敢言。

太尉自州以状白府，愿计事。至则曰：“天子以生人付公理⑤，公见人被暴害，因恬然。且大乱，若何？”孝德曰：“愿奉教。”太尉曰：“某为泾州，甚适，少事；今不忍人无寇暴死，以乱天子边事。公诚以都虞候命某者，能为公已乱，使公之人不得害。”孝德曰：“幸甚！”如太尉请。

既署一月，晞军士十七人入市取酒，又以刃刺酒翁，坏酿器，酒流沟中。太尉列卒取十七人，皆断头注槊上，植市门外。晞一营大噪，尽甲。孝德震恐，召太尉曰：“将奈何？”太尉曰：“无伤也！请辞于军。”孝德使数十人从太尉，太尉尽辞去。解佩刀，选老躄⑥者一人持马，至晞门下。甲者出，太尉笑且入曰：“杀一老卒，何甲也？吾戴吾头来矣！”甲者愕。因谕曰：“尚书固负若属耶？副元帅固负若属耶？奈何欲以乱败郭氏？为白尚书，出听我言。”

晞出见太尉。太尉曰：“副元帅勋塞天地，当务始终。今尚书恣卒为暴，暴且乱，乱天子边，欲谁归罪？罪且及副元帅。今邠人恶子弟以货窜名军籍中，杀害人，如是不止，几日不大乱？大乱由尚书出，人皆曰尚书倚副元帅，不戢士。然则郭氏功名，其与存者几何？”言未毕，晞再拜曰：“公幸教晞以道，恩甚大，愿奉军以从。”顾叱左右曰：“皆解甲散还火伍中，敢哗者死！”太尉曰：“吾未晡食⑦，请假设草具。”既食，曰：“吾疾作，愿留宿门下。”命持马者去，旦日来。遂卧军中。晞不解衣，戒候卒击柝卫太尉。旦，俱至孝德所，谢不能，请改过。邠州由是无祸。

先是，太尉在泾州为营田官⑧。泾大将焦令谌取人田，自占数十顷，给与农，曰：“且熟，归我半。”是岁大旱，野无草，农以告谌。谌曰：“我知入数而已，不知旱也。”督责益急。且饥死，无以偿，即告太尉。

太尉判状辞甚巽，使人求谕谌。谌盛怒，召农者曰：“我畏段某耶？何敢言我！”取判铺背上，以大杖击二十，垂死，舆来庭中。太尉大泣曰：“乃我困汝！”即自取水洗去血，裂裳衣疮，手注善药，旦夕自哺农者，然后食。取骑马卖，市谷代偿，使勿知。

淮西寓军帅尹少荣，刚直士也。入见谌，大骂曰：“汝诚人耶？泾州野如赭，人且饥死；而必得谷，又用大杖击无罪者。段公，仁信大人也，而汝不知敬。今段公唯一马，贱卖市谷入汝，汝又取不耻。凡为人傲天灾、犯大人、击无罪者，又取仁者谷，使主人出无马，汝将何以视天地，尚不愧奴隶耶！”谌虽暴抗，然闻言则大愧流汗，不能食，曰：“我终不可以见段公！”一夕，自恨死。

及太尉自泾州以司农征[9]，戒其族：“过岐，朱泚幸致货币[10]，慎勿纳。”及过，泚固致大绫三百匹。太尉婿韦晤坚拒，不得命。至都，太尉怒曰：“果不用吾言！”晤谢曰：“处贱无以拒也。”太尉曰：“然终不以在吾第。”以如司农治事堂，栖之梁木上。泚反，太尉终，吏以告泚，泚取视，其故封识具存。

太尉逸事如右[11]。

元和九年月日，永州司马员外置同正员外柳宗元谨上史馆[12]。今之称太尉大节者出入，以为武人一时奋不虑死，以取名天下，不知太尉之所立如是。宗元尝出入岐、周、邠、斄间，过真定，北上马岭[13]，历亭鄣堡戍，窃好问老校退卒，能言其事。太尉为人姁姁[14]，常低首拱手行步，言气卑弱，未尝以色待物；人视之，儒者也。遇不可，必达其志，决非偶然者。会州刺史崔公来，言信行直，备得太尉遗事，复校无疑，或恐尚逸坠，未集太史氏，敢以状私于执事[15]。谨状。

注释

①汾阳王：即郭子仪，公元762年，郭子仪因平定安史之乱有功而被封为汾阳王。蒲：州名，唐为河中府，位于今山西永济县。

②寓军：把军队驻扎在辖管区域以外。邠州：州名，位于今陕西彬县。

③货：钱财。

④椎釜鬲瓮盎：泛指一切器皿。

⑤生人：平民、百姓。理：治理。

⑥躄：跛脚。

⑦晡食：晚饭。晡，申时。

⑧营田官：掌管军中田地的官员。

⑨司农征：掌管国家储粮用粮之事的官职。

⑩货币：物品和钱财。

⑪“太尉”句：表示正文到此结束。

⑫永州司马员外置同正员外：此时柳宗元官职名的全称，即永州司马。史馆：编纂史书的机构。

⑬马岭：山名，位于今甘肃庆阳县西北方向。

⑭姁姁：谦和，谦逊。

⑮执事：专门管理某方面事务的官员。

译文

段太尉出任泾州刺史之时，汾阳王凭借副元帅的身份，将军队驻扎在蒲州。当时汾阳王的儿子郭晞任职尚书，兼任行营节度使，把军队驻扎在他辖管区域以外的邠州，纵容士兵胡作非为。邠州那些狡猾贪婪、暴戾凶恶的人都用钱财进行贿赂，使自己名列军队之中，于是更加肆无忌惮，官吏们都不敢过问。每天，他们成群结队地在街市上强取豪夺，不能满足的时候，就大打出手，折断别人的手脚，街道上到处都是被棍棒打烂的器皿，然后裸露着臂膀扬长而去，甚至撞杀过孕妇。邠宁节度使白孝德由于汾阳王的原因，虽然心中悲戚，却不敢说。

段太尉在泾州用文书向节度使府禀报，希望能够管制此事。段太尉到了节度使府就说：“天子把百姓托付给您来治理，而您看到百姓遭到残害，却无动于衷。将要发生大乱了，您打算怎么办啊？”白孝德说：“我愿意听从您的赐教。”段太尉说：“我治理泾州十分闲适，事务很少。如今看到百姓没有敌寇，却要身遭残害，心中十分不忍，这也是扰乱天子的边防。倘若您能够任命我为都虞侯，我就能为您制止暴乱，使您的百姓不再受到残害。”白孝德说：“太好了！”于是就应许了段太尉的请求。

段太尉出任都虞侯之职一个月，郭晞部下有十七个人到街市上拿酒，又用刀刃刺伤卖酒的老翁，砸坏了酿酒的器皿，使酒都流到了沟中。段太尉让士兵捉拿了这十七人，把他们全都砍了头，并且把头挂在长矛上，立在城门外。郭晞的整个军营都骚动了，全员都穿上了盔甲。白孝德十分恐惧，就把段太尉召过来问：“这可怎么办啊？”段太尉说：“没事！您让我到军中去和他们讲理。”白孝德想派几十名士兵跟着段太尉，可太尉都谢绝了。他解下佩刀，选了一个又老又跛的士兵给他牵马，到了郭晞军营门下。身披盔甲的士兵都冲了出来，段太尉笑着走进营门，说道：“杀一个老兵用得着身披战甲吗？我顶着我的头颅来啦！”身着战甲的士兵很惊讶。于是段太尉乘机劝解说：“难道郭尚书有负于你们吗？难道副元帅有负于你们吗？为何要用暴乱的行径败坏郭家的威名呢？请替我禀报郭尚书，请他出来听我一言。”

郭晞出来会见太尉。段太尉说：“副元帅功勋卓著，应该力求善始善终啊。如今您纵容士兵胡作非为，就将发生变乱，祸乱边境，打算归罪于谁啊？这罪行将会累及到副元帅啊。如今邠州这些恶霸子，弟用钱财在军名册上冒充挂名，残害百姓，倘若这样不加制止，还能有几天不造成大乱啊？大乱从您这里产生，人们都会说尚书您是仰仗着副元帅，才会对部下不加管束的。如此一来，郭氏一门的英名还能保存下多少呢？”太尉话还没说完，郭晞就再拜道：“承蒙您对我的教诲，您的恩情如此之大，我愿意奉全军听命于您。”回头训斥部下说：“全都脱了盔甲，解散回到队伍之中，有胆敢滋事者，杀无赦！”段太尉说：“我还没有吃晚饭，请您为我简单准备些吃的。”吃完之后，又说：“我的病又犯了，想在您的军中留宿。”于是就让牵马的人先回去，第二天早上再来。接着，段太尉就在军中睡下了。郭晞衣服都不脱，命令侍卫敲打着梆子以保护段太尉。第二天早上，郭晞就同段太尉一起到节度使白孝德那儿，向他道歉说自己不才，请求改正错误。从此以后，邠州再也没有祸乱了。

在此之前，段太尉在泾州担任营田官。泾州大将焦令谌霸占他所收获人土地，自己一人就占有土地数十顷，他把地租给农民耕种，并说：“作物熟了的时候，一半的粮食要归我。”这一年，天大旱，地里寸草不生，农民把情况禀报给焦令谌。焦令谌却说：“我只知道我要收取多少，不知道天旱不旱。”还更加紧急地催逼讨要粮食，农民都要饿死了，没有粮食偿还，于是只好禀报段太尉。

段太尉言辞很温和地写了判决书，派人拜见并告知焦令谌。焦令谌非常愤怒，就把农民叫来，说道：“难道我会怕那姓段的吗？你胆敢去告我！”他拿出判决书平铺在农民背上，打了农民二十大杖，农民都快被打死了，才被扛到太尉府上。太尉见了，大哭道：“是我害了你啊！”赶紧亲自取水来为农民洗去身上的血，撕下衣服给农民包扎伤口，亲手为他敷上好药，早晚亲自喂农民吃完饭，然后自己才吃，并卖掉自己的马，换来谷子替农民偿还粮食，还瞒着农民不让他知道。

驻扎在淮西的军队主帅尹少荣为人刚直，前来会见焦令谌，大骂道：“你还是不是人？泾州土地干旱，百姓都要饿死了，你还必须要得到谷子，又用大杖打没有犯罪的人。段太尉是个十分仁义守信的人，但是你却不知道要尊敬他。如今段太尉只剩下一匹马了，还把它贱卖来买谷子交给你，你竟然还收下了，一点儿也不觉得羞耻。大凡不顾及天灾、冒犯长者、杖打没有罪过的人，又收取仁者的谷子，使主人外出没有马匹，你有何颜面面对天地啊，难道不为作为奴仆而感到羞愧吗？”虽然焦令谌为人骄横暴戾，但听了这些话之后，还是惭愧得流泪了，吃不下东西，仰天长叹说：“我实在是没有颜面见段太尉啊！”一天晚上，就怨恨而死了。

等到段太尉从泾州被召为司农卿的时候，警戒他的家人道：“路过岐州的时候，朱泚可能会送给你们钱财，一定不能收啊。”段太尉的家人经过岐州之时，朱泚坚持要送给他们三百匹大绫，太尉的女婿韦晤坚决拒绝，但最终还是没有推辞掉。到了京城，段太尉知道之后，非常愤怒地说：“居然不听我的话！”韦晤道歉说：“我出身卑微，不能拒绝啊。”太尉说：“无论如何，不能把东西放在我家。”于是就将绫绢送往司农办公的地方，存放在了梁木上。朱泚叛乱，段太尉死后，官吏们把此事禀报给了朱泚，朱泚把绫绢取下来看了看，原来的封识还完整无损。

段太尉逸事如上。

元和九年某月某日，永州司马员外置同正员外柳宗元恭谨地将此文献给史馆。如今赞扬段太尉有大节的人基本上是认为其是武夫，一时冲动，不畏惧死亡，从此才成名于天下，不知道太尉是像上面所讲述的那样安身立命。我曾经出入于岐、周、邠、斄诸州之间，经过真定，北上马岭山，游历了亭台、鄣堡和戍所等军事建筑，私下里喜欢访问年迈和退役的将士，他们都给我讲述了一些段太尉的事迹。太尉为人谦逊，经常低着头、拱着手走路，说话语气卑微，从来不给人脸色看，人们都把他视作一个儒者。遇到不认可的事情，他必须实现自己的心志，这种事绝不是偶然。会州刺史崔能前来，言而有信、做事正直，比较全面地了解了段太尉的逸事，反复核对没有可疑之处。我还是担心有的被遗漏，没有为史官搜集到，因此私下要将这篇状呈送给执事。谨为此状。

评 析

此篇选取段太尉勇服郭晞、仁愧焦令谌、节显治事堂这三件典型的逸事，从不同侧面进行勾勒，使段太尉外柔内刚、仁爱谦和却又刚毅有节的形象跃然纸上。本文虽对段太尉充满赞扬之情，但是全文却没有一处议论，而是寄赞颂于冷静从容的写实之中，手法颇为独特。

《三戒》序

原 文

吾恒①恶世之人，不知推己之本②，而乘物以逞，或依势以干③非其类，出技④以怒强。窃时⑤以肆暴，然卒迨⑥于祸。有客谈麋、驴、鼠三物，似其事，作《三戒》。

注 释

①恒：常常。

②推己之本：从自己（实际情况）出发考虑问题。

③干：干预。

④出技：实施权术伎俩。

⑤窃时：利用时机。

⑥迨：及，至。

译文

我常常痛恨世人，不知道要从自己的实际情况出发来考虑问题，而是仰仗外物逞强。有的人倚仗权势触犯他人的利益，实施权术伎俩激怒强者。利用时机肆意猖狂，这样终致招来祸患。有位客人谈论麋、驴、鼠这三种动物，与此十分相似，于是写下了《三戒》。

评析

《三戒》是柳宗元的代表作，是其被贬谪到永州之时写下的三篇寓言，据说《三戒》是取意于《论语》"君子有三戒"。虽然这三篇文章篇幅短小，但寓意深刻，主题彼此独立，却又内在相连，正文前的小序交代了文章写作的主旨。文章借麋、驴、鼠这三种动物，辛辣地讽刺了现实社会中那些倚仗人势、色厉内荏、作威作福的人，具有很强烈的现实针对性和普遍性。语言简洁凝练，形象刻画生动细致，具有很高的艺术性。

蝜蝂①传

原文

蝜蝂者，善负小虫也。行遇物，辄②持取，卬③其首负之。背愈重，虽困剧④不止也，其背甚涩，物积因不散，卒踬⑤仆不能起。人或⑥怜之，为去其负。苟能行，又持取如故⑦。又好上高，极其力不已，至坠地死。

今世之嗜取者⑧，遇货⑨不避，以厚其室，不知为己累也，唯恐其不积。及其怠⑩而踬也，黜弃之，迁徙之，亦以病矣。苟能起，又不艾⑪。日思高其位，大其禄，而贪取滋甚，以近于危坠，观前之死亡不知戒。虽其形魁然大者也，其名人也，而智则小虫也。亦足哀夫！

注释

①蝜蝂（bǎn）：一种虫子。

②辄：就。

③卬：仰头，抬头。

④困剧：极为疲惫。剧，十分。

⑤踬（zhì）仆：压倒，摔倒。

⑥或：有的人。

⑦如故：与以前一样。

⑧嗜取者：贪取财物的人。嗜，贪婪。

⑨货：财物。

⑩怠：懈怠，疏忽。

⑪艾：停止。

译文

蝜蝂是一种擅长背东西的小虫。它爬行时一旦遇到东西，总是把这件东西捡起，抬着头背着。背的东西越来越重，它即使困乏到了极点，仍是不停地往背上加东西。蝜蝂的后背很涩，东西可以堆积起来而不会散落，它最终会跌倒爬不起来。有人可怜它，帮它把背上的东西取下来，但是只要能走了，它就又像以前那样捡起遇到的东西背着。蝜蝂又爱爬高，就算力量用尽也不停止，直到掉在地上摔死为止。

现在世间那些贪得无厌的人，遇到财物决不轻易放过，并拿来增加为自己的财产。他们不知道这是在给自己找麻烦，反而唯恐搜集得不够多。这些钱物给他带来了危害，导致罢官，流放，也吃尽了苦头。可是他一旦重新得势，还是不肯罢休，每天总在想要谋求更高的职位，增加俸禄，贪婪和索取得更加厉害。等达到似乎要坠地的程度，看到以前的教训还是不知道引以为戒。虽然人们形体庞大，号称为"人"，但其智慧水平就像一个小虫一样。这种人也真够可悲呀！

评析

这是一篇寓言小品。小虫蝜蝂善背东西，好向上爬，贪婪成性，至死不悟。作者通过这个丑恶可笑的形象，辛辣地讽刺了那班达官贵人为追逐利禄而不顾死活的阶级本性。本文前段写蝜蝂的习性，刻画精细，生动谐诙；后段写人的贪欲，以虫喻人，笔锋犀利，议论警策。

柳州山水近治可游者记

原文

古之州治[①]，在浔水南山石间。今徙在水北，直平四十里，南北东西皆水汇。

北有双山，夹道崭然[②]，曰背石山。有支川，东流入于浔水[③]。浔水因是北而东，尽大壁下。其壁曰龙壁。其下多秀石，可砚[④]。

南绝水，有山无麓[⑤]，广百寻[⑥]，高五丈，下上若一，曰甑山。山之南，皆大山，多奇。又南且西，曰驾鹤山，壮耸环立，古州治负[⑦]焉。有泉在坎下，恒盈而不流。南有山，正方而崇，类屏者，曰屏山。其西曰四姥山，皆独立不倚，北沉浔水濑下。

又西曰仙弈之山。山之西可上，其上有穴，穴有屏，有室，有宇。其宇下有流石成形，如肺肝，如茄房[8]，或积于下，如人，如禽，如器物，甚众。东西九十尺，南北少半。东登入小穴，常[9]有四尺，则廓然甚大。无窍，正黑，烛之，高仅见其宇，皆流石怪状。由屏南室中入小穴，倍常而上，始黑，已而大明，为上室。由上室而上，有穴，北出之，乃临大野，飞鸟皆视其背。其始登者，得石枰[10]于上，黑肌而赤脉，十有八道，可弈，故以云。其山多柽，多槠，多筼筜[11]之竹，多橐吾[12]。其鸟多秭归[13]。

石鱼之山，全石，无大草木，山小而高，其形如立鱼，尤多秭归。西有穴，类仙弈。入其穴，东出，其西北灵泉在东趾下，有麓环之。泉大类毂[14]，雷鸣，西奔二十尺，有洄[15]，在石涧，因伏无所见，多绿青之鱼，多石鲫[16]，多鲦。

雷山，两崖皆东西，雷水出焉。蓄崖中曰雷塘，能出云气，作雷雨，变见有光。祷用俎鱼、豆彘、修形、糈、阴酒[17]，虔则应。在立鱼南，其间多美山，无名而深。峨山在野中，无麓，峨水出焉，东流入于浔水。

注释

①治：指的是州郡官署所在的地方。

②崭然：高大、高貌的样子。

③浔水：就是指浔江，位于广西桂平。

④可砚：可以制成砚台。

⑤麓：山脚。

⑥寻：一寻为八尺。

⑦负：靠着。

⑧茄房：莲蓬。

⑨常：一常是十六尺。

⑩枰：棋盘。

⑪筼筜（yún dāng）：竹子名，节长、竿高、皮薄。

⑫橐吾：一种草的名字，多年生草本常绿植物。

⑬秭（zǐ）归：即子规，杜鹃鸟。

⑭毂（gǔ）：指的是车轮中间插车轴处的圆木，代指车轮。

⑮洄：旋涡。

⑯石鲫：生长在山涧石穴中的一种鱼。

⑰修：干肉。糈：祭神用的精米。阴酒：指水酒。

译文

古代柳州州治所在地处于浔水南面的山石中间。如今搬迁到了浔水的北面，方圆四十里的地方，四周都有河流包围着。

柳州城的北面有两座山峰互相对峙着，这两座山峰之间的山路旁的山峰是那样高大陡峭，人们称之为背石山。有条河是浔水的支流，从这里向东一直流向浔水的方向。于是浔水也就由北向转成了东向，沿着悬崖绝壁流淌着。这座绝壁称为龙壁。在它的下面可以看到很多精美的石头，都可以用来做砚台。

柳州城南，过了浔水的地方，有一座山峰挺拔地伫立在那里，在山脚下见不到舒缓的山坡和树木，它的宽度有八百尺的样子，有五丈高，上下形状很匀称，人们都叫它甑山。在山南，到处都是连绵的山脉，很是奇特。从甑山出发向南，然后向西，有座山叫作驾鹤山，拥有挺拔的身姿，在古代，柳州的州治就在它的身后。在深谷中有一条泉水，那里的水总是满的，而且很少流动。从驾鹤山向南看，有这样一座山，它是正方形的，高耸入云，像一道屏风，于是它的名字就叫作屏山。它的西边有一座叫作四姥山的山峰，也是孤单单地伫立在那里，没有任何依靠。北面流过来的水都被浔水的急流卷走了。

在四姥山的西面就是那座能够用来下棋的山峰。山峰的西边有可以登上去的路，山顶上有洞穴，里面有屏风，有房子，有房檐。房檐下有各式各样的钟乳石，其中有像肺片的，有像莲蓬的，有一堆堆在地下的，像人，像鸟，像器物等，形态各异。宽度有九十尺，南北约各占一半。从东边进了小洞穴，大概有二十尺宽窄的样子，宽敞空阔。没有洞，黑黑的，用蜡烛照亮后，从高处来看，只有屋檐是能够看到的，满眼都是各式的钟乳石。从屏风南向而行，到了小洞穴里面，宽度大概有三丈二尺的样子，刚开始的地方很黑，走着走着就渐渐亮了起来，这个是上面的石室。从这里再往上走，会看到一个洞穴，向北一直走出了洞穴，一片广阔的原野就呈现在你的面前了，鸟自在地在下面飞翔着，能看到的只是它们的背部。最早上到这座仙人下棋的山峰的人在这上面见过棋盘，黑色的石头上刻着红色的线条，一共十八条，刚好能够下棋，于是就把这山叫作仙弈山。仙弈山上生长着许多柽，许多槠，许多篔筜之竹，多橐吾。山上还有很多杜鹃鸟。

还有叫作石鱼山的，它完全是石头拼成的，上面没有长草，也没有高的树木，虽然山很小，但很高，样子就好像一条站立着的鱼儿，这里的杜鹃鸟尤其多。在这座山的西边有洞穴，和仙弈山差不多。进入山中的洞穴，从东边出来，在西北方向的位置上，灵泉沿着东面山脚流出，周围有很多树木，水流很急，水流动的声音像是车轮滚动时发出的雷鸣般的声音，这泉水往西二十尺的地方汇成了一个旋涡，到了石涧这个地方，潜伏起来看不见了，水中有好多鱼是青绿色的，多是石鲫、鲦鱼。

还有就是雷山了，两座山体是东西走向的，雷水从它们中间流出。两座山中间的水聚集成水池，那里云雾缭绕，雷雨很容易在这里产生，忽明忽暗地闪着光。有不少人会来这里祈祷降雨，假使用器皿装上鱼、肉、干肉、米、酒，并且能够很虔诚地对待的话，就会应验的。石鱼山南有很多美丽的山峰还没有名字，它们都十分深幽。峨山坐落在原野中，上面没有树木植被，峨水从山体中流出，直至向东和浔水汇合。

评析

这篇文章和作者所作的“永州八记”集中笔墨写一个点的写作手法是不一样的，它采用的是散点描写的方法，把柳州州治附近几乎所有的奇异山水都云集到了这里，并且很有条理地将它们写了出来，形散而神聚，全部都是记叙，没有任何议论。全篇山水点面结合铺排得很广，细腻和粗犷的特点相得益彰。此文被后人称为柳州山水的精致导游词。

问战

原文

长勺之役，曹刿[①]问所以战于严公。公曰：“小大之狱[②]，必以情断之。”刿曰：“可以一战。”

非曰：刿之问洎严公之对，皆庶[③]乎知战之本矣。而曰夫“神求优裕于飨”，“不优，神不福也”[④]，是大不可。方斗二国之存亡，以决民命，不务乎实，而神道焉是问，则事机殆矣[⑤]。既问公之言狱也，则率然曰“可以一战”，亦问略之尤[⑥]也。苟公之德可怀[⑦]诸侯，而不事乎战则已耳；既至于战矣，徒以断狱为战之具，则吾未之信也。刿之辞宜曰：君之臣谋而可制敌者谁也？将而死国难者几何人？士卒之熟练者众寡？器械之坚利者何若？趋地形得上游以延[⑧]敌者何所？然后可以言战。若独用公之言而恃以战，则其不误国之社稷无几矣，申包胥之言战得之，语在《吴篇》[⑨]中。

注释

①长勺之役：指的是鲁庄公十年，齐国攻打鲁国，交战于长勺这个地方，鲁军打败齐军的战役，是我国历史上以弱胜强战例中最具典型性的一战。曹刿：春秋时期的鲁国人。严公：指的是鲁庄公，东汉时候，因为要避明帝刘庄的名讳，所以改成严。

②狱：指的是案件。

③洎（jì）：和。庶：接近、差不多。

④优裕：充足之意。飨：用酒食等东西来祭祀。不优，神不福也：如果祭祀的东西不够丰厚的话，神灵是不会把福降临下来的。

⑤以：连词，相当于“而”。民命：这里指的是百姓的命运。不务乎实，而神道焉是问，则事机殆矣：不讲实际的而只是追求神道的，这样的战事就凶多吉少了。殆，危险之意。

⑥率然：冲动地、贸然地。问略之尤：问得太过简单了。

⑦怀：顺服。

⑧趋：占领、抢占。延：引进、引入。

⑨恃：靠。社稷：古代帝王祭祀谷神土神的地方，后来指代国家。无几：差不多都没了。申包胥：春秋时期楚国的大夫，主张打仗的策略是“智为始，仁次之，勇次之”。《吴篇》：这里指的是《国语》中的《吴语》。

译文

长勺战役的前夕，曹刿问鲁庄公凭什么条件来打这一仗。鲁庄公说：“大大小小的诉讼案件，一定根据实际情况做出判决。”曹刿听了说：“凭这一条可以打一仗。”

批驳说：从曹刿的问语和鲁公的回答来看，他们都还差不多懂得什么是打仗所凭借的根本条件。然而说什么“神要求享受丰盛的祭品”“不丰盛，神就不会保佑”，这是非常错误的。正当两国进行决定生死存亡的战斗的时候，决定人民命运的关键时刻，不注重与实际相符的现实问题，而大谈所谓神道，那事情就危险了。在庄公谈及处理案件时，就轻率地回答说：“凭借这一条件可以打这一仗。”曹刿问得也实在是太粗略了。如果鲁庄公的德行可以使诸侯归服，而不用去进行打仗也就罢了。既然到了要进行战争的地步，只以处理好诉讼案件作为作战的条件，那是我不能相信的。曹刿的问话应该这样说：你的臣子能够出谋划策战胜敌人的有谁？将领中能勇于为国牺牲的有多少人？士兵中技术熟练的有多少人？武器装备是否精良？可以抢占迎击敌人的有利地形在哪里？然后才可以谈论战争。如果单凭鲁庄公说的那一条来作战，那么几乎没有不危及国家的。申包胥关于战争的言论是有道理的，他的这番话记载在《吴篇》中。

评析

这篇文章集中反映了柳宗元在军事方面的思想。长勺之战作为我国历史上以弱胜强最为典型的实例之一，在本文中成为关注的核心。作者主要是从曹刿问战这件事的论说出发，对求神助战思想进行了批判。作者认为君主要取信于民，强调战争之前，要做好军事和物资方面的准备。睿智的将领、勇猛的士兵、强大的武器、有利的作战条件，所有这些都是取得战争胜利的必要条件。这些论述对“去兵去食”“以礼治军”的思想进行了强烈的批判。本文是一篇很有见地的文章。

送薛存义序

原文

河东薛存义①将行，柳子载肉于俎②，崇酒于觞③，追而送之江之浒④，饮食之⑤，且告曰："凡吏于土者⑥，若⑦知其职乎？盖民之役，非以役民而已也。凡民之食于土者，出其什一⑧佣乎吏，使司平⑨于我也。今受其直⑩怠其事者，天下皆然。岂惟怠之，又从而盗之。向使⑪佣一夫于家，受若直，怠若事，又盗若货器，则必甚怒而黜⑫罚之矣。以今天下多类此，而民莫敢肆其怒与黜罚者，何哉？势不同也。势不同而理同，如吾民何⑬？有达于理者，得不恐而畏乎！"

存义假令⑭零陵二年矣。早作而夜思，勤力而劳心。讼⑮者平，赋⑯者均，老弱无怀诈暴憎，其为不虚取直也的⑰矣！其知恐而畏也审⑱矣！

吾贱且辱，不得与考绩幽明之说⑲；于其往也，故赏以酒肉而重之以辞⑳。

注释

①薛存义：河东（今山西永济县）人，在永州零陵（今湖南零陵县）代理县令。离职前，柳宗元送他这篇序。

②柳子：作者自称。俎（zǔ）：古代盛肉的木盘。

③崇酒：斟满酒。觞（shāng）：古代盛酒的器具。

④浒（hǔ）：水边。

⑤饮食（sì）之：请他喝，请他吃。

⑥吏：用为动词，为吏，做官。

⑦若：人称代词，你。

⑧什一：十分之一。

⑨司平：掌管治理。

⑩直：通"值"，指报酬。

⑪向使：连词，假如。

⑫黜（chù）：罢免、革除。

⑬如吾民何：如……何，动词词组，对待……怎样。

⑭假令：代理县令。假，代理。

⑮讼：打官司。

⑯赋：租税。

⑰的：的确，确实。

⑱审：确实。

⑲考绩：考核官吏的成绩。幽：暗，指表现不好。明：贤，指德才兼备。说：评议，建议。

⑳重（chóng）之以辞：再加上这些话，指这篇赠序。

译文

山西永济人薛存义将要离开零陵了。柳宗元在盘子里盛上肉、把酒杯斟满，在江边为他设宴送行，对他说："凡在地方上做官的人，你知道他们的职责吗？他们应该全都是老百姓的仆役，并不是奴役老百姓的。凡是在这块地方生活劳作的人，拿出他们收入的十分之一，雇用一些小吏，让这些官吏为老百姓公道地办事。如今的官吏中，拿了他们的俸禄而不认真为他们办事的，到处都是。哪里只是办得怠慢、不认真啊，还有敲诈勒索、从中巧取豪夺老百姓的钱财的。假如雇用一名官吏来为你办事，接受了你的俸禄，不认真为你做事情，又偷窃你的钱财器物，那么你一定十分愤怒，而且要罢黜并处罚他了。如今天下太多这类人了，但是老百姓都不敢表示自己的愤怒和罢黜惩罚这些人的意思，这是为什么？是形势与以往不同了！老百姓的权势地位与主人的权势地位虽不同，而愤恨这种贪官的道理是相同的，如果老百姓真要起来驱逐处罚官吏，那官吏又能对老百姓怎么样呢？那些懂得这一道理的地方官能不感到恐惧害怕吗？"

存义代理零陵县令已经两年了。起早贪黑地为百姓工作，深夜还不停地思考问题，勤勤恳恳，费尽心机，让告状的得到公平的处理，使百姓非常合理地纳税，百姓无论老少，没有人心怀狡诈、表现出憎恨的。他的作为的的确确不是白拿俸禄啊，他确实知道被罢黜是很可怕的，于是严格要求自己啊。

我地位卑贱，又遭受贬谪的耻辱，不能参与考查官吏的功过业绩，表明自己的看法，评论他的过去，于是备些酒肉，留下"序"作为临别赠言，以此表达别离的心情。

评析

这是一篇赠序体的政论文。作者针对中唐时期贪官污吏遍布天下，阶级矛盾日益加剧的社会现状，提出了"官为民役"的进步观点。他认为人民与官吏应当是雇用与被雇用，主人与奴仆的关系。官吏必须"早作而夜思，勤力而劳心"，以便做到"讼者平，赋者均"。如果官吏消极怠惰，甚至贪污受贿，徇私舞弊，人民就有权像对待不称职的奴仆那样惩罚和罢免他们。虽然这种政治理想在地主阶级专政的封建社会中是无法实现的主观臆想，但它却反映了人民群众的强烈愿望，是政治思想发展史上的珍贵资料。文章从送别始，以送别结，中间借送别论吏治，首尾呼应，紧扣文题。"官为民役"的比拟合情合理，见解卓越。

送豆卢膺秀才南游序

原文

君子病无乎内而饰[①]乎外，有乎内而不饰乎外者。无乎内而饰乎外，则是设覆为阱也，祸孰[②]大焉；有乎内而不饰乎外，则是焚梓毁璞也，诟[③]孰甚焉！于是有切磋琢磨、镞砺栝羽[④]之道，圣人以为重。豆卢生，内之有者也，余是以好之，而欲其遂[⑤]焉。而恒以幼孤羸馁[⑥]为惧，恤恤焉[⑦]游诸侯求给乎是，是固所以有乎内者也。然而不克[⑧]专志于学，饰乎外者未大，吾愿子以《诗》《礼》为冠屦，以《春秋》为襟带，以图史为佩服，琅乎璆璜冲牙[⑨]之响发焉，煌乎山龙华虫之采列焉，则揖让周旋[⑩]乎宗庙朝廷斯可也。惜乎余无禄食于世，不克称[⑪]其欲，成其志，而姑欲其速反[⑫]也，故诗而序云。

注释

①病：担心、担忧。内：内在的修养。饰：外在的装饰。

②设覆为阱：在陷阱上放置遮盖的东西。孰：很，程度深。

③诟：耻辱、羞耻的意思。

④镞（zú）砺：在磨刀石上面磨箭头。栝羽：在箭的尾巴上加上羽毛。两个词都是刻苦磨炼的意思。

⑤遂：成功、成就。

⑥幼孤：年龄很小的孩子。羸馁：瘦弱饥渴的样子。

⑦恤恤焉：忧郁的样子。

⑧克：能。

⑨琅乎：象声词，是珠玉等撞击后发出的声音。璆、璜：都是美玉。冲牙：古代玉饰上的配件。

⑩揖让：古时候宾客之间的礼节。周旋：行礼时进退之礼。

⑪称：满足的意思。

⑫反：通“返”。

译文

德才兼备的人经常担忧内心没有一点儿本事却一味地炫耀，或是自己很有本事，但是外表却不华美。本来没有本事，还到处炫耀，这是为自己布下了一个陷阱，灾害真的是太大了；有本事而不外露，不把它发挥出来，就好像把好的木材烧掉，把美丽的玉石毁坏，真是太龌龊了！于是就要用锻炼磨砺的方法让自己变得既有真才实学，又善于将它显露出来，这一点是很为古代圣贤之人看好的。豆卢先生是一个内心很有本事的人，这是我之所以喜欢他的原因，而且很想让他把才能发挥出来，取得成功。由于他从小就成了孤儿，经常担心疾病和饥渴的来临，寒酸辛苦地在各个诸侯国之间游走，以此寻求一点儿生活的资助，他真的是有本事的人啊！但是，这样的话，就没有办法专心致志于自己的学业，自身拥有的才能不能够得到很好的展示和发挥，我多么希望你能将《诗》《礼》当成人生行事的根本，将《春秋》当成连接的纽带，将那些历史的书籍当成协助的东西，这样的话，你内在的才华就会像美玉碰撞时发出的声音一样迸发出来，也会像山林中野雉身上炫美的羽毛一样展示出来，到那时，你就能够在各种朝廷政事之间自由地周旋，成为国家的中坚力量。然而遗憾的是，我没有俸禄，你的需求我没有办法满足，从而来完成你的志愿，只是希望你能尽早地回来，于是写了这篇序文。

评析

这篇序文是柳宗元在送豆卢膺南游启程时所作的。文章中讲到了文学内容和形式等方面的问题。在柳宗元看来，好的作品，不论内容，还是形式，都是要极其重视的，不能有所偏废。从另一个方面来说，文章要想有好的形式和内容，这又和作者自身的品行和修养是分不开的。本文提出了内外兼修的思想，反映了作者对内外修养的重视。文章条理清晰，言辞中肯。

至小丘西小石潭记

原文

从小丘西行百二十步，隔篁竹①，闻水声，如鸣佩环②，心乐之。伐竹取道，下见小潭，水尤清冽。全石以为底，近③岸，卷石底以出，为坻为屿，为嵁④为岩。青树翠蔓，蒙络摇缀⑤，参差披拂⑥。潭中鱼可百许头，皆若空游无所依。日光下澈，影布石上，佁然不动⑦；俶尔⑧远逝，往来翕忽⑨，似与游者相乐。

潭西南而望，斗折蛇行⑩，明灭可见。其岸势犬牙差互，不可知其源。坐潭上，四面竹树环合，寂寥无人，凄神寒骨，悄怆幽邃。以其境过清，不可久居，乃记之而去。

同游者吴武陵、龚古，余弟宗玄；隶而从者，崔氏二小生，曰恕己，曰奉壹。

注释

①篁（huáng）竹：竹林。

②如鸣佩环：如同玉佩、玉环相互碰撞发出的声音。

③近：靠近、临近。

④坻：水中高地。屿：水中的小岛。嵁：不平的岩石。

⑤蒙络摇缀：覆盖、纠结、摇摆、连缀。

⑥披拂：随风摇摆。

⑦佁然不动：一动不动。

⑧俶尔：突然，忽然。

⑨翕忽：轻快敏捷。

⑩斗折蛇行：像北斗七星和蛇爬行一样曲曲折折。

译文

从小丘向西走一百二十步，隔着竹林就能听到水声，好像玉佩、玉环碰撞发出的声音一样清脆，使我的心情十分愉悦。砍伐竹林，从中开辟一条小道，在下面发现了一个小水潭，潭水十分清凉。一块完整的石头作为潭底，临近岸边，有些石头从潭底突出，成为形状各异的坻、屿、嵁、岩。青翠的树木和茎蔓互相遮蔽纠结，参差错落，随风摇摆。潭中的鱼有百十来条，都好像是在空中游动，没有任何依托。阳光直照到清澈的潭水上，鱼的影子映在石头上，一动不动，忽然间又游了很远，鱼来回游动得很快，好似与游人一起欢乐。

从小石潭向西南望去，溪流弯弯曲曲，忽明忽暗，若隐若现。溪岸的地势就像狗的牙齿一样参差交错，无法知道它的源头所在。坐在小石潭上，四面竹林树木环绕，空静寂寥，不见一人，忽然很是凄凉，寒意逼骨，寂静得使人忧伤。由于此地的环境太过凄清，不可久留，因此就写下此文记录后走了。

同游的人有吴武陵、龚古、我的弟弟宗玄。跟随而来的还有两个姓崔的少年，一个叫恕己，一个叫奉壹。

评析

本篇是《永州八记》中的第四篇，又名《小石潭记》。本文细腻地勾勒了小石潭及其周围的美景，以及幽寂的气氛，富有诗情画意。文中透露出作者贬居生活中清高孤傲的心境，情景交融。其中尤以对潭中游鱼的刻画见佳，虽只寥寥几句，却甚为准确传神地勾勒出了潭水的空明澄净以及游鱼的形神姿态。

石涧记

原文

石渠之事既穷①，上由桥西北，下土山之阴②，民又桥焉。其水之大，倍石渠三之一。亘③石为底，达于两涯。若床若堂，若陈筵席，若限阃奥④。水平布其上，流若织文，响若操琴。揭跣⑤而往，折竹箭，扫陈叶，排腐木，可罗胡床十八九居之。交络之流，触激之音，皆在床下；翠羽之木，龙鳞之石，均荫其上。古之人其有乐乎此耶？后之来者，有能追余之践履耶？得意之日，与石渠同。

由渴⑥而来者，先石渠，后石涧；由百家濑⑦上而来者，先石涧，后石渠。涧之可穷者，皆出石城村东南，其间可乐者数⑧焉。其上深山幽林，逾峭险，道狭不可穷也。

注释

①穷：完毕。

②阴：山的北坡。古人以山南为阳，山北为阴。

③亘：横着。

④限：隔开。阃奥：内室。

⑤揭跣（xiǎn）：挽着衣服，光着脚。

⑥渴：地名，袁家渴。

⑦百家濑：地名。

⑧数：很多。

译文

游赏、整治石渠的事已经结束，从桥上向西北方向走，一直走到土山的北坡，百姓们又修了一座桥。这儿的水比石渠的水量还要大三倍。横着的石头连接两端，构成涧底。有的像床，有的像门堂，有的像摆满了菜肴的宴席，有的像用门槛分隔开的内外屋。水又平铺在这些石头之上，水流的纹理就像纺织物上的花纹，泉水叮咚作响，就像弹奏的琴声。光着脚走过去，折竹箭，扫陈叶，排腐木，清理出的这块空地可以罗列十八九张胡床。像交织一样的纹理的流水，水流激撞的声音，都在床下；如同翠鸟羽毛一样苍翠的树木，像鱼龙鳞片一样的石块，都遮蔽在床上。古代的人有谁能有这样的乐趣吗？以后会有人追寻我的足迹而来到此地吗？到石涧的日子与石渠相同。

从袁家渴这个地方过来的人会先找到石渠，后发现石涧；而从百家濑过来的人会先找到石涧，后发现石渠。要穷究石涧的源头，要一直走出石城村，源头就在其东南方向，在这路上，可以使人愉悦的地方有很多处。上游的深山幽林，道路越来越陡峭险峻，道路十分狭窄，不能走到头。

评析

本文为《永州八记》之一。本文最大的写作特色是运用了大量的比喻。涧以石名，景以石美，石涧之美相得益彰。水中石“若床若堂，若陈筵席，若限阃奥”，石上涧“流若织文，响若操琴”，泉上又有“翠羽之木，龙鳞之石”，充满了生趣。

宋清传

原文

宋清，长安西部药市人[①]也，居[②]善药。有自山泽来者，必归宋清氏，清优主[③]之。长安医工得清药辅其方，辄易雠，咸[④]誉清。疾病疕疡者，亦皆乐就清求药，冀速已[⑤]。清皆乐然响应，虽不持钱者，皆与善药，积券如山，未尝诣取直[⑥]。或不识，遥与券，清不为辞。岁终，度不能报[⑦]，辄焚券，终不复言。市人以其异，皆笑之，曰：“清，蚩妄人[⑧]也。”或曰：“清其有道者欤？”清闻之曰：“清逐利以活妻子耳，非有道也，然谓我蚩妄者亦谬。”

清居药四十年，所焚券者百数十人，或至大官，或连数州，受俸博，其馈遗清者，相属[⑨]于户。虽不能立报而以赊死者千百，不害清之为富也。清之取利远，远故大，岂若小市人[⑩]哉？一不得直，则怫然[⑪]怒，再则骂而仇耳。彼之为利，不亦翦翦[⑫]乎？吾见蚩之有在也。清诚以是得大利，又不为妄，执其道不废，卒以富。求者益众，其应益广。或斥弃沉废，亲与交视之落然者[13]，清不以怠，遇其人，必与善药如故。一旦复柄用[14]，益厚报清。其远取利皆类此。

吾观今之交乎人者，炎而附，寒而弃，鲜[15]有能类清之为者。世之言徒曰“市道交”[16]。呜呼！清，市人也，今之交有能望报如清之远者乎？幸而庶几[17]，则天下穷困废辱得不死者众矣，“市道交”岂可少耶？或曰：“清，非市道人也。”柳先生曰：“清居市不为市之道，然而居朝廷、居官府、居庠塾[18]乡党以士大夫自名者，反争为之不已，悲夫！然则清非独异于市人也。”

注释

①西部：唐朝时的长安商业区分为东部的市场和西部的市场，这里指的是西部的市场。药市人：在市场上卖药的商人。

②居：囤积、储藏。

③优主之：给他们优惠。主，名词活用为动词，主持、对待的意思。

④雠（chóu）：销售、售出的意思。咸：都。

⑤疾病：指的是头疮，这里是疮肿产生的疼痛。疡：烂掉的意思。冀速已：希望能够早日康复。已，消除伤痛、康复。

⑥券：债券、借据。诣取直：前去讨取药钱。直，通“值”，此指药钱。

⑦度：推断、认为、估计。报：偿还。

⑧异：不同于常人的意思。蚩妄人：痴傻蠢笨的人。

⑨博：多。馈遗：馈赠、赠送的意思。相属：一个接着一个的样子。

⑩小市人：没有道德、利欲熏心的庸俗商人。

⑪怫然：变色愤怒的样子。

⑫翦翦：心中容不下事情、狭隘的样子。

⑬斥弃沉废：指被罢官贬斥的官吏。落然者：流落、破落的人。

⑭柄用：受到重用，掌管大权。

⑮炎而附：趋炎附势地巴结上层官员。寒而弃：背叛离弃穷困潦倒的亲朋。鲜：很少的意思。

⑯市道交：势力上的交往，以有利可图为标准。

⑰庶几：差不多、几乎接近。

⑱居市：在街市上开店。庠塾：指的是古代的学校。

译文

宋清是在长安西部药市的商人，储藏了许多好的药材。有从山地、湖河等地来的药农一定要把药送到宋清的药店让他去卖，宋清对他们是很优厚的。长安的医生用宋清那里的良药来制成自己的药方，很容易就能卖得出去，于是他们都称赞宋清。有生各种疮病的人也都爱去宋清开的药店买药，希望能够迅速康复。宋清总是很热情地接待客人，尽管有的人没有带钱，但宋清也会把良药先赊给他们，于是欠钱债券就在家里积攒了很多，上门索取药钱的事情他从来不做。有些素不相识的人从很远的地方来打欠条买药，宋清也同样把药卖给他。每到年末的时候，估计账是没法儿还上了，他就把债券全部烧光，再也不说这些事情。其他商人都觉得宋清的这种举动很是令人费解，就嘲讽他：“宋清是个蠢人。”同时也有人认为：“大概宋清是那种有高尚道德的人吧！”宋清听过了这些议论，说：“我经商赚钱养活妻子和儿女，道德高尚还谈不上；但要说我是蠢人，也是不对的。”

宋清从事卖药的生意四十年，焚烧的债券有一百多人的，其中有后来做大官的，有管辖州郡的，享受着丰厚的俸禄待遇，他们派来为宋清送礼物的人一个接一个，快把宋清家的门槛都踏破了。当时尽管有些人没有足够的钱去偿还药费，甚至赊欠至死的也有上千人，但是这些都没有阻碍宋清最终成为一个富翁。宋清获得的利益并不是立竿见影的，正是因为他经过了长时间的等待，所以才有巨大的收益。怎么能像那些眼光短浅的小商人呢？只要有一次没有拿到药钱，立即就会勃然大怒，甚至会破口大骂，与人为敌。这些小的商人唯利是图，心胸不也太狭隘了吗？在他们的身上，我才真正看到了愚人傻瓜的样子。最终宋清凭借着诚实守信，得到了巨大的利益，他从不胡乱做事，始终如一地坚守着自己的经商之道，最终得以致富。需要购买药的人越多，他满足别人需求的面也就越广。遇到遭到贬谪的官员，他也同样以诚相待；遇到生活极其贫困的，宋清也同样热情接待，及时地给予良药。受到他恩惠的人，来日只要重新获得重用，带给宋清的报答就会是十分丰厚的。宋清有长远的赚钱眼光，和上面讲的都是一样的。

现在这些和人交往的人们，趋附有权有势的贵人，抛弃穷困潦倒的亲朋，能够像宋清这样与人交往的实在是少之又少。世俗的人们只讲“市侩手段之下的交往”。唉！宋清只是一个普通的商人，而今天的人们与人交往都要求回报，有像宋清这样具有长远目标的吗？假如有人能够像宋清一样，那么天下穷困潦倒的人能够免于死亡的就会很多了。那些“市侩手段之下的交往”能够减少吗？有人这样说：“宋清不是市侩一类的人。”我这样说道：“宋清作为商人，却不去运用那些市侩的手段，而那些居庙堂之高或者官衙和学校，并且以士大夫自居的人，反而争先恐后地去使用那些市侩的手段，真是让人感到可悲可叹啊！如此说来，宋清并不只是有别于一般的商人了。”

评析

本文用简练的语言，深入刻画了宋清的形象。在记叙事件的同时，采用夹叙夹议的手法，将深沉的抒情色彩及人生感慨蕴含其中。文章在最后一段的议论中，渗透了作者对炎凉世态的剖析，让读者能够体会到作者没有虚妄一字的写作功力，同时能启发人们深层的思考。文章的中心在这里得到了升华，同时还有一定的现实借鉴价值。

精彩点拨

柳宗元作为唐宋八大家之兼古文运动的领导者，他的文学成就如下。1.政论文：表现了对各类哲学、政治、社会、人生问题的思考，逻辑谨严，文笔犀利流畅，如《封建论》《天说》等。2.寓言：共20多篇，大多以虚构的动物故事讽刺社会的病态现象，揭露和批判当权的旧官僚。想象丰富奇特，细节刻画生动，语言犀利幽默，结构短小而极富哲理意味。代表作有《三戒》等。3.杂文：有两个显著的特征，一是正话反说，借问答体抒发自己被贬被弃的一怀幽愤，深刻透露出作者对混浊世事的强烈不满；二是巧借形似之物，抨击政敌和现实。所著杂文语言辛辣，笔无藏锋，嬉笑怒骂，痛快淋漓。4.传记文与抒情文：通过人物本身的活动与矛盾冲突刻画人物，有较高的文学价值和思想价值。5.山水游记。总的来说，柳宗元思维缜密，笔锋锐利，行文周密，语言“峻洁”，风格雄深雅健，体现出与其孤高脱俗的人格相统一的散文风格。

阅读积累

柳宗元生平简介

柳宗元（公元773年—公元819年），字子厚，河东（今山西永济县）人。二十一岁登进士第，三十一岁为监察御史里行。贞元时期，柳宗元在科名和仕途上比韩愈得意。顺宗即位，但是王叔文等执政，他参加了王叔文的集团，被任命为礼部员外郎。这时，他和王叔文、刘禹锡等积极从事政治、经济、军事等各方面的革新，如罢宫市、免进奉、擢用忠良、贬谪赃官等，做了不少有利于人民的大事。王叔文执政不到七个月，因为遭到宦官和旧官僚的联合反攻而失败。柳宗元被贬为永州司马，十年后，改为柳州刺史。宪宗元和十四年，死于柳州，享年四十七岁。

欧阳修

精彩导读

欧阳修是北宋诗文革新运动的领袖。他的文学成就以散文成就最高影响也最大。他一生写了500余篇散文，其中有政论文、史论文、记事文、抒情文和笔记文等各种体裁。他的散文大都内容充实,气势旺盛,具有平易自然、流畅婉转的艺术风格。叙事既得委婉之妙，又简括有法。议论纡徐有致，却富有内在的逻辑力量；章法结构既曲折变化，又十分严密。下面就让我们来一一品读、鉴赏吧！

朋党论

原文

臣闻朋党之说，自古有之，惟幸人君辨其君子小人而已[①]。大凡君子与君子，以同道为朋；小人与小人，以同利为朋。此自然之理也。

然臣谓小人无朋，惟君子则有之。其故何哉？小人所好者，禄利也；所贪者，财货也。当其同利之时，暂相党引以为朋者，伪也；及其见利而争先，或利尽而交疏，则反相贼害，虽其兄弟亲戚，不能相保。故臣谓小人无朋，其暂为朋者，伪也。君子则不然，所守者道义，所行者忠信，所惜者名节。以之修身，则同道而相益；以之事国，则同心而共济，终始如一，此君子之朋也。故为人君者，但当退小人之伪朋，用君子之真朋，则天下治矣。

尧之时，小人共工、驩兜等四人为一朋[②]，君子八元、八凯十六人为一朋[③]。舜佐尧，退四凶小人之朋，而进元、凯君子之朋，尧之天下大治。及舜自为天子，而皋、夔、稷、契等二十二人，并列于朝廷，更相称美，更相推让，凡二十二人为一朋，而舜皆用之，天下亦大治。

《书》曰："纣之臣亿万，惟亿万心；周有臣三千，惟一心。"纣之时，亿万人各异心，可谓不为朋矣，然纣以亡国。周武王之臣，三千人为一大朋，而周用以兴。

后汉献帝时，尽取天下名士囚禁之，目为党人[④]。及黄巾贼起，汉室大乱，后方悔悟，尽解党人而释之，然已无救矣。唐之晚年，渐起朋党之论[⑤]，及昭宗时，尽杀朝之名士[⑥]，咸投之黄河，曰："此辈清流，可投浊流。"[⑦]而唐遂亡矣。

夫前世之主，能使人人异心不为朋，莫如纣；能禁绝善人为朋，莫如汉献帝；能诛戮清流之朋，莫如唐昭宗之世。然皆乱亡其国。更相称美，推让而不自疑，莫如舜之二十二臣，舜亦不疑而皆用之。然而后世不诮舜为二十二人朋党所欺，而称舜为聪明之圣者，以能辨君子与小人也。周武之世，举其国之臣三千人共为一朋，自古为朋之多且大莫如周，然周用此以兴者，善人虽多而不厌也。

嗟呼！夫兴亡之治乱迹，为人君者，可以鉴矣！

注释

①"臣闻"三句：先秦典籍《韩非子·孤愤》等就有关于朋党的记述，故称"自古有之"。

②"尧之时"二句：相传尧时有不服从统治的共工、驩兜、三苗、鲧，时人谓之"四凶"。

③"君子八元"句：《左传·文公十八年》："昔高阳氏有才子八人：苍舒、隤敳、梼戭、大临、尨降、庭坚、仲容、叔达……天下之民谓之'八凯'。高辛氏有才子八人：伯奋、仲堪、叔献、季仲、伯虎、仲熊、叔豹、季狸……天下之民谓之'八元'。"

④"后汉献帝时"三句：据《后汉书·党锢列传》记载，汉桓帝时宦官专权，河南尹李膺等二百余人被视为党人，遭受逮捕。灵帝时，李膺等百余人死于狱中，全国受株连者达六七百人。这是历史上著名的党锢之祸。作者误记为"汉献帝时"。

⑤"唐之晚年"二句：唐穆宗至宣宗年间，朝臣中产生以牛僧孺、李宗闵为首的牛党，以及以李德裕为首的李党，两党相互倾轧，势不两立，斗争延续近四十年。史称"牛李党争"或"朋党之争"。

⑥"及昭宗时"二句：据《新五代史·唐六臣传》载，唐哀帝天佑二年，权臣朱全忠（朱温）在白马驿杀裴枢等忠于唐廷的大臣三十余人，诬蔑其为朋党，株连贬死者数百人。昭宗是唐哀帝的父亲，唐哀帝又称昭宣帝，此处误将"昭宣帝"记作"昭宗"。

⑦"咸投之黄河"四句：据《旧五代史·李振传》载，早年，朱全忠的谋臣李振多次参加进士考试，未能及第，于是非常痛恨缙绅之士。当朱全忠杀害裴枢等人时，他献计说："此辈常自谓清流，宜投之黄河，使为浊流。"朱全忠笑着接受了他的意见。清流，指有名望的清高的士大夫。

译文

臣欧阳修听到朋党的说法，从古以来就有，只希望君主能辨明君子与小人罢了。一般君子与君子以志同道合为朋党；小人与小人以利害相同为朋党，这是自然的道理。

但是我说小人没有朋党，只有君子才有。原因是什么呢？因为小人所喜爱的是利益，所贪图的是财物，当他们利益相同时，暂时互相勾结为朋党，这是假的。到有了利益而争夺起来，或者利益尽了，相交疏远，反而互相残害，即使是兄弟亲戚，也不能互相保护，所以臣说小人没有真的朋党，他们暂时结成的朋党是假的。君子却不是这样，他们所信守的是道义，所奉行的是忠信，所爱惜的是名节，以这些修养自身，就因志同道合而互相促进；以这些来为国家做事，就同心而共济，始终如一，这就是君子的朋党。所以当君王的应当斥退小人的假朋党，信用君子的真朋党，那么天下就会大治了。

古代帝尧的时候，小人共工、兜、三苗、鲧四人为一朋党，君子八元（伯奋、仲堪、叔献、季仲、伯虎、仲熊、叔豹、季狸）八凯（苍舒、隤敳、梼戭、大临、龙降、庭坚、仲容、叔达）十六人为一朋党。舜辅佐尧，斥退四凶共工等的朋党，而进用元、凯等君子的朋党，于是帝尧的天下得到大治。等到舜自己做了天子，皋、夔、稷、契等四岳、九官、十二牧共二十二人并立在朝廷，他们互相赞誉，互相推让，这二十二人为一朋党，而舜对他们都加以重用，天下也得到大治。

《尚书》上说："殷纣有臣子亿万，但有亿万条心；周有臣子三千，但只有一条心。"殷纣的时候，亿万人各有一条心，可以说不是朋党了，但殷纣终于亡国身死。周武王的臣子，三千人为一个大朋党，而周武王任用他们，周朝因此兴盛起来。

东汉献帝的时候，把天下的贤人名士都囚禁起来，认为他们是党人。到了黄巾军起事，汉朝大乱以后，才后悔起来，明白觉悟了，解除了党禁，把党人全部释放，然而汉朝的天下已经不可救药了。唐朝的晚期又渐渐兴起了有关朋党的议论。到昭宗时，杀尽了朝廷中的名士，把他们都捆住手脚，投入黄河，并说："这些说自己是清流的人可以投进黄河的浊流之中。"此后，唐朝便灭亡了。

那些前世的君主能使人人心怀异心不为朋党的，没有比得上殷纣的了；能禁止断绝贤人不结朋党的都比不上汉献帝；能诛杀清流名士的朋党都比不上唐昭宗时期了，然而他们都因此致乱使国家灭亡。互相赞美称誉，你推我让而不疑心都比不上舜的二十二臣，舜也毫不怀疑而任用他们。后世人并不讥讽舜为二十二人的朋党所欺瞒，反而称舜是聪明的圣君，因为舜能辨别君子和小人。周武王的时候，国中的三千臣子共为一个朋党，自古以来，结为朋党人数很多而且大，都比不上周朝了，但是周朝任用他们而兴盛起来，虽然良善的人多而不厌倦他们。

哎呀！天下大治大乱兴起衰亡的事迹，做君王的人可以拿来作为镜子了。

评析

本文选自《欧阳文忠公文集》，是宋仁宗庆历三年所作的一篇奏章。当时，因欧阳修等人的弹劾，夏竦、吕夷简等被罢官，范仲淹等人执政，就是历史上的“庆历新政”，于是夏竦等攻击范仲淹等人为“朋党”。此事与作者也有关系，当时作者在谏院任职，便写了这篇奏章。

纵囚论

原文

信义行于君子，而刑戮施于小人。刑入于死者，乃罪大恶极，此又小人之尤甚者也。宁以义死，不苟幸生，而视死如归，此又君子之尤难者也。

方唐太宗之六年，录大辟囚三百余人，纵使还家，约其自归以就死。是以君子之难能，期小人之尤者以必能也。其囚及期，而卒自归无后者。是君子之所难，而小人之所易也。此岂近于人情哉？或曰：“罪大恶极，诚小人矣；及施恩德以临之，可使变而为君子。盖恩德入人之深，而移人之速，有如是者矣。”曰：“太宗之为此，所以求此名也。然安知夫纵之去也，不意其必来以冀免，所以纵之乎①？又安知夫被纵而去也，不意其自归而必获免，所以复来乎②？夫意其必来而纵之，是上贼下之情③也；意其必免而复来，是下贼上之心也。吾见上下交相贼以成此名也，乌有所谓施恩德与夫知信义者哉？不然，太宗施德于天下，于兹六年矣，不能使小人不为极恶大罪；而一日之恩，能使视死如归而存信义，此又不通之论也。”

然则何为而可？曰：“纵而来归，杀之无赦，而又纵之，而又来，则可知为恩德之致尔。然此必无之事也。若夫纵而来归而赦之，可偶一为之尔；若屡为之，则杀人者皆不死，是可为天下之常法乎？不可为常者，其圣人之法乎？是以尧、舜、三王之治，必本于人情，不立异以为高，不逆情以干誉④。”

注释

①“然安知”三句：推论唐太宗释放囚犯出去，是估计犯人一定会回来，以图得到赦免。

②“又安知”三句：推论囚犯们估计自动回来一定会得到赦免。

③上贼下之情：在上窥测囚犯的心情。

④“不立异”二句：不标新立异以示自己高明，不违背人之常情以谋求个人声誉。

译文

信义奉行于君子，而刑罚杀戮施加于小人。刑罚到判死罪，那就是罪大恶极，小人中这种情况尤其多。宁愿守信义而死，不苟且偷生，而视死如归的，这是君子中难能可贵的。

在唐太宗六年，审察选录了死刑犯三百余人，放他们暂时回家，约定了时间，叫他们自己返回狱中受死刑。这是君子尚且难以做到的，却希望小人中罪大恶极的一定做到。那三百多囚犯到了时期，到底都回来了，没有人失约。这是君子都很艰难的，而小人却做到了，难道是近于人情吗？有人说："罪大恶极，的确是小人了，如对他施于恩德，可以使他变成君子。因为恩德深入他的身心，而改变他是很迅速的，就是这样的了。"我说："太宗这样做，是要求取名声。可是怎么会知道他在放回囚犯时，没有料到他们一定会回来，希望可以赦免自己的死罪，于是才放回他们呢？又怎么会知道那些被放回的囚犯没有料到他们自动回来，就一定会被赦免自己的死罪，这才又回来呢？意料到犯人必定归来而放走他们，是上面揣摩下面的想法；料想必然得到赦免而回来，是下面揣摩上面的心思。我看到上下互相揣摩，成就了这个美名，根本就没有所谓施恩德与守信义的事！如不是这样，太宗施行恩德于天下已经六年了，不能使小人不犯极其凶恶的大罪；而仅有一天的恩德，就能使他们视死如归，保存了信义，这是说不通的议论。"

然而怎么办才好呢？我说："放犯人回去，回来的仍然杀死而不赦免。再放其他犯人回去，如有回来的，那就是因为施于恩德深厚的缘故，然而必定没有这种事。如果放走后归来而赦免，可以偶然试一下罢了。如屡次这样做，那么杀人的人都不会死了，这可以作为天下经常的法令吗？不能作为经常的法令，那么它是圣人的法令吗？所以尧舜三王治理天下，必定以人情为根本，不标新立异为高尚，不违背人情伦理来求得名誉。"

评析

唐太宗放三百多死囚出狱探亲，到期如数回到狱中就死，这件事一直被人称赞。欧阳修则认为这事不足为法，甚至批评唐太宗这个举动是沽名钓誉。他认为治国必须严肃法治，"不立异以为高，不逆情以干誉"。文章反复辩驳，逐层深入，具有较强的论辩力量。

《梅圣俞诗集》序

原 文

予闻世谓诗人少达而多穷①。夫岂然哉？盖世所传诗者，多出于古穷人之辞也。凡士之蕴其所有，而不得施于世者，多喜自放于山巅水涯。外见虫鱼草木、风云鸟兽之状类，往往探其奇怪；内有忧思感愤之郁积，其兴于怨刺，以道羁臣寡妇之所叹，而写人情之难言，盖愈穷则愈工。然则非诗之能穷人，殆穷者而后工也。

予友梅圣俞，少以荫补为吏，累举进士，辄抑于有司，困于州县，凡十余年。年今五十，犹从辟书②，为人之佐，郁其所蓄，不得奋见于事业。其家宛陵③，幼习于诗。自为童子，出语已惊其长老。既长，学乎六经仁义之说。其为文章，简古纯粹，不求苟说于世。世之人徒知其诗而已。然时无贤愚，语诗者必求之圣俞；圣俞亦自以其不得志者，乐于诗而发之；故其平生所作，于诗尤多。世既知之矣，而未有荐于上者。

昔王文康公④尝见而叹曰“二百年无此作矣！”虽知之深，亦不果荐也。若使其幸得用于朝廷，作为雅颂，以歌咏大宋之功德，荐之清庙，而追商、周、鲁颂之作者，岂不伟欤？奈何使其老不得志，而为穷者之诗，乃徒发于虫鱼物类、羁愁感叹之言？世徒喜其工，不知其穷之久而将老也，可不惜哉！

圣俞诗既多，不自收拾。其妻之兄子谢景初⑤，惧其多而易失也，取其自洛阳至于吴兴已来所作，次为十卷。予尝嗜圣俞诗，而患不能尽得之；遽喜谢氏之能类次也，辄序而藏之。

其后十五年，圣俞以疾卒于京师⑥。余既哭而铭之，因索于其家，得其遗稿千余篇，并旧所藏，掇其尤者六百七十七篇，为一十五卷。呜呼！吾于圣俞诗论之详矣，故不复云。

庐陵欧阳修序

注 释

①“予闻”句：诗人得意显达的少，失志困厄的多。

②辟书：招聘的文书。当时梅尧臣应王举正的招聘，出任许昌忠武军节度签书判官。

③宛陵：安徽宣城的旧名。

④王文康公：即王曙，字晦叔，河南洛阳人。

⑤谢景初：字师厚，富阳人，谢绛的儿子。梅尧臣的妻子是谢绛的妹妹，故称妻之兄子。

⑥以疾卒于京师：嘉祐五年春夏之间，京师疫病流行，梅尧臣染病而死。

译文

我听到世上人都说诗人命运通达的少，穷困的多，真的是这样吗？世上人所传诵的诗，多出自古时穷困人的言辞。大凡士人胸中蕴藏着广博的学问，而不能在世上施行运用，多喜欢放浪于山峰水涯之外，见了虫鱼草木鸟兽的形状，以及风云的变幻，往往探索其独特的地方。忧思感伤愤慨郁积于内心，兴起了怨恨讽刺的诗情，以表达在远方做官的臣子、寡妇所叹息感慨的思绪，而抒写人情感的难处，大约人越穷困而诗越工巧雅致。但是并不是作诗能使人穷困，而是人穷困才能写出工巧雅致的诗。

我的朋友梅圣俞少年时候，以祖上的庇荫，照例补做了一个小官吏。屡次考进士，常常不被主司喜欢，穷困落拓于州县有十几年。今年五十岁了，还接受聘书，做人家的幕僚辅佐，满腹才能郁结，却不能在事业上有所作为。他的家乡在宛陵郡，幼年习学诗文，儿童时，他写的诗文已惊动了长者。长大了，又学习研究六经仁义的学说。他写的文章简洁古朴纯粹，不苟且迎合世俗人的一般见识。世人也只知道他的诗歌而已。然而在当时，不论贤者或愚笨之人，谈论到作诗，必然去求教梅圣俞。圣俞因为自己不得志，也乐于在诗歌上发挥情感，所以他平生所作，诗歌为最多。世人已经知道了解他了，却没有人向朝廷推荐他。

以前王文康公晦叔曾经看到圣俞的诗篇，叹息说："二百年来没有出现过这样的诗作了！"虽然了解得很深，但也没有举荐他。假如他幸运，被朝廷所任用，作雅、颂之诗来歌咏大宋朝的功德，进献到祭祀德高望重者的清庙中去，追随那《商颂》《周颂》《鲁颂》的作者，岂不是很伟大吗？怎么使他到老都不得志，只能写穷困人的诗，不过发泄于虫鱼鸟兽物类和羁旅愁苦感叹的情意呢？世人只是喜欢他的诗写得工巧雅致，却不知道他的穷困已经很久而且快要老了，岂不是很可惜？

圣俞的诗已然很多，却不肯自己收拾。他的内侄子谢景初害怕因诗数目多而遗失，于是就将他从洛阳到吴兴以来的诗作分编为十卷。我很喜欢圣俞的诗，而却怕得不到全部作品。庆幸现在突然得到谢氏分编的诗集，于是就作了一篇序言而收藏起来。

过了十五年，圣俞因病死于京城，我痛哭失声，为他作了墓志铭。又在他的家中搜集到他的遗作千余篇，加上原来珍藏的旧作，从中选摘了六百七十七篇，将其编为十五卷。唉！我对梅圣俞的诗评论已经很详细了，就不再说了。

庐陵欧阳修序

评析

本文提出了"诗穷而后工"的文学理论思想。作者认为"穷"与"工"是因果关系。诗人之"穷"是指难以实现自己的理想抱负而在社会下层生活，也因此得以了解普通百姓的生活与困苦，游览观赏自然界的美丽景色，从而写出具有真情实感、能打动人心的优秀作品。

《五代史·伶官传》序

原文

呜呼！盛衰之理，虽曰天命，岂非人事哉！原庄宗[①]之所以得天下，与其所以失之者，可以知之矣。

世言晋王[②]之将终也，以三矢赐庄宗而告之曰："梁[③]，吾仇也；燕王[④]，吾所立；契丹[⑤]，与吾约为兄弟，而皆背晋以归梁。此三者，吾遗恨也。与尔三矢，尔其无忘乃父之志！"庄宗受而藏之于庙。其后用兵，则遣从事以一少牢[⑥]告庙，请其矢，盛以锦囊，负而前驱，及凯旋而纳之。

方其系燕父子以组，函梁君臣之首，入于太庙，还矢先王，而告以成功，其意气之盛，可谓壮哉！及仇雠已灭，天下已定，一夫[⑦]夜呼，乱者四应，仓皇东出，未及见贼而士卒离散，君臣相顾，不知所归。至于誓天断发，泣下沾襟，何其衰也！岂得之难而失之易欤？抑本其成败之迹，而皆自于人欤？

《书》曰："满招损，谦得益。"忧劳可以兴国，逸豫可以亡身，自然之理也。故方其盛也，举天下之豪杰，莫能与之争；及其衰也，数十伶人困之[⑧]，而身死国灭，为天下笑。夫祸患常积于忽微，而智勇多困于所溺，岂独伶人也哉？作《伶官传》。

注释

①庄宗：五代时期后唐庄宗李存勖。后梁龙德三年（公元923年）称帝，建都洛阳，国号唐。

②晋王：即李克用，李存勖之父。

③梁：指五代后梁。

④燕王：即刘守光，晋王曾封他为燕王。

⑤契丹：居住在辽河上游一带的古代民族，公元916年建契丹国，后改称辽国。

⑥从事：三公及州郡长官的僚属，这里泛指一般官员。少牢：古代祭祀，牛羊猪各一称太牢，只有羊或猪为少牢。

⑦一夫：指皇甫晖。

⑧数十伶人困之：后唐同光四年（公元926年），伶人郭从谦指挥一部分禁卫军作乱，李存勖中流矢而死。其后，李克用的养子李嗣源即位称帝。

译文

唉！虽然历代兴亡盛衰的道理是天命，难道不也是人为的吗？考证后唐庄宗李存勖之所以得到天下，与其所以失去天下的原因就可以知道了。

世上人都说庄宗之父晋王李克用临死的时候，把三支箭赐给庄宗，告诉他说："梁国是我的仇敌，燕王刘守光是我亲手扶立起来的；契丹与我结为兄弟，但他们都背叛了晋而归附了梁国。这三件事是我的遗恨，给你三支箭，你不要忘记父亲的志向！"庄宗接受了箭，将其珍藏在宗庙里。后来逢到用兵打仗，就派遣主事的人用一只羊供献到宗庙，祭告祖先，请出三支珍藏的箭放在锦囊之中，背负上锦囊为大军的先导。到大军凯旋，仍然恭敬地把箭珍藏于宗庙。

当庄宗把燕王刘守光父子用绳子捆缚起来，把后梁末帝朱填乾父子的首级装在木匣中，供献在太庙里，缴还先王李克用的三支箭，敬告列祖列宗大功告成的时候，他意气凌盛，可以说是很雄壮的了！到了仇敌已经消灭，天下已经平定，夜间一个人大声呼喊，作乱的人四方响应，庄宗仓皇起来向东逃去，还没有见到贼人，士卒就纷纷离开散去，君王臣子面面相觑，不知回到何处去。甚至对天发誓，割下头发，眼泪掉下来沾湿了衣襟，这时是多么衰弱颓败呀！难道说是因为取得天下难，而失去天下容易才像这样的吗?还是认真推究他成功失败的原因都是由于人事呢?

《尚书》上说："骄傲自满招致损失，谦虚谨慎得到利益。"忧虑劳苦才可以振兴国家，徒享安逸必定祸害终身。这是自然的道理。于是在他兴盛的时候，天下所有的豪杰都不能和他争雄；到他衰败时，几十个以技艺为职业的伶人都能围困他把他杀死，从此，后唐灭亡，成为天下人的笑柄。凡是祸患，常常积累于细微的事情，而智勇的人多困陷于他的嗜好之中，难道只有伶人是这样的？因而写了《伶官传》。

评析

《新五代史》是欧阳修编撰的一本史书，记载了自后梁（公元907年）始，经后唐、后晋、后汉至后周显德七年（公元960年）共五十三年的历史。《伶官传》记载后唐庄宗李存勖宠幸伶官，沉溺酒色，最后死于兵变的史实。这篇序便是对此而发的评论。作者通过后唐盛衰过程的分析，总结出"忧劳可以兴国，逸豫可以亡身"的历史教训，强调了"人事"对国家兴亡所起的重要作用。文章叙事、说理紧密结合，反复运用盛衰对比，具有较强的说服力。

《五代史·宦官传》论

原文

自古宦者乱人之国，其源流深于女祸。

女，色而已；宦者之害，非一端也。盖其用事也近而习，其为心也专而忍；能以小善中人之意，小信固人之心，使人主必信而亲之。待其已信，然后惧以祸福而把持之。虽有忠臣、硕士[①]列于朝廷，而人主以为去已疏远，不若起居饮食、前后左右之亲为可恃也。故前后左右者日益亲，则忠臣、硕士日益疏，而人主之势日益孤。势孤，则惧祸之心日益切，而把持者日益牢。安危出其喜怒，祸患伏于帷闼[②]，则向之所谓可恃者，乃所以为患也。

患已深而觉之，欲与疏远之臣图左右之亲近，缓之则养祸而益深，急之则挟人主以为质。虽有圣智，不能与谋。谋之而不可为，为之而不可成。至其甚，则俱伤而两败。故其大者亡国，其次亡身，而使奸豪得借以为资而起，至抉[③]其种类，尽杀以快天下之心而后已。此前史所载宦者之祸常如此者，非一世也！夫为人主者，非欲养祸于内，而疏忠臣硕士于外，盖其渐积而势使之然也。

夫女色之惑，不幸而不悟，则祸斯及矣；使其一悟，捽[④]而去之可也。宦者之为祸，虽欲悔悟，而势有不得而去也。唐昭宗[⑤]之事是已。故曰“深于女祸”者，谓此也。可不戒哉?

注释

①硕士：旧指学问渊博之士。

②帷闼（tà）：指皇室之内。

③抉：挖出。

④捽：揪。

⑤唐昭宗：李晔，公元889年—公元904年在位。

译文

自古以来，宦官扰乱国家，这来源比妇女的祸患还要深。

妇人女子不过使君王好色罢了。但是宦官的危害并非在某一处或某一件事情。因为宦官做事情，经常在君王左右，亲近服侍。他们的心思专一，善于忍耐。能讨好以迎合君王的心意，能在小处表现诚实以稳固君王的心，使得君王必定相信而亲近他们。等到取得君王的信任，然后拿福祸来恐吓君王以把持朝政。这时虽然有忠臣贤士罗列在朝廷，而君王却认为他们与自己疏远。宦官服侍起居饮食，不离自己前后左右，显得更为亲近可靠，所以在君王前后左右的宦官日益亲近，忠臣贤士日益疏远，君王的势力日益孤立。势力越孤立，则恐惧祸乱的心情一天天更厉害，而把持君王的宦官地位则日益牢固。国家的安危出于他们的喜怒，祸患隐伏于宫门帷幄之中。这样昔日所谓可以依赖信任的人就是现在起祸为患的人。待君王觉得祸患已深，想与被疏远的忠臣贤士策划，除掉左右亲近的宦官，行动慢了，就会使祸患日益严重；操之过急，又会使那些亲随挟持自己作为人质。这时虽然有圣贤的智慧，也不能与之谋划。即使谋划了也不能实行，实行了也不能成功。如果事情发展走了极端，则两败俱伤，于是大的祸患导致国家灭亡，小的祸患导致君王身死，而使奸雄借机起事，围捕宦官一党，将他们斩尽杀绝来快慰天下人之心才罢休。以前史书上所记载的关于宦官的祸患常常就是这样，并不是一朝一代如此。为君王的人也不想养祸患在宫内，而疏远忠臣贤士于宫外，只是渐渐积累而时势使他那样。

女色的媚惑人，如果不幸而不觉悟，那么祸患就会来临。假使他一旦觉悟，揪起头发，将她驱逐就可以了。宦官为祸患，虽然想悔悟，但时势使君王不能将他们赶走，唐昭宗的事就是这样。所以说“宦官的祸患深于女色的祸患”，即指如此。怎么能不引以为戒呢？

评析

这是《新五代史·宦者传》评论中的一部分，题目是后人加的。本文主要讲宦官之祸深于女祸。文章详细分析了宦官怎样通过小善、小信而逐步把持政权的过程，指出了宦官专权的严重后果，从而警告帝王们不要渐积养祸。不过，宦官专政是中国封建专制主义的必然产物。作者把王朝衰亡的原因归咎于宦官、女祸，这显然还未触及问题的本质。

醉翁亭记

原文

环滁皆山也[①]。其西南诸峰，林壑尤美。望之蔚然而深秀者，琅琊[②]也。山行六七里，渐闻水声潺潺，而泻出于两峰之间者，酿泉[③]也。峰回路转，有亭翼然临于泉上者，醉翁亭也。作亭者谁？山之僧智仙[④]也。名之者谁？太守自谓也。太守与客来饮于此，饮少辄醉，而年又最高，故自号曰醉翁也。醉翁之意不在酒，在乎山水之间也。山水之乐，得之心而寓之酒也。

若夫日出而林霏开，云归而岩穴暝，晦明变化者，山间之朝暮也。野芳发而幽香，佳木秀而繁阴，风霜高洁，水落而石出者，山间之四时也。朝而往，暮而归，四时之景不同，而乐亦无穷也。

至于负者歌于途，行者休于树，前者呼，后者应，伛偻提携[5]，往来而不绝者，滁人游也。临溪而渔，溪深而鱼肥；酿泉为酒，泉香而酒洌；山肴野蔌，杂然而前陈者，太守宴也。宴酣之乐，非丝非竹；射者中，弈者胜，觥筹交错，坐起而喧哗者，众宾欢也。苍颜白发，颓然乎其间者，太守醉也。

已而夕阳在山，人影散乱，太守归而宾客从也。树林阴翳，鸣声上下，游人去而禽鸟乐也。然而禽鸟知山林之乐，而不知人之乐；人知从太守游而乐，而不知太守之乐其乐[6]也。醉能同其乐，醒能述以文者，太守也。太守谓谁？庐陵欧阳修也。

注释

①“环滁”句：写滁州城四周山川形势。此为夸张之辞，滁州仅西南部有丛山。

②琅琊：山名，在滁县西南十里。因东晋元帝司马睿为琅琊王时渡江，曾驻滁州，故滁州溪山有琅琊之名。

③酿泉：又名醴泉，为琅琊溪源头之一。

④智仙：琅琊山琅琊寺（一名开化寺）的僧人。

⑤伛偻提携：指老人小孩。

⑥乐其乐：将他人的快乐当作自己的快乐。

译文

滁州城的四面被山环绕着。城西南的许多山峰，树林壑谷尤其美丽。远远望去，草木茂盛而深秀的地方是琅琊山。沿着山路行走六七里，渐渐听到水声潺潺，从两座山峰之间泻出的水流，即是酿泉。山峰回环，山路随着旋转，有一个亭子像鸟儿张开的翅膀一样，建在泉水之上，这就是醉翁亭。修造亭子的是谁？山中的和尚智仙。为亭子命名的是谁？太守自己命名的。太守与众宾客来此地设宴饮酒，往往喝了少量的酒就醉了，而太守的年纪又最大，于是自己称号为醉翁。醉翁的本意并不在酒，而在于山水之间。游山玩水的快乐在心灵里得到感受，而寄寓于饮酒之中。

至于太阳升起，林中的雾气散开；白云飘浮，山里的幽谷和岩洞便黑暗了，阴暗与明亮交替变化，这是山间的早晨和晚上。野花开放，发出阵阵幽香；佳木深秀，枝叶繁盛而有庇荫；风霜高而洁净，泉水落下而岩石现出，这是山间四时的景色。早晨出游，夜晚回家，春夏秋冬四时的景致不同，而乐趣也是无穷尽的。

至于背负东西的人在路上边走边唱歌，行路的人在树下休息，前面的人呼喊，后面的人答应，老年人弯着腰走，小孩由大人搀扶着走，来来往往不绝的是滁人在游乐。面临着溪水钓鱼，溪水幽深而鱼儿肥大；以酿泉的水造酒，泉水清澈而酒味清醇；以山里出产的野兽、蔬菜做成菜肴，夹杂在桌上陈列，是太守设的宴席。酒宴酣畅时做游戏，不弹奏琴瑟，不吹奏箫笛，而是玩投壶戏，有人把箭投进了壶中；下起围棋，有人取胜；行起酒令，酒杯酒筹交错。有人坐着，有人立起，一片喧哗声，这是众宾客在欢喜作乐。容颜苍老、满头白发，倒伏在中间，这是太守喝酒醉了。

不久，夕阳快要落山，人的影子凌乱四散，太守归去而宾客相从。树林阴暗隐蔽，鸟儿上上下下鸣叫，游人已离去而禽鸟快乐。然而禽鸟只知道山林中的快乐，而不知道人的快乐；滁人只知道跟着太守游玩的快乐，而不知道太守快乐在滁人的快乐之中。醉酒时能和大家一起快乐，酒醒时能做文章记述此事的是太守。太守是谁？就是江西庐陵的欧阳修。

评析

本文是欧阳修被贬为滁州太守后写的一篇近于赋体的山水游记。作者以精练、生动的语言描述了自己与游客在醉翁亭中开怀畅饮的欢快情景以及亭外变化多姿的自然风光，表达了与民同乐的思想情怀。

秋声赋

原文

欧阳子方夜读书，闻有声自西南来者，悚然而听之，曰：“异哉！”初淅沥以萧飒，忽奔腾而砰湃，如波涛夜惊，风雨骤至。其触于物也，鏦鏦铮铮，金铁皆鸣；又如赴敌之兵，衔枚[①]疾走，不闻号令，但闻人马之行声。余谓童子：“此何声也？汝出视之！”童子曰：“星月皎洁，明河在天，四无人声，声在树间。”

余曰：“噫嘻悲哉！此秋声也。胡为而来哉？盖夫秋之为状也，其色惨淡，烟霏云敛；其容清明，天高日晶；其气栗冽，砭人肌骨；其意萧条，山川寂寥。故其为声也，凄凄切切，呼号愤发。丰草绿缛而争茂，佳木葱茏而可悦；草拂之而色变，木遭之而叶脱；其所以摧败零落者，乃其一气之余烈。

夫秋，刑官也，于时为阴[②]；又兵象也，于行为金；是谓天地之义气，常以肃杀而为心。天之于物，春生秋实。故其在乐也，商声主西方之音；夷则为七月之律。商，伤也，物既老而悲伤；夷，戮也，物过盛而当杀。

“嗟乎！草木无情，有时飘零。人为动物，惟物之灵；百忧感其心，万事劳其形；有动于中，必摇其精；而况思其力之所不及，忧其智之所不能；宜其渥然丹者[③]为槁木；黟然黑者为星星[④]。奈何以非金石之质，欲与草木而争荣？念谁为之戕贼，亦何恨乎秋声！”

童子莫对，垂头而睡。但闻四壁虫声唧唧，如助余之叹息。

注释

①衔枚：古代行军时，常令士兵嘴里横衔一根小棍，防止说话，保持肃静。

②于时为阴：古人以阴阳配合四时，春夏属于阳，秋冬属于阴。

③渥然丹者：红润的面容。

④黟：黑色。星星：鬓发花白。

译文

欧阳子正在夜间读书，只听到有声音从西南方传来，惊恐地去听，说道："奇怪啊！"开始时像淅淅沥沥的雨声，还夹杂些萧瑟的风声，忽然变得汹涌澎湃起来，像是夜间波涛突起，暴风雨骤然而至。接触在物体之上，发出铮铮的声音，像金属撞击之声。又好像出发去和敌人打仗的兵士，嘴里衔着竹枚快走，听不到号令，只听得人和马的行走之声。我对书童说道："这是什么声音？你出去看一看。"书童返回来告诉我："明月星光皎洁，银河横在天上，四处没有人声，声音是从树木之间发出的。"

我说："哎呀！可悲哪！这是秋天的声音，它为何而来？秋天所表现出来的意气容貌是：它的颜色惨淡，烟气云气收敛；它的容色清明，天高而日光明亮；它的气候阴冷，刺人肌骨；它的意象萧条，山川冷清寂静寥廓。所以它的声音凄凄切切，呼号声讯起。秋天来临的时候，野草繁盘争荣，佳木郁郁葱葱，十分可爱。然而秋风一到，拂过花草，花草的颜色就改变了；树木遭遇到，树叶便脱落了，其之所以摧残败坏零落，因为是一种秋天之气的余威。

秋天本是刑官执行其事情的时候，这时候属阴；它的表象是用兵之象，在五行上为金。是所谓的天地肃杀之气，经常以摧残杀死万物为本意。上天对于万物，春天萌生，秋天结出果实。所以在音乐方面，秋天为五音中的商声，是西方的音律，七月的律令是一年十二律令中的夷则之律。商声是悲伤的意思，万物渐渐老去，接近死亡，使人悲伤；夷是杀死的意思，万物太多太繁，应当杀死一些。

唉！草木无情，不时飘零沦落，人是一种动物，是万物中最有灵性的。千百种忧虑感动他的心，万般事务劳累他的形体。凡是能感动他的，必定动摇他的精神。况且还要思考他的力量所办不到的，忧虑他的智力所想不出来的！于是满面红光的容貌忽然变成了枯木一般，如漆一般光亮的黑发忽然变得雪白，怎么以并非金石质的形体与草木争一日之荣？想到是谁来残害，又何必恨那秋天的声音呢？"

童子不能对答，低头便睡着了。只听见四壁秋虫唧唧鸣叫，好像在呼应我的叹息之声。

评析

肃杀的秋景常常是昔日的文人借以抒写感伤、惆怅心情的题材，《秋声赋》正是这一类作品的代表作。作者把秋色写得可见可闻，由秋风的来临联想到万物的凋零，继而联想到人生的易老，抒发出对于世事艰难、人生道路坎坷的感慨。本文写景、抒情、叙事、议论浑然一体，在句法上，整齐而富于变化，参差而不散乱，并善用独白来表达思想感情的波折与自我解脱，体现了散文赋的重要特点。

泷冈阡[①]表

原文

呜呼！惟我皇考崇公[②]卜吉于泷冈之六十年，其子修始克表于其阡，非敢缓也，盖有待也。

修不幸，生四岁而孤。太夫人守节自誓，居穷，自力于衣食，以长以教，俾至于成人。太夫人告之曰："汝父为吏廉，而好施与，喜宾客，其俸禄虽薄，常不使有余，曰：'毋以是为我累'。故其亡也，无一瓦之覆、一垄[③]之植以庇而为生。吾何恃而能自守邪？吾于汝父，知其一二，以有待于汝也。自吾为汝家妇，不及事吾姑，然知汝父之能养也；汝孤而幼，吾不能知汝之必有立，然知汝父之必将有后也。吾之始归也，汝父免于母丧方逾年，岁时祭祀，则必涕泣，曰：'祭而丰不如养之薄也。'间御酒食[④]，则又涕泣曰：'昔常不足而今有余，其何及也！'吾始一二见之，以为新免于丧适然耳。既而其后常然，至其终身未尝不然。吾虽不及事姑，而以此知汝父之能养也。汝父为吏，尝夜烛治官书[⑤]，屡废而叹。吾问之，则曰：'此死狱也，我求其生不得尔。'吾曰：'生可求乎？'曰：'求其生而不得，则死者与我皆无恨也。矧[⑥]求而有得邪，以其有得，则知不求而死者有恨也。夫常求其生，犹失之死，而世常求其死也。'回顾乳者剑汝而立于旁，因指而叹曰：'术者[⑦]谓我岁行在戌将死，使其言然，吾不及见儿之立也，后当以我语告之。'其平居[⑧]教他子弟，常用此语，吾耳熟焉，故能详也。其施于外事，吾不能知；其居于家，无所矜饰，而所为如此，是真发于中者邪。呜呼！其心厚于仁者邪！此吾知汝父之必将有后也。汝其勉之！夫养不必丰，要于孝；利虽不得博于物，要其心之厚于仁。吾不能教汝，此汝父之志也。"修泣而志[⑨]之，不敢忘。

先公少孤力学，咸平三年[⑩]进士及第，为道州[⑪]判官，泗[⑫]、绵[⑬]二州推官，又为泰州[⑭]判官。享年五十有九，葬沙溪之泷冈。太夫人姓郑氏，考讳德仪，世为江南名族。太夫人恭俭仁爱而有礼，初封福昌县太君，进封乐安、安康、彭城三郡太君。自其家少微时，治其家以俭约，其后常不使过之，曰："吾儿不能苟合于世，俭薄所以居患难也。"其后修贬夷陵[15]，太夫人言笑自若，曰："汝家故贫贱也，吾处之有素矣。汝能安之，吾亦安矣。"

自先公之亡二十年，修始得禄而养。又十有二年，列官于朝，始得赠封其亲。又十年，修为龙图阁直学士、尚书吏部郎中，留守南京[16]，太夫人以疾终于官舍，享年七十有二。又八年，修以非才，入副枢密，遂参政事。又七年而罢。自登二府，天子推恩，褒其三世，故自嘉祐以来，逢国大庆，必加宠锡。皇曾祖府君累赠金紫光禄大夫、太师、中书令。曾祖妣累封楚国太夫人。皇祖府君累赠金紫光禄大夫、太师、中书令兼尚书令，祖妣累封吴国太夫人。皇考崇公累赠金紫光禄大夫、太师、中书令兼尚书令，皇妣累封越国太夫人。今上初郊[17]，皇考赐爵为崇国公，太夫人进号魏国。

于是小子修泣而言曰："呜呼！为善无不报，而迟速有时，此理之常也。惟我祖考，积善成德，宜享其隆，虽不克有于其躬，而赐爵受封，显荣褒大，实有三朝之锡命[18]。是足以表见于后世，而庇赖其子孙矣。"乃列其世谱，具刻于碑。既又载我皇考崇公之遗训，太夫人之所以教而有待于修者，并揭于阡。俾知夫小子修之德薄能鲜，遭时窃位，而幸全大节，不辱其先者，其来有自。

熙宁三年，岁次庚戌，四月辛酉朔，十有五日乙亥[19]，男推诚保德崇仁翊戴功臣、观文殿学士、特进、行兵部尚书、知青州军州事兼管内劝农使、充京东路安抚使、上柱国、乐安郡开国公，食邑四千三百户，食实封一千二百户。修表。

注释

①泷冈：地名，位于今江西永丰县凤凰山。阡：墓道。

②皇考崇公：皇，尊称。考，指亡父。崇公，欧阳修父亲封号为崇国公。

③垄：田垄。

④御酒食：进酒进食。

⑤治官书：处理官文。

⑥矧：况且。

⑦术者：算命先生。

⑧平居：平日。

⑨志：记下来。

⑩咸平三年：即公元1000年。咸平，宋真宗的年号。

⑪道州：地名，位于今湖南道县。

⑫泗：地名，位于今安徽泗县。

⑬绵：地名，位于今四川绵阳县。

⑭泰州：地名，位于今江苏泰县。

⑮夷陵：地名，位于今湖北宜昌。

⑯南京：地名，位于今河南商丘。

⑰初郊：初，刚刚。郊，古代帝王进行的郊庙祭祀之礼。

⑱三朝：宋仁宗、英宗、神宗三朝。锡命：赐下的诰命；锡，即赐。

⑲熙宁：宋神宗年号。辛酉朔：按照干支纪年的表示方法为农历四月初一。乙亥：四月十五日。

译文

唉！想我先父崇国公占卜选择吉地于泷冈以后的六十年，他的儿子欧阳修才能够作了墓表，刻在碑上竖立于墓道中。并不是敢有意迟缓，而是因为有所等待。

修很不幸，生下来四岁，父亲就去世了，太夫人（母亲）发了誓愿守节，家境贫寒，以自己的力量谋取衣食，扶养我，教育我，使我长大成人。太夫人谆谆告诫我说："你的父亲做官清廉，喜欢布施别人，又喜爱招待宾客。虽然他的俸禄微薄，但常常不让钱有剩余。他说：'不要因为金钱而连累了我的清白！'所以他去世后，没有一片瓦盖的房子，没有一亩可以耕种的地，能叫你赖以生活，我依靠什么能自守呢？我对你的父亲大概了解一二，于是对你有所期待。自从我嫁到你家做媳妇，没有来得及侍奉婆婆，但知道你父亲是很孝顺地供养老人的。你幼年丧父，我不知道你一定会有所成就，但知道你父亲一定有后代。我开始到你家的时候，你父亲服满祖母的丧，才过了一年，逢年过节祭祀祖先的时候，必然哭泣说：'即使祭祀很丰盛，也比不上活着时薄薄地奉养！'有时他自己吃着酒食，则又哭泣说：'从前常嫌酒食不够，现在有余了，但来不及供养母亲了！'我开始见到一两次，以为他是才满了丧服，偶然有所感遇罢了。但以后他经常是这样，一直到终身，没有不如此的。虽然我来不及侍奉婆婆，但从这些事知道你父亲是孝顺供养祖母的。你父亲做官，经常在夜里点着蜡烛审理刑事案卷，屡次发出长长的叹息。我问起原因，他说：'这是要判死刑的案卷，我想放一条生路而办不到！'我说：'生路可以求吗？'他说：'放一条生路而办不到，那么死者和我都没有遗恨。况且确实求得过一条生路，因而救活一个人，就知道不去求生路而死者会有遗恨。就这样经常求生路，一不小心，仍旧会处死刑，而世上人常常希望这些人死去。'回头看着乳娘抱着你站在一旁，因而指着你叹息说：'占卦的人说我在年岁有戌的一年将会死去。如果占卦人的话是真的，我就见不到儿子长大成才了，以后应当把我的话告诉儿子！'平时他在家教育子弟，常常说起此话，我听熟了，于是能详细地说给你听。他在外面办事，我不知道。在家中的时候，没有一点矜持文饰，不摆架子，而他这样，是真正地发于内心的！唉！他的心地厚道而注重仁义，这就是我知道你父亲必定有后代的原因，你应当自己勉励才对。供养长辈不在于丰厚，而在于孝顺；利益虽然不能普及于万物，重在心地厚道内存仁义。我不能教导你，这是你父亲的志向。”修哭泣着，牢牢记住，永不敢忘。

先父崇国公少年时没有了父亲，努力研究学习。在真宗咸平三年考中进士，出任道州判官，泗、绵二州推官，又继任泰州判官，享年五十九岁，葬在沙溪的泷冈。太夫人姓郑，她父亲名德仪，世代为江南名门大族。太夫人恭顺节俭，仁爱知礼，起初封福昌县太君，又进封乐安、安康、彭城三郡太君。自从她家里贫贱时，以节俭治理家务，后来家里过日子也不超过一定的花费，她说：“我的儿子不能苟且迎合世俗人，要俭朴节约，以预备有患难的时候。”后来修被贬官到夷陵，太夫人谈笑自若，说：“原来咱们家是贫贱的，我已经过得习惯了。你能安心，我也能安心！”

先父崇公死后二十年，修才得到朝廷的俸禄来奉养太夫人。又过了十二年，才位列朝官，开始封赠亲属。又过十年，修任职龙图阁直学士、尚书吏部郎中，留守南京，这时候，太夫人因病逝世于官府中，享年七十二岁。又过了八年，修以没有才能的人竟出任副枢密使，遂参与国家大政要事，又有七年才罢免职务。自从进入中书省、枢密院二府以来，天子推广他的恩德，褒扬我的三代，自从仁宗嘉祐年间以来，逢到国家庆贺大典，必定予以宠幸，大加封赏。先曾祖父累赠金紫光禄大夫、太师、中书令；先曾祖母累封楚国太夫人。先祖父累赠金紫光禄大夫、太师、中书令兼尚书令；先祖母累封吴国太夫人。先父崇公累赠金紫光禄大夫、太师、中书令兼尚书令；先母累封越国太夫人。当今神宗皇帝到郊外祭天，赐先父爵位为崇国公，太夫人进封号为魏国夫人。

于是小子修哭泣着说：“唉！行善没有不报的，只是迟早不同罢了，天理经常是这样的！我的祖先积行善事成就了德行，应该享受这隆重的待遇。虽然不能活在世上享受，但赏赐封赠爵位，显示荣耀，褒扬光大，有三朝的宠幸诰封，足以扬名于后世，荫庇其子孙了！”所以序列世系家谱，刻在碑石上，后又记载先父崇国公的遗言训诫，以及太夫人所教导、希望我的话，一道揭示于墓表上；使大家知道小子修的德行浅薄，才能低小，逢到时运窃取了官位，幸而能保全大节，没有辱没先人，其实是有原因的。

神宗熙宁三年，岁次庚戌，四月辛酉初一，后十五日乙亥，儿子推诚保德崇仁翊戴功臣，观文殿学士，特进，行兵部尚书，知青州军州事兼管内劝农使，充京东路安抚使，上柱国，乐安郡开国公，食邑四千三百户，食实封邑一千二百户，欧阳修表。

评析

泷冈在今江西省永丰县的凤凰山，欧阳修的父亲死后埋葬在那里，本文是欧阳修在他父亲死后六十年所作的墓表。在表文中，作者盛赞父亲的孝顺与仁厚，以及母亲的俭约与安于贫贱。本文言辞清新质朴，率意写出，用具体的琐事、琐谈表现父母生前的美德，不尚空泛的溢美之词，这深刻影响到明代归有光的家庭纪事小品。

丰乐亭记

原文

修既治滁之明年[1]，夏，始饮滁水而甘。问诸滁人，得于州南百步之近。其上则丰山，耸然而特立；下则幽谷，窈然而深藏；中有清泉，滃然而仰出。俯仰左右，顾[2]而乐之。于是疏泉凿石，辟地以为亭，而与滁人往游其间。

滁于五代干戈之际，用武之地也。昔太祖皇帝，尝以周师破李景兵十五万于清流山下，生擒其将皇甫晖、姚凤于滁东门之外，遂以平滁。修尝考其山川，按其图记，升高以望清流之关，欲求晖、凤就擒之所，而故老皆无在者，盖天下之平久矣。

自唐失其政，海内分裂，豪杰并起而争，所在为敌国者，何可胜数？及[3]宋受天命，圣人出而四海一。向之凭恃险阻，刬削消磨，百年之间，漠然徒见山高而水清。欲问其事，而遗老尽矣！今滁介江淮之间，舟车商贾、四方宾客之所不至，民生不见外事，而安于畎亩衣食，以乐生送死。而孰知上之功德，休养生息，涵煦[4]百年之深也。

修之来此，乐其地僻而事简，又爱其俗之安闲。既得斯泉于山谷之间，乃日与滁人仰而望山，俯而听泉。掇幽芳而荫乔木，风霜冰雪，刻露清秀，四时之景，无不可爱。又幸其民乐其岁物之丰成，而喜与予游也。因为本[5]其山川，道[6]其风俗之美，使民知所以安此丰年之乐者，幸生无事之时也。夫宣[7]上恩德，以与民共乐，刺史之事也。遂书以名其亭焉。

庆历丙戌六月日，右正言、知制诰、知滁州军州事欧阳修记。

注释

①明年：第二年。

②顾：四周环视。

③及：等到。

④涵煦：滋润。

⑤因为：于是就。本：按照，根据。

⑥道：称赞。

⑦夫：用在句首的发语词，没有实在意义。宣：宣扬，宣传。

译文

欧阳修治理滁州的第二年夏天才开始饮滁水，觉得水味甘甜。于是去问滁人，在州城南百步之近的地方找到了泉水。泉水之上是丰山高高耸立，下面幽谷深远潜藏，中间有清泉涌出，上下左右察看，看着觉得很快乐。于是开凿石头，疏通泉水，整平地面，建造一个亭子，而与滁州百姓在此地游乐。

在五代战乱的时候，滁州是兵家必争的用武之地。过去，太祖皇帝赵匡胤曾经率领后周军队大破南唐中主李景的军队十五万人于清流关山下，活捉了南唐军将领皇甫晖、姚凤于滁州东门之外，遂以平定了滁州。修曾经考查过滁州的山川地理，按照滁州地图，登上高处瞭望清流关，想找到皇甫晖、姚凤被擒捉的地方，但是当地经历过此事的老人都去世了，一个也没有找到。大概天下太平的时间已很久了，大家已经忘记这件事了。

自从唐朝末年政治腐败，海内分崩离乱，英雄豪杰四起相争，所在的地方今为此国、明为敌国，简直数不过来。到了大宋朝承受天命，圣人出世而四海统一，以前凭借地势险要之处，都削平消磨掉了。一百多年间漠不相关，只见到山高水清，山川依旧。想问以前的事，而遗老都不在人世了。现在滁州介于长江、淮河之间，船只车马、商贾行贩、四方宾客不到这一地方来，百姓看不到外面的事情，却安逸舒畅地耕种田地，取得衣食，愉快地生活，送走死者，哪里知道皇帝朝廷的恩德。休养生息，生儿育女，世代相传已有百年之久了。

修到滁州来，很喜欢此地偏僻，诸事简单，又爱民风民俗的安闲舒逸。既然到了这在山谷之间的泉水，就每天和滁人向上仰望高山，向下听泉水的声音。春天采取幽香芬芳的花草，夏天在高大的树木下乘凉。秋冬时的风霜冰雪，更显出此处的清雅秀美。四时的景致没有不可爱的。幸运的是当地百姓因年成好五谷丰登，喜欢和我一道游乐。于是就根据此地山川秀丽，道说其风俗的淳朴，使百姓知道之所以能安享丰年的快乐，是有幸生在太平无事的年月。

宣扬皇上的恩德，以与百姓共同快乐是刺史本职的事情，于是做了这篇文章来记载并命名这个亭子。

庆历丙戌六月日，右正言、知制诰、知滁州军州事欧阳修作。

评析

庆历三年时，北宋实行新政，没过多年就宣告失败。杜衍、范仲淹等主张新政的大臣们相继被贬斥放逐，欧阳修上书为其辩护，最终也被贬于滁州。本篇就写于欧阳修被贬到滁州之后的庆历六年（公元1046年）。滁州在五代时期长期遭受战乱，宋初时，朝廷实行休养生息的政策，几十年之后已恢复了一些元气。滁州西南琅琊山风景优美，欧阳修闲暇之时，经常到此地寻幽访胜，辟地筑亭。本文描绘了修筑丰乐亭的经过及欧阳修与民共同游览丰乐亭的情景，并且对滁州从战乱到和平的变迁进行了勾勒，呼吁大家珍惜来之不易的和平。

祭石曼卿文

原文

维治平四年七月日，具官欧阳修，谨遣尚书都省令史李敭，至于太清，以清酌庶羞之奠，致祭于亡友曼卿之墓下，而吊之以文，曰：

呜呼曼卿！生而为英，死而为灵。其同乎万物生死，而复归于无物者，暂聚之形，不与万物共尽，而卓然其不朽者，后世之名。此自古圣贤，莫不皆然。而著在简册者，昭如日星。

呜呼曼卿！吾不见子久矣，犹能仿佛子之平生。其轩昂磊落，突兀峥嵘，而埋藏于地下者，意其不化为朽壤，而为金玉之精。不然，生长松之千尺，产灵芝而九茎。奈何荒烟野蔓，荆棘纵横，风凄露下，走磷飞萤。但见牧童樵叟，歌吟而上下，与夫惊禽骇兽，悲鸣踯躅而咿嘤。今固如此，更千秋而万岁兮，安知其不穴藏狐貉与鼯鼪？此自古圣贤，亦皆然兮，独不见夫累累乎旷野与荒城？

呜呼曼卿！盛衰之理，吾固知其如此，而感念畴昔，悲凉凄怆，不觉临风而陨涕者，有愧乎太上之忘情。尚飨！

译文

治平四年七月某日，备具官爵履历的欧阳修差遣尚书都省令史李敭前往太清，以清酒和各种美味的菜肴作奠仪，致祭于亡友石曼卿的墓前，并做一篇文章吊祭说：

“唉，曼卿！在世时是英雄，死后成为神灵。他同万物一道生死，最后又回归到无物的地方。他是暂时相聚的形体，不与万物一道灭亡。他卓越挺立，永垂不朽，给后世留下英名。这从古时的圣贤到现在都是这样的，留著于史册，像日月星辰一样明亮。

“唉，曼卿！我没有看见你已经很久了，还仿佛能记得你生前的容貌。你气宇轩昂，襟怀坦白，光明磊落，高大英俊，虽然埋藏在地下，想来不会腐朽化为泥土，而会变成金玉的精华。如果不是这样，那么为什么此地生长着高达千尺的松树，出产有九根茎的灵芝草。无奈荒烟野草，藤蔓缠绕，荆棘纵横；风雨凄凉，霜露下降；磷火飘动，飞萤明灭；只见牧童与老樵夫唱着山歌，上上下下；惊恐的飞禽与害怕的野兽前后徘徊，发出悲切的鸣叫呼声。今天已经是这样，再过千秋万岁，怎知道不是穴洞里面深藏着狐狸、貉子、鼯鼠和黄鼠狼？而自古以来，圣贤都是这样，单单看不到累累相连的旷野和荒城吗？

“唉，曼卿！古今盛衰的道理我本来就知道是这样的，而思念从前的情景，悲凉凄惨，不禁要面临着风而流泪，但对‘太上忘情’这句话很有些惭愧。希望你来享用这祭礼！”

评析

这是作者为悼念诗友石曼卿而作的一篇祭文。作者避免了一般祭文的呆板格式，内容不是为死者做平生概括，而是通过三呼曼卿，先称赞其声名不朽，再写其死后凄凉，特别是渲染墓地的悲凉景象，表达出作者对死者强烈的哀悼之情。文章大体押韵，句式灵活，情调凄婉，体现出作者对友人的真挚感情。

卖油翁

原文

陈康肃公尧咨善[①]射，当世无双，公亦以此自矜[②]。尝射于家圃[③]，有卖油翁释担而立，睨[④]之，久而不去。见其发矢十中八九，但微颔[⑤]之。

康肃问曰："汝亦知射乎？吾射不亦精乎？"翁曰："无他，但手熟尔。"康肃忿然曰："尔安敢轻吾射？"翁曰："以我酌油知之。"乃取一葫芦置于地，以钱覆其口，徐以杓酌油沥之，自钱孔入而钱不湿。因曰："我亦无他，惟手熟尔。"康肃笑而遣之。

注释

①善：擅长。

②自矜：自夸。矜：夸耀。

③圃：园圃，这里指花园。

④睨：拿眼睛斜着看。

⑤微：稍稍。颔：点头。

译文

陈尧咨的箭术非常好，他是当时箭术最好的一个，他为此非常自豪，也常常自夸。有一次，他正在自己家的花园里练习射箭，这时候，恰好有一个卖油的老翁经过。老翁他放下挑着的担子，停下来在一边看，久久没有离开。老翁见到陈尧咨射出的箭只有十之八九能中，只是微微点了下头。

康肃公问卖油翁："难道你也会射箭吗？难道我射箭的本领不高吗？"卖油翁回答说："其实也根本没什么了不起的，你只是手熟罢了。"康肃公听了这话后，心里很是生气，他说道："你怎么可以看不起我的箭术呢？"卖油翁回答说："我只是凭着我倒油的经验悟出了这个道理罢了，没什么深奥的。”老翁说完就拿出来一个葫芦放在地上，让葫芦立起来，把一个铜钱放在葫芦的口上，然后用勺子慢慢地把油倒进葫芦里，油从铜钱的孔中慢慢地落到了葫芦里，但是这枚铜钱却没沾上一点油。老翁说：“其实这里面也没有什么玄妙的，只不过我手熟罢了。”陈尧咨看见了这一切，只好笑着把卖油翁送走了。

评析

本文出自《归田录》。《归田录》是作者年老时辞掉官职，在颍州（在今安徽阜阳）居住时写的，内容基本上是记录朝廷遗事和士大夫的逸闻。作者在这篇文章中是想说明熟能生巧的道理。

与高司谏[1]书

原文

修顿首再拜白司谏足下[2]：某年十七时，家随州，见天圣二年进士及第榜，始识足下姓名。是时予年少，未与人接，又居远方，但闻今宋舍人兄弟与叶道卿、郑天休数人者，以文学大有名，号称得人。而足下厕[3]其间，独无卓卓[4]可道说者，予固疑足下不知何如人也。

其后更[5]十一年，予再至京师，足下已为御史里行，然犹未暇一识足下之面，但时时于予友尹师鲁问足下之贤否，而师鲁说足下正直有学问，君子人也，予犹疑之。夫正直者不可屈曲，有学问者必能辨是非，以不可屈之节，有能辨是非之明，又为言事之官，而俯仰默默，无异众人，是果贤者耶？此不得使予之不疑也。自足下为谏官来，始得相识，侃然正色[6]，论前世事，历历可听，褒贬是非，无一谬说。噫！持此辩以示人，孰不爱之？虽予亦疑足下真君子也。

是予自闻足下之名及相识，凡十有四年，而三疑之。今者推其实迹而较之，然后决[7]知足下非君子也。

前日范希文贬官后，与足下相见于安道家，足下诋诮[8]希文为人。予始闻之，疑是戏言，及见师鲁，亦说足下深非希文所为，然后其疑遂决。希文平生刚正，好学通古今，其立朝有本末[9]，天下所共知，今又以言事触宰相得罪，足下既不能为辨其非辜，又畏有识者之责己，遂随而诋之，以为当黜[10]，是可怪也。

夫人之性，刚果懦软，禀之于天，不可勉强，虽圣人亦不以不能责人之必能。今足下家有老母，身惜官位，惧饥寒而顾利禄，不敢一忤宰相以近刑祸，此乃庸人之常情，不过作一不才谏官尔。虽朝廷君子，亦将闵足下之不能，而不责以必能也。今乃不然，反昂然自得，了无愧畏，便毁其贤以为当黜，庶乎饰己不言之过。夫力所不敢为，乃愚者之不逮[11]；以智文其过，此君子之贼也。

且希文果不贤耶？自三四年来，从大理寺丞至前行员外郎、作待制日，日备顾问，今班行中无与比者。是天子骤用不贤之人？夫使天子待不贤以为贤，是聪明有所未尽。足下身为司谏，乃耳目之官，当其骤[12]用时，何不一为天子辨其不贤，反默默无一语，待其自败，然后随而非之？若果贤耶，则今日天子与宰相以忤意逐贤人，足下不得不言。是则足下以希文为贤，亦不免责，以为不贤，亦不免责，大抵罪在默默尔。

昔汉杀萧望之与王章，计其当时[13]之议，必不肯明言杀贤者也，必以石显、王凤为忠臣，望之与章为不贤而被罪也。今足下视石显、王凤果忠邪，望之与章果不贤邪？当时亦有谏臣，必不肯自言畏祸而不谏，亦必曰当诛而不足谏也。今足下视之，果当诛邪？是直可欺当时之人，而不可欺后世也。今足下又欲欺今人，而不惧后世之不可欺邪？况今之人未可欺也。

伏以今皇帝即位以来，进用谏臣，容纳言论，如曹修古、刘越，虽殁犹被褒称。今希文与孔道辅，皆自谏诤擢用。足下幸生此时，遇纳谏之圣主如此，犹不敢一言，何也？前日又闻御史台榜朝堂，戒百官不得越职言事，是可言者惟谏臣尔。若足下又遂不言，是天下无得言者也。足下在其位而不言，便当去之，无妨他人之堪[14]其任者也。昨日安道贬官，师鲁待罪，足下犹能以面目见士大夫，出入朝中称谏官，是足下不复知人间有羞耻事尔！所可惜者，圣朝有事，谏官不言，而使他人言之。书在史册，他日为朝廷羞者，足下也。

《春秋》之法，责贤者备。今某区区犹望足下之能一言者，不忍便绝足下，而不以贤者责也。若犹以谓希文不贤而当逐，则予今所言如此，乃是朋邪[15]之人尔。愿足下直携此书于朝，使正予罪而诛之，使天下皆释然[16]知希文之当逐，亦谏臣之一效也。

前日足下在安道家，召予往论希文之事，时坐有他客，不能尽所怀，故辄布区区，伏惟幸察。不宣。修再拜。

注释

①高司谏：即高若讷。官至参知政事、枢密使。

②顿首：叩头。再拜：敬辞，用于书信的开头或结尾。足下：对别人的敬称。

③厕：置身。

④卓卓：卓越、突出的样子。

⑤更：经历。

⑥正色：脸色严肃。

⑦决：肯定。

⑧诋诮：诽谤，讥笑。

⑨本末：如言始终。

⑩黜：罢免。

⑪逮：到，及。

⑫骤：突然，忽然。

⑬计：猜想。当时：那个时代。

⑭堪：担当。

⑮朋邪：和奸邪之人结为朋党。

⑯释然：消除疑虑，完全明白的样子。

译文

我恭恭敬敬地向司谏先生拜上两拜，然后向司谏报告：我自十七岁时，全家定居随州，看到天圣二年的进士及第榜，开始认识了您的姓名。当时我年纪尚轻，没有机会跟名人交往，又住在远离京城的偏僻地方，只听说那年中进士的宋舍人兄弟、叶道卿、郑天休等人都是文章出色，名声很大的人物，所以人们称道那年的考试录取真是人才济济。但是，您的名字名列其中，却唯独没有很突出而值得人们称道的，因而我自然怀疑，不知您到底是位什么样的人物。

那以后的十一年之间，我曾两次到过京城，您已经做了御史里行之职，但我仍没有机会和您认识一下，只是经常向我的朋友尹师鲁打听您的为人好坏。师鲁说您正直有学问，是一位君子。不过我还是怀疑，不相信您。那种正直的人是不可能屈服的。有学问的人一定是能明辨是非的。凭着不屈服的品格，有能辨别是非的才智。您担任着议论政事的官职，却随声附和，不敢直言进谏，这跟普通人没有什么不同，难道这称得上是贤人吗？这不能不使我怀疑啊！从您担任司谏开始，我才认识您。您刚正严肃，评论前代政事，毫不含糊，表扬好的，批评错的，没有一点谬误。啊，用这种言论在众人面前显示，谁不敬爱呢？即使是我，也曾猜想您是一位真正的君子呢。

我对您从闻名到相识，经历十四年，对您有三次怀疑，现在，考察您的实际行为并与您平时的言论相对照，然后可以判断您不是一位君子。

前几天，范希文被贬官以后，我与您在余安道家里相见。您攻击、责备范希文的为人。那时我听到，怀疑是开玩笑的话。等到见了尹师鲁，他也说您对范希文的所作所为大加斥责，我的怀疑这才打消。然而范希文一生刚正、好学、通达古今，他在朝廷办事能坚持原则，这是天下人都知道的。现在又因为讨论国事而触犯了宰相被定了罪，您既不能替他辩白无罪，又害怕有识之士责备自己，于是附和他人诋毁他，认为他应当被罢免，这实在太让人吃惊了。

人的性格，有的刚强，有的软弱，这是天生的，不可以勉强，即使是圣人，也不能要求别人去做他根本无法办到的事。现在，您家中有老母亲，自己又贪恋官位，害怕饥寒，贪恋利禄，不敢触犯宰相，害怕刑罚灾祸，这也是人之常情。您这样做，不过算一个不称职的谏官罢了。就是朝中的君子们，也会可怜您，不会要求您一定去办您不能办到的事。可是，您却不只这样，反而趾高气扬，自鸣得意，一点也不羞愧恐惧，并且肆意诋毁贤能的范希文，说他应该被罢免，想要以此掩饰自己不进言的过错罢了。有力量却不敢干，连愚人也不及，用小聪明来掩饰自己的过错，这便是君子中的败类啊。

再者，范希文果真不是贤能之人吗？近几年，他从大理寺丞很快被提拔为吏部员外郎，他担任天章阁待制时，每天供皇帝咨询各种事，现在朝中同列的官员没有人能比得上他，难道这是皇上错把不贤的人破格提升了吗？如果皇上把不贤的人当作贤德之人，那么正是你们没有尽到使皇上耳聪目明的责任。您身为司谏，充当皇帝耳目，当范希文突然得到提拔时，为什么你一次也不向皇上辩明他的不贤，反而沉默一言不发，等他失败了，才随声附和攻击他呢？如果范希文果然贤德，那么，今天皇上与宰相因为违反自己意志而把好人赶出去，您就不能不说话啊。这样看来，您认为范希文贤能，也逃不脱别人责备你，认为他不贤，也逃不脱别人的责备。总之，你的罪过就是不敢直言，没有尽到谏官的职责。

过去，西汉末年曾先后杀害了萧望之、王章，猜想当时的议论一定不肯明确地说是杀害了贤人，而一定是把萧、王的敌人石显、王凤当成了忠臣，说萧、王是因为不贤而遭到罪罚。现在再看，您认为石显、王凤是忠臣吗？萧望之、王章不贤吗？当时也有谏官，他们一定不肯说自己因为贪生怕死而不敢谏言，也一定会说萧望之、王章该杀，不值得进谏劝阻。现在，依您看，果真该杀萧、王二人吗？这只可欺骗当时的人，不可能欺骗后世的人啊。现在，您又想欺骗现在的人，却又不害怕后世是欺骗不了的吗？何况现在的人也不会被您欺骗啊！

我认为现今的皇上即位以来，提拔任用谏官，广开言路。如谏官曹修古、刘越，尽管他们已死，但还能受到表彰称赞。现在范希文与孔道辅都是从谏官提拔起来的。您幸运地生活在这个时代，遇到这样肯于接受谏言的圣明皇上，还不敢说一句话，这是为什么呢？前天，又听说御史台在朝堂公布范希文同党的名字，警告百官不能越职议论这件事，这么看来，能说话的只有谏官，假如您又不说话，这么一来，天下便没有能说话的人了。您担任这个职位却不开口，就应该自动离职，不要妨碍能担任这个职位的其他人。昨天，余安道因议论这件事而被贬官，尹师鲁也因这件事而等待处理。您却还厚着脸皮见士大夫，在朝廷上进进出出号称是谏官，这是您简直不知道人间还有羞耻之事。可惜的是，大宋朝出了事，谏官不说话，却叫别人不得不说。此事写在历史上，将来是朝廷的耻辱，罪人就是您啊。

按照《春秋》的记事原则，对贤能之人的要求是很严格的。现在，我还是希望您能出来说一句话，不忍心便从此与您断绝关系，不再按贤德之人的标准来要求您。如果您仍认为范希文不贤不才，应该驱逐，那么我今天这样，就成为范希文的朋党。希望您马上带着这封信到朝堂上去，叫朝廷定我的罪名，处罚我，让天下的人们都清楚地知道范希文应当驱逐，那也是谏官您的“功劳”呢。

前天，您在余安道家里叫我去讨论范希文的事，当时在座的还有别的客人，我不便畅所欲言，于是写了这封信特地表达我的意见，希望您能明察。不多言了，欧阳修拜陈。

评析

任左司谏的高若讷（字敏之，并州榆次人）在范仲淹等人因直言进谏而遭贬一事中，不但不敢主持公道，反而附和权奸，毁谤贤士，认为范仲淹当被斥逐。这使欧阳修义愤填膺，于是给他写了此信，揭露他自私卑鄙、趋炎附势的可耻面目，表现了富有正义感的知识分子嫉恶如仇、刚直不阿的高尚气节。此文言辞简明而犀利，行文曲折而顺畅，更在深刻剖析当中含有讽刺嘲骂，处处击中对方要害，字字记录战斗风貌。

养鱼记

原文

折檐之前有隙地[①]，方[②]四五丈，直对非非堂[③]。修竹环绕荫映，未尝植物[④]。因洿[⑤]以为池，不方不圆，任其地形；不甃[⑥]不筑，全其自然。纵锸以浚[⑦]之，汲井以盈之。湛乎汪洋，晶乎清明[⑧]。微风而波，无波而平。若星若月，精彩下入。予偃息其上，潜形于毫芒[⑨]；循[⑩]漪沿岸，渺然有江湖千里之想。斯足以舒忧隘[⑪]，而娱穷独[⑫]也。

乃求渔者之罟[⑬]，市数十鱼，童子养之乎其中。童子以为斗斛之水不能广其容，盖活[⑭]其小者而弃其大者。怪[⑮]而问之，且以是对。嗟乎，其童子无乃嚚昏[⑯]而无识矣乎！予观[⑰]巨鱼枯涸在旁，不得其所，而群小鱼游戏乎浅狭之间，有若自足[⑱]焉。感之而作《养鱼记》。

注释

①折檐：屋檐下的回廊。隙地：空地。

②方：方圆。

③非非堂：欧阳修在洛阳时所建，命名为非非堂。

④植物：这里用作动词，种植植物的意思。

⑤洿：音“乌”，地势低的地方。这里名词用作动词，挖掘的意思。

⑥甃：音“宙”，砌墙。

⑦浚：疏通。

⑧清明：清澈、明亮的样子。

⑨偃息：休息。毫芒：微小的东西。

⑩循：沿着。

⑪舒：舒展。忧隘：忧愁和郁闷。

⑫穷独：困乏、无助的样子。

⑬罟：渔网。

⑭活：形容词用作动词，让……活着。

⑮怪：意动用法，认为……奇怪。

⑯无乃：难道不是。嚚昏：糊涂昏庸。

⑰观：观察。

⑱自足：悠然自得的样子。

译文

在我的屋檐下回廊前有块闲地，面积有四五丈，正对着非非堂。这块地被高高的竹子环绕并荫蔽着，地里是空着的，没种东西。我让人把它挖成一个池塘，不是方的，也不是圆的，只是随着它的地形而已；也没有砌池岸，一切按照它原来的样子。用铁锹开沟疏通水路，引来水井的水把它灌满。池水比大海的水还要澄澈，色彩明亮、澄净。微风吹过来，池水就泛起一层细碎的波纹；不起风的时候，水面平静得就像镜子。夜间，星星和月亮映照在池水中，光彩鲜明。我在池边休息，我的影子在水中那么清晰；我绕着水池散步，仿佛置身在浩荡的江湖之间。我忧愁郁闷的心情得到释放了，困乏寡助的人也从中得到了快乐。

我从卖鱼人那里买回几十条鱼，叫小童放在水池中养着。小童觉得水池的水太少了，不容易养活更多的鱼，于是为了让小鱼能活下来，他就把大鱼都扔了。我对这件事情感到不解，于是问他，他却这样回答我。可叹啊，这小童怎么能这么糊涂呢！我看到大鱼在池边变得干枯了，没有回到该回到的地方，可是那一群小鱼却在又浅又窄的水里嬉戏游玩，非常快乐。我对这件事有所感触，于是写了这篇《养鱼记》来记叙这件事。

评析

这篇《养鱼记》可以说是抒情与讽刺兼而有之的杂文。题目为“养鱼”，而文章的一半篇幅都用在对鱼池的描绘上。这处地方面积不大，却足够作者休息和散步。凭借作者的艺术素养和合理的想象，他在这个小池塘中找到了精神慰藉，“渺然有江湖千里之想”，并且“足以舒忧隘，而娱穷独”，可以称得上是抒情的经典。

有美堂①记

原文

嘉祐②二年，龙图阁直学士、尚书吏部郎中梅公出守③于杭。于其行也，天子宠之以诗④。于是始作有美之堂。盖取赐诗之首章而名之，以为杭人之荣。然公之甚爱斯堂也，虽去而不忘。今年自金陵⑤遣人走京师，命予志之。其请至六七而不倦，予乃为之言曰：

夫举天下之至美与其乐，有不得兼焉者多矣。故穷山水登临之美者，必之乎宽闲之野、寂寞之乡，而后得焉。览人物之盛丽，夸都邑之雄富者，必据乎四达之冲、舟车之会，而后足焉。盖彼放心于物外⑥，而此娱意于繁华，二者各有适焉。然其为乐，不得而兼也。

今夫所谓罗浮、天台、衡岳、庐阜、洞庭之广，三峡之险，号为东南奇伟秀绝者，乃皆在乎下州小邑，僻陋[7]之邦。此幽潜之士，穷愁放逐之臣之所乐[8]也。若乃四方之所聚，百货之所交[9]，物盛人众，为一都会[10]，而又能兼有山水之美，以资富贵之娱者，惟金陵、钱塘[11]。然二邦[12]皆僭窃于乱世。及圣宋受命，海内为一。金陵以后服见诛，今其江山虽在，而颓垣废址，荒烟野草，过而览[13]者，莫不为之踌躇[14]而凄怆。独钱塘，自五代时，知尊中国，效臣顺，及其亡也，顿首请命，不烦干戈。今其民幸富完安乐，又其俗习工巧，邑屋华丽，盖十余万家。环以湖山，左右映带[15]。而闽商海贾[16]，风帆浪舶，出入于江涛浩渺、烟云杳霭[17]之间，可谓盛矣。而临是邦者，必皆朝廷公卿大臣，若天子之侍从，又有四方游士为之宾客。故喜占形胜，治亭榭[18]。相与极游览之娱。然其于所取，有得于此者，必有遗于彼。独所谓有美堂者，山水登临之美，人物邑居之繁，一寓目而尽得之。盖钱塘兼有天下之美，而斯堂者，又尽得钱塘之美焉。宜乎公之甚爱而难忘也。

梅公清慎，好学君子也。视其所好，可以知其人焉。

四年八月丁亥，庐陵欧阳修记。

注释

①有美堂：现在位于浙江杭县吴山最高处。

②嘉祐：宋仁宗的年号。

③出守：外出担任。

④宠之以诗：宋仁宗用诗来赏赐给梅挚。

⑤金陵：即现在的南京市。

⑥物外：外界。

⑦僻陋：偏僻，简陋。

⑧乐：喜欢。

⑨交：聚集。

⑩都会：聚集在一起。

⑪钱塘：今浙江杭县治。

⑫二邦：指南唐与吴越。

⑬过：经过。览：看见。

⑭踌躇：犹豫不前的样子。

⑮映带：映照连成一片的样子。

⑯闽商海贾：泛指福建一带的商人。

⑰杳霭：云气繁盛的样子。

⑱榭：亭台上的屋子。

译文

宋仁宗嘉祐二年，龙图阁的直学士、尚书吏部郎中梅清慎先生将要去钱塘上任。在他将要出行的时候，仁宗写了一首诗赠送给他以表示对他的宠信。这时开始建造有美堂。大概是撷取了皇帝赐诗首联中的两个字命名的，认为这是杭州人的荣幸。梅先生对有美堂情有独钟，虽然现在他已经离开了钱塘，但是还是对有美堂念念不忘，今年从金陵专门派人到达京城，让我为有美堂写一篇序文。他不知疲倦地向我请求了六七次，于是我写了如下的序：

天底下山水的秀美和人们从山水中得到的快乐是不可以兼得的。只有亲自到偏僻的地方和寂寞没有名声的村庄里去，才能登高俯瞰山水的秀美。要想一览人物秀美、物产丰富的美景，赞叹名城大都的，只有到车水马龙的路口、商贾云集的码头才能看到这样的景致。前一种能让我们流连于风景而达到忘我的境界，而后一种情况能让我们沉浸在物质的富有中迷失自我。这两者的追求是不一样的，人们能够得到的快乐也是不同的，可是这两种情况不是那么容易实现的。

现在我们所说的罗浮、天台、衡岳、庐阜、洞庭的广阔，三峡的险要，号称东南部最秀丽的风景，可是它们都位于小的县城、小的州治、偏僻没有任何名声的乡下。这些风景是专门为隐士、放逐之人准备的。要是非要在交通方便、物产丰富、人口众多的集市中找到山水秀美的地方，来给予有钱人以娱乐，那么这样的地方只有金陵、钱塘这两个城市了。由于这两个城市没有遭受战乱，因此保存得很好。宋朝皇帝受于天命，实现了全国统一，由于金陵归附的时间很晚，现在虽然江山实现了统一，但旧的城墙庙宇遭受破坏、被荒草埋没的不在少数，到过金陵看到这样的情形的人，没有一个不为看到的这些景象而感到凄凉，踌躇不前的。这么说，中国自五代以来闻名于海内的就只有钱塘了。探究原因，是因为当地前朝的地方官能够认清形势，归顺大宋，免于战争。现在这个地方的老百姓生活富裕、安定，能够享受快乐。在这个地方的百姓都精于工艺，城市建筑非常漂亮，这样的房屋多达十万多座，整个城市掩映在西湖和山林之中，让人喜欢。在大江的码头上云集有许多福建来的商船，这些商船忙忙碌碌地穿梭于钱塘和浩瀚的大海之间。到这个地方来的人不是朝廷的公卿大臣，就是皇上的侍从，还有来自各地喜欢旅游的人。大家纷纷寻找好的地方，在这里筑起了亭台和水榭。朋友们在聚会的同时还能游览风景，享受山水的快乐。在钱塘的其他地方所看到的风景是不全面的，但是在有美堂上所看到的风景却不一般，如果登高望远，那么山水之美和人居物产之盛都会尽收眼底，可以说一眼就能饱览全部胜景！人们说钱塘这个地方收藏了天下的美景，而这个堂又把钱塘之美全部收下了，这就是梅清慎先生非常喜欢这个有美堂而且很难忘怀的原因啊！

梅清慎先生非常喜欢学习，只要我们看他的爱好，就足以知道他的人品是什么样子了。

嘉祐四年八月丁亥日，庐陵人欧阳修所撰写。

评 析

有美堂旧址在杭州吴山东麓的山巅上，现在位于吴山茗香楼处。嘉祐二年（公元1057年），梅清慎出任杭州的知县，宋仁宗亲自为他作诗、饯行，诗中有“地有吴山美，东南第一州”一句。梅清慎到达杭州，在吴山顶上建了有美堂。在这座堂的楼上，面向东南，浩瀚的钱塘江就在眼前，还可以看见穿行的舟楫；面向西北，杭州城的万家灯火尽收眼底。随后，梅清慎又被调任金陵，但是他仍不忘有美堂，多次上书请求让欧阳修为此楼撰文，以表达所受的恩宠。最后欧阳修答应了梅清慎的请求，为其作了《有美堂记》。

樊侯①庙灾记

原 文

郑之盗，有入樊侯庙刳②神像之腹者。既而大风雨雹，近郑之田麦苗皆死。人咸骇曰：“侯怒而为之也。”

余谓樊侯本以屠狗立军功，佐沛公③至成皇帝，位为列侯④，邑食⑤舞阳，剖符传封⑥，与汉长久，《礼》所谓有功德于民则祀之者欤！舞阳距⑦郑既不远，又汉、楚常苦战荥阳、京、索间，亦侯平生提戈斩级⑧所立功处，故庙而食之宜矣。

方侯之参乘沛公，事危鸿门，振目一顾，使羽失气，其勇力足有过人者，故后世言雄武称樊将军，宜其聪明正直，有遗灵矣。

然当盗之倳刃⑨腹中，独不能保其心腹肾肠哉？而反贻怒于无罪之民，以骋其恣睢⑩，何哉？岂生能万人敌，而死不能庇一躬邪！岂其灵不神于御盗，而反神于平民而骇其耳目邪！风霆雨雹，天之所以震耀威罚有司者，而侯又得以滥用之邪？

盖闻阴阳之气，怒则薄而为风霆，其不和之甚者凝结而为雹。方今岁且久旱，伏阴不兴，壮阳刚燥，疑有不和而凝结者，岂其适会民之自灾也邪？不然，则喑呜叱咤⑪，使风驰霆击，则侯之威灵暴矣哉！

注 释

①樊侯：即樊哙，汉朝沛县人，跟随汉高祖。

②刳：切割。

③佐：辅佐。沛公：即汉高祖刘邦。

④列侯：即诸侯。

⑤邑食：也就是食邑。

⑥剖符：信物。传封：继承爵位。

⑦距：距离。

⑧级：首级。古时打仗时以斩首的多少来论功封赏。

⑨刃：把刀插进去。

⑩恣睢：任意胡为。

⑪喑呜叱咤：愤怒呼叫的样子。

译文

在郑州有个强盗闯入了樊侯庙中，把樊哙神像的腹部剖开。不久，刮起了大风，下起了冰雹，以至郑州近一带农民种的麦苗都被打死了。人们都很惊恐地说："这是樊侯发怒，降下这场灾害。"

我认为，樊哙本是杀狗的屠夫，之后立了军功，辅佐沛公做皇帝，被封为侯，把舞阳定为封地，剖符作为封赐的凭证，世代相传，与汉代一样长久，这便是《礼记》上所说的"对百姓有功德的人便受到祭祀"。他的食邑封地舞阳离郑州不远，而且汉、楚两军常在荥阳、京、索一带激战，郑州也是樊侯指挥征战杀敌立功的地方，所以立庙祭祀他是应该的。

当樊侯给沛公当参乘的时候，在鸿门宴中的危急时刻，他瞪大眼睛，竟使楚霸王项羽害怕，可见他的勇猛与气力有着大大超过常人之处，于是后人讲到人英武勇猛时都会称赞樊哙将军，人们说他聪明正直，难怪死后会显灵。

但是，当强盗将刀插入他神像的肚子时，难道他连五脏都保不住吗？却把怒气发到无罪的百姓头上，以此来放任自己任意胡为，这是为什么呢？难道说活着的时候可以力敌万人，死了连自己的躯体也不能保护了吗？难道说他的威灵不能对盗贼显示，却反而对普通百姓显示？还使百姓为之惊恐吗？大风大雨、雷电冰雹是上天用来显示威力、惩罚官吏的东西，樊侯能随便使用吗？

听说阴阳二气，突然爆发会互相逼近才形成了雷电，当它们差异最大时，便凝结成冰雹。目前，长期干旱，潜伏的阴气不能散发，而阳气却猛烈而干燥。我猜想这一定是阴阳二气产生巨大差异凝结而形成了冰雹，大概是它们正好碰到樊侯这件事，不然的话，樊哙大声怒吼，使得狂风大作，雷电交加，那么他的威灵就太厉害了。

评析

作者写此文破除迷信，针对荒唐可笑的“显灵”说，反复进行诘问和驳斥，有理有据，足以服人。但是文中承认自然灾害是上天惩戒政事有关的官吏的东西，这样的唯心论有其局限性。此文欲擒故纵，笔法灵巧；转折顿挫，气势逼人。结尾一句似作退让，实含讥讽，更加显得余味无穷。

精彩点拨

《朋党论》《新五代史·伶官传序》《与高司谏书》《醉翁亭记》《丰乐亭记》《秋声赋》等都是历代传诵的佳作。欧阳修的散文能综合运用议论、叙事、写景、抒情多种表达方式，能开能合，收纵自如，抑扬顿挫，错落有致。读起来让人感到层次清楚，表达曲折，气势流畅，音节铿锵，情韵兼胜，有很高的艺术性。欧阳修对宋代散文平易晓畅主体风格的形成和宋代散文的繁荣起到了关键性的作用。

阅读积累

欧阳修对诗趣事

有一天，欧阳修在回家的路上碰到了两位年轻人，他们自称为诗人，说要去拜访欧阳修。于是欧阳修便提出要与他们一块儿坐船去，但没有说明身份。这两人走到半途，看见一只白鹅跳下了清水池塘，于是诗兴大发作起诗来。甲吟道：“远望一只鹅。”乙续道：“扑通跳下河。”可是再也吟不下去了。欧阳修不假思索，立刻接着吟道：“白毛浮绿水，红掌泛清波。”一会儿，船到了一个地方，看见岸上有一堆灰，两人又作起诗来。甲说：“远看一堆灰。”乙道：“近看灰一堆。”下面又联不出来了，欧阳修只好又继续道：“一阵狂风起，满天作雪飞。”两人自大地说:“虽然不好，但也还勉强。”这时，欧阳修虽然有修养，不便发作，但对这两个自称诗人的草包早已看清。正好那两人又作起诗来，甲说：“两人同一舟。”乙道：“去访欧阳修。”欧阳修就不等他们再说，立刻接道：“修已知道你，你还不知羞。”说完，扬长而去。

曾 巩

精彩导读

曾巩是北宋诗文革新运动的积极参与者，宋代新古文运动的骨干。他接受了欧阳修在古文创作上的主张。他在古文理论方面主张先道后文，文道结合，主张文以明道。他的散文大都是明道之作，文风以古雅、平正、冲和见称。其文风既源于六经，又集司马迁、韩愈两家之长，古雅本正，温厚典雅，章法严谨，长于说理，为时人及后辈所师范。曾巩为文，自然淳朴，而不甚讲究文采。本书只是节选了他的部分代表作。下面让我们管中窥豹，一一品读！

寄欧阳舍人书

原文

巩顿首再拜，舍人先生：去秋人还，蒙赐书及所撰先大父①墓碑铭，反复观诵，感与惭并。

夫铭志之著于世，义近于史，而亦有与史异者。盖史之于善恶，无所不书；而铭者，盖古之人有功德、材行、志义之美者，惧后世之不知，则必铭而见之；或纳于庙，或存于墓，一也。苟其人之恶，则于铭乎何有？此其所以与史异也。其辞之作，所以使死者无有所憾，生者得致其严。而善人喜于见传，则勇于自立；恶人无有所纪，则以愧而惧。至于通材达识，义烈节士，嘉言善状，皆见于篇，则足为后法。警劝之道，非近乎史，其将安近？

及世之衰，人之子孙者，一欲褒扬其亲，而不本乎理；故虽恶人，皆务勒铭，以夸后世。立言者既莫之拒而不为，又以其子孙之请也，书其恶焉，则人情之所不得，于是乎铭始不实。后之作铭者，当观其人。苟托之非人，则书之非公与是，则不足以行世而传后。故千百年来，公卿大夫至于里巷之士，莫不有铭，而传者盖少；其故非他，托之非人，书之非公与是故也。

然则孰为其人，而能尽公与是欤？非蓄道德而能文章者，无以为也。盖有道德者之于恶人，则不受而铭之，于众人则能辨焉。而人之行，有情善而迹非，有意奸而外淑，有善恶相悬而不可以实指，有实大于名，有名侈于实；犹之用人，非蓄道德者，恶能辨之不惑，议之不徇？不惑不徇，则公且是矣！而其辞之不工，则世犹不传，于是又在其文章兼胜焉。故曰：非畜道德而能文章者，无以为也。岂非然哉？

然畜道德而能文章者，虽或并世而有，亦或数十年或一二百年而有之；其传之难如此，其遇之难又如此。若先生之道德文章，固所谓数百年而有者也。先祖之言行卓卓，幸遇而得铭，其公与是，其传世行后无疑也。而世之学者，每观传记所书古人之事，至其所可感，则往往衋[②]然不知涕之流落也，况其子孙也哉？况巩也哉？其追睎[③]祖德而思所以传之之由，则知先生推一赐于巩，而及其三世；其感与报，宜若何而图之？

抑又思若巩之浅薄滞拙，而先生进之；先祖之屯蹶否塞[④]以死，而先生显之。则世之魁闳豪杰不世出之士，其谁不愿进于门？潜遁幽抑之士，其谁不有望于世？善谁不为，而恶谁不愧以惧？为人之父祖者，孰不欲教其子孙？为人之子孙者，孰不欲宠荣其父祖？此数美者，一归于先生！

既拜赐之辱，且敢进其所以然。所论世族之次，敢不承教而加详焉？愧甚，不宣。

注释

①先大父：已故世的祖父。

②衋（xì）然：悲伤痛苦的样子。

③睎（xī）：仰慕。

④屯蹶：艰难而不顺利。否塞：境遇不好。

译文

曾巩叩头再次拜上，舍人先生：去年秋天，我派去的人回来，带回了您赐给我的一封信和您所撰写的先祖父的墓碑铭文，我反复拜读后，既感激，又惭愧。

铭志一类的文章在世上流传，它的意义与史书相近，但也有与史书不一样的。史书对于善恶之事全部写入没有遗漏，而碑铭之类的文章则是书写古代很有功业品德、才能行为、理想节义的人，恐怕后代的人不知道，就决定篆刻铭文而显示出来，或把它放置在祠堂中，或把它竖立在坟墓内，其意义都是一样的。如果是个坏人，那有什么可铭刻的呢？这就是碑铭与史书所不同的地方。碑铭的写作是使死去的人没有什么恨憾，使活在世上的人能表达他们的敬意。好人乐于被后世传颂，就会勇于发愤而有所建树；坏人没有值得彰扬的作为纪念，就会惭愧而恐惧。至于那些才智渊博通达的有识之士、忠义节烈的人，他们的美好言行都在铭文中显现出来，这就足以成为后世学习的准则。铭文这种警诫劝化的作用不与史书相近，又会与什么相近呢？

等到世风衰微的时候，作为人的子孙的却都一味地颂扬称赞自己死去的尊长而不顾实际情理，所以即使是坏人，也都一定要把铭文刻于碑石以向后世夸耀；那些写铭文的人，既没有拒绝去写，又因为其子孙的请求，如果只写死者的恶行，却在情面上过不去，因此铭文便开始不真实了。后代想为亲人写碑铭的人，应当首先看一下作者的为人。假若所托的人不合适，那写出来的东西就会失去公平和真实，铭文便不会在世上流传下去。所以千百年来，虽说从公卿大夫到乡里的人，死去后没有不写碑铭的，但流传下来的却很少，原因不是别的，正是所委托的人不合适，所写的铭文失去了公平与真实的缘故啊。

既然如此，那么什么人为死者写碑铭能做到公平与真实呢？我认为不具备很高的道德修养并善于写文章的人是不能做到的。具有很高道德修养的人不会接受给坏人写碑铭的差使，对于普通人也能分辨清楚。而人们的行为，有心地善良而事迹不见得好的，有内心奸诈而外表贤淑的，有善恶相差很大，不能具体指明的，有实绩高于名声的，有名声超过实绩的。就像使用人才那样，如果不具备很高的道德修养，又怎么能区分清楚而不被迷惑，评议公正而不徇私情呢？不被迷惑不徇私情，就会公正而且真实了。但是倘若文章写得不好，那么还是不能流传于世的，因此能流传下去的又在于道德和文才都备于一身了。所以说，不具备很高的道德修养并不善于写文章的人是不能写好铭文的。难道不是这样吗？

然而具备很高的道德修养并善于写文章的人，虽然可能同时代就有，但也可能几十年或一二百年才有一位。铭文的流传如此之难，而遇到能很好地写铭文的人又更难了。像先生您的道德和文才本来就是几百年才会出现的。先祖父的言语行为卓越明显，幸而遇到您，才得以把他的公正与真实情况写成铭文。这篇铭文流传于后世是不会有什么疑问的了。世上的读书人每次看到传记文章记载的古人的事迹，到了感动人心的地方，就往往会伤痛怜爱得不知不觉间流下了眼泪，何况是他们的子孙呢？更何况是我曾巩呢？从我自己追念仰慕先祖的德行到虑及铭文流传于世的根由，就知道先生您将碑铭赐给我，将会使我家祖孙三代蒙受恩惠。这种感激与报答之情应该怎样来表达呢？

转而又想到像我这样学识浅薄、呆滞笨拙的人，先生尚能提拔勉励，像先祖父这样命途多舛、穷困潦倒而死去的人，先生还写了碑铭来彰扬他，那么，世上的雄伟豪杰及经世没能显扬自己的读书人，哪个不愿投于先生的门下呢？那么避世隐居、潜居山林的读书人，哪个不希望声名流传于世呢？有谁会不去做善事呢？而做恶事的人，谁会不惭愧并且恐惧呢？作为父祖的，哪个不想教诲自己的儿孙呢？作为子孙的，哪个不想尊崇荣显自己的父祖呢？这几种善德的兴起全都归功于先生。

既拜领了您的赐予，又冒昧向您陈述我之所以感激不尽的原因。信中所论及的我的家族系统的次序，怎敢不遵照您的教诲而详细地增补呢？十分惭愧，我的心意难以全部表达出来。

评析

宋仁宗庆历六年，欧阳修为曾巩的祖父曾致尧写了一篇墓志铭。这是曾巩答谢的书信。欧阳修当时任中书舍人，故尊称为欧阳舍人。文章从铭体的价值说起，并批评了阿谀墓中人的不良习气，然后才向欧阳修表示感谢，在感谢中称颂了欧阳修的才德和影响。行文舒缓委曲而周密有致，体现了曾巩的写作风格。

醒心亭记

原文

滁州之西南，泉水之涯[①]，欧阳公[②]作州之二年，构[③]亭曰“丰乐”，自为记以见其名之意。既又直丰乐之东几百步，得[④]山之高，构亭曰“醒心”，使巩记之。

凡公与州之宾客者游焉，则必即[⑤]丰乐以饮。或醉且劳矣，则必即醒心而望，以见夫群山之相环，云烟之相滋，旷野之无穷，草树众而泉石嘉，使目新乎其所睹，耳新乎其所闻，则其心洒然[⑥]而醒，更欲久而忘归也，故即[⑦]其事之所以然而为名，取韩子退之《北湖》之诗云。噫！其可谓善取乐于山泉之间，而名之以见其实[⑧]，又善者矣。虽然，公之乐，吾能言之。吾君优游[⑨]而无为于上，吾民给足而无憾于下，天下学者皆为材且良[⑩]，夷狄鸟兽草木之生者皆得其宜，公乐也。一山之隅，一泉之旁，岂公乐哉？乃公所以寄意于此也。

若公之贤，韩子殁数百年而始有之。今同游之宾客，尚未知公之难遇也。后百千年，有慕公之为人而览公之迹，思欲见之，有不可及之叹，然后知公之难遇也。则凡同游于此者，其可不喜且幸欤？而巩也，又得以文词托名于公文之次，其又不喜且幸欤？

庆历七年八月十五日记。

注释

①涯：边际。

②欧阳公：欧阳修。

③构：建筑。

④得：寻到。

⑤即：到达。

⑥洒然：吃惊的样子。

⑦即：猜想。

⑧其实：这个地方真实的情景。

⑨优游：悠然自得的样子。

⑩且良：泛指有才能。

译文

欧阳公出任滁州知州的第二年，就在滁州的西南方靠着泉水的地方，建筑了一座名叫丰乐亭的凉亭，还为此写了一篇《丰乐亭记》，是用来说明这座亭子是怎么建造的。没过多久，在丰乐亭平行往东几百步的地方，他又找到了一块山势高的地方，修了一座名叫醒心亭的亭子，并且让我为此作一篇记。

只要欧阳公和宾客来这个地方，丰乐亭是必须要去的。有人喝醉了感觉累了，肯定会到醒心亭上去看风景。从此处，他们看到群山环绕，白云山岚水气缭绕，空旷的田野，茂盛的花草树木，秀丽的山泉岩石。他们在这里所见、所听都是那么清新，那么惬意，他们的心也因惊奇而醒来，甚至忘了回去，久久沉浸在这里。于是根据这样的情形，把这个亭子命名为醒心亭，这几个字来自韩愈《北湖》一诗的句子。唉！他真是可以从山水之间得到人生的乐趣，他更擅长的是根据景物的实际情况为亭子取适合的名字！尽管这样，欧阳公的快乐，我还是可以形容的。我们的国君能够做到宽大化民，不动用刑法，我们的人民在下面能够生活宽裕，不抱怨，天下的求学之人都贤德有才能，各个地区的鸟兽草木都能得到合适的生长，这才是欧阳修真正最大的快乐。可是现在只是在一座山的角落、一池泉水的旁边，这能说是欧阳公真正的快乐吗？其实是欧阳公把他的理想寄托在了这些东西上啊。

像欧阳公这样的贤德，自从韩愈去世几百年我们才又看到。现在与他同游的宾客都还不知道珍惜欧阳公，也不知道他真正的价值。此后的千百年间，有人因为仰慕欧阳公，前来瞻仰他留下来的遗迹，很想和他见上一面，但是却不能见到，这是件多么遗憾的事情啊，然后才明白欧阳公是多么难得。那么在这里有幸能和欧阳公一起游玩的人还有可以不感到欢喜、幸运的理由吗？而我也可以因为这篇文章而留下名声，难道还有什么理由可以不感到欢喜、幸运吗？

宋仁宗庆历七年八月十五日记。

评析

本文是欧阳修请求曾巩作的。在这之前，由于欧阳修赞成“庆历新政”而受到保守派的攻击，在庆历五年被贬到滁州做知县。欧阳修在滁州先后兴建了丰乐亭和醒心亭，还为醉翁亭题名，并因此留下了流传千古的名作《丰乐亭记》和《醉翁亭记》，在文章中表明了与民同乐的政治理想。曾巩此文明确阐述了欧阳修以“醒心”作为亭子的名字的缘由，而且巧妙地结合了议论。

本文以欧阳修的“醉”“乐”“醒”为中心展开议论，指出欧公的“醉”只是表面现象，“醒”却是实质内容，“乐”是人格的体现。他所谓的乐不是“一山之隅，一泉之旁”的山水之乐，而是国泰民安，把天下作为自己最大责任的贤人达士之乐。欧公之所以筑亭题名，就是想让世人“洒然而醒”，不要在太平盛世之中无所作为，而这也正是本文的中心内容。

墨池记[①]

原文

临川[②]之城东，有地隐然[③]而高，以临于溪，曰新城。新城之上，有池洼然而方以长，曰王羲之[④]之墨池者，荀伯子[⑤]《临川记》云也。羲之尝慕张芝[⑥]，临池学书，池水尽黑。此为其故迹，岂信[⑦]然邪？方羲之之不可强以仕[⑧]，而尝极[⑨]东方，出沧[⑩]海，以娱其意于山水之间；岂有徜徉肆恣[⑪]，而又尝自休[⑫]于此邪？羲之之书晚乃善[⑬]，则其所能[⑭]，盖亦以精力自致[⑮]者，非天成也。然后世未有能及者，岂其学不如彼邪？则学固岂可以少哉！况欲深造道德者邪？

墨池之上，今为州学舍[⑯]。教授[⑰]王君盛，恐其不章[⑱]也，书“晋王右军墨池”之六字于楹间以揭[⑲]之。又告于巩曰：“愿有记。”推王君之心，岂爱人之善，虽一能不以废[⑳]，而因以及乎其迹邪[㉑]？其亦欲推其事以勉其学者邪？夫人之有一能，而使后人尚之如此，况仁人庄士之遗风余思[㉒]，被于来世者何如哉！

庆历八年九月十二日，曾巩记。

注释

①本文是作者应抚州州学教授王盛的请求而撰写的。

②临川：指宋朝的抚州临川郡。也就是现在的江西省抚州市临川区。

③隐然：突起来的样子。

④王羲之：字逸少，晋朝临沂人，是东晋著名书法家，官至右军将军，人称王右军，后人把他称作“书圣”。

⑤荀伯子：南朝宋人，曾任临川内史，有《临川记》。《太平寰宇记》卷一一〇载其记叙王羲之官临川及墨池的事。

⑥张芝：字伯英，东汉著名书法家，善草书，人称“草圣”。

⑦信：真。

⑧强以仕：勉强做官。

⑨极：穷尽，这里指游遍。

⑩沧：深绿色。因为海水呈现出深绿的颜色，所以称“沧海”。

⑪徜徉：徘徊。肆恣：放纵，没有拘束。

⑫休：止息，停留。

⑬晚乃善：到了晚年才特别好。

⑭则其所能：他所擅长的。

⑮致：达到，取得。

⑯州学舍：指抚州州府所设立的学校。

⑰教授：官名，宋朝的路学、州学、府学都设置了教授。主管学政和教育所属的生员。

⑱章：同“彰”，显著的意思。

⑲楹：厅堂前部的柱子。揭：悬挂。

⑳虽一能不以废：即使是一技之长，也不能让它埋没。

㉑因以及乎其迹邪：因而推广到王羲之的遗迹吗?

㉒仁人庄士：有道德修养、可以作为别人的学习对象之人。遗风余思：留下来的好作风、好品德。

译文

在临川郡的城东有一块地方地势是突起来的，比较高，它靠近溪水，我把它叫作新城。在新城上面有一口水池，它地势低洼，形状是长方形，这个池子被称作王羲之的墨池。在南朝宋人荀伯子所编著的《临川记》里能找得到。东汉书法家张芝是王羲之所仰慕的人，王羲之常常在水池旁练字，因为一练完，他就在池水中洗笔，时间长了，整个水池都变黑了，这就是他旧日的遗迹。这件事情是真实的吗？当王羲之下决心不想再做官的时候，他就游历完了越东各地，还到了东海泛舟，沉浸在水光山色的喜悦之中。莫非他在逍遥遨游尽情、游览的时候，是在这个地方歇脚了吗？王羲之的书法到了晚年才达到顶峰，他的书法能达到这么高深的造诣与他的勤奋刻苦是分不开的，并不是他天生就有这方面的天赋。但是后世没有人的书法造诣能赶上王羲之，这大概是他们所下的学习工夫没有王羲之多的缘故吧？学习所下的工夫是不可以少的啊！更何况那些想在道德方面达到很高成就的人呢？

现在，在墨池旁边建设了抚州州学的校舍。教授王君非常担心墨池的事迹被湮没，后世再也不知道了，于是就在上面题了“晋王右军墨池”六个大字，在门前两柱之间高高地悬挂着，他还告诉我说："我希望你能写一篇叙记文章。"我揣摩他的心意，可能是因为他爱惜别人的长处，即使是一技之长，他也希望能够得到保存，所以就连王羲之的遗迹也同样重视起来吗？或者是想把王羲之临池苦学的事迹推广开来，并借此使这里的学生受到勉励吗？一个人有一技之长，就能使后代将他们推崇到这样的地步，更不用说仁人君子们留下来的风尚和美德是如何影响到后世人的了！

庆历八年九月十二日，曾巩为墨池作记。

评析

这篇文章是一篇说理散文，在宋代以记为体裁的文章中，像《墨池记》这样以记为辅、以议为主的写法是非常少见的。《墨池记》中记叙"池"的文字不多，议论文字却占了很大篇幅。不是记叙完一件事才发表议论的，而是把记事、议论糅合在一起，让它们成为一个整体。尽管议论部分比记叙部分多，但是没有一点如断线风筝、游离意外的弊端，读起来仍然觉得整篇文章是自然天成的。真可谓是独辟蹊径啊！

道山亭记

原文

闽，故隶周者也。至秦，开其地，列于中国，始并为闽中郡。自粤之太末，与吴之豫章，为其通路。其路在闽者，陆出则阸①于两山之间，山相属无间断，累数驿乃一得平地，小为县，大为州，然其回顾亦山也。其途或逆坂如缘絙②，或垂崖如一发，或侧径钩出于不测之溪上：皆石芒峭发，择然后可投步。负戴者，虽其土人，犹侧足然后能进。非其土人，罕不蹶也。其溪行，则水皆自高泻下，石错出其间，如林立，如士骑满野，千里下上，不见首尾。水行其隙间，或衡缩蟉糅③，或逆走旁射，其状若蚓结，若虫蝼，其旋若轮，其激若矢。舟溯沿者，投便利，失毫分，辄破溺④。虽其土长川居之人，非生而习水事者，不敢以舟楫自任也。其水陆之险如此。汉尝处⑤其众江淮之间而虚其地，盖以其狭⑥多阻，岂虚也哉？

福州治侯官，于闽为土中，所谓闽中也。其地于闽为最平以广，四出之山皆远，而长江在其南，大海在其东，其城之内外皆涂，旁有沟，沟通潮汐，舟载者昼夜属于门庭。麓多桀木，而匠多良能，人以屋室钜丽相矜，虽下贫必丰其居，而佛、老子之徒，其宫又特盛。城之中三山，西曰闽山，东曰九仙山，北曰粤王山，三山者鼎趾立。其附山，盖佛、老子之宫以数十百，其瑰诡殊绝之状，盖已尽人力。

光禄卿、直昭文馆程公为是州，得闽山嵚崟⑦之际，为亭于其处，其山川之胜，城邑之大，宫室之荣，不下簟席而尽于四瞩。程公以谓在江海之上，为登览之观，可比于道家所谓蓬莱、方丈、瀛州之山，故名之曰“道山之亭”。闽以险且远，故仕者常惮往，程公能因其地之善，以寓其耳目之乐，非独忘其远且险，又将抗其思于埃壒⑧之外，其志壮哉！

程公于是州以治行闻，既新其城，又新其学，而其余功又及于此。盖其岁满就更广州，拜谏议大夫，又拜给事中、集贤殿修撰，今为越州，字公辟，名师孟云。

注释

①阸：隔断。

②絙：粗绳子。

③衡缩蟉（liú）糅：水势顺着地势蜿蜒流动。

④破溺：船被打破，溺水。

⑤处：处理，安置。

⑥狭：狭窄。

⑦嵚崟（qīn yín）：山势高耸的样子。

⑧埃壒（ài）：凡尘，世俗。

译文

福建这个地方本来是属于周朝的。到了秦朝的时候，才对这方土地进行开辟，然后列入中原的版图，到这个时候才合为闽中郡。从越国的太末县到吴地的豫章郡，是自中原通向这个地方的必经之路。但是这通道一到了闽地，两山就把陆地给堵住了，这两座大山是紧密相连的，没有断裂的地带，直到经过好几个驿站才能见到一块平地，土地少的地方成为县，土地大的成为州，然而州、县（城）还是被山包围着。通向它的道路就像沿着山攀援的粗绳子一样，有的就像垂直挂在山崖的一丝头发，有的小路在深不可测的溪流上蜿蜒而行，（路旁）峭壁上随时能看见斜刺出来的石刃，一定要看好了脚下的路，才能开始下步。那些背着、顶着东西的人要想走路，即使是本地人，也还是要侧着脚小心翼翼地往前走。不是本地人的几乎没有不被绊倒的。要想走水路，那些à水都是从高处倾泻下来的，在水中的岩石交错相生，就好像树木竖立起来，也像兵马遍布野外，上下绵延千里，一眼望不到边。水流在怪石的空隙间穿流通过，有的弯弯曲曲地流淌，有的逆着地势，从旁边射出，它的形状像一堆蚯蚓纠结着，像虫子，像车轮，水流就像射出的箭。船逆行而上或顺流而下时，都要利用好水势，要是有一点差错，马上就会船破溺水。就是本地人，要不是一生下来就练习水上功夫，还是不可以从事水上行船的职业的。闽地水陆两路都是这样艰难的。汉代曾经把人民迁徙到江淮之间，让这个地方空着，很可能就是因为这个地方生存环境太艰险的缘故吧，这难道会是没有根据的谣传吗？

福州的州治所设立在侯官，对闽地来说是位于这个地方的中间地带，于是就叫作闽中。这个地方是闽地最平坦宽广的地方，四周离山还有很远的距离，而闽江就位于它的南边，它的东边就是大海。城内外都有可以通过的路，小河就在路的两边，这些小河是和大海相通的，用船载的人和货物不管白天晚上，都可以聚集在家门。山上长着大树，工匠中不乏手艺精湛的。人们争着夸耀自己的房屋建得如何华丽，即便是下等贫苦的人，也一定要让自己的住宅宽敞。而佛教、道教之徒，他们的庙宇都很华丽。城中还有三座山，位于西边的叫作闽山，位于东边的叫作九仙山，位于北边的叫作粤王山，这三座山构成了一座鼎的样子。沿着山势，佛教、道教的庙建了有上百处，它那宏伟奇异绝然不同的形状可能是人力所能达到的最高境界了吧。

光禄卿、直昭文馆程公主持福州的政务，在福州的高耸地方修建了一座亭子，这里的山水景致很美，城池很宏大，宫室很繁华，不需要离开竹席就能把四面景色尽收眼底。程公认为这里位于江海之上，可以作为登山四望的地方，可以和道家所说的蓬莱、方丈、瀛州三座仙山相提并论，于是为它起名为道山之亭。因为闽地的道路很险远，所以做官的都不愿意来这里。程公能够依照这地方的长处修筑亭子，并把自己的欢乐寄寓其中，把这个地方的路远和险峻放在一边，他又把他的思想提升到世俗之上，可见他的志向是多么高远啊！

因为程公在这个州府政绩很好，所以声名很好，他不但改造了城墙，还革新了学府，并且利用公事之余的时间建造了这座亭子。一年之后，他就到了广州做知府，随后又担任谏议大夫，接着被任命为给事中、集贤殿修撰。现在他担任越州知府，他的字是公辟，名字叫作师孟。

评析

曾巩的散文在当时久负盛名，也是唐宋八大家中对后世影响最为深远的人之一。这不仅在于他的文章温醇深雅、思想深邃，更在于他能够融合各家的长处。文章中富有丰富的表现艺术，很值得后代来师法。寓主于客的表现手法打破了传统文章的写作方式，读来感觉新颖别致，整篇文章的艺术性很强。

书魏郑公传

原文

余观太宗[1]常屈己以从群臣之议，而魏郑公[2]之徒，喜遭其时，感知己之遇，事之大小，无不谏诤[3]，虽其忠诚所自至，亦得君以然也。则思唐之所以治，太宗之所以称贤主，而前世之君不及者，其渊源皆出于此也。能知其有此者，以其书存也。及观郑公以谏诤事付史官，而太宗怒之，薄其恩礼，失终始之义，则未尝不反复嗟惜，恨[4]其不思，而益知郑公之贤焉。

夫君之使臣与臣之事君者何？大公至正之道而已矣。大公至正之道，非灭人言以掩[5]己过，取小亮以私其君，此其不可者也。又有甚不可者，夫以谏诤为当掩，是以谏诤为非美也，则后世谁复当谏诤乎？况前代之君有纳谏之美，而后世不见，则非惟失一时之公，又将使后世之君，谓前代无谏诤之事，是启其怠且忌[6]矣。太宗末年，群下既知此意而不言，渐不知天下之得失。至于辽东之败[7]，而始恨郑公不在世，未尝知其悔之萌芽出于此也。

夫伊尹、周公何如人也？伊尹、周公[8]之谏切其君者，其言至深，而其事至迫也。存之于书，未尝掩焉。至今称太甲、成王[9]为贤君，而伊尹、周公为良相者，以其书可见也。令当时削而弃之，或区区之小让[10]，则后世何所据依而谏，又何以知其贤且良与？桀、纣、幽、厉、始皇[11]之亡，则其臣之谏词无见焉，非其史之遗，乃天下不敢言而然也。则谏诤之无传，乃此数君之所以益暴其恶于后世而已矣。

或曰："《春秋》之法[12]，为尊亲贤者讳，与此其戾[13]也。"夫《春秋》之所以讳者，恶也，纳谏诤岂恶乎？"然则焚稿者非欤？"曰：焚稿者谁欤？非伊尹、周公为之也，近世取区区之小亮[14]者为之耳，其事又未是也。何则？以焚其稿为掩君之过，而使后世传之，则是使后世不见稿之是非，而必其过常在于君，美常在于己也，岂爱其君之谓欤？孔光[15]之去其稿之所言，其在正邪，未可知也，其焚之而惑后世，庸讵[16]知非谋己之奸计乎？或曰："造辟[17]而言，诡辞而出[18]，异乎此。"曰：此非圣人之所曾言也。令[19]万一有是理，亦谓君臣之间，议论之际，不欲漏其言于一时之人耳，岂杜[20]其告万世也。

噫！以诚信持己而事其君，而不欺乎万世者，郑公也。益知其贤云，岂非然哉！岂非然哉！

注释

①太宗：唐太宗（公元599年—公元649年），即李世民。

②魏郑公：魏征（公元580年—公元643年），字玄成，唐朝著名政治家，封郑国公。

③谏诤：直爽地说出人的过错，劝人改正。

④恨：遗憾。

⑤灭：灭绝，杜塞。掩：掩盖，遮没。

⑥怠：疏慢。忌：避忌，讳饰，掩盖。

⑦辽东之败：唐太宗进攻辽东，损失惨重。辽东战役后，太宗怅然于魏征辞世，无人谏阻其远征。

⑧伊尹：名挚，商初大臣，助汤灭桀，汤去世后，又佐继位者。周公：姬旦，文王之子，武王之弟，辅武王伐纣，统一天下，又佐成王开创盛世。

⑨太甲：成汤孙，即位三年间暴虐乱德，伊尹放之于桐宫（成汤葬地）；三年后，悔过反善，被接回复位。见《史记·殷本纪》。成王：武王子姬诵。

⑩让：谦让。

⑪桀：夏末代君主。纣：商末代君主。幽：西周末代君主。厉：即周厉王姬胡。始皇：秦始皇（公元前259年—公元前210年），嬴政，公元前221年统一全国。

⑫《春秋》之法：春秋文字简短，每于一字间寓褒贬，后世即称此为春秋笔法。《春秋》，编年体史书，相传为孔子依鲁国史官所编《春秋》整理修订而成，载鲁隐公元年（公元前722年）至鲁哀公十四年（公元前481年）间计二百四十二年史事。

⑬戾：违反，背叛。

⑭亮：信任。

⑮孔光：字子夏，鲁人，孔子十四代孙，西汉末年大臣。

⑯庸讵：反诘之词，难道，哪里。

⑰造辟：朝见君主。

⑱诡辞而出：用假话敷衍，不泄露实情。

⑲令：即令，即使。

⑳杜：断绝，阻碍。

译文

我看到唐太宗常常委屈自己，听从群臣的意见，而魏郑公这些人为碰上了好时代而高兴，感激太宗知遇之恩，于是事情不论大小，没有不直言进谏的，虽然这是因为他们的忠诚，但也是因为能遇上圣明的君主的结果！那么，我想唐代之所以是太平盛世，太宗之所以被称为贤君，前代的君主之所以比不上太宗，根本原因都出在这里啊！之所以能够知道这些，是因为相关历史有记载。等我看到郑公把谏诤的事记录下来交付给史官，太宗因此大怒，减轻了对他的恩宠礼遇，丧失了始终如一的君臣道义，我没有一次不反复叹惜，遗憾太宗不慎重思考，而更加理解郑公的贤良了。

君王任用臣子，臣子侍奉君王的理解是什么呢？只是遵循公正罢了。公正不是抹杀别人的话来掩盖自己的过失，不是博取小信而讨好自己的君主，这样做是不合适的。还有更不可以做的是，认为谏诤是应当掩饰的，这是把谏诤当作不好的事情，那么后代谁还会去当面谏诤呢？况且前代的君主有纳谏的美德，可是后代看不见，那就不只是掩住一时的公正，还会使后代的君主误以为前代没有谏诤的情况。这是开启引导了惰怠和忌讳进谏的风气。太宗晚年，群臣已经知道了他掩盖进谏之事，于是不说，使得太宗慢慢地不知道天下的得失利害了。一直到了辽东战事失败，才开始憾恨郑公已经不在人世，还不曾知道他悔恨的萌芽就产生于这件事情。

那伊尹、周公是什么样的人物呢？伊尹、周公对君主恳切地劝谏，言辞极其深刻，而事情又非常紧迫。这些保存在《尚书》里，不曾被湮没。到现在，人们还称颂太甲、成王为贤君，伊尹、周公为良相，这是因为他们的谏书还见得到。假使当时就把谏书删减毁弃，成就小小的谦让的名声，那么后世依据什么来谏诤，又根据什么来知道他们的贤能和杰出呢？夏桀、商纣、周幽王、周厉王、秦始皇灭亡，他们臣子的谏词就看不到，不是当时史官遗漏没有记，而是天下人都不敢进言。那谏诤之事没有载入史册，更加使这几个国君的恶行显露于后世。

有人说："《春秋》记史的原则是为君主、父母、贤德之人掩饰隐瞒过错，与你的说法正好相反。"《春秋》里所掩饰、隐瞒的都是缺点，接受谏诤怎么能说是缺点呢？又说："既然如此，是焚毁谏稿的人不对吗？"我说："焚稿的人是谁？这不是伊尹、周公做的，而是近世的人为了博取一点点信任而干的，这种事情又不对。"为什么？因为他们把焚稿当作替君主掩饰过错的美德，又在世上流传。这就使得后世看不到谏言奏章是否正确，一定认为过错通常在君主，而美德常常在焚稿者身上，怎么能说是爱他们的君主呢？孔光删去他奏章的内容，究竟是正直还是邪僻已经不清楚了，而那些用焚稿来迷惑后世的人又怎么知道不是为了实现他们自己的个人私利呢？又有人说："到君主面前说的话，出来不把实话告诉别人。这也与你的观点不同。"我说："这不是圣人说过的话。"即使可能有这样的道理，也是说君臣之间，议论国家大事，不想对当时的人泄露他们的话语罢了，怎么会是禁止告诉万世？

唉！用忠诚守义要求自己、侍奉君主，而且不欺瞒万世的人就是郑公啊！我在前面说过"更加理解了他的贤良"这样的话，难道不是这样吗？难道不是这样吗？

评 析

文章从唐太宗与魏征的关系说起，提出君与臣之间应以“大公至正之道”为行动准则，认为君主不应“灭人言以掩己过”，臣下不应“取小亮以私其君”。同时以史实为例，从正、反两方面说明了把诤谏之事载入史册，将会产生积极的政治效果和深远的历史影响。然后逐条批驳隐瞒君主过错和掩盖历史真相等封建伦理观念，在君臣关系上提出“诚信”二字，在撰述历史上主张“不欺万世”。文章见解深刻，议论晓畅，确实可称为杰作。

《战国策》[①]目录序

原 文

刘向所定《战国策》三十三篇，《崇文总目》称第十一篇者阙[②]。臣访之士大夫家，始尽得其书，正其误谬，而疑其不可考者，然后《战国策》三十三篇复完。

叙曰：向叙此书，“言周之先，明[③]教化，修法度[④]，所以大治。及其后，谋诈用而仁义之路塞，所以大乱”。其说既美矣。卒以谓“此书战国之谋士度时君之所能行，不得不然”，则可谓惑于流俗，而不笃于自信者也。

夫孔、孟之时，去周之初已数百年。其旧法已亡，旧俗已熄久矣。二子乃独明先王之道，以谓不可改者，岂将强天下之主以后世之所不可为哉？亦将因其所遇之时，所遭之变，而为当世之法，使不失乎先生之意而已。

二帝三王之治，其变固殊，其法固异，而其为国家天下之意，本末先后，未尝不同也。二子之道，如是而已。盖法者，所以适变也，不必尽同；道者，所以立本也，不可不一。此理之不易者也，故二子者守此，岂好为异论哉？能勿苟而已矣。可谓不惑乎流俗而笃于自信者也。

战国之游士则不然。不知道之可信，而乐于说之易合。其设心注意，偷为一切之计而已。故论诈之便，而讳其败；言战之善，而蔽其患。其相率而为之者，莫不有利焉，而不胜其害也；有得焉，而不胜其失也。卒至苏秦、商鞅[⑤]、孙膑[⑥]、吴起[⑦]、李斯之徒，以亡其身，而诸侯及秦用之者，亦灭其国。其为世之大祸明矣，而俗犹莫之寤[⑧]也。惟先王之道，因时适变，为法不同，而考之无疵，用之无弊。故古之圣贤，未有以此而易彼也。

或曰：“邪说之害正也，宜放而绝[⑨]之，则此书之不泯，其可乎？”对曰：君子之禁邪说也，固将明其说于天下，使当世之人，皆知其说之不可从，然后以禁则齐；使后世之人，皆知其说之不可为，然后以戒则明。岂必灭其籍哉？放而绝之，莫善于是，是以孟子之书，有为神农之言者，有为墨子之言者，皆著而非之。至于此书之作，则上继春秋，下至楚汉之起，二百四十五年之间，载其行事，固不可得而废也。

此书有高诱注者二十一篇，或曰二十二篇。《崇文总目》存者八篇，今存者十篇。

注释

①《战国策》：成书于战国末年，后来经过刘向整理成为三十三篇。主要记载战国时期各国的游说之士的策谋、言论和活动。

②阙：通“缺”，缺少。

③明：表明。

④修：整治。法度：制度，规矩。

⑤商鞅：鞅卫的庶孙，喜欢刑名之学，入秦见孝公，劝说富强的方法。

⑥孙膑：战国齐人，师从于鬼谷子。

⑦吴起：魏国人，在他逃到楚国之后，做了楚国的相。

⑧寤：通“悟”，醒悟。

⑨放：放弃。绝：断绝。

译文

刘向所编定的《战国策》共三十三篇，《崇文总目》说缺少第十一篇。我访问了一些士大夫家，才得到了全书，校正了书中的谬误，对那些一时无法查考的问题存疑。这样一来，《战国策》三十三篇才又恢复完整。

序言说：刘向在这部书的评论中说：“周朝开国之初，明确教化，制度完备，因此天下大治。到了后期，盛行阴谋欺骗，推行仁义的道路堵塞了，因此天下大乱。”这种说法已经很高明了。但最后却说：“这本书是战国时期的谋臣策士揣摩当时的君主能够做得到的事情，才不得不这样说。”这种说法可以说是被流俗迷惑，而缺少坚定的自信了。

孔孟的时代距离周朝初年已有几百年了，旧的法令制度早已不存在，旧的风俗也已绝灭。他们二位却独独宣扬先王的政治，认为是不可改变的，难道他们是要强迫天下的君主去做后世做不成的事情吗？也只是要根据他所生活的历史时代所遭的变化去制定当时的法令制度，使它不违背先王的治国原则罢了。

二帝三王治理天下的时候，他们的变化固然不同，他们的法制固然相异，但是他们治理国家天下的基本原则，什么是本、什么是末、什么先做、什么后做都是一样的。孔、孟二位的主张只是这样而已。“法”是用来适应变化的，不必完全相同。“道”是用来作根本的，不能不一样。这道理是不可以变更的。于是他们二位恪守这个主张，哪里是喜欢标新立异、与众不同呢？只是因为他们能不随波逐流、随声附和罢了。他们确实可以称得上是不被世俗迷惑而坚于自信的人啊！

战国时期的游说之士却不是这样，不知道道是可信的，只是喜欢他们的说法容易迎合国君的心意，他们的居心用意只不过是侥幸谋划权宜之计罢了。所以他们高谈阔论诡谋欺诈的便利，而隐讳失败的可能；大肆宣扬战争的好处，而竭力掩盖它的祸患。那些一个一个这样做的事，并非没有小利，却有不能承受的大害；个个有所得，却抵不上它的损失。最后，苏秦、商鞅、孙膑、吴起、李斯这些人因此而丧身，而任用他们的诸侯和秦朝也都灭亡了。这些人是世上的大祸害，很清楚了，可是世俗之人却仍然执迷不悟。只有先王之道，随着时世适应变化，制定不同的法制，考察它没有缺点，实施它没有弊病，所以古代的圣贤从来没有人拿先王之道来换取游士的权宜之计的。

有人说："邪说会妨害正道，应当完全抛弃它、彻底禁绝它。那么，这部书不加销毁行吗？"回答说："君子禁绝邪说，一定要揭露它的谬误，使它大白于天下，使得当世的人都知道这种邪说为什么是不可听信跟从的，然后对其加以禁止，这样使大家的认识就统一了。使得后世的人都知道这种邪说是不能推行的，然后作为警戒，这样就使大家有明确的看法。哪里一定要销毁那些书籍呢？摒弃而杜绝邪说，没有比这办法更高明的了。所以，孟子的书中有研究神农学说的，有研究墨子学说的，都记载下来而加以批驳。至于说到这本书的述作，上和《春秋》相接，下到楚汉之争的开始，记载了二百四十五年间各国纵横家的事迹，确实是不该废弃的。"

这本书有高诱作注的二十一篇，也有的说是二十二篇，《崇文总目》记载的只存有八篇，现在保存了十篇。

评析

曾巩与欧阳修同乡，曾向欧阳修学习古文，深于治儒。他赞同孔孟的哲学观点，强调"仁"和"政诚"，认为只要按照中庸之道虚心自省，正诚修身，就能认识世界和主宰世界。在政治上，他反对兼并政策，主张发展农业和广开言路。

文章以儒家思想为准绳，力倡"仁政""礼治"，反对论诈之行，认为战国乱世就是因为"谋作用，而仁义之路塞"造成的。在创作风格上也跟欧阳修相近，主张文以明道，把欧阳修的"事信言文"观点推广到史传文学和碑铭文学上。明代归有光在《文章指南》中曾作如是说："文章意全胜者，词愈朴而文愈高。意不胜者，词愈华而文愈鄙，如曾子固《战国策目录序》无一奇语，无一怪字，读之乃太羹元酒，不觉至味存焉，真大手笔也。"

越州[1]赵公救灾记

原文

熙宁八年夏，吴越大旱。九月，资政殿大学士、右谏议大夫、知越州赵公，前[2]民之未饥，为书问属县："灾所被者几乡？民能自食者有几？当廪[3]于官者几人？沟防构筑，可僦[4]民使治之者几所？库钱仓粟，可发者几何？富人可募出粟者几家？僧道士食之羡粟[5]书于籍者，其几具存？"使各书以对，而谨其备。

州县吏录民之孤老疾弱不能自食者，二万一千九百余人以告。故事，岁廪穷人，当给粟三千石而止。公敛富人所输，及僧道士食之羡者，得粟四万八千余石，佐其费。使自十月朔，人受粟日一升，幼小半之。忧其众相蹂也，使受粟者男女异日，而人受二日之食[6]。忧其且流亡也，于城市郊野，为给粟之所，凡五十有七，使各以便受之，而告以去其家者勿给。计官为不足用也，取吏之不在职而寓于境者，给其食而任以事。不能自食者，有是具也。能自食者，为之告富人，无得闭粜[7]；又为之出官粟，得五万二千余石，平其价予民，为粜粟之所，凡十有八，使籴[8]者自便如受粟。

又僦民完城四千一百丈，为工三万八千，计其佣与钱，又与粟再倍之。民取息[9]钱者，告富人纵予之而待熟，官为责其偿。弃男女者，使人得收养之。

明年春，大疫。为病坊[10]，处疾病之无归者。募僧二人，属以视医药饮食，令无失所恃。凡死者，使在处随收瘗之[11]。

法，廪穷人，尽三月当止，是岁尽五月止。事有非便文者，公一以自任，不以累其属。有上请者，或便宜，多辄行。公于此时，蚤夜惫心力不少懈，事细巨必躬亲，给病者药食，多出私钱。民不幸罹旱疫，得免于转死；虽死，得无失敛埋，皆公力也。

是时，旱疫被吴越，民饥馑[12]疾疠，死者殆半，灾未有巨于此也。天子东向忧劳，州县推布上恩，人人尽其力。公所拊循，民尤以为得其依归。所以经营绥辑[13]，先后终始之际，委曲纤悉，无不备者。其施虽在越，其仁足以示天下；其事虽行于一时，其法足以传后。盖灾沴之行，治世不能使之无，而能为之备。民病而后图之，与夫先事而为计者，则有间矣；不习而有为，与夫素得之者，则有间矣。予故采于越，得公所推行，乐为之识其详。岂独以慰越人之思？将使吏之有志于民者，不幸而遇岁之灾，推公之所已试，其科条[14]可不待顷而具。则公之泽，岂小且近乎？

公元丰二年，以大学士加太子少保致仕，家于衢。其直道正行在于朝廷，岂弟之实在于身者，此不著。著其荒政可师者，以为《越州赵公救灾记》云。

注释

①越州：治所在山阴。也就是现在的浙江省绍兴县。

②前：在……以前。

③廪：官方供给粮食称为“廪”。

④僦（jiù）：雇用。

⑤羡粟：多余的粮食。羡：多余。

⑥蹂：践踏。二日之食：两天吃的东西。

⑦粜：卖出粮食。

⑧籴：买进粮食。

⑨息：利息。

⑩病坊：收容病人的地方。

⑪瘗（yì）：埋葬。

⑫饥馑：指饥荒。谷不熟为饥，蔬不熟为馑。

⑬绥辑：安顿。

⑭科条：规程，条例。

译文

熙宁八年夏天，吴越地区发生了严重的旱灾。这年九月，资政殿大学士、右谏议大夫赵公出任越州长官。在百姓还没有遭到饥荒威胁的时候，他就给所属各县下达文件，询问：“有多少个乡遭受了灾害？有多少户百姓能够养活自己？还有多少人要靠政府提供救济？可以雇用民工修筑沟渠堤防的工程有多少？仓库里的钱粮还可以发出去多少？有多少富户可以征募粮食？和尚、道士那里存了多少多余的粮食？”各县都要呈报文书给知州，并且谨慎地为灾荒做好准备。

州县官吏经过登记，报告说全州孤儿、老人，患疾病、体弱没有生活能力的一共有两万一千九百多人。按照以往的规矩，官府每年都要给穷人发救济粮，但是发到三千石粮米就不再发了。赵公通过征收富户人家上缴的粮米与和尚、道士的余粮，共得谷物四万八千多石，用来补充不够的救济粮。规定从十月初一开始，每人每天领救济粮一升，幼小的孩子每天领半升。赵公担心人多，领粮食的时候容易出现践踏的事情，于是他又给男人和女人规定了不同的领粮食的日子，而且每人一次可以领两天的口粮。他还担心人民将要流亡在外，就在大小城镇和郊外地区设置了五十七处发粮点，使他们就近领粮，并下通知说，凡是离开家的人，都不给粮食。这样估算一下，官员不够用了，于是就把那些不在职但是家在当地的官员们召集来，发给他们口粮，还给他们安排工作。对于那些不能养活自己的人，就用这些措施来解决困难。对那些有能力买粮食的人，就告诉富人们不能不卖给他们粮食。又为他们调出官仓里的粮食五万两千余石，按平常的价格卖给百姓。设置十八处卖粮点，使百姓买粮食就像领救济粮一样方便。

他又雇用民工修补城墙四千一百丈，雇工人三万八千个，还给这些雇工发工钱，并给他们两倍的粮食。老百姓中有愿意出利息借债的，官府就劝说富贵人家尽量把钱借出去，等到有了收成，官府会出面为债主讨回借款。被人扔掉的小孩子也都由官府来收养。

第二年春天，瘟疫盛行。于是官府又设立了收养病人的处所来收养无家可归的病人。他还找来两位僧人，委托他们照料病人的医药和饮食，让那些病人有所依靠。凡是死去的人，让所在地随时将其收殓埋葬。

按规定，遇灾年只给穷人发放三个月的救济粮，而这一年却发了五个月。凡是不合公文规定需要处理的事情，赵公都揽到自己身上了，不想使下属官员受到连累。下面向他请示的事情只要对救灾有好处，就立即批准施行。在这段时间，赵公早晚身心疲惫、劳心费力，从来都没有松懈过，事无论巨细一定亲自去办。给病人吃药吃饭的开销都是他自己出的。百姓不幸遭遇上旱灾和瘟疫，能够避免在逃亡、流浪中死去；即使死了，也不会葬身野外，这都是赵公的努力。

这时，干旱、瘟疫遍及吴越一带，百姓饱受饥荒、瘟病的折磨，人口减半，这是最大的一次灾情。天子为此忧劳，州县推广布施皇上的恩德，人人都尽自己的能力。赵公对百姓采取各种措施进行抚慰，百姓都觉得自己有了依靠和归宿。赵公对用来筹划安顿民众的事，各件事的轻重缓急以及如何开始和结束的方方面面的工作都考虑得非常周到细致。虽然他的德政只限于越州，但他的仁爱之心却可以作为天下人的示范；虽然他的措施只适合于短时间，但是他的方法值得传给后人。对于灾害的发生，即使在太平时期，也是没办法避免的，只是能够预先对其做些防备。等老百姓受了灾，出于困境之后再来想办法，和事先就谋划好是有很大差别的。不经过学习就去办事情，和平时注意学习、积累经验也是有很大差别的。我特意到越地采访，把赵公推行的一套办法整理下来，并高兴地把它详细记载下来。我这样做仅仅是抚慰越州百姓对赵公的思念吗？我是想让那些有心为民做事的官吏在不幸遇到灾年时，能推行赵公已经试行过的办法，这样一来，救灾的章程条例就会很快制定出来，那么赵公的恩泽还能说很小、只影响眼前吗？

元丰二年，赵公被封为大学士兼太子少保，归家还乡在衢州。他正直善良的行为被朝廷所重视，不像我只是有功于自己，这里就不详细说了。为了使大家能以他为榜样，向他学习，我写了这篇《越州赵公救灾记》。

评析

越州，州治在今浙江省绍兴县。赵公即赵抃，宋衢州西安人，字阅道。 赵抃居官正直无私，弹劾不避权贵。由于他曾任殿中侍御史，因此京师中对他有“ 铁面御史”之誉。后任右谏议大夫、资政殿大学士，晚年执越州政务，在越州治绩卓著。特别是在熙宁八年、九年吴越饥疫兼作之际， 赵抃在救灾中表现出卓越的见识和吏治才能，在朝野中颇负盛名。曾巩曾出任越州通判，也出色地从事过救灾工作。作者详录赵抃救灾业绩，以总结救灾经验，并盛赞赵抃的吏才与吏德，以为后人之鉴。

谢杜相公书

原文

伏念①昔者，方巩之得祸罚于河滨，去其家四千里之远。南向而望，迅河大淮，埭堰②湖江，天下之险，为其阻厄③。而以孤独之身，抱不测之疾，茕茕路隅④，无攀缘之亲，一见之旧，以为之托；又无至行，上之可以感人利势，下之可以动俗。惟先人之医药，与凡丧之所急，不知所以为赖，而旅榇⑤之重大，惧无以归者。明公⑥独于此时，闵闵⑦勤勤，营救护视，亲屈车骑，临于河上，使其方先人之病，得一意于左右，而医药之有与谋。至其既孤，无外事之夺其哀，而毫发之私，无有不如其欲，莫大之丧，得以卒致而南。其为存全之恩，过越之义如此！

窃惟明公相天下之道，吟颂推说者穷⑧万世，非如曲士汲汲⑨一节之善。而位之极，年之高，天子不敢烦以政，岂乡闾新学⑩，危苦之情，丛⑪细之事，宜以彻⑫于视听，而蒙省察？然明公存先人之故，而所以尽于巩之德如此！盖⑬明公虽不可起而寄天下之政，而爱育天下之人材，不忍一夫失其所之道，出于自然，推而行之，不以进退。而巩独幸遭明公于此时也！

在丧之日，不敢以世俗浅意，越礼⑭进谢；丧除，又惟大恩之不可名，空言之不足陈。徘徊迄今，一书之未进，顾⑮其惭生于心，无须臾⑯废也。伏惟明公终赐亮察⑰！夫明公存天下之义，而无有所私，则巩之所以报于明公者，亦惟天下之义而已。誓心则然，未敢谓能也。

注释

①伏念：恭敬地想。古代敬词。伏：趴在地上，表示恭敬。

②埭（dài）：土筑的河堤。堰（yàn）：河堰，比堤小。

③厄（è）：阻塞，穷困。

④茕（qióng）茕：孤独无依。隅（yú）：角落。

⑤旅榇（chèn）：在旅居之地停放灵柩。榇：棺材。

⑥明公：古代对高级官员的尊称，指杜衍。

⑦闵（mǐn）闵：忧虑，担心。

⑧吟（yín）颂：歌吟称颂。推说：称赞，称道。穷：尽。

⑨曲士：见识不广的人。汲（jí）汲：忙碌奔走的样子。

⑩乡闾：乡里。

⑪丛：杂乱。

⑫彻：贯通，引申为充塞，灌注。

⑬盖：发语词。

⑭越礼：违礼。古人在守孝期间，不得拜亲会友。

⑮顾：只是。

⑯须臾（yú）：片刻，一会儿。

⑰伏惟：祈祷，祈愿。亮察：明鉴，谅解。

译文

回想当年，正是我在黄河边遭受灾祸的时候，离家乡有四千里之远。向南眺望，只见迅猛的黄河，宽阔的淮水，连绵不断的土堤水堰、江河湖泊，天下之险要之地，我被这些山川险阻所妨碍而无法顺利回乡送葬。我孤身一人对着意想不到的灾难，孤单无依，徘徊路旁，没有可以投靠的亲戚和一面之交的朋友作为生活的依托；对上既没有卓越的品行可以感动官僚绅士，对下也没有财富和权势可以动用一般的人。只剩下先父需用的医药和所有治理丧事急需的物资，不知道应该倚赖谁，而且寄存异乡的灵柩又这样沉重，我非常害怕无法把它运回。唯独您在这个时候，殷勤帮忙，营救看护，屈驾前来，来到黄河，使我在先父病重期间，能够在他身边专心致志地护理侍奉，而医药问题也有人一同商量了。直到我成为孤儿之后，没有杂事干扰我为先父尽哀，就连一些微小的内心欲望，也没有不如愿的，因而使这场最大的丧礼能回到南方家乡去完成。您对我体恤成全的恩德是这样超越常情啊！

我私下认为您辅佐天下的道义都会受到千秋万世的讴歌颂扬，推崇称道，并不像见识狭隘的人那样苦苦追求一个小节上的完美。您的地位到了顶点，而且年事已高，皇上也不敢用政事去打扰您，难道我这个来自穷乡僻壤的后生应当用危急痛苦的心情，以及杂乱细小的事务去充塞您的耳目，承蒙您的体贴吗？但是您却念及先父的旧情，尽力援助我，这是多么大的恩情啊！虽然您不能重新掌握天下的政事，但是您那爱护培育天下的人才，不忍心让一个人流离失所的道义都是出于自然的天性，而且继续坚持推行，并不由于任职或退位而有所变化，而我唯独在这个时候有幸遇到了您！

在我守丧期间，不敢按照世俗的浅薄人情，违背俗礼去向您表示谢忱；丧服解除后，又想到您对我的大恩无法形容，几句空话不足以详尽地表达我的心意。反复考虑，直到现在，连一封信也没有进献，只是觉得心里很惭愧，一刻也不能忘记。希望您终究会谅解我的！您坚守胸怀天下的道义，没有一点私心杂念，那么我用来报答您的东西也只能是胸怀天下的道义罢了。我发自内心如此真诚地许愿，但不敢说肯定能实现。

评析

曾巩之父曾易占从江西来汴京途中，在河南安阳忽患重病。杜衍前往探视，多方营救；易占死后，又帮助料理后事，使曾巩摆脱了孤立无援的困境。事隔多年之后，曾巩满怀辛酸与感激的心情写了这封信，说自己当时孤独无依，哀苦无告，大祸临头，束手无策，对杜衍的及时援助和热情关怀表示真诚的谢意；突出赞扬了虽然他不在相位，但仍然爱育天下之人才的高尚品德。最后表示，既然杜衍能以关心天下大事的政治责任感爱护人才，那么他也要用同样的态度加以报答。

精彩点拨

读完曾巩的散文后我们了解到：曾巩散文的重点主要是策论、史传等这类应用文，而不是我们现在理解的纯文学类散文。受到欧阳修散文内容和观点的影响，议论性强，并加以犀利的言词作答。就是在他的序体式散文中，其中的议论也是以叙事和抒情为主。他喜欢在散文中对遇到的问题进行议论，使得他的文学作品中缺乏了作为诗人该有的闲情逸致。正是因为如此，他的作品受到不少人的批判和误解。不过这种前所未有的情调，使得曾巩以其特殊的散文风格在我国历史文坛上留名。

阅读积累

曾巩

曾巩（公元1019年—公元1083年），字子固，建昌军南丰（今江西南丰）人，北宋文学家，“唐宋八大家”之一，北宋诗文革新运动的积极参加者。曾巩以散文而著称，师从欧阳修门下，主张文以明道，把欧阳修的“事信、言文”观点推广到史传文学和碑铭文字上。文风以古雅、平正、冲和见称，自然淳朴，自成一家。代表作有《元丰类稿》50卷、《续元丰类稿》40卷、《外集》10卷等。

王安石

精彩导读

王安石不仅是一位杰出的政治家和思想家，同时也是一位卓越的文学家。为了实现自己的政治理想，他把文学创作和政治活动密切地联系起来，强调文学的作用首先在于为社会服务，强调文章的现实功能和社会效果，主张文道合一。他的散文大致贯彻了他的文学主张，所作多为有关政令教化、适于世用之文。他反对西昆派杨亿、刘筠等人空泛的靡弱文风，认为“所谓文者，务为有补于世而已矣；所谓辞者，犹器之有刻镂绘画也。诚使巧且华，不必适用；诚使适用，亦不必巧且华。要之以适用为本，以刻镂绘画为之容也”。想要汲取他作品中的精髓，那就仔细认真地来鉴赏吧！

读孟尝君传

原文

世皆称孟尝君能得士，士以故归之，而卒赖其力以脱于虎豹之秦①。嗟乎！孟尝君特鸡鸣狗盗之雄耳，岂足以言得士？不然，擅齐之强，得一士焉，宜可以南面而制秦，尚何取鸡鸣狗盗之力哉？鸡鸣狗盗之出其门，此士之所以不至也。

注释

①“而卒”句：秦昭王十年（公元前297年），孟尝君在秦国被囚，他的门客中有善于狗盗者，夜入秦宫，盗得狐白裘，献给昭王宠姬，宠姬因此劝昭王释放孟尝君。孟尝君逃至函谷关时，昭王后悔，派人来追。此时，天色未明，按规定，到鸡鸣后才能开关放人进出，又有一门客善于学鸡鸣，骗开关门，孟尝君得以逃回齐国。

译文

世人都称孟尝君善于罗致有才能的人，于是有才能的人都去投奔他，而他终于依靠那些人的帮助，从如虎豹一样的秦国逃了出来。

唉！孟尝君仅仅是那些鸡鸣狗盗之徒的头目罢了，哪里能够称得上善于罗致有才能的人呢？如果不是这样，那么他凭借齐国的强大，得到一个具有真才实学的人，应该能够南面称王而制服秦国，哪里还用得上那些鸡鸣狗盗之徒的帮助呢？鸡鸣狗盗之徒出入于他的门下，这就是真正的人才不到他那里去的原因啊！

评析

齐国的孟尝君与赵国的平原君、魏国的信陵君、楚国的春申君并称为“战国四公子”，都以招揽贤士而闻名于世。本文为王安石读《史记》中孟尝君传记后所作，批驳世人之定论，写得短小精悍，是一篇有名的翻案文章。

游褒禅山[1]记

原文

褒禅山亦谓之华山。唐浮图慧褒[2]始舍于其址，而卒葬之；以故其后名之曰“褒禅”。今所谓慧空禅院者，褒之庐冢也。距其院东五里，所谓华山洞者，以其乃华山之阳[3]名之也。距洞百余步，有碑仆道，其文漫灭，独其为文犹可识，曰“花山”。今言“华”如“华实”之“华”者，盖音谬也。

其下平旷，有泉侧出，而记游者甚众，所谓“前洞”也。由山以上五六里，有穴窈然，入之甚寒，问其深，则其好游者不能穷也，谓之“后洞”。余与四人拥火以入，入之愈深，其进愈难，而其见愈奇。有怠而欲出者，曰：“不出，火且尽。”遂与之俱出。盖予所至，比好游者尚不能十一，然视其左右，来而记之者已少。盖其又深，则其至又加少矣。方是时，予之力尚足以入，火尚足以明也。既其出，则或咎其欲出者，而予亦悔其随之而不得极夫游之乐也。

于是予有叹焉。古人之观于天地、山川、草木、虫鱼、鸟兽，往往有得，以其求思之深而无不在也。夫夷以近，则游者众；险以远，则至者少。而世之奇伟瑰怪非常之观，常在于险远，而人之所罕至焉。故非有志者不能至也。有志矣，不随以止也，然力不足者，亦不能至也。有志与力，而又不随以怠，至于幽暗昏惑而无物以相之，亦不能至也。然力足以至焉，于人为可讥，而在己为有悔；尽吾志也而不能至者，可以无悔矣，其孰能讥之乎？此予之所得也。

余于仆碑，又以悲夫古书之不存，后世之谬其传而莫能名者，何可胜道也哉！此所以学者不可以不深思而慎取之也。

四人者：庐陵萧君圭君玉，长乐王回深父，予弟安国平父、安上纯父[4]。

注释

①褒禅山：在今安徽含山北。

②唐浮图慧褒：唐代的和尚慧褒。浮图：或作“浮屠、佛图”，梵语音译词，有佛、佛徒、佛塔等义，这里指佛徒。

③华山之阳：华山之南。

④庐陵：今江西吉安。萧君圭君玉：萧君圭，字君玉，生平不详。长乐：今福建长乐。王回深父：王回，字深父（或作“深甫”），宋代理学家。安国平父：王安国，字平父（或作“平甫”），安石之弟。安上纯父：王安上，字纯父（或作“纯甫”），亦安石之弟。

译文

褒禅山也称作华山，起初，唐代的和尚慧褒在这个地方建造了房舍，死后又埋葬在这里，于是后人就把这座山叫作褒禅山。今天所说的慧空禅院就是慧褒的房舍和坟墓的所在地。距慧空禅院东边五里，有个叫华山洞的地方，之所以叫华山洞，是由于它在华山南面的缘故。离洞一百余步，有块碑石倒在路上，上边的文字漫漶，已经看不清楚了，只从残存的文字中还可以辨出“花（huā）山”二字。而今天将“华”（huá）读作“华实”的“华”，大概是读音错了。

洞的下边平坦而开阔，有一股泉水从洞旁涌出，到这里游览和留字纪念的人很多，这就是称作前洞的地方。由此向山上五六里，有个洞穴很幽深，进入里边很是寒冷，向别人问它的深度，就是那些喜好游览的人也没有走到过它的尽头，人们称它作后洞。我与其他四人拿着火把进去，进入越深，就越难行走，而所看到的景色就更加奇异。有个人懈怠而想出去，就对大家说：“再不出去，火把就要熄灭了。”于是大家就和他一起出来了。大概我们所到的地方还不到那些喜好游览的人的十分之一，然而看左右的墙壁，来题字留念的人已经很少了。恐怕进入再深一点，到的人就更加少了。当时，我的力气还可以再深入一些，火还足够照明。已经出来后，就有人责备那个提议退出的人，我也后悔跟着出来，而没能尽情享受游览的乐趣。

于是我颇有感慨。古人对天地、山川、草木、虫鱼、鸟兽的观察往往有所收获，这是因为他们对问题追求思索得深刻，没有什么不加以体察的。平坦而近的地方，游的人就多；艰险而远的地方，到的人就少。而世上奇特雄伟、壮丽怪异、不同寻常的景色常常在艰险而远、一般人很少到达的地方。所以说没有毅力的人是不能到达的。有毅力，不随从别人停止，但力气不足的，也不能到达。有毅力和气力，又不随别人而懈怠的人，到了幽深黑暗令人迷惑的地方，若没有什么东西帮助，也不能到达。但是，力气尚可到达的地方自己却没有到达，不仅会受他人的讥笑，而且自己会后悔。尽了自己勇气和毅力而不能到达的，可以没有什么后悔的了，谁还能讥笑呢？这是我从这件事上受到的启发。

我对于倒在地上的碑石，又感叹，古书没有记录而后世的人以讹传讹，难以搞清楚的东西，怎么能说得完呢？这就是搞学问的人不能不深刻地思考而谨慎地选取的原因啊。

同游的四个人是：庐陵（今江西吉安）的萧君圭（字君玉）、长乐（今福建长乐）的王回（字深父）、我的弟弟王安国（字平父）和王安上（字纯父）。

评析

本文是王安石变法前，任舒州通判时所作的一篇叙议结合的游记。通过记述他和同伴游褒禅山的过程，借物言志，生发议论，阐述人生道理：若要成就大事业，就要有坚强的毅力，并且有一定的物质条件作为辅助。

伤仲永

原文

金溪民方仲永，世隶耕①。仲永生五年，未尝识书具，忽啼求之。父异焉，借旁近与之，即书诗四句，并自为其名。其诗以养父母、收族②为意，传一乡秀才观之。自是指物作诗立就，其文理皆有可观者。邑人奇之，稍稍宾客其父，或以钱币乞之。父利其然也，日扳仲永环谒③于邑人，不使学。

予闻之也久，明道中，从先人④还家，于舅家见之，十二三矣。令作诗，不能称前时之闻。又七年，还自扬州，复到舅家，问焉。曰："泯然⑤众人矣。"王子曰："仲永之通悟，受之天也，其受之天也，贤于材人远矣。卒之为众人，则其受于人者不至也。彼其受之天也，如此其贤也，不受之人，且为众人。今夫不受之天，固众人，又不受之人，得为众人而已邪！"

注释

①隶耕：属于耕田的人。

②收族：团结同族的人。

③环谒：到处拜访。

④先人：这里指王安石已故的父亲。

⑤泯然：消失的样子。

译文

金溪乡民方仲永家里世代务农。仲永五岁时，还不认得笔墨纸砚，一天忽然哭着要这些东西。父亲感到奇怪，就从邻居家借来给他，他立刻写了四句诗，并且写上了自己的名字。那诗以奉养父母、团结同族为内容，全乡有学识的人都传阅了。从此，只要人们指定某一物件作诗题，他立刻就能写成，诗的文采内容有许多可取之处。同乡人都把他看作奇才，渐渐有人以宾客之礼款待他父亲，也有人用钱购买他的诗作。他的父亲以为有利可图，就每天领着仲永到处去拜访乡人，没有让他学习。

我听这件事已经很久了，明道年间，跟随父亲回家乡，在舅舅家里见到过方仲永，他已经十二三岁了。叫他作诗，已经比不上过去人们传说的那样好了。又过了七年，我从扬州回来，再到舅舅家问起仲永的情况。舅舅回答说："他的才华消失，和普通人一样了！"

王安石说："仲永的通晓聪慧是先天赋予的。他的天赋比后天培养成才的人优越得多。最终他成为普通的人，是后天没有受到教育的缘故。像他的天赋才华是这样优异，没有受到教育，尚且要沦为普通人。如今那些没有天赋，本来只是个普通人，如果不接受教育，恐怕连个普通人都不如吧？"

评析

本文选自《临川先生文集》，是传记类古文。"伤"，在这里有"感叹"的意思。文章主要是想评析：即使是天赋异禀的人，不管有多么聪明，要是后天不努力，时间长了也会变成平常人，和普通人没有差别。他想告诫人们正确对待教育和学习，并进一步说明天赋不值得依靠，后天努力更重要。

本文语言凝练，非常质朴。以反诘作尾，没有提一个"伤"字，却留下了无限思考的空间，可谓言有尽而意无穷。

答司马谏议[①]书

原文

某启：昨日蒙教，窃以为与君实[②]游处相好之日久，而议事每不合[③]，所操之术[④]多异故也。虽欲强聒，终必不蒙见察[⑤]，故略上报，不复[⑥]一一自辩；重念蒙君实视遇[⑦]厚，于反复不宜卤莽，故今具道所以[⑧]，冀君实或见恕也。

盖儒者所争[⑨]，尤在于名实，名实已明[⑩]，而天下之理得矣[⑪]。今君实所以见教者[⑫]，以为侵官、生事、征利、拒谏，以致天下怨谤[13]也。某则以谓受命于人主[14]，议法度而修之于朝廷，以授之于有司[15]，不为侵官；举先王之政[16]，以兴利除弊，不为生事；为天下[17]理财，不为征利；辟邪说，难壬人[18]，不为拒谏[19]。至于怨诽之多，则固前知其如此也。

人习于苟且非一日，士大夫多以不恤国事，同俗自媚于众为善，上乃欲变此，而某不量敌之众寡，欲出力助上以抗之，则众何为而不汹汹然？盘庚之迁，胥怨者民也，非特朝廷士大夫而已；盘庚不为怨者故改其度，度义而后动，是而不见可悔故也。如君实责我以在位久，未能助上大有为，以膏泽斯民，则某知罪矣；如曰今日当一切不事事，守前所为而已，则非某之所敢知。

无由会晤，不任区区向往之至。

注释

①司马谏议：这里指司马光，当时他担任右谏议大夫。

②君实：司马光的字。古人写信给同辈而有交谊的，自己称自己称名，称呼别人称字，用来表示对对方的尊敬。

③议事：讨论国家大事。每不合：往往不一致。

④所操之术：每个人所持的政治主张。操：持。术：方法，这里指政治主张。

⑤不蒙见察：不蒙您考虑，不能得到您的谅解。见：被。察：了解。

⑥复：再，又。

⑦重：又。视遇：看待。

⑧具道所以：详细说明这样做（指推行新法）的原因。具，详尽。

⑨所争：所争辩的问题。

⑩已明：已经弄清楚。

⑪天下之理得矣：天下一切事情的道理也就明白了。得：获得，明了。

⑫所以见教者：拿来指教我的东西。这是客气的说法，实际上是指摘我的东西。

⑬致：导致。怨谤：埋怨、毁谤。

⑭人主：皇帝，这里指宋神宗。

⑮有司：专门管理某种事务的官员，官员各有所司，于是称官员为“有司”。司，主管。

⑯举：推行。先王之政：古代圣王的政事。

⑰天下：这里指国家。

⑱难壬人：批驳巧于诡辩谄媚的坏人。难：反驳。壬人：奸伪巧辩的坏人。

⑲拒谏：拒绝劝谏。

译文

安石启：昨日承蒙你来信指教，我认为自己与你私下的交往相处友好的日子很长，但两人议论政事却总是意见不合，这是因为各人所持的主张不同。虽然我想强做解释，最后必然还是得不到你的谅解，于是在信中只做简略回复，不打算为自己一一辩解了。又想到承蒙你十分看得起我，在书信往来中不应该草率粗疏，所以今天我详细说明一下原因，也许君实你会原谅我的。

大概儒家学者所争论的最突出的就是事物的名分和实际情况是否相符的问题，名分和实际情况的关系明确以后，那天下一切道理也就明白了。如今君实拿来指教我的东西无非是认为我推行新法侵夺了其他官吏的职权，是扰民生事、征敛财利，是拒绝他人的规劝，于是招来了天下人的埋怨和指责。我却认为我是从君主那里接受命令，在朝廷里制定出法令制度，再把它们交给官吏去执行，这不是侵夺其他官吏的职权；实行先王的政策，而兴办有利的事业、革除有害的陋习，不能说是生事扰民；为国家管理财政，这不是求利；批驳不正确的言论，批驳谗媚之徒的花言巧语，这不能说是拒绝劝告。至于招来这么多的怨恨和职责，本来事先我就料到会出现这样的情况。人们习惯于得过且过不只一天了，士大夫们大都把不为国事忧虑、随声附和、讨好众人当作处世良方，于是皇上想改变这种状况，而我不估量反对的人是多是少，准备献出力量帮助皇上和他们对抗，那这班人怎么会不气势汹汹地喧闹呢？盘庚迁都的时候，一起埋怨他的是广大老百姓，不只是朝廷里的士大夫反对而已。盘庚没有因为有人埋怨就改变他迁都的计划，他是考虑到这样做合适，然后才行动的，因此看不出有值得悔改的地方。

如果君实责备我担任宰相时间久了，未能帮助皇上有大的作为，好让人民得到更多恩惠，那我承认自己的罪过。如果说，现在应当一切事情都不要做，只是墨守陈规就行了，那就不是我所敢于认可的了。

没有机会会面，我对你思念、仰慕到极点的心情实在无法受得住啊。

评析

《答司马谏议书》全文立论的论点是针对司马光认为新法“侵官、生事、征利、拒谏、致怨”的指责，指出儒者所争尤在于名实，名实已明，而天下之理得矣，从而说明变法是正确的。司马光的攻击名实不符，全是谬论。文章逐条驳斥司马光的谬论，揭露出人们保守、腐朽的本质，表示出作者坚持改革、决不为流言俗语所动的决心。本文行文简洁，结构严谨，没有枝蔓，气势磅礴，寓刚于柔，论证方法多种多样。

同学一首别子固

原文

江之南有贤人焉，字子固，非今所谓贤人者，予慕而友①之。淮之南有贤人焉，字正之，非今所谓贤人者，予慕而友之。二贤人者，足未尝相过②也，口未尝相语也，辞币③未尝相接也。其师若友，岂尽同哉？予考④其言行，其不相似者，何其少也！曰：学圣人而已矣。学圣人，则其师若友，必学圣人者。圣人之言行，岂有二哉？其相似也适然⑤。

予在淮南，为正之道子固，正之不予疑也。还江南，为子固道正之，子固亦以为然。予又知所谓贤人者，既相似，又相信不疑也。

子固作《怀友》一首遗予，其大略欲相扳⑥，以至乎中庸而后已。正之盖亦尝云尔。夫安驱⑦徐行⑧，轥中庸之庭，而造于⑨其室，舍二贤人者而谁哉？予昔⑩非敢自必其有至也，亦愿从事于左右焉尔⑪。辅而进之，其可也。噫！官有守，私有系，会合⑫不可以常也，作《同学一首别子固》，以相警且相慰云。

注释

①慕：仰慕。友：动词，与之交朋友。

②相过：拜访，交往。

③辞：这里指书信往来。币：帛，丝织品，这里指礼品。

④考：考察。

⑤适然：理所当然的事情。

⑥大略：大体上。扳：同“攀”，援引。

⑦安驱：稳稳当当地驾车。

⑧行：前行。

⑨造于：到达。

⑩昔：昔日。

⑪焉尔：罢了。

⑫私有系：受到私事的牵挂。合：相聚。

译文

长江之南有一位贤人，字子固（曾巩字子固），他不是当今世俗所称道的贤人，我敬慕他，和他交为朋友。淮河之南有一位贤人，字正之（孙侔字正之），他不是当今世俗所称道的贤人，我敬慕他，和他交为朋友。二位贤人从未互相交往过，从未互相交谈过，从未互相赠过礼物，难道他们的老师和朋友都是相同的吗？我考察他们的言语行为，不相似的地方是何等少啊！我说，这恐怕是他们都向圣人学习的结果吧！他们学习圣人，那么他们的老师、朋友也一定是向圣人学习的了。难道圣人的言语行为会有两种样子吗？所以，他们二人的相似也是必然的了。

我在淮河之南，向正之谈及子固，正之不怀疑我说的话；回到长江之南，向子固谈及正之，子固也认为我说的话是事实。因此，我又知道了所谓的圣贤之人，既很相似，又相互信任，从不猜疑。子固作了一首《怀友》诗送给我，大概意思是希望我们能相互勉励，一直达到中庸的境界才罢休。正之也曾经说过类似的话。

驾着车子安稳行进，通过中庸的门庭而到达内室，除了这二位贤人还会有谁呢？过去我不敢肯定自己一定会达到这种境界，不过也愿意跟在他们的左右努力去做，通过他们的帮助，使我进入这种境界应该是可能的。

唉！做官的有自己的职守，私下又有别的事牵累，我们的聚会不可能是经常的，因此，我作了一篇《同学一首别子固》，以相互警策，并相互劝勉。

评析

这篇文章是王安石在青年时期所写的一篇赠别之作，虽然是赠别的，但是却没有世俗常见的惜别留念之情。文章明着写的只有两个人，但实际上却有三个人：虽然曾巩、孙侔两人平时没有来往，却有很多相似之处，而且都相互信任。文中指出这正是“学圣人”的共同之处，同时还表达了作者想和两人建立共同进步、相互勉励、相互鞭策的君子之谊，早点达到圣贤倡导的最高境界的愿望。文章笔法紧凑，开合有度，清人金圣叹非常欣赏此文，评曰：“此为瘦笔，而中甚腴。”

泰州海陵县[①]主簿许君墓志铭

原文

君讳平，字秉之，姓许氏。余尝谱[②]其世家，所谓今泰州海陵县主簿者也。君既与兄元相友爱称天下，而自少卓荦不羁，善辩说，与其兄俱以智略为当世大人所器[③]。宝元时，朝廷开方略之选，以招天下异能之士，而陕西大帅范文正公[④]、郑文肃公[⑤]争以君所为书以荐，于是得召试，为太庙斋郎，已而选泰州海陵县主簿。贵人多荐君有大才，可试以事，不宜弃之州县。君亦常慨然自许，欲有所为。然终不得一用其智能以卒。噫！其可哀也已。

士固有离世异俗，独行其意，骂讥、笑侮、困辱而不悔，彼皆无众人之求而有所待于后世者也，其龃龉[⑥]固宜。若夫智谋功名之士，窥时俯仰以赴势物之会，而辄不遇者，乃亦不可胜数。辩足以移万物，而穷于用说之时；谋足以夺三军，而辱于右武[⑦]之国，此又何说哉！嗟乎！彼有所待而不遇者，其知之矣。

君年五十九，以嘉祐某年某月某甲子葬真州之扬子县甘露乡某所之原。夫人李氏。子男瑰，不仕[8]；璋，真州司户参军；琦，太庙斋郎；琳，进士。女子五人，已嫁二人，进士周奉先、泰州泰兴令陶舜元。

铭曰：有拔而起[9]之，莫挤而止之。呜呼许君！而已于斯，谁或使之？

注释

①泰州海陵县：现在的江苏省泰州市。

②谱：为……作家谱。

③器：器重。

④范文正公：名仲淹，字希文，苏州吴县人。为宋名臣。

⑤郑文肃公：名戬，字天休，苏州吴县人。

⑥龃龉（jǔ yǔ）：这里指政治意见不合。

⑦右武：崇尚武道。

⑧不仕：不出来做官。

⑨起：使……起。

译文

先生名平，字秉之，姓许。我曾经编过他的家谱，他就是家谱上边所说的现任泰州海陵县的主簿。先生不但与兄长许元相互友爱而被天下称赞，而且从少年时就超出一般人。他从不受约束，擅长辩论，与哥哥都因富有才智谋略而被当世的大人先生所器重。仁宗宝元（公元1038年—公元1040年）年间，朝廷开设方略科，以招纳天下具有特异才能的人才，当时陕西大帅范文正公（范仲淹的谥号）、郑文肃公（郑戬的谥号）争相写信推荐先生，于是他被征召进京应试，结果被任命为太庙斋郎，不久被选派做泰州海陵县主簿。朝中的大臣多荐举先生有雄才大略，应该任用重要的职位以考验他，而不应该把他放置在州、县做一般官吏。许君也曾经意气慷慨，自信自负，想有一番作为。但终究没能有一次显示自己才智的机会就死去了。唉！真令人哀伤啊。

读书人当中本来就有那种远离尘世、与世俗不合、一心按自己的意图行事的人，即使受到讽刺谩骂、嘲笑侮辱、穷苦愁困，也不后悔，他们都没有一般人那种对名利的营求之心，而对后世有所期望，因此他们的失意、不合时宜也是应该的。至于那些富有机智谋略、追求功名利禄的读书人，企图利用时世的变化去营求权势和物利，却往往不能得志的，也是难以计数的。然而，才辩足以改变一切事物，却在重用游说者的时代困穷；智谋足以夺取三军的统帅，却在崇尚武力的国家遭受屈辱，这种情况又怎么解释呢？唉！那些对后世有所期待、遭受困厄却不后悔的人大概知道其中的原因吧！

许君死时五十九岁，在仁宗嘉祐（公元1056年—公元1063年）某年某月某日葬于真州扬子县甘露乡某地的原上。夫人姓李；长子名瑰，没有做官；次子名璋，任真州司户参军；三子名琦，任太庙斋郎；四子名琳，中了进士。五个女儿，已经出嫁的有两个，一个嫁于进士周奉先，一个嫁于泰州泰兴县令陶舜元。

墓碑上的铭文是：有人提拔而任用他，没有谁排挤而阻碍他。唉！许君却死于小小的海陵县主簿的官位上，是什么人使他这样的呢？

评析

许平是个终身不得志的普通官吏。这篇墓志铭主要是哀悼许平有才能而屈居下位的悲剧。第一段写许君有大才却终不得用的事实；第二段以离俗独行之士和趋势窥利之士的不遇来衬托许君的不得志；第三段写许君的后事；第四段铭文只有二十余字，概括许平一生的遭遇，隐含强烈的悲愤。全文议论较多，情调慷慨悲凉。

精彩点拨

王安石的散文以议论性居多，他的散文一般具有较强的概括性与逻辑性，语言简练、朴素，立意非凡，紧靠社会、政治和人生的实际问题，直接为他的政治斗争服务。他较少注意文章气氛的酝酿，从感情上打动人，而是多针砭时弊，进行深刻的分析，提出明确主张。这便是他与众不同的艺术风格了。

阅读积累

王安石经典名句赏析

1. 春风又绿江南岸，明月何时照我还？——《泊船瓜洲》

现在正是早春二月，春风吹拂，春草萌生，过不了多久，就会绿透江南岸边。美好的春光唤起了诗人的思乡之情，他遥望明月，深情地问道：你什么时候才能照着我重归故里？当时，王安石接到朝廷的旨令，离开定居的南京，北上进京，第二次出任宰相，在路上写下了《泊船瓜洲》这首诗，表达了诗人思念家乡的感情。

2. 遥知不是雪，为有暗香来。——《梅花》

远远一望就知道那雪白的不是雪花，而是梅花。那是什么原因呢？因为诗人站在远处已闻到了梅花淡淡的幽雅芳香。

苏洵

精彩导读

苏洵的文学成就突出地表现在他的散文创作上。他的散文犹如一颗璀璨的明珠，在中国文学史上闪烁着耀眼的光芒。特别是他的几十篇政论文章充满着满腔的爱国激情，内容十分丰富。苏洵一生经历了宋真宗、仁宗、英宗三个时期。北宋是中央集权的封建王朝，表面上看似乎国势强盛，但对外采取贿赂求和的苟安投降政策，对内骄横无度，执法不严，官吏疏忽职守，百姓苦不堪言，形成政强势弱的局势。面对这样的社会现实，苏洵在他的几十篇政论文章中提出了一整套治国方略，崇尚以威治国，强调以法行事，以吏治为重点，以御敌为当务之急。下面让我们一一来拜读。

管仲论

原文

管仲相威公[①]，霸诸侯，攘[②]夷狄，终其身齐国富强，诸侯不叛。管仲死，竖刁、易牙、开方[③]用，威公薨于乱，五公子[④]争立，其祸蔓延，讫简公[⑤]，齐无宁岁。

夫功之成，非成于成之日，盖必有所由起；祸之作，不作于作之日，亦必有所由兆。则齐之治也，吾不曰管仲，而曰鲍叔；及其乱也，吾不曰竖刁、易牙、开方，而曰管仲。何则？竖刁、易牙、开方三子，彼固乱人国者，顾其用之者，威公也。夫有舜而后知放四凶[⑥]，有仲尼而后知去少正卯。彼威公何人也？顾其使威公得用三子者，管仲也。仲之疾也，公问之相。当是时也，吾以仲且举天下之贤者以对，而其言乃不过曰“竖刁、易牙、开方三子，非人情，不可近”而已。呜呼！仲以为威公果能不用三子矣乎？仲与威公处几年矣，亦知威公之为人矣乎？威公声不绝乎耳，色不绝乎目，而非三子者，则无以遂其欲。彼其初之所以不用者，徒以有仲焉耳。一日无仲，则三子者可以弹冠而相庆矣。仲以为将死之言，可以縶威公之手足耶？夫齐国不患有三子，而患无仲；有仲，则三子者，三匹夫耳。不然，天下岂少三子之徒？虽威公幸而听仲，诛此三人，而其余者，仲能悉数而去之耶？呜呼！仲可谓不知本者矣！因威公之问，举天下之贤者以自代，则仲虽死，而齐国未为无仲也。夫何患三子者？不言可也。

五伯莫盛于威、文。文公之才，不过威公，其臣又皆不及仲。灵公[7]之虐，不如孝公[8]之宽厚。文公死，诸侯不敢叛晋；晋袭文公之余威，得为诸侯之盟主者，百有余年。何者？其君虽不肖，而尚有老成人焉。威公之薨也，一败涂地，无惑也。彼独恃一管仲，而仲则死矣。

夫天下未尝无贤者，盖有有臣而无君者矣。威公在焉，而曰天下不复有管仲者，吾不信也。仲之书，有记其将死，论鲍叔、宾胥无之为人，且各疏其短。是其心以为是数子者，皆不足以托国；而又逆知其将死，则其书诞谩不足信也。

吾观史鳅[9]，以不能进蘧伯玉而退弥子瑕[10]，故有身后之谏；萧何且死，举曹参以自代。大臣之用心，固宜如此也！夫国以一人兴，以一人亡；贤者不悲其身之死，而忧其国之衰。故必复有贤者，而后可以死，彼管仲者。何以死哉？

注释

①威公：即齐桓公。宋避钦宗讳，作“威”。

②攘：排斥。夷狄：古代对少数民族的蔑称。

③竖刁、易牙、开方：三人都是齐桓公的宠幸近臣。

④五公子：桓公之五子，即惠公元、孝公昭、昭公潘、懿公商人、公子雍。

⑤简公：即齐简公，名壬，公元前484年至公元前481年在位，为田常所弑。

⑥四凶：传说被舜流放的四个凶人，指浑敦、穷奇、梼杌、饕餮。一说指共工、驩兜、三苗、鲧。

⑦灵公：指晋灵公，晋文公之孙。

⑧孝公：指齐孝公，齐桓公之子。

⑨史鳅（qiū）：即史鱼，春秋时期卫国大夫，字子鱼。

⑩蘧（qú）伯玉：春秋时期卫国大夫，名瑗。弥子瑕：卫灵公幸臣。

译文

管仲辅佐齐桓公，称霸诸侯，排斥夷狄，直到他死后，齐国都很强盛，诸侯不敢背叛。管仲一死，竖刁、易牙、开方受到重用，结果致使齐桓公于动乱中死去。五位王子争着继承王位，这个祸乱不断蔓延，直到简公即位，齐国没有安宁过一年。

功业的成就并不是在成功的那一天就完成了，一定有它的起因；祸乱的发生不是在发生的那一天才发生的，也一定有它的迹象。因此，我认为齐国的强盛安定不是管仲的功劳，而是鲍叔的功劳。我认为齐国的祸乱不是竖刁、易牙、开方的罪过，而是管仲的罪过。为什么呢？竖刁、易牙、开方三个人固然是搅乱国家的人，但任用他们的却是齐桓公。有了舜帝，然后才知道流放四个坏人，有了仲尼，然后才知道杀掉少正卯。那齐桓公是什么人呢？回头看，使桓公重用这三个人的却是管仲啊。管仲病危的时候，齐桓公问他宰相的人选。在这个时候，我以为管仲会以推举天下的贤明之士来回答，而他的话却不过说“竖刁、易牙、开方三个人，不近人情，不可信用”罢了。唉！管仲以为桓公真的能不重用那三个人吗？管仲与桓公相处多少年了，也该了解桓公的为人了吧？桓公是个音乐在耳畔不能停止，女色在眼前不能断绝的人，如果没有这三个人，便没有办法满足他的欲望。最初桓公不重用他们的原因只是因为有管仲罢了。一旦没有了管仲，那三个人便可以弹去帽子上的灰尘，相互庆贺将受重用了。管仲认为临终前的遗言就能够缚住桓公的手脚吗？齐国不怕有这三个人，只怕没有管仲。如果管仲在的话，那么这三个人不过是三个平常人罢了。否则，难道天下还缺少像这三个人一样的人吗？即使桓公有幸听从管仲的话，杀掉这三个人，但对其余的这种人，管仲能够把他们全都除掉吗？唉！管仲可以说是个不懂得治本的人啊。假如趁桓公询问之际，推举天下的贤人来接替自己，那么，管仲虽然死了，而齐国却不能说没有了管仲那样的人啊。哪会怕这三个人呢？不提他们也行啊。

五霸之中没有比齐桓公、晋文公更强大的了。晋文公的才能超不过齐桓公，他的臣下又都不及管仲；晋灵公是个暴君，不如齐孝公宽容仁厚。晋文公死后，诸侯各国不敢背叛晋国，晋国凭借文公留下的威力，还能够做各国的盟主一百多年。为什么呢？因为晋国的国君虽然无能，但还有一些老成持重的臣下在呢。桓公死后，齐国却一败涂地，没有什么好疑惑的，因为他仅仅只能靠一个管仲，而管仲却已经死了。

天下从不曾没有贤能的人，恐怕只有有贤臣而没有英明君主的情况。桓公在世的时候，却说天下不再有管仲那样的人，我是不会相信的。管仲的书中有记载他快去世时，评论鲍叔、宾胥无的为人，并分别指明了他们的短处。这是他自己心里认为这几个人都不足以托付治理国家的重任，并且又预料到自己将要死亡，可见这本书荒诞无稽，不值得相信。

我看史鳟，因为生前未能劝卫灵公进用蘧伯玉而退斥弥子瑕，于是有死后的尸谏。萧何将死，推举曹参来接替自己。大臣的用心本来应该这样啊。国家因为一个人而兴盛，又因为一个人而灭亡。贤能的人不担心自己的死亡，而担忧他的国家衰弱，所以一定要再推举出贤明的人来接替自己，然后才能够放心死去。那管仲，怎能那样就死去呢？

评析

管仲辅佐齐桓公成为春秋时代的第一位霸主，其才能与功绩获得了世代的称赞。苏洵的这篇文章却别开生面，从另一个角度论述了管仲政策上的失误，认为他不懂治国之本，临终未能推举贤能来代替自己，导致齐国在桓公去世后发生了一百多年的动乱，以此告诫当政者吸取教训，选贤与能以防奸臣作乱。

辨奸论

原文

事有必至，理有固然。惟天下之静者，乃能见微而知著。月晕而风，础润而雨，人人知之。人事之推移，理势之相因，其疏阔而难知，变化而不可测者，孰与天地阴阳之事，而贤者有不知。其故何也？好恶乱其中，而利害夺其外也！

昔者，山巨源见王衍①，曰："误天下苍生者，必此人也！"郭汾阳见卢杞②，曰："此人得志，吾子孙无遗类矣！"自今而言之，其理固有可见者。以吾观之，王衍之为人，容貌言语，固有以欺世而盗名者，然不忮不求，与物浮沉。使晋无惠帝③，仅得中主④，虽衍百千，何从而乱天下乎？卢杞之奸，固足以败国，然而不学无术，容貌不足以动人，言语不足以眩世⑤，非德宗之鄙暗⑥，亦何从而用之？由是言之，二公之料二子，亦容有未必然也。

今有人⑦，口诵孔、老之言，身履夷、齐之行，收召好名之士、不得志之人，相与造作言语，私立名字，以为颜渊、孟轲复出，而阴贼险狠，与人异趣，是王衍、卢杞合而为一人也，其祸岂可胜言哉！夫面垢不忘洗，衣垢不忘浣，此人之至情也。今也不然，衣臣虏之衣，食犬彘⑧之食，囚首丧面而谈《诗》《书》，此岂其情也哉？凡事之不近人情者，鲜不为大奸慝。竖刁、易牙、开方是也！以盖世之名，而济其未形之患，虽有愿治之主，好贤之相，犹将举而用之。则其为天下患，必然而无疑者，非特二子之比也。

孙子曰："善用兵者，无赫赫之功。"使斯人而不用也，则吾言为过，而斯人有不遇之叹，孰知祸之至于此哉？不然，天下将被其祸，而吾获知言之名，悲夫！

注释

①山巨源：名涛（公元205年—公元283年），西晋河内怀（今河南武陟西南）人，为"竹林七贤"之一。晋初任吏部尚书、尚书右仆射等职。王衍：字夷甫，与山涛同时代而年辈较晚。

②郭汾阳：即郭子仪（公元697年—公元781年），华州郑县（今陕西华县）人，唐中期著名大将。卢杞：唐大臣，字子良，滑州灵昌（今河南滑县西南）人。

③惠帝：指晋惠帝司马衷，以昏庸愚蠢而出名。

④中主：指才能一般的皇帝。

⑤眩世：惑乱天下。

⑥德宗：即唐德宗李适。鄙暗：鄙陋昏庸。

⑦今有人：这里指王安石。

⑧彘：猪。

译文

事情有它发生的必然性，道理有它自身的规律。只有天下那些心境静穆的人才能从微小的迹象中看出显著的结果。月亮四周的光环预示天要刮风；柱石回潮湿润说明就要下雨，这是人人所共知的。至于世事的变化，情势的规律，抽象渺茫而不可理解，千变万化而难以预测，又怎能与天地阴阳的变化相比呢？即使贤能的人，也有不知道这些的，这是什么原因呢？就因为心中的好恶扰乱了他的主见，利害得失又左右着他的行动啊。

从前山涛见到王衍，说："日后祸害天下百姓的定是此人！"汾阳王郭子仪见到卢杞，说："这个人一旦得志，我的子孙就都要被杀了！"就今天而言，其中的道理固然被预见到了一些。不过，据我所见，王衍其人，不论是容貌，还是言谈，固然有有利于欺世盗名的条件，但是他不妒忌、不贪污，追随大流。假如晋朝当时在位的不是惠帝，只要有一个有中等才能的皇帝，即使有千百个王衍，又怎么能扰乱天下呢？像卢杞那样的奸臣固然有能力使国家败亡，但是他不学无术，容貌难以打动别人，言谈难以影响社会，若不是唐德宗十分昏庸，他又怎么会受到重用呢？从这一点来说，或许山涛和郭子仪对王衍和卢杞的看法有不完全正确之处。

如今有人口中吟诵着孔子和老子的话，身体力行伯夷、叔齐的清高做法，收罗了一批沽名的读书人和不得志的人，相互勾结制造舆论，私下里互相吹捧，自诩为颜回、孟子再世，但实际上阴险狠毒，志趣不同于常人。这真是集王衍、卢杞于一身了，难道他造成的灾祸能够说尽吗？脸脏了记得洗脸，衣服脏了记得洗衣，这是人之常情。如今却不是这样，他穿着罪衣，吃猪狗般的食物，头发像囚犯，面孔像死了家人，却也谈论《诗》《书》，难道这合乎情理吗？大凡做事不近人情的，少有不是大奸大恶的，竖刁、易牙、开方就是这样的人。他们利用最崇高的名誉，掩盖隐藏的祸患，虽然有愿意励精图治的君主和敬重贤才的宰相，但还是会推举、任用他们的。因此，他们成为天下的祸患就毫无疑问了，而绝不仅仅是王衍、卢杞等人可以相比的。

孙子说："善于用兵的人，没有显赫的战功。"如果这个人未被重用，那么是我说错了，而这个人就会产生未遇明主的慨叹，谁又能够知道会有如此的灾祸呢？不然的话，天下就会受到他的祸害，而我也将得到有远见的名声，那真是可悲啊！

评析

本文作者认为，事情皆有一定的规律，只要能够仔细观察并把握规律，就能见微知著，因此人们可以通过观察行为而在祸乱发生之前就发现作乱的奸臣。历来有人认为这篇文章的本意是暗中批判王安石，也有人认为此文并非苏洵所作，未有定论。

乐论

原文

礼之始作也，难而易行，既行也，易而难久。天下未知君之为君，父之为父，兄之为兄，而圣人为之君父兄。天下未有以异其君父兄，而圣人为之拜起坐立。天下未肯靡然[①]以从我拜起坐立，而圣人身先之以耻。呜呼！其亦难矣。天下恶夫死也久矣，圣人招之曰：来，吾生尔。既而其法果可以生天下之人，天下之，人视其向也，如此之危，而今也如此之安，则宜何从？故当其时虽难而易行。既行也，天下之人视君父兄，如头足之不待别白[②]而后识，视拜起坐立如寝食之不待告语而后从事。虽然，百人从之，一人不从，则其势不得遽至乎死。天下之人，不知其初之无礼而死，而见其今之无礼而不至乎死也，则曰：圣人欺我。故当其时虽易而难久。

注释

①靡然：随风而倒，顺从。

②别白：清楚地加以分别。

译文

礼开始制作的时候，虽然很难，但很容易施行，等到施行了以后，虽然容易，却又难以持久。天下人都还不知道君王有君王的威严，父亲有父亲的威严，兄长有兄长的威严，而圣人让君王、父、兄之名得以彰显。天下人不知道君王、父、兄之间的区别，而圣人让他们懂得了拜起站立之礼。天下人不肯听从圣人之说而行拜起站立之礼，是圣人以身作则，让他们有了羞耻之心而依照圣人的教导而行。哎！这是很困难的呀。天下人厌恶死亡已经很久了，圣人招来他们，对他们说："过来，我让你们得以生存。"然后他的方法果真可以让天下人得以生存，天下人看到他们之前所处的境地是如此危险，而现在所处的境地是如此的安全，将会何去何从呢？因此那个时候，虽然制作很难，却很容易施行。等到施行以后，天下人对待他们的君王、父、兄就像看头和脚一样，不需要加以辨别就知道了，对于拜起站立之礼就像是睡觉吃饭一样，不需要告诉他们就自然去做。虽然这样，一百个人都能够服从，如果有一个人不服从，他的处境也不至于马上就陷于死地。而天下的人不知道最初的时候没有礼就会陷于死地，却看到了如今虽然没有礼，却还不至于陷于死地，便说道："圣人欺骗了我。"因此在那个时候，礼虽然容易施行，却很难持久。

原文

呜呼！圣人之所恃以胜天下之劳逸者，独有死生之说耳。死生之说不信于天下，则劳逸之说将出而胜之。劳逸之说胜，则圣人之权去矣。酒有鸩[1]，肉有堇[2]，然后人不敢饮食。药可以生死，然后人不以苦口为讳。去其鸩，彻[3]其堇，则酒肉之权固胜于药。圣人之始作礼也，其亦逆知其势之将必如此也，曰：告人以诚，而后人信之。幸今之时吾之所以告人者，其理诚然，而其事亦然，故人以为信。吾知其理，而天下之人知其事，事有不必然者，则吾之理不足以折天下之口，此告语之所不及也。告语之所不及，必有以阴驱而潜率[4]之。于是观之天地之间，得其至神之机，而窃之以为乐。

注释

①鸩：传说中的一种有毒的鸟，据说将其羽毛放入酒中浸泡后，人喝了就会立即身亡。

②堇：也就是乌头，有剧毒。

③彻：清除、去掉。

④阴驱：暗地里驱逐。潜率：潜隐着率领。

译文

哎呀，圣人所依靠的用来战胜天下人劳逸的，只有死生这个说法而已。一旦死生之说不被天下人所信任，那么劳逸之说就会冒出来并且获胜。一旦劳逸之说获胜，那么圣人的权势也就失去了。酒中出现了鸩毒，肉中出现了堇毒，然后人就不再敢喝酒吃肉了。药可以让快要死去的人活过来，然后人就不再逃避药的苦口了。一旦去掉鸩毒，清除了堇毒，那么酒肉的效力就能够胜过药。圣人开始制作礼的时候，他知道以后的形势也将必定如此，说道："告诉别人事实和真相，然后别人才能够相信。"幸运的是，如今我用来告诉人民的，其道理是一样的，并且事实也是如此，于是人们才相信。我知道其中的道理，天下人知道相应的事，如果事情有虚假的，那么我的道理就不足以让天下人为之信服了，这就是告诉他们的话中有做不到的地方。如果告诉他们的话中有做不到的地方，那么必定有人会悄悄地驱逐并且潜隐地率领。于是通观天地之间，我认为能够得到至神的机运，窃取它来作乐。

原文

雨，吾见其所以湿万物也；日，吾见其所以燥万物也；风，吾见其所以动万物也。隐隐隐砝砝[1]而谓之雷者，彼何用也？阴凝而不散，物蹙而不遂[2]，雨之所不能湿，日之所不能燥，风之所不能动，雷一震焉而凝者散，蹙者遂。曰雨者，曰日者，曰风者，以形用；曰雷者，以神用。用莫神于声，故圣人因[3]声以为乐。为之君臣、父子、兄弟者，礼也。礼之所不及，而乐及焉。正声入乎耳，而人皆有事君、事父、事兄之心，则礼者固吾心之所有也，而圣人之说又何从而不信乎？

注释

①隐隐砝砝：雷霆发出的声音。

②遂：舒展、伸展。

③因：凭借，通过。

译文

我看到雨是用来让万物润湿的，太阳是用来让万物干燥的，风是用来让万物流动的。发出隐隐声响的是雷霆，它有什么作用呢？阴云凝聚在一起而不消散，万物蹙迫在一起而不舒展，雨不能将其润湿、太阳不能将其干燥、风不能将其吹动的那些东西，雷霆一震，就能让那些凝聚的东西散开，局促在一起的东西舒展开。名字为雨的，名字为太阳的，名字为风的，所起作用的都是形，而名字为雷的，所起作用的则是神。而有用的莫过于声音，于是圣人便凭借声音获得乐。区别君臣、父子、兄弟的是礼，而在礼所不能起作用的地方，乐则能起作用。醇正的声音进入了人的耳朵，人就会兴起侍奉君王、侍奉父亲、侍奉兄长之心，礼是我心中原本就有的，这样一来，对待圣人的言说又怎么会不相信呢？

评析

这篇是《六经论》中的《乐论》，主要论及了乐的产生以及其作用。古人一贯很重视乐在国家和人民生活中的作用。早在周代就开始施行礼乐制度，乐成为让国家政务得以顺利施行的一种重要手段，而儒家尤其强调乐在人伦教化中的作用。苏洵在这篇文章中继承了前人，尤其是荀子的乐论说，又提出了自己的新见解，认为乐能够弥补圣人说教中的不足，显示出了作者高超的写作艺术。

审敌

原文

中国[1]，内也，四夷[2]，外也。忧在内者，本也；忧在外者，末[3]也。夫天下无内忧，必有外惧。本既固矣，盍释其末以息肩[4]乎？曰：未也。古者夷狄忧在外，今者夷狄忧在内。释其末可也，而愚不识方今夷狄之忧为末也。古者，夷狄之势，大弱则臣[5]，小弱则遁[6]，大盛则侵，小盛则掠。吾兵良而食足，将贤而士勇，则患不及中原，如是而曰外忧可也。今之蛮夷，姑无望其臣与遁，求其志止于侵掠而不可得也。北胡[7]骄恣，为日久矣，岁邀金缯[8]以数十万计。曩者，幸吾有西羌之变，出不逊之语以撼中国。天子不忍使边民重困于锋镝[9]，是以虏日益骄，而贿[10]日益增，迨今凡数十百万而犹慊然[11]未满其欲，视中国如外府[12]。然则，其势又将不止数十百万也。夫贿益多，则赋敛不得不重；赋敛重，则民不得不残。故虽名为息民，而其实爱其死而残其生也。名为外忧，而其实忧在内也。外忧之不去，圣人犹且耻之；内忧而不为之计，愚不知天下之所以久安而无变也。

注释

①中国：即中原，因为是以黄河流域为中心的华夏民族最早开发出来的区域，所以一般用中原来代指整个华夏民族所建立的国家。

②四夷：古代华夏民族对四方少数民族的称呼，具体有东夷、西戎、南蛮、北狄。

③末：末枝，不重要的。

④盍：何不。息肩：将肩上的重担卸去，这里比喻解除了忧患。

⑤臣：臣服，俯首称臣。

⑥遁：逃遁。

⑦北胡：这里是指位于宋朝北方的辽国。

⑧金缯：金银和丝织品。

⑨锋镝：代指战争。

⑩贿：这里是指用来进贡的财物。

⑪慊然：形容满足的样子。

⑫外府：外面的府库，这里是说胡人将宋国视为自己贮存财物的府库。

译文

中原是内，四夷为外，如果忧患在自己国内的话，那就是祸患的根本，如果忧患在于外夷的话，那就只是祸患的末枝。而如果天下没有内忧的话，必定就会有外患。如果根基已经固定了，那么何不放开那些末枝来休息呢？但事实并不是这样的。古时候夷狄之患只是外忧，而现在夷狄之患则成了内患。放开那些末枝问题是可以的，但我不认为现在的夷狄之患只是末枝问题。古时候，夷狄的情势是：当他们的势力非常弱小的时候，他们就对中国俯首称臣；当他们的势力比较弱小的时候，他们就逃遁；当他们的势力大大强盛起来的时候，他们就开始侵犯；当他们的势力比较强盛的时候，他们就开始抢掠。我们兵士精良，食物充足，将领贤能，兵士勇猛，那他们就不能患及中原，像这样的情势，说他们是外忧还是可以的。如今的那些蛮夷，不要希望他们能够臣服或者逃遁，即便是想要让他们的欲望只止于侵略抢掠之事也是不可能的了。北方的胡人骄纵恣睢，时间已经持续很久了，他们每年都要向中原索取金币丝帛数十万之多。以前的时候，西羌发生叛乱，他们对中原出言不逊，而天子仁慈，不忍心让边境的人民陷于战争之苦，便没有予以打击，导致胡虏一天天地更加骄横，而索要的财物也越来越多，一直到今天，总数已经有了数十百万之多，却依然没能满足他们的贪婪欲望，他们将中国看作他们在外面存贮财物的府库。但是，从形势来看，他们所想要的又不止数十百万了。一旦给予他们的财物增多，那么在国内征收的赋税就不得不加重，一旦赋税加重，百姓就会受到摧残。因此虽然名义上是为了息战安民，而事实上却是不让他们死，让他们活着受摧残。名义上是外忧，事实上却是内患。外忧不除，圣人尚且会感到羞耻，如今面临内忧却不为之谋划去除，我不知道这个样子，天下将如何长久地保持安定并且不发生叛乱呀。

原文

古者，匈奴之强，不过冒顿[①]。当暴秦刻剥[②]，刘、项战夺之后，中国溘然矣[③]。以今度之，彼宜遂入践中原，如决大河，溃蚁壤[④]，然卒不能越其疆以有吾尺寸之地，何则？中原之强，固百倍于匈奴，虽积衰新造[⑤]，而犹足以制之也。五代[⑥]之际，中原无君，晋瑭苟一时之利，以子行事匈奴，割幽、燕之地以资其强大。孺子继立，大臣外叛，匈奴扫境来寇，兵不血刃而京师不守，天下被[⑦]其祸。匈奴自是始有轻中原之心，以为可得而取矣。及吾宋景德中大举来寇，章圣皇帝一战而却[⑧]之，遂与之盟[⑨]以和。夫人之情胜则狃，狃则败，败则惩，惩[⑩]则胜。匈奴狃石晋之胜，而有景德之败；惩景德之败，而愚未知其所胜，甚可惧也。

注释

①冒顿：秦末汉初时匈奴的首领，曾弑父自立，统一了各个部落，当其势力日益强盛起来以后，南下侵占汉朝边境，对刚刚建立起来的汉王朝构成了很大的威胁。

②刻剥：苛刻剥夺，这里指的是暴秦对百姓的残酷剥削。

③溘然：忽然，这里是指中国经过秦王朝的残暴统治和残酷剥削以及楚汉间的纷争以后，国势迅速衰弱。

④蚁壤：被蚂蚁蛀过的堤岸。

⑤新造：指刚刚建立起的汉朝。

⑥五代：指后梁、后唐、后晋、后汉、后周。

⑦被：蒙受，遭受。

⑧却：击退。

⑨盟：即澶渊之盟，景德元年，契丹兴兵侵犯宋朝，宰相寇准坚决主张迎战，宋真宗亲自督战，终于取得胜利，但由于宋朝积弊已久，求和心切，于是便在打了胜仗的时候订立下屈辱的合约，约定宋每年要给契丹进贡白银十万两，绢二十匹，这也是历史上著名的屈辱条约。

⑩狃：安于现状并习以为常。惩：惩戒，反思。

译文

古时候，匈奴人中强横的也不过是冒顿而已。在经过暴秦的残酷统治和剥夺之后，又经过楚汉间的战乱纷争，中国的势力迅速衰弱。以如今的形势来度量，他们应当由此而进犯中原，如同大水冲来，那些被蚂蚁蛀过的堤岸将会很快被冲击溃决一样，但是最终他们没有越过自己的边界来侵占我们的土地，这是什么原因呢？这是因为中原国势的强盛确实要比匈奴强上一百倍。虽然汉朝是在经历过重重磨难之后新建立起的国家，但尚且足以制服他们。而五代的时候，中原没有统一的君主，后晋石敬瑭为了贪图一时的利益，勾结匈奴，自称儿皇帝，并割了幽燕之地给匈奴，让他们的势力得以进一步扩大。等到他的儿子继位的时候，大臣发动叛变，匈奴率领全部军队来侵犯中原，在强大声势的恐吓下，他们兵不血刃就攻下了京师，天下人都蒙受他们的残害。从此以后，匈奴便开始有了轻视中原之心，认为中原对他们来说是可以获取到的。等到我大宋景德年间，他们又兴兵大举来犯，真宗皇帝亲自督战，只打了一仗，暂时阻止了他们的进攻之后，便求和，同他们签下了屈辱的澶渊之盟。一旦取得了，就会安于现状并习以为常；一旦习以为常，就容易导致失败；一旦失败了，就会引起反思和惩鉴；一旦反思惩鉴了，就会再次取得胜利，这是人之常情。匈奴因为战胜过后，进而将胜利视为理所当然，于是便有了景德年间战争的失败，而一旦他们对景德之败进行反思惩鉴的话，我不知道接下来他们将会取得怎样的胜利，很是为之担心呀。

原文

虽然，数十年之间，能以无大变者，何也？匈奴之谋必曰：我百战而胜人，人虽屈而我亦劳。驰一介①人中国，以形凌之，以势邀②之，岁得金钱数十百万。如此数十岁，我益数百千万，而中国损数百千万；吾日以富，中国日以贫，然后足以有为也。天生北狄，谓之犬戎③，投骨于地狺然④而争者，犬之常也。今则不然，边境之上，岂无可乘之衅？使之来寇，大足以夺一郡，小亦足以杀掠数千人，而彼不以动其心者，此其志非小也。将以蓄其锐而伺吾隙，以伸其所大欲，故不忍以小利而败其远谋。古人有言曰："为虺弗摧，为蛇奈何⑤？"匈奴之势，日长炎炎。今也柔而养之，以冀其卒无大变，其亦惑矣。且今中国之所以竭生民之力，以奉其所欲，而犹恐恐焉⑥惧一物之不称其意者，非谓中国之力不足以支其怒耶？然以愚度之，当今中国虽万万无有如石晋可乘之势者，匈奴之力虽足犯边，然今十数年间，吾可以必无犯边之忧，何也？非畏我也，其志不止犯边也。其志不止犯边，而力又未足以成其所欲为，则其心惟恐吾之一旦绝其好，以失吾之厚赂也。然而骄傲不肯少屈者，何也？其意曰邀之而后固也。鸷鸟将击，必匿其形。昔者冒顿欲攻汉，汉使至，辄匿其壮士健马。故兵法曰："词卑者进也，词强者退也。"今匈奴之君臣，莫不张形势以夸我，此其志不欲战明矣。

注释

①一介：一个，这里是指一个使者。

②邀：索取。

③犬戎：古代少数民族名称，是戎人的一支，也称畎戎、犬夷等。

④狺然：犬类争斗时发出的声音。

⑤为虺弗摧，为蛇奈何：意思是要在敌人势力尚且弱小的时候果断出击，而不要让其势力得以强大以致后患。

⑥恐恐焉：害怕畏惧的样子。

译文

虽然是这样，在此后的数十年间，却没有发生什么大的变故，这是什么原因呢？匈奴的谋策必定是这样的：即便我能够百战百胜，人屈服于我，但我也要为此付出战争的辛劳。不过派遣一个使者到中国去，表面上加以欺凌，趁势进行勒索，这样每年就能得到金钱数十百万。如此这般数十年之久，我便能增加数百千万的钱财，而同时中原也就损失了数百千万的钱财。我国一天天更加富有，而中原则一天天更加贫困，到那个时候，我们就可以大有作为了。北狄人生下来就被称为犬戎，犬的本性是将骨头扔在地上，它们就会发出狺狺的声音而相互抢夺打斗。现在狗的常态却不是这样，难道如今我们的边境不存在他们可以进犯的机会吗？假如他们来犯的话，大的话可以夺取一个郡县，小的话也足以杀掠数千人，而他们之所以不动心，就是因为他们的志向不仅在于此呀。他们将会积蓄力量，养精蓄锐，等待可乘之机，以实现他们大的欲望，因此他们不忍因为小利而败坏了长远的谋划。古人说过，要在敌人势力尚且弱小的时候果断出击，而不要让其势力得以强大以致后患。如今匈奴的势力正在一天天地迅速增长。如今只以怀柔政策对付他们，希望他们最终不会发动大的变故，这不也是很糊涂吗？并且现在中国竭尽人民的财力物力，以满足匈奴的贪欲，还惶惶然不可终日，害怕一物不称匈奴的心意，不敢有所拒绝。但是依我来看，如今虽然中国所处的形势万万不像当年石敬瑭后晋治国时一样给匈奴以可乘之机，虽然匈奴的力量能够进犯边境，但如今的数十年间，我国一定会没有边境之忧。这是什么原因呢？这不是因为匈奴畏惧我国，而是因为他们的图谋不在于犯边。他们的图谋不在于犯边，而他们的力量又不够让他们为所欲为，于是他们便会害怕一旦和我国断绝了交好，便会失去我国给他们的丰厚财物。但是他们又很骄横，不肯有一点屈服之处，这是什么原因呢？他们的意图是想要先索取，然后加以巩固。鸷鸟在将要出击的时候，一定要先隐藏好自己的形体。以前冒顿想要攻打汉朝的时候，汉朝的使者到达匈奴以后，他们就将壮士和健马都藏匿起来以麻痹汉朝。因此兵法上说："词卑者进也，词强者退也。"如今匈奴君臣一个个都虚张声势以向我们夸耀，他们的目的不在于发动战争，这一点就很明显了。

原文

阖庐①之入楚也因唐、蔡，勾践②之入吴也因齐、晋。匈奴诚欲与吾战耶，曩者陕西有元昊之叛③，河朔有王则之变④，岭南有智高之乱⑤，此亦可乘之势矣，然终以不动，则其志之不欲战又明矣。吁！彼不欲战，而我遂不与战，则彼既得其志矣。兵法曰："用其所能，行其所欲，废其所不能。于敌反是。"今无乃与此异乎？且匈奴之力，既未足以伸其所大欲，而夺一郡，杀掠数千人之利，彼又不以动其心，则我勿赂而已。勿赂，而彼以为辞，则对曰："尔何功于吾？岁欲吾赂，吾有战而已，赂不可得也。"虽然，天下之人必曰："此愚人之计也。天下孰不知赂之为害而勿赂之为利，顾势不可耳。"愚以为不然。当今夷狄之势，如汉七国之势⑥。昔者高祖急于灭项籍，故举数千里之地以王诸将，项籍死，天下定，而诸将之地因遂不可削。当是时，非刘氏而王者八国，高祖惧其且为变，故大封吴、楚、齐、赵同姓之国以制之。既而信、越、布、绾⑦皆诛死，而吴、楚、齐、赵之强反无以制。当是时，诸侯王虽名为臣，而其实莫不有帝制之心，胶东、胶西、济南又从而和之，于是擅爵人，赦死罪，戴黄屋，刺客公行，匕首交于京师。罪至章⑧也，势至逼也。然当时之人，犹且徜徉容与，若不足虑，月不图岁，朝不计夕，循循而摩之，煦煦而吹之，幸而无大变。

注释

①阖庐：阖庐九年，吴国伐楚，借助了唐、蔡两国的帮助和引导，五战五胜，很快就攻到楚国的国都。

②勾践：春秋末年，越王勾践趁着吴王夫差忙着争霸中原的机会，和齐国、晋国交结，最终大破吴国。

③曩者：以前。元昊之叛：西夏国国王元昊在宋仁宗宝元元年（公元1038年）自立为大夏仁孝皇帝，后来又兴兵攻打抢掠北宋的保安、延州，并在此以后多次进犯宋朝边境。

④王则之变：宋仁宗庆历七年（公元1047年），贝州一名名叫王则的兵卒据城叛变，自号为东平郡王。

⑤智高之乱：宋仁宗皇祐元年（公元1049年），知广源州的侬智高起兵占据了安德州，并自称南天国。

⑥汉七国之势：汉景帝时，吴、楚、齐、赵、胶东、胶西、淄川七国一同发生叛乱。

⑦信、越、布、绾：指前面所说的韩信等汉初的异姓王。

⑧章：同"彰"，彰显。

译文

阖庐入楚是借助了唐、蔡两国的力量，勾践入吴也是借助了齐、晋两国的力量。如果匈奴果真想要和我国交战的话，以前陕西发生过元昊之叛，河朔发生过王则之变，岭南也出现了智高之乱，这些都给匈奴以可乘之机，但是他们始终不战，那么他们志不在战，这一点又很明确了。唉！他们不想发动战争，而我们就不和他们交战，那样他们的志向就得逞了。兵法上说："用他所能做的，实行他想得到的，废弃他所做不到的，对于敌人反对这样做。"现在没有和这不一样的吗？而以匈奴的力量，既然不能够为所欲为，而那种夺取一个郡县、杀掠数千人的小利又不能让他们动心，那么我们不向他们交纳财物就好了。如果不向他们进贡财物，他们一旦质问，我们就能对他们说："你对我们国家做出了什么贡献吗？每年都想得到我们的财物，我们能做的只有一战罢了，想要财物是不可能的。"虽然这样，天下人一定会说："这是愚蠢人的主意呀。天下人谁不知道向他们进贡对自己有害，而不向他们进贡对自己有利呢？还是形势不得不如此呀。"我认为不是这样的。如今夷狄侵犯我国的这种形势如同汉初七国共同叛乱时的形势一样。以前汉高祖急于要灭掉项羽，便将数千里的土地都分封给诸将，封他们为王。等到项羽已死，天下大势已定的时候，诸将所占有的封地也都不可削弱了。在那个时候，并非姓刘却是王的有八国之多，高祖畏惧他们以后会发生叛乱，便又封了吴、楚、齐、赵等同姓之国以钳制他们。而等到韩信、彭越等这些人全都被诛杀以后，吴、楚、齐、赵的国力强盛反倒无法控制了。在那个时候，虽然诸侯王名义上是臣子，但他们实际上都有称帝之心，接着胶东、胶西、济南也都跟从他们而起。于是擅自封人以爵位，赦免人的死罪，乘着皇帝才能乘坐的黄屋盖车出行，派出刺客公然锥杀辟阳侯审食其，并派刺客到京师行刺。当时他们的罪行已经是彰然大白于天下，势力咄咄逼人。但是当时的统治者，依然逍遥自得，仿佛这些都不值得忧虑，月内不考虑年内，早上不考虑晚上，依然恭敬安抚，和悦自身，贪图眼前的享乐而不顾国家的存亡，幸好没有发生大的变故。

原文

以及于孝景之世，有谋臣曰晁错[①]，始议削诸侯地以损其权。天下皆曰：诸侯必且反。错曰："固也。削亦反，不削亦反。削之则反疾而祸小，不削则反迟而祸大。吾惧其不及今反也。"天下皆曰晁错愚。吁！七国之祸，期于不免。与其发于远而祸大，不若发于近而祸小。以小祸易大祸，虽三尺童子皆知其当然。而其所以不与[②]错者，彼皆不知其势将有远祸；与知其势将有远祸，而度已不及见，谓可以寄之后人，以苟免吾身者也。然则错为一身谋则愚，而为天下谋则智。人君又安可舍天下之谋，而用一身之谋哉！今日匈奴之强不减于七国，而天下之人又用当时之议，因循维持以至于今，方且以为无事。而愚以为天下之大计不如勿赂。勿赂则变疾而祸小，赂之则变迟而祸大。畏其疾也，不若畏其大；乐其迟也，不若乐其小。天下之势，如坐弊船[③]之中，骎骎[④]乎将入于深渊，不及其尚浅也舍之，而求所以自生之道，而以濡足为解者，是固夫覆溺[⑤]之道也。圣人除患于未萌，然后能转而为福。今也不幸养之以至此，而近忧小患又惮而不决，则是远忧大患终不可去也。

注释

①晁错：汉景帝时的御史大夫，他曾力劝景帝要削减诸侯的封地。

②与：赞同。

③弊船：破旧的船只。

④骎骎：迅速。

⑤覆溺：淹没。

译文

等到了孝景帝的时代，出现了谋臣晁错，才开始提议削弱诸侯的封地以减少他们的权力。天下人都说：这样一来，诸侯一定会起来叛乱。晁错说：“是的，但是削弱他们时他们会反，不削弱他们，他们也会反，削之而反的话，祸端会小一点，不削而反的话，祸端反而会更大。我担心还来不及将他们削弱，他们就反了呀。”当时天下人都说晁错愚蠢。唉！人们都希望能够避免七国之祸发生。然而与其时间一久祸患反而更大，反倒不如短时间内就发生但是祸患比较小的好。用小的祸患来避免大的祸患，这样的道理即便是三尺高的小孩子也是知道的，但是人们之所以不赞同晁错的意见，是因为他们不知道在以后的时间里势必会发生祸患。也有的人知道以后一定会发生祸患，却度量自己不会等到祸患的发生，就说可以将希望寄托给后人，想要以此来求得幸免。但如果说晁错只是为自己谋划的话，那么他的提议是很愚蠢的；但如果从天下生民的立场来看，他的提议就是大大的明智呀。人君又怎么能够不为全天下人的利益图谋，却只顾为自己谋划呢？如今匈奴势力的强大并不比当时七国的势力小，而天下人又采取了七国时的决议，因循守旧，一直维持到今天，并且认为是天下太平无事。而我则认为安定天下的大计应当是不向匈奴进贡财物。不向他们进贡的话，那么他们就会很快发生叛变，但引起的祸患却比较小；如果继续向他们进贡的话，那么他们发生叛变的时间将会推迟，但引起的祸患却会很大。与其害怕祸患很快会发生，还不如害怕祸患将会很大；与其希望祸患发生得晚一些，不如希望祸患发生得小一些。如今天下的形势就如同坐在了一条破旧的船中，与其一直坐在上面随着它渐渐地沉入深渊之中，不如在船刚刚下沉的时候就赶紧离开它，以求能够自己逃生，如果不这样而继续在船上的话，那就是自求被淹没溺死呀。圣人在忧患还没有萌生出来的时候就将它除掉，然后就能够转祸为福。如今局势已经很不幸地成为这个样子了，而对那些近忧小患又心存忌惮不敢将其解决，那么以后的远忧大患将会始终不能够去除呀。

原文

赤壁之战[1]，惟周瑜、吕蒙知其胜；伐吴之役[2]，惟羊祜、张华以为是。然则宏远深切之谋，固不能合庸人之意，此晁错所以为愚也。虽然，错之谋犹有遗憾[3]。何者？错知七国必反，而不为备反之计，山东变起，而关内骚动。今者匈奴之祸，又不若七国之难制。七国反，中原半为敌国；匈奴叛，中国以全制其后。此又易为谋也。然则谋之奈何？曰：匈奴之计不过三，一曰声，二曰形，三曰实。匈奴谓中国怯久矣，以吾为终不敢与之抗，且其心常欲固前好而得厚赂以养其力。今也遽绝之，彼必曰战而胜，不如坐而得赂之为利也。华人怯，吾可以先声胁之，彼将复赂我。于是宣言于远近，我将以某日围某所，以某日攻某所。如此谓之声。命边郡休士卒、偃旗鼓，寂然若不闻其声。声既不能动，则彼之计将出于形。除道剪棘，多为疑兵以临吾城，如此谓之形。深沟固垒，清野以待，寂然若不见其形。形又不能动，则技止此矣，将遂练兵秣马以出于实。实而与之战，破之易尔。彼之计必先出于声与形，而后出于实者：出于声与形，期[4]我惧而以重赂请和也；出于实，不得已而与我战，以幸一时之胜也。夫勇者可以施之于怯，不可以施之于智。今夫叫呼跳踉[5]以气先者，世之所谓善斗者也。虽然，蓄全力以待之，则未始不胜。彼叫呼者，声也；跳踉者，形也。无以待之，则声与形者亦足以乘人于卒；不然，徒自弊其力于无用之地，是以不能胜也。韩许公[6]节度宣武军，李师古[7]忌公严整，使来告曰："吾将假道[8]伐滑。"公曰："尔能越吾界为盗耶？有以相待，无为虚言！"滑帅告急，公使谓曰："吾在此，公安无恐。"或告除道剪棘，兵且至矣。公曰："兵来不除道也。"师古计穷，迁延以遁。愚故曰：彼计出于声与形而不能动，则技止此矣。与之战，破之易耳。方今匈奴之君有内难，新立，意其必易与。邻国之难，霸王之资也。且天与不取，将受其弊。贾谊曰："大国之王，幼弱未壮，汉之所置傅相，方握其事。数年之后，大抵皆冠，血气方刚，汉之傅相以病而赐罢。当是之时而欲为安，虽尧舜不能。"呜呼！是七国之势也。

注释

①赤壁之战：三国时，曹操大军南下，阵容强大，孙吴政权中的人多有主张投降者，而唯有周瑜、吕蒙坚决主张抗战，并最终取得了赤壁之战的胜利。

②伐吴之役：羊祜向晋武帝司马炎提议去讨伐吴，晋武帝向群臣询问是否可行，群臣大多认为时机未到，不可出击，只有张华极力赞成，于是便定下了伐吴之计，并取得了胜利。

③遗憾：不足，缺憾。

④期：希望。

⑤跳踉：跳跃。

⑥韩许公：即韩弘，唐代人，在德宗贞元十五年任玄武节度副大使，后宪宗用兵淮西时，立下战功，被封为韩许公。

⑦李师古：陇西郡王李讷的儿子，德宗死后，李师古起事，将兵屯在曹地，用来恐吓滑帅，并且声言要借道，结果被韩弘识破了计谋。

⑧假道：借道。

译文

赤壁之战的时候，只有周瑜和吕蒙知道一定能够取得胜利；对于是否要发动伐吴之役，也只有羊祜、张华认为是可以的。而那些高瞻远瞩、深远宏大的计谋原本就不会和庸人的意见相合，这就是晁错之所以被别人认为愚蠢的原因。虽然是这样，但晁错的建议也还是存在缺憾和不足的，为什么这么说呢？晁错知道七国必定会发生叛变，却没有想出计策如何对付他们的叛变。等到太行山以东变乱发生的时候，关内局势也为之动摇。如今匈奴之患又没有七国之难那样难以控制。七国叛乱的时候，中原的一半土地都沦为敌国之手，而匈奴发生叛乱，中国的土地却能够得以保全，并且又比较容易想出对付他们的谋略。那么对付他们的谋略是什么呢？说：匈奴的伎俩不过有三种，一是声，二是形，三是实。匈奴以为中国一贯怯懦，认为我们不敢和他们对抗。并且他们想要巩固之前所得到的好处，以得到丰厚的财物来壮大他们的势力。如今我们一下子将所给他们的财物断绝，他们必定会说：发动战争以取得战争的胜利，不如坐着不动就得到中国的进贡更为有利。华人一贯胆怯，我们可以先在声势上威胁他们，那样他们就会重新向我们进贡了。于是就远近扬言：我将会在某某天围攻某地，在某某天攻打某地，这样就是所谓的“声”。我们只需下令给边境上郡县的士卒们，让他们偃旗息鼓，就像没有听到他们的宣言一样不动声色就可以了。如果他们看到声势不起作用的话，就会使出“形”的计策。他们将会清理道路，剪除荆棘杂草，这样一来，人们多半就会认为是兵临城下了，这就是所谓的“形”。我们只需在深沟处加固壁垒，清除田野的作物，就像没有看到他们的举动一样不动声色就可以了。他们看到“形”又不能得逞，其技也就止于此了，于是就会厉兵秣马和我们实战。而一旦和他们实战的话，是能很容易地将他们攻破的。他们的计策一定是先用声和形，然后才会真正发起战争。之所以用声和形，是希望能让我们感到害怕而重新向他们进贡以求和。而真正发起战争却又是出于不得已而战的，以求侥幸得到一时的胜利。武力只能对怯懦的人起作用，却不能对智慧的人起作用。如今那些大声叫嚣、四处跳跃炫耀的人就是世人所谓的善斗的人。虽然是这样，但只要积蓄力量去对付他们，未必不能取得胜利。大声叫嚣就如同匈奴所用的声，四处跳跃炫耀就如同匈奴所用的形。如果别人没有准备的话，那么声和形也能够在乘人不防的时候猝然发挥作用，如果别人已经有了准备的话，他们的声和形就会没有地方发挥作用，因此也就不能够得胜。韩许公在担任宣武节度使的时候，李师古妒忌韩许公的治军严整，便派遣使者去说："我将要借道去讨伐滑。"韩许公便说："你能够越过我的辖界去做强盗吗？我将会在此严阵以待，你就不要说假话使诈了。"滑军向韩许公告急求救，韩许公派遣使者去说："有我在这里，你一定会安然无恙。"有人告诉韩许公说，李师古的军队正在清理道路，剪除荆棘杂草，军队就要到来了。韩许公说："如果军队真的要来的话，就不会清除道路了。"李师古的诈计全都用尽了，便拖延时间逃遁了。因此我说：如果他们的用声和用形都不能发挥作用的话，那么他们的本事也就用完了。一旦和他们交起战来，很容易就能将他们打败。如今匈奴的君王是新继位的，存在内患，料想现在他们是很容易被打败的。邻国的大难正是我国成就霸业的资本。并且这机会是上天赐予的，如果不抓住它，就将受到危害。贾谊说过："大国的君王年纪都还幼小，汉代便设置了傅相来辅助他管理政事。过了数年以后，等到他到了加冠之年，血气方刚，意气风发，开始执掌朝政，于是傅相便以老病之由被赐罢职还乡。如果在他年幼的时候，他想安定天下，即便他有尧舜之资，也是不可能实现的。"哎呀！这就是七国的形势呀。

评析

本文主要论述了怎样应对当时北方少数民族的问题。北宋一直面临着北方少数民族的侵袭骚扰，而统治者又软弱无能，每每以求和进贡来应对，导致边境问题越来越严重。长久以来，宋王朝面对辽国和西夏的威胁，不但不积极地抗击肃清，反而向他们进贡大量的财物以求和，以换得暂时的安宁。面对这种情况，苏洵写下了这篇文章，表达了自己的见解。本文议论精妙，逻辑严密，具有很强的说服力和感染力。

御将

原文

人君御臣，相易而将[①]难。将有二：有贤将，有才将。而御才将尤难。御相以礼，御将以术，御贤将之术以信，御才将之术以智。不以礼，不以信，是不为也。不以术，不以智，是不能也。故曰：御将难，而御才将尤难。六畜[②]，其初皆兽也。彼虎豹能搏、能噬，而马亦能蹄[③]，牛亦能触[④]。先王知能搏、能噬者不可以人力制，故杀之。杀之不能，驱之而后已。蹄者可驭以羁绁[⑤]，触者可拘以楅衡[⑥]，故先王不忍弃其才而废天下之用。如曰是能蹄，是能触，当与虎豹并杀而同驱，则是天下无骐骥[⑦]，终无以服乘[⑧]耶？

注释

①相：宰相。将：武将。

②六畜：指牛、马、羊、猪、鸡、狗六种家畜。

③蹄：蹄子，以之来踢人。

④触：触角，以之来抵人。

⑤羁绁：指马络头和马缰绳。

⑥楅衡：绑在牛角上的防止它抵人的横木。

⑦骐骥：古代的骏马一般都称为骐骥。

⑧服乘：服牛乘马。

译文

君王驾驭臣子的时候，宰相容易被驾驭，而武将则难以被驾驭。武将分为两类：一类是贤良的武将；另一类是有才的武将。而有才能的武将驾驭起来将会尤其困难。驾驭宰相的时候需要待之以礼，而驾驭武将的时候则需要动之以术，驾驭贤将的时候需要用信任之术，驾驭才将的时候需要用智慧之术。如果不待之以礼、予之以信任的话，那就是君王的不为；如果不动用权术、智慧的话，那就是君王的不能为。因此说：驾驭武将很难，驾驭有才的武将尤其困难。最初的时候，六畜也都是野兽。那些老虎和豹子能搏杀人、噬咬人，而马也有蹄子能踢人，牛也有触角能抵人。先王知道那些能搏杀人、噬咬人的野兽是不能够用人力去制服的，于是就将它们杀死；杀不死它们，就将它们远远地驱赶出去。有蹄子的野兽可以用络头和缰绳来制服它，有触角的野兽可以用绑在触角上的横木来制服它，因此先王不忍心抛弃它们的才能将它们杀死，让他们不能为天下人所用。如果说，对于那些能踢人、能抵人的野兽，就应当将它们和虎豹一并杀死或者驱赶出去的话，那么天下不就没有千里马了，也就没有用作乘服之用的骑乘了吗？

原文

先王之选才也，自非大奸剧恶如虎豹之不可以变其搏噬者，未尝不欲制之以术，而全其才以适于用。况为将者，又不可责以廉隅细谨①，顾其才何如耳。汉之卫、霍、赵充国②，唐之李靖、李勣③，贤将也。汉之韩信、黥布、彭越④，唐之薛万彻、侯君集、盛彦师⑤，才将也。贤将既不多有，得才者而任之可也。苟又曰是难御，则是不肖者而后可也。结以重恩，示以赤心，美田宅，丰饮馔，歌童舞女，以极其口腹耳目之欲，而折之以威，此先王之所以御才将者也。近之论者或曰："将之所以毕志竭力，犯霜露、蹈白刃而不辞者，冀[6]赏耳。为国家者，不如勿先赏以邀其成功。”或曰：“赏所以使人，不先赏，人不为我用。”是皆一隅之说，非通论也。将之才固有小大，杰然于庸将之中者，才小者也；杰然于才将之中者，才大者也。才小志亦小，才大志亦大，人君当观其才之小大，而为制御之术以称其志。一隅之说不可用也。

注释

①廉隅：原意是棱角，这里是用来比喻端正不苟的行为和品行。细谨：细微谨慎。

②卫、霍、赵充国：卫即是卫青，汉武帝卫皇后的弟弟，曾一连七次出兵攻打匈奴，凭借战绩功劳升为大将军，被封为长平侯。霍即霍去病，是卫青的外甥，曾六次出兵攻击匈奴，官至骠骑将军，被封为冠军侯。赵充国，字翁孙，在汉武帝和汉昭帝时多次出击匈奴，勇猛善战，汉宣帝时被封为营平侯。

③李靖、李勣：李靖，原名药师，谙于兵法，是唐初的著名将领，被封为卫国公。李勣，原姓徐，后被赐姓为李，是唐初的著名将领，被封为英国公。

④韩信、黥布、彭越：他们都是汉高祖刘邦时的名将，都被封侯，又都因犯罪而被杀。

⑤薛万彻、侯君集、盛彦师：他们都是唐初的名将，都曾被封侯，但后来又都因罪被杀。

⑥冀：希望。

译文

先王在选任人才的时候，对待那些并非是生性大奸大恶，如同虎豹不能改变它们搏杀吞噬人的本性的人，没有一个不是想要用权术对他加以管制，以让他的才能得以保全并得以施展应用的。况且那些担任将领的人又不能用过于细微严谨的规定来限制苛责他，只是看他的才能如何罢了。汉代的大将卫青、霍去病、赵充国，以及唐代的大将李靖、李都属于贤良的武将。汉代的大将韩信、黥布、彭越，以及唐代的大将薛万彻、侯君集、盛彦师，他们都属于有才能的武将。既然贤将不多，那么得到有才能的将领便可任用他。如果还说这些人难以驾驭，那么就是那些不肖的人也都可以被任用了。用厚重的恩惠交结他，以赤诚之心对待他，赐予他丰田美宅、丰富充足的酒食，以及歌童舞女，以满足他们的口腹耳目之欲，用威力来折服他们，这就是先王用来驾驭有才能武将的方法。或许近世的议论者会说：“武将之所以不辞辛苦地竭尽智谋机虑，冒着露水霜雾，踩着锋利的刀刃拼杀的原因，是希望得到封赏罢了。如果真的是为了国家而战的话，那么就不如先不奖赏他以邀得他的成功。”有的人会说：“有了奖赏，才能够差遣动人，不先进行奖赏的话，人才就不会为我所用。”这些都是一隅之说，而不是通达之论。武将的才能也分大小，在平庸的将领们中表现突出的是武将中才能小的，在具有才能的武将中表现突出的是武将中才能大的。才能小的话，志向也就小；才能大的话，志向也将很大，人君应当看他们才能的大小，然后为之制定出驾驭他们的术略，以和他们的志向相称。而那些一隅之说都是不可行的。

原文

夫养骐骥者，丰其刍粒[①]，洁其羁络[②]，居之新闲[③]，浴之清泉，而后责之千里。彼骐骥者，其志常在千里也，夫岂以一饱而废其志哉？至于养鹰则不然，获一雉，饲以一雀，获一兔，饲以一鼠。彼知不尽力于击搏，则其势无所得食，故然后为我用。才大者，骐骥也，不先赏之，是养骐骥者饥之而责其千里，不可得也。才小者，鹰也，先赏之，是养鹰者饱之而求其击搏，亦不可得也。是故先赏之说，可施之才大者；不先赏之说，可施之才小者。兼而用之，可也。昔者，汉高帝一见韩信而授以上将，解衣衣之，推食哺之；一见黥布而以为淮南王，供具饮食如王者；一见彭越而以为相国。当是时，三人者未有功于汉也。厥后追项籍垓下，与信、越期而不至，捐数千里之地以畀[④]之，如弃敝屣。项氏未灭，天下未定，而三人者已极富贵矣。何则？高帝知三人者之志大，不极于富贵，则不为我用。虽极于富贵而不灭项氏，不定天下，则其志不已也。至于樊哙、滕公、灌婴之徒则不然，拔一城、陷一阵，而后增数级之爵，否则，终岁不迁也。项氏已灭，天下已定，樊哙、滕公、灌婴之徒，计百战之功，而后爵之通侯。夫岂高帝至此而啬哉？知其才小而志小，虽不先赏，不怨，而先赏之，则彼将泰然自满，而不复以立功为事故也。噫！方韩信之立于齐，蒯通、武涉之说[⑤]未去也。当是之时而夺之王，汉其殆哉。夫人岂不欲三分天下而自立者？而彼则曰：“汉王不夺我齐也。”故齐不捐[⑥]，则韩信不怀[⑦]。韩信不怀，则天下非汉之有。呜呼！高帝可谓知大计矣。

注释

①刍粒：即草料。

②羁络：即马络头。

③新闲：闲，马厩。新闲即新的马厩。

④畀（bì）：投给，给予。

⑤蒯通、武涉之说：蒯通、武涉都是著名的辩说之士，前者曾劝韩信背叛刘邦以自立为王。后者曾担任项羽的说客，前去说服韩信背叛刘邦而归依项羽。

⑥捐：舍弃。

⑦怀：归依到，归向。

译文

饲养千里马时，要给它吃丰美的饲料，戴上洁净的络头，并让它住在新建的马厩中，让它在清泉中洗澡，然后再将千里之远的重任交给它。千里马的志向就在于奔走千里，难道会耽于一顿饱食而放弃大志吗？但在养鹰的时候就不是这样了，它抓到一只野鸡的话，就要奖赏给它一只麻雀，它抓获一只兔子的话，就要奖赏给它一只老鼠。鹰知道如果它不尽力搏击抓获猎物的话，它就会吃不上任何东西，于是就投靠于我，为我所用。才能大的千里马，如果不先犒赏它，在饲养它的时候让它饿着肚子，却又交给它千里之远的重任，那样是不可能实现的。才能小的鹰，如果先给它犒赏，在饲养它的时候就让它吃得饱饱的，之后再让它去搏击抓捕猎物，那也是不可能实现的。因此先行奖赏这种说法是针对那些才能大的而实行的，不先行奖赏这种说法是针对那些才能小的而实行的。将这两种说法结合在一起使用也是可以的。以前汉高祖一见到韩信就任命他为大将，将自己的衣服脱下来给他穿，将自己吃的食物推到他面前让他吃；一见到黥布就封他做淮南王，赐给他的那些器具以及饮食都是按照王侯的标准；一见到彭越就任命他为相国。那个时候，他们三个人都还没有为汉朝立下功绩。之后在追击项羽到垓下的时候，高祖和韩信、彭越相约却没能如期而至，于是便将数千里的封地都给了韩信和彭越，一点也不犹豫，就如同扔掉只破鞋一样。项氏还没有被灭掉，天下的大势也还没有确定，这三个人已经享受到了极度的富贵，这是什么原因呢？是因为高祖知道他们都是志向远大的人才呀。如果不让他们享受到极度的富贵，他们就不会为我效力，为我所用。虽然他们已经享受到极度的富贵，但只要项氏还没有被灭掉，天下还没有平定，他们的志向就不会满足。而像樊哙、滕公、灌婴那些人却不一样，他们每攻陷一座城池、每打胜一场战争以后，官爵才会得以升级，如果没有战功的话，就一年到头也不给予他们提升。项氏被消灭、天下已经安定了以后，樊哙、滕公、灌婴这些人因为立下了百战之功，才得到通侯的爵位。难道是高祖到了这个时候还很吝啬对他们的封赏吗？这其实是因为高祖知道他们的才能小因而志向也小，即使不对他们先行奖赏，他们也不会因此而怨恨；如果先奖赏他们的话，反而会让他们自满自得，因而便不再想去奋战立功了。唉！当韩信在齐地的时候，虽然有蒯通、武涉的游说，但他都不为所动。在那个时候，如果韩信自称为王的话，那汉朝就会很危险了。难道会有人不想三分天下而自立为王吗？而韩信却说："汉王没有夺取我在齐的封地，因此我也不会叛变自立为王。"所以如果不将齐地赐予韩信的话，韩信就不会归向刘邦，如果韩信不归向刘邦，天下也就不会归汉所有。唉！高祖可以称得上是懂得大计的人呀。

评析

苏洵写有《衡论》十篇，这是其中一篇，是苏洵针对北宋的军队虽然数量庞大但战斗力不强的现实而做的，探讨了驾驭控制武将的方法和策略。为了防止兵变的发生，北宋的统治者采取了一系列的措施，让将不知兵，兵也不知将。在派遣将领出征时，君王又会从中加以限制，不对武将施以信任，于是导致兵多力弱的弊端。本文提出了驾驭控制武将的方法，将君臣间的信任作为最重要的条件，并引用了典型的历史事实来加以论证，让文章显得很有感染力和说服力。

心术

原文

为将之道，当先治心。泰山崩于前而色不变，麋鹿兴于左而目不瞬，然后可以制利害，可以待敌。

凡兵，上义；不义，虽利勿动。非一动之为利害，而他日将有所不可措手足也。夫惟义可以怒士，士以义怒，可与百战。

凡战之道，未战养其财，将战养其力，既战养其气，既胜养其心。谨烽燧[①]，严斥堠，使耕者无所顾忌，所以养其财；丰犒而优游之，所以养其力；小胜益急，小挫益厉，所以养其气；用人不尽其所欲为，所以养其心。故士常蓄其怒，怀其欲而不尽。怒不尽则有余勇，欲不尽则有余贪。故虽并天下，而士不厌兵，此黄帝之所以七十战而兵不殆也。不养其心，一战而胜，不可用矣。

凡将欲智而严，凡士欲愚。智则不可测，严则不可犯，故士皆委己而听命，夫安得不愚？夫惟士愚，而后可与之皆死。

凡兵之动，知敌之主，知敌之将，而后可以动于险。邓艾[②]缒兵于蜀中，非刘禅[③]之庸，则百万之师可以坐缚，彼[④]固有所侮而动也。故古之贤将，能以兵尝敌，而又以敌自尝，故去就可以决。

凡主将之道，知理而后可以举兵，知势而后可以加兵，知节而后可以用兵。知理则不屈，知势则不沮，知节则不穷。见小利不动，见小患不避，小利小患不足以辱吾技也，夫然后有以支大利大患。夫惟养技而自爱者，无敌于天下。故一忍可以支百勇，一静可以制百动。

兵有长短，敌我一也。敢问："吾之所长，吾出而用之，彼将不与吾校；吾之所短，吾蔽而置之，彼将强与吾角，奈何？"曰："吾之所短，吾抗而暴之，使之疑而却；吾之所长，吾阴而养之，使之狎而堕其中。此用长短之术也。”

善用兵者，使之无所顾，有所恃。无所顾，则知死之不足惜；有所恃，则知不至于必败。尺棰当猛虎，奋呼而操击；徒手遇蜥蜴，变色而却步，人之情也。知此者，可以将矣。袒裼而案剑，则乌获不敢逼；冠胄衣甲，据兵而寝，则童子弯弓杀之矣。故善用兵者以形固。夫能以形固，则力有余矣。

注释

①烽燧（suì）：即烽火。古代边防报警的信号。

②邓艾：字士载（公元197年—公元264年）。又自名范，字士则。三国时期义阳棘阳（今河南新野东北）人。初为司马懿掾属，后为魏镇西将军。

③刘禅：三国蜀汉后主（公元207年—公元271年），字公嗣，小字阿斗，涿郡涿县（今属河北）人。蜀汉昭烈帝刘备之子。

④彼：他，指邓艾。

译文

做将领的原则，应当首先加强内心修养。即使是泰山在眼前崩塌，也要做到面不改色，麋鹿在身边奔突，也目不转睛，然后才能够控制形势的利弊，从而对付敌人。

用兵要崇尚正义。如果不合乎正义，即使有利，也不要行动。并非一动就有决定胜负的危害，而是因为后来将导致不能应付的局面。只有正义能够激愤士气，士气一旦被正义激起，就可以百战百胜。

作战的道理大致是：战争尚未发生之时，要积蓄财力；战争即将发生之时，要养精蓄锐；战争已经发生时，要培养士气；战争取得胜利后，要保持斗志。谨慎认真地设置报警的烽火，严格地在边境巡逻放哨，使农民无所顾忌，安心积蓄财力；用丰盛的酒食等物犒赏士兵，让他们充分修整，这就是培养战斗力的做法。取得小的胜利，要使战士更加振作；受到小的挫折，要给战士们激励，以培养士气。使用战士时不要满足他们所有的欲望，要保持他们的斗志。于是战士们总是怀着旺盛的斗志，心中怀有欲望却不能完全实现。怒气未消就有勇气，欲望无止境就将继续追求，即使吞并了天下，战士们也不厌恶战争，这就是黄帝的军队经历了七十余次战斗也不懈怠的原因。如果不修养心性，即使打过一次胜仗，也不能继续作战了。

将领要有智谋而严厉，士兵要愚昧。有智谋就不可预测，严厉就不可冒犯，所以战士都不顾自己而听从命令，怎么能不愚昧呢？只有战士愚昧，然后才能和将帅一道舍生忘死。

大凡率军打仗，要了解敌方的主帅和将领，然后才能够出兵于危险的地方。魏将邓艾率兵伐蜀，用绳子拴着士兵从山上坠下悬崖峭壁，如果不是后主刘禅昏庸无能，那么即使有百万大军，也可以坐而擒获。邓艾本来就轻视刘禅，于是才敢冒险出兵。因此，古代的良将能用一定的兵力去试探敌人的强弱，同时也用敌人的情况来衡量自己，这样就可以做出自己的决断。

作为主将的方法是：明白道理，然后可以用兵；了解形势，然后可以出战；懂得节制，然后可以指挥战斗。明白道理就不会屈服，了解形势就不会沮丧，懂得节制就不会陷于困境。见了小利不动心，遇上小患不回避。小利小患不值得辱没我的本领，然后才能应付大利大患。只有善于锻炼本领又自爱的人，才能无敌于天下。所以一次忍耐可以抵御百勇，一次冷静可以控制百动。

军队自有长处和短处，无论敌我，都是这样。冒昧询问："我方的长处，我拿出来使用它，敌人却不与我较量；我方的短处，我隐藏起来，敌人却非要与我对抗，怎么办呢？"回答道："我方的短处，我故意暴露出来，使敌人心生疑虑而退却；我方的长处，我暗中隐藏起来，使敌人疏忽而陷入圈套。这就是运用自己的长处和短处的方法。"

善于指挥打仗的人要使战士们无所顾忌但有所依靠。战士们无所顾忌，就明白牺牲了也不值得可惜；有所依靠，就知道不至于失败。手握一尺长的木棍，面对着猛虎，敢于大喊而用棍去打；空着手遇上了蜥蜴，也会吓得变了脸色而连连后退，这是人之常情。明白这个道理，就可以带兵了。假如赤身露臂，但手握着剑，乌获那样的力士也不敢逼近；要是头戴着盔，身穿铠甲，抱着武器睡觉，小孩也敢弯弓射杀了。所以善于用兵的人，利用各种条件来保全自身；能够利用各种条件来保全自身，他的力量就无穷了。

评析

《权书》是苏洵的一组策论，共十篇，本文是其中一篇。作为用兵策论，本文强调"治心"，即将帅的思想与军事素养，于是标题为"心术"。本文分别从治心、尚义、养士、智愚、料敌、审势、出奇、守备八个方面阐述了战争的战略思想，其中包含着一些朴素的辩证法观点，但也有"怀其欲而不尽""士欲愚"之类的封建权术。

文章每节自成段落，各有中心，又有内在的联系，逻辑很严密。

六国论[①]

原文

六国破灭，非兵不利、战不善，弊[②]在赂秦。赂秦则力亏，破灭之道也。或曰："六国互丧[③]，率赂秦耶？"曰："不赂者以赂者丧。盖失强援，不能独完[④]。故曰弊在赂秦也。"

秦以攻取之外，小则获邑，大则得城。较秦之所得，与战胜而得者，其实百倍。诸侯之所亡，与战败而亡者，其实亦百倍。则秦之所大欲，诸侯之所大患，固不在战矣。

思厥先祖父[⑤]，暴霜露、斩荆棘，以有尺寸之地。子孙视之不甚惜，举以予人，如弃草芥，今日割五城，明日割十城，然后得一夕安寝。起视四境，而秦兵又至矣。然则诸侯之地有限，暴秦之欲无厌，奉之弥繁[⑥]，侵之愈急，故不战而强弱胜负已判矣。至于颠覆，理固宜然。古人云："以地事秦，犹抱薪救火，薪不尽，火不灭。"此言得之。

齐人未尝赂秦，终继五国迁灭[⑦]，何哉？与嬴[⑧]而不助五国也。五国既丧，齐亦不免矣。燕、赵之君，始有远略，能守其土，义不赂秦。是故燕虽小国而后亡，斯用兵之效也。至丹以荆卿为计，始速祸焉[⑨]。赵尝五战于秦，二败而三胜。后秦击赵者再，李牧[⑩]连却之。洎牧以谗诛，邯郸为郡[⑪]，惜其用武而不终也。且燕、赵处秦革灭殆尽之际，可谓智力孤危，战败而亡，诚不得已。向使三国[⑫]各爱其地，齐人勿附于秦，刺客不行，良将犹在，则胜负之数，存亡之理，当与秦相较，或未易量。

呜呼！以赂秦之地封天下之谋臣，以事秦之心礼天下之奇才，并力西向[⑬]，则吾恐秦人食之不得下咽也。悲夫，有如此之势，而为秦人积威之所劫，日削月割，以趋于亡。为国者无使为积威之所劫[⑭]哉！

夫六国与秦皆诸侯，其势弱于秦，而犹有可以不赂而胜之之势。苟以天下之大[⑮]，而从六国破亡之故事[⑯]，是又在六国下矣。

注释

①本文选自苏洵史论文章《权书》十篇中的第八篇。

②弊：弊端。

③互丧：相继灭亡。

④独完：单独获得完整。

⑤厥：那些，指六国现在在任的国君。先祖父：这里指六国的开国之君。

⑥弥繁：更加频繁。

⑦未尝：没有。迁灭：灭亡。古时一个国家被打败后，这个国家的贵重器物都会被迁

走，于是称为迁灭。

⑧与嬴：帮助秦国。与：帮助。嬴：在这里指秦国，因为秦国的国姓是“嬴”，所以常常用“嬴”来指代秦国。

⑨始速祸焉：才导致了灾祸的发生。

⑩李牧：赵国名将，封武安君。

⑪邯郸为郡：把邯郸割让给秦国，成为它的一个郡。邯郸：故址在今河北省邯郸市西南，六国时期是赵国的国都。

⑫三国：指楚国、韩国、魏国这三个和秦国接壤的国家。

⑬并力西向：一起联合起来攻打秦国。

⑭积威：长期形成的威势。劫：胁迫。

⑮天下之大：这里暗指北宋朝的广大疆域。

⑯从：跟随。故事：旧事。

译文

六国灭亡，不是兵器不锋利、仗打得不好，而是在于拿着土地贿赂秦国。贿赂秦国而国力亏损，这是灭亡的原因。有人说：“六国相继灭亡，全都是因为割地贿赂秦国吗？”回答是：“不贿赂秦国的国家，由于贿赂秦国的国家而灭亡。是因为失去了强有力的援助，不能单独保全。所以说：‘弊端在于贿赂秦国’啊。”

秦国除了用战争取得的土地之外，小的得到邑镇，大的得到城池。比较一下秦国由于六国行贿而得到的土地，与战争取胜而得到的土地，前者的实际数目要多百倍；六国由于贿赂秦国而失去的土地，与他们由于战败而失去的土地相比，它的实际数目也要多百倍。那么秦国的最大欲望，诸侯国的最大祸患，本来就不在于战争了。想想他们的祖辈父辈冒着霜露、披荆斩棘，才得到这么一点的土地。子孙却不爱惜，拿来送给人，如同抛弃小草一般。今天割让五城，明天割让十城，然后换取一夜的安稳觉。（第二天）起来一看四周的边境，秦兵又到了。既然如此，那么诸侯的土地是有限的，暴虐的秦国的欲望是没有满足的。奉送给他得越多，侵犯各国就也越急。所以，不用作战，谁强谁弱，谁胜谁负，就已经分明了。那么直到灭亡的结局，从道理上讲本来应该这样。古人说：“用土地来侍奉秦国如同抱着柴火去救火，柴不烧尽，火就不灭。”这话说得是对的。

齐国人没有割地贿赂秦国，最后也跟着五国一起灭亡，为什么呢？这是他结交秦国而不帮助五国的缘故。五国已经灭亡，齐国也免不了。燕国和赵国的君主开始还有远大的谋略，能够守住他们的国土，坚持正义而不贿赂秦国。燕国虽然是个小国而后灭亡，这是用兵作战的功效啊。等到燕太子丹以荆轲行刺秦王作为对付秦国的策略，才招致祸害。曾经，赵国五次跟秦国作战，两次失败而三次胜利。后来，秦国两次攻打赵国，李牧连续击退秦军。等到李牧由于谗言而被杀，赵都邯郸成为秦国的一个郡，可惜赵国运用了武力而没有坚持到底。况且燕国、赵国处在秦国将要把各国消灭完了的时候，可以说是智谋穷竭，力量孤单，作战失败而灭亡，实在是不得已。假使当初三国能够各自爱惜他们的土地，齐国不亲附秦国，刺客不起身赴秦，赵国的良将仍然健在，那么胜败的命运，谁存谁亡的命理，应当能够与秦国相较量，或许结局还不容易确定呢。

唉！用贿赂秦国的土地，分封天下的谋臣，用侍奉秦国的心来礼遇天下的奇才，合力向西对付秦国，那么恐怕秦国人连饭也吃不下去了。可悲呀！有这样的形势，却被秦国积蓄的威力所挟制压迫，一天天一月月地削割下去，走向灭亡。治理国家的人不要使自己被积蓄的威势挟制啊！

六国和秦国都是诸侯，他们各自的势力比秦国弱，但还有可以不贿赂秦国而胜过它的形势。如果以据有天下的大国，而追随六国灭亡的旧事，那就又在六国以下了。

评析

这篇论文出自《四部丛刊》本《嘉祐集》中的《权书》，原来的题目是《六国》，一般选本都标作《六国论》。苏洵写这篇文章的目的是评论史事。他借论说战国时代齐、楚、燕、韩、赵、魏六国最终走向灭亡的内在道理是赂秦这一事实，说明赂秦的结果反而使秦国日益强盛，自己的国家走向衰弱，并且使那些不赂秦的国家也受到了影响，最终都被秦吞并。他明显地想借古喻今，引起当时执政者的警戒。苏洵在这篇《六国论》中表明了他反对赂秦，主张联合六国抗秦的想法，实际上他是通过论史来暗指当时的政治，委婉地对北宋苟且偷生的外交政策表达了不满。

张益州[①]画像记

原文

至和元年秋，蜀人传言[②]有寇至，边军夜呼，野无居人，妖言流闻，京师震惊。方命择帅，天子曰："毋养乱，毋助变。众言朋兴，朕志自定。外乱不作，变且中起，不可以文令，又不可以武竞，惟朕一二大吏。孰为能处兹文武之间，其命往抚朕师？"乃推曰：张公方平其人。天子曰："然。"公以亲辞[③]，不可，遂行。冬十一月至蜀，至之日，归屯军，撤守备，使谓郡县："寇来在吾，无尔劳苦。"明年正月朔旦，蜀人相庆如他日，遂以无事。又明年正月，相告留公像于净众寺，公不能禁。

眉阳苏洵言于众曰："未乱，易治也；既乱，易治也；有乱之萌，无乱之形，是谓将乱，将乱难治，不可以有乱急，亦不可以无乱弛。惟是元年之秋，如器之攲[4]，未坠于地。惟尔张公，安坐于其旁，颜色不变，徐起而正之。既正，油然[5]而退，无矜容。为天子牧小民不倦，惟尔张公。尔繄[6]以生，惟尔父母。且公尝为我言，‘民无常性，惟上所待。人皆曰蜀人多变，于是待之以待盗贼之意，而绳之以绳盗贼之法。重足屏息之民，而以砧[7]斧令。于是民始忍以其父母妻子之所仰赖之身，而弃之于盗贼，故每每大乱。夫约之以礼，驱之以法，惟蜀人为易。至于急之而生变，虽齐、鲁亦然。吾以齐、鲁待蜀人，而蜀人亦自以齐、鲁之人待其身。若夫肆意于法律之外，以威劫齐民，吾不忍为也。’呜呼！爱蜀人之深，待蜀人之厚，自公而前，吾未始见也。”皆再拜稽首曰：“然。”

苏洵又曰：“公之恩在尔心，尔死，在尔子孙，其功业在史官，无以像为也。且公意不欲，如何？”皆曰：“公则何事于斯？虽然，于我心有不释焉。今夫平居闻一善，必问其人之姓名与其乡里之所在，以至于其长短大小美恶之状，甚者或诘其平生所嗜好，以想见其为人。而史官亦书之于其传，意使天下之人，思之于心，则存之于目；存之于目，故其思之于心也固。由此观之，像亦不为无助。”苏洵无以诘，遂为之记。

公，南京人，为人慷慨有大节，以度量雄天下。天下有大事，公可属[8]。系之以诗曰：

天子在祚，岁在甲午。西人传言，有寇在垣。庭有武臣，谋夫如云。天子曰嘻，命我张公。公来自东，旗纛舒舒。西人聚观，于巷于涂。谓公暨暨[9]，公来于于[10]。公谓西人，“安尔室家，无敢或讹。讹言不祥，往即尔常。春尔条[11]桑，秋尔涤场。”西人稽首，公我父兄。公在西囿，草木骈骈[12]。公宴其僚，伐鼓渊渊[13]。西人来观，祝公万年。有女娟娟[14]，闺闼闲闲[15]。有童哇哇[16]，亦既能言。昔公未来，期汝弃捐。禾麻芃芃[17]，仓庾崇崇[18]。嗟我妇子，乐此岁丰。公在朝廷，天子股肱。天子曰归，公敢不承？作堂严严，有庑[19]有庭。公像在中，朝服冠缨。西人相告，无敢逸荒。公归京师，公像在堂。

注释

①张益州：宋朝南京人，字安道，官益州刺史。

②传言：相互谣传。

③以亲辞：用养老的理由推辞官职。

④攲（qī）：倾斜。

⑤油然：谦和谨慎的样子。

⑥繄：“是”的意思，为助词。

⑦砧（zhēn）：砍伐木头的工具。

⑧属：有所托付。

⑨暨暨：果敢的样子。

⑩于于：自足的样子。

⑪条：修理。

⑫骈骈：茂盛的样子。

⑬渊渊：象声词，敲鼓的声音。

⑭娟娟：美好。

⑮闲闲：悠闲的样子。

⑯哇哇：孩子的哭声。

⑰芃芃（péng péng）：美貌盛。

⑱仓庚：放谷的地方。崇崇：高峻的样子。

⑲庑（wǔ）：堂下的周屋。

译文

宋仁宗至和元年的秋天，有谣言从四川一带传过来，说是敌人要侵犯边界，夜里，驻边军士都惶恐不堪，老百姓基本上逃跑了。谣言四起，震动了京城。皇上正准备选派、任命御敌的将帅，天子说："别造成大的祸乱，也不要促成事变。虽然现在谣言很猖狂，但我已经打定主意了，外患是不会造成大灾难的，事变是在内部引起的。这事既不可一味用文教感化，也不可以付诸武力解决。只需要派一两个大臣前去就能处理好的。谁能够处理好这既需文治又需武功的事情，去带领军队？"于是众人推荐说："张方平恰好是合适的人选。"天子赞同道："好！"张公却借口要奉养父母而拒绝前去，但是皇上没有批准他的请求，于是他就出发前去了。十一月才到达蜀地。就在他上任的当天，他就下命令让驻军回去，并解散守备人员，他还派人对郡县长官说："敌寇由我来对付，你们就不必劳心了。"到第二年正月初一早上，蜀地百姓还和以前一样庆贺新春，一直都没有什么敌寇前来入侵。很快到了第三年的正月里，百姓私下里商量在净众寺里摆放张公的像，张公没有阻止住百姓的这一行动。

眉阳人苏洵告诉百姓说道："没有发生祸乱，还是很容易控制的；祸乱已经发生了，也还是容易治理；可是已经出现了祸乱的苗子，但是还没表现出祸乱，这种情况叫作将要发生祸乱，祸乱马上要发生但是还没有出现的时候是最难治理的。因为我们不可以出现了祸乱的苗子就急着去做，又不能因为祸乱还没出现就放松警惕了。现在至和元年秋季的局势正好像器物已经倾斜，可是还没有倒地的情形。只有你们的张公还能稳稳地坐定，面色不改，慢慢地站起来扶正器皿。扶正之后，他又慢慢地坐下，没有一点骄傲的神色。为天子管理百姓，他能做到孜孜不倦，这就是你们的张公。你们因为张公的智慧而得到了生存，他就是你们的再生父母。还有，张公曾对我说，‘老百姓的性情是可以改变的，只是要看官吏怎么对待他们。众人传言说，蜀地人小乱不断。于是上司就用对待盗贼的办法来对待这里的老百姓，对他们用管束盗贼的刑法来约束他们。那些百姓本来就已经很害怕了，现在还用残酷的刑法对待他们，这样百姓才狠下心来抛弃父母妻儿，不顾性命，变成了盗贼，于是大乱常常发生。要是对他们施以礼仪教化的话，按照法律来差使他们，这里的人就变成最容易管理的了；要是把他们逼急了导致变乱发生，那么即使是齐鲁的百姓，也会叛乱的。我用对待齐鲁百姓的方法来对待他们，那么蜀人也会认为自己是齐鲁有教化的人了。假如任意胡来，不按法律来办事，一味靠武力来威胁平民，我是不会干的。’啊！爱惜蜀人是多么真诚啊，对待蜀人是多么厚道啊，在张公之前，我没有见过这样的人。”大家听了，一齐重新行礼说：“是。”

苏洵又说：“张公的恩情一定要记在心里，即使你们死了，也要让你们的子孙记在心里。他的丰功伟绩已经在史官的史册上有记录了，不需要再画像了。况且张公不想这样做，那又怎么办呢？”众人都说：“张公不会理会这些事的。就是这样，我们的心里很是过意不去的。就是在平时听说有人做件好事，还要问那人的姓名和他的住处，还有那人的身形、年龄大小、面容等基本情况呢；还有一些人，还要问到他的生平爱好，这是为了更好地推测他的人品。这些人也是史官写入他的传记里的，主要是想让天下人不仅记在心里，还要时刻出现在眼前。音容在人们的眼睛中时常闪现，才会记得更加久远啊。因此，画像也还是有一定意义的。”苏洵听了，无言以对，就为他们写了这篇画像记。

张公出生于南京，为人很高洁，有高尚的节操，很有雅量，声名传播于天下。国家有重大事情，都可以托付给他的。在文章的末尾，我作一首诗，内容如下：

大宋天子坐龙廷，甲午之年日月新。忽然蜀人谣言起，边关敌寇将兴兵。朝廷良将纷如雨，文臣谋士多如云。天子赞叹说声嘻，命我张公远出征。张公方平来东方，西风猎猎大旗扬。蜀人围观睹风采，人山人海满街巷。齐道张公真坚毅，神色镇静又安详。张公开口谕蜀人，“各自还家且安顿，谣言莫传自安宁。谣言不祥且勿听，回去照常作营生。春日动手修桑枝，秋天谷场要扫清。”蜀人磕头拜张公，称他就像父与兄。公在蜀国园林居，草木繁茂郁葱葱。宴请文官与武将，击鼓作乐咚咚响。蜀人庆贺来观望，共祝公寿万年长。姑娘佳丽美婵娟，幽娴贞静闺房间。幼儿哇哇向人啼，牙牙学语已能言。当初张公不来蜀，你辈早已填沟壑。如今庄稼多茂盛，粮仓高耸堆满谷。可感我们妇与子，欢欢喜喜庆丰足。张公本是朝中臣，天子左右得力人。天子下诏命返驾，张公岂敢不允承。修起殿堂好庄严，又有廊房又有庭。公像挂在正当中，朝服冠带宛如真。蜀人纷纷来禀告，不敢放荡做懒人。张公放心回京城，像挂殿堂传美名。

评 析

苏洵的抒情散文数量不多，但有很多优秀的篇章，《张益州画像记》就是其中一篇。本文记叙张方平治理益州的事迹，表现了他宽政爱民的思想。苏洵的散文观点鲜明，论据充足，语言犀利，话语纵横，有很强的思辨力。欧阳修称其为“博辩宏伟”“纵横上下，出入驰骤，必造于深微而后止”（《故霸州文安县主簿苏君墓志铭》）；曾巩也夸赞他“指事析理，引物托喻”“烦能不乱，肆能不流”（《苏明允哀词》），这些评价都是很合理的。

上欧阳内翰[1]第一书

原 文

内翰执事：洵布衣穷居，尝窃有叹，以为天下之人，不能皆贤，不能皆不肖。故贤人君子之处于世，合必离，离必合。往者天子方有意于治，而范公在相府，富公为枢密副使，执事与余公[2]、蔡公[3]为谏官，尹公[4]驰骋上下，用力于兵革之地。方是之时，天下之人，毛发丝粟之才，纷纷然而起，合而为一。而洵也自度其愚鲁无用之身，不足以自奋于其间，退而养其心，幸其道之将成，而可以复见于当世之贤人君子。不幸道未成，而范公西，富公北，执事与余公、蔡公分散四出，而尹公亦失势，奔走于小官。洵时在京师，亲见其事，忽忽仰天叹息，以为斯人之去，而道虽成，不复足以为荣也。既复自思，念往者众君子之进于朝，其始也，必有善人焉推之；今也，亦必有小人焉间之。今之世无复有善人也，则已矣！如其不然也，吾何忧焉？姑养其心，使其道大有成而待之，何伤？退而处十年，虽未敢自谓其道有成矣，然浩浩乎其胸中若与曩者异。而余公适亦有成功于南方，执事与蔡公复相继登于朝，富公复自外入为宰相，其势将复合为一。喜且自贺，以为道既已粗成，而果将有以发之也。既又反而思，其向之所慕望爱悦之而不得见之者，盖有六人，今将往见之矣。而六人者，已有范公、尹公二人亡焉，则又为之潸然出涕以悲。呜呼！二人者不可复见矣！而所恃以慰此心者，犹有四人也，则又以自解。思其止于四人也，则又汲汲欲一识其面，以发其心之所欲言。而富公又为天子之宰相，远方寒士，未可遽以言通于其前；余公、蔡公，远者又在万里外，独执事在朝廷间，而其位差不甚贵，可以叫呼扳援[5]而闻之以言。而饥寒衰老之病，又痼而留之，使不克自至于执事之庭。夫以慕望爱悦其人之心，十年而不得见，而其人已死，如范公、尹公二人者；则四人之中，非其势不可遽以言通者，何可以不能自往而遽已也！

执事之文章，天下之人莫不知之；然窃自以为洵之知之特深，愈于天下之人。何者？孟子之文，语约而意尽，不为巉刻斩绝[6]之言，而其锋不可犯。韩子之文，如长江大河，浑浩流转，鱼鼋蛟龙，万怪惶惑，而抑遏蔽掩，不使自露；而人望见其渊然之光，苍然之色，亦自畏避，不敢迫视。执事之文，纡余委备，往复百折，而条达疏畅，无所间断；气尽语极，急言竭论，而容与闲易，无艰难劳苦之态。此三者，皆断然自为一家之文也。惟李翱⑦之文，其味黯然而长，其光油然而幽，俯仰揖让，有执事之态。陆贽⑧之文，遣言措意，切近得当，有执事之实；而执事之才，又自有过人者。盖执事之文，非孟子、韩子之文，而欧阳子之文也。夫乐道人之善而不为谄者，以其人诚足以当之也；彼不知者，则以为誉人以求其悦己也。夫誉人以求其悦己，洵亦不为也；而其所以道执事光明盛大之德，而不自知止者，亦欲执事之知其知我也。

虽然，执事之名，满于天下，虽不见其文，而固已知有欧阳子矣。而洵也不幸，堕在草野泥涂之中。而其知道之心，又近而粗成。而欲徒手奉咫尺之书，自托于执事，将使执事何从而知之、何从而信之哉？洵少年不学，生二十五岁，始知读书，从士君子游。年既已晚，而又不遂刻意厉行，以古人自期，而视与己同列者，皆不胜己，则遂以为可矣。其后困益甚，然后取古人之文而读之，始觉其出言用意，与己大异。时复内顾，自思其才，则又似夫不遂止于是而已者。由是尽烧曩时所为文数百篇，取《论语》、《孟子》、韩子及其他圣人、贤人之文，而兀然端坐，终日以读之者，七八年矣。方其始也，入其中而惶然，博观于其外而骇然以惊。及其久也，读之益精，而其胸中豁然以明，若人之言固当然者。然犹未敢自出其言也。时既久，胸中之言日益多，不能自制，试出而书之。已而再三读之，浑浑乎觉其来之易矣，然犹未敢以为是也。近所为《洪范论》《史论》凡七篇，执事观其如何？嘻！区区而自言，不知者又将以为自誉，以求人之知己也。惟执事思其十年之心如是之不偶然也而察之。

注释

①欧阳内翰：即欧阳修。当时他任翰林学士，身居朝廷要职，专掌内命，参与机要，故称之为内翰。

②余公：即余靖。

③蔡公：即蔡襄。字君谟，福建仙游人。天圣进士，累官知谏院，直史馆，兼修起居注。论事无所回挠，进知制诰。每除授非当职，辄封还之。以龙图阁直学士知开封府，再知福州，聘郡士周希孟、陈烈等以经术授学者，常至数百人，躬至学舍，执经讲问。徙知泉州，建洛阳桥长三百六十丈，以利济者，闽人勤碑颂德。后以端明殿学士移守杭州。卒谥忠惠。襄善书，为当时第一。后世将之与苏轼、黄庭坚、米芾合称宋四大书法家。诗文清遒萃美，皆入妙品。著有《茶录》《荔枝谱》《蔡忠惠集》。

④尹公：即尹洙。字师鲁，河南人。天圣进士。迁太子中允。会范仲淹贬，洙奏与仲淹义兼师友，己亦不可苟免。出监唐州酒税。为韩琦所深知。官至起居舍人。自元昊不

庭，洙常在兵间，于西事尤练习。作《叙燕》《息戎》二篇，言武备不可弛。性内刚外和，博学有识度。尤深于《春秋》。自唐末历五代，文格卑弱，洙偶为古文，简而有法。世称河南先生。有《河南集》《五代春秋》行世。

⑤扳（bān）援：援引；牵引；挽起。

⑥巉（chán）刻：原意为高峻，此处转义为尖刻。巉刻斩绝：犹言尖刻阴毒。

⑦李翱（áo）：字习之，唐代赵郡人。贞元进士。元和初为国子博士，史馆修撰。再迁考功员外郎。性峭鲠，仕不显，怫郁无所发。尝面折宰相李逢吉之过，出为庐州刺史。后拜中书舍人，历山南东道节度使卒。翱始从韩愈为文章，辞致浑厚，见推当时，故亦谥曰文。有《论语笔解》《五木经》《李文公集》行世。

⑧陆贽（zhì）：字敬舆，唐代嘉兴人。年十八登进士第，又中弘辞。德宗时为翰林学士，甚见亲任。虽外有宰相主大仪，贽常居中参裁可否，时号内相。建中时朱泚叛，从幸奉天，时当叛乱，机务填委，一日之内诏书数百，贽挥翰起草，思如泉注，莫不曲尽事情，中于机会。武夫悍卒，莫不感泣。事平，累迁中书侍郎同平章事。后被谗，贬忠州别驾。卒，谥宣。有《陆宣公翰苑集》行世。其奏仪尤为著名。

译文

内翰执事：我苏洵本是乡野平民，生活穷困，曾经私下叹息，觉得天下的人不可能都是贤良的，也不可能都不肖。所以贤明正直的人处在世上，有聚合必有分离，有分离又必有聚合。过去天子正当有意于统治国家治理天下的时候，范仲淹公在宰相府，富弼公当枢密副使，执事您与余靖公、蔡襄公任谏官，尹洙公奔走于上上下下，在边防要塞施展才能。正当此时，天下的人，细如毛发的、实用如丝粟的才干都纷纷起来，合成一股力量。而我苏洵自认为自己愚笨无用，没有能力自我奋起，参与于众人之间，于是退下来修养身心，寄希望于大道将会成功，从而可以再次见到当代的贤人、君子们。不幸的是，自己的道德学问还没有修养好，范仲淹公西去，富弼公北上，执事您与余靖公、蔡襄公等又被分别派到四面八方去，而尹洙公也失去了权势，四处奔走充任小官。那时我苏洵正在京中，亲眼见到了这些事情，无可奈何地只能仰天长叹，认为这些人离开朝廷，即使大道有成，也不足以为之庆幸。进而我又想，过去众位君子进入朝廷，一开始，必然是有好人们推荐的；现如今，又必然是有坏人们离间的。当今的时势，要是不再有好人，那就完了啊！而如果不是这样，我又有什么可担忧的呢？姑且继续养我的心，期待着使自己的道德学问有更大的成功，又有什么妨害呢？退下来又过了十年，虽不敢说道已有所成，但是胸中自有一股浩浩荡荡之气，好像与过去不一样了。而余靖公正好在南方有所成功，执事您和蔡襄公相继登上了朝廷，富弼公又从外任调入朝廷当宰相，这样的形势又可合成一股力量了。

真让人高兴而自我祝贺，以为道德学问已经略有成绩并且真将有施展的机会了。接着又回过头想，过去所仰慕爱戴的，但始终未能见其亲颜的，约有六位，现在将能去见见他们了。而这六位之中，范公、尹公二位已经去世，不禁为他二位暗暗流泪，感到悲伤。唉！这两位已经再也见不到了，而尚可宽慰我心的是还有四位在，则又正可宽慰自己。想到只剩四位了，于是又急急乎想见他们一面，以便把心里所想说的话都向他们一吐为快，而富弼公又出任了天子的宰相，边远地方的贫寒之士没能马上在他面前说上话；而余靖公、蔡襄公，远的还在万里之外，只有执事您身在朝廷，您的地位还不是最高贵，正可以叫得应、拉得着，听得见我的话。但是限于饥寒与衰老等毛病又缠于身而滞留了自己，叫我不能亲自登执事您的门庭来拜谒。以渴慕盼望爱戴喜悦这几位的心情，十年而不得一见，而他们已有死了的，像范公、尹公二位；剩下四位之中，除了因为地位关系不能够随便互通说话以外，又怎么可以因为生病不能亲自前往拜谒而作罢呢？

执事您的文章，天下的人没有不知道的。但我自以为我苏洵知道得特别深刻，是超过了天下之人的。为什么这样说呢？孟子的文章，语言简约而意思详尽，他不说尖刻与斩钉截铁的文辞，然而话的锋芒却谁也不敢侵犯。韩愈的文章好比长江黄河，浑然浩荡奔流宛转，像是鱼鳖蛟龙，万种怪异令人惶惶惑惑，却能遏制隐蔽而掩藏起来，不让它们自露于外；而人们远远望见它们渊深的光芒，以及苍茫的色彩，也就都自我畏惧而去躲避它们，不敢接近它们，正视它们。而执事您的文章委婉详备，来来回回多曲折变化，却条理清晰通达，疏阔而畅适，无间隔，不折断，气势造极而语言净尽，急切的言辞与高妙的论述，说来却闲适而平易，从没有艰苦费力的表现。上述这三点都足以断然使您自成一家。只有李翱的文章，它的味道澹泊而隽永，它的光彩油然而幽静，高低谦让，颇有执事您的姿态。陆贽的文章用词与表意切近事理，准确恰当，颇近执事您的切实；而执事您的才华又自有超过别人的地方。大致执事您的文章不是孟子、韩愈的文章，而是您欧阳子的文章。乐于称道人善良而不谄媚于别人，是因为他的为人确实经得起这样的称道；那些不知情的人则认为赞誉人是为了求得别人的欢欣。赞誉人以求人喜欢的事，我苏洵是不那样做的；之所以要称道执事您的光明盛大的道德，而不能自我控制的原因也是想让执事您知晓我是了解您的。

尽管如此，执事您的大名早已遍知于天下，即使没读过您文章的，也都早就知道有个欧阳修的了。而我苏洵却不幸，沦落在草野冷落的地方。而近来自己的道德修养粗有所成。想空手奉上不满一尺的书信，把自己托付给执事您，将怎么能让执事您了解我，并相信我呢？我苏洵年轻时不学习，活到二十七岁才知道要读书，和有学问的人一起交往学习。年龄既已老大了，却又不去刻意严厉付诸行动，期望自己效仿古人，但看到和自己同列之辈又都不如自己，于是觉得自己可以了。后来穷困得更加严重，就拿古人的文章来读，开始觉得古人所发言论与自己的有很大不同。常常反省自己，自觉一己之才能又好像还不仅只是这些。于是把旧时所写的几百篇文章悉数烧掉，而拿起《论语》《孟子》、韩愈以及其他伟人贤士的文章，正襟危坐，整天都阅读它们，花了有七八年时间。刚开始，读进去只觉惶惶然，广博地观览于其外，则又害怕得惊叫起来。时间长了，读得也更精细了，胸中豁然开朗似的明白了，好像人家的话本来就该是这样的。但我还是不敢提笔也这样写。时间越久，胸中想说的话更多了，不能克制自己，便试着把它们写出来。以后又一而再再而三地读它们，只觉得文思泉涌，好像写出来是很容易的，然而还不敢自以为是啊。近日所作的《洪范论》《史论》等一共七篇，执事您看看，究竟写得怎样？啊！区区一己的言说，不明白的人又会把它看作在自我赞誉了，以求得别人来了解自己。只有执事您会念其十年的心血是如此不偶然，从而来考察的吧。

评 析

本文作于仁宗嘉祐元年，是苏洵给当时翰林学士欧阳修的一封求见信。

史载苏洵少年不学，二十七岁时才开始发愤读书。嘉祐元年，他同两个儿子苏轼、苏辙一同进京，晋谒翰林学士、文坛领袖欧阳修，希望得到引荐，于是写了这封信。欧阳修看了他的书信、文章，大加赏识，认为他的文章超过了汉朝贾谊、刘向之文，并把他的二十二篇文章呈献给皇帝。苏洵之名遂大振。这篇书信是使苏洵后来置身仕途至为关键的一封信。

木假山记

原 文

木之生，或蘖而殇[①]，或拱[②]而夭；幸而至于任为栋梁，则伐；不幸而为风之所拔，水之所漂，或破折或腐；幸而得不破折不腐，则为人之所材，而有斧斤之患[③]。其最幸者，漂沉汩没[④]于湍沙之间，不知其几百年，而其激射啮食之余，或仿佛于山者，则为好事者取去，强之以为山，然后可以脱泥沙而远斧斤。而荒江之濆[⑤]，如此者几何！不为好事者所见，而为樵夫野人[⑥]所薪者，何可胜数！则其最幸者之中，又有不幸者焉。

予家有三峰，予每思之，则疑其有数[⑦]存乎其间。且其蘖而不殇，拱而不夭，任为栋梁而不伐；风拔水漂而不破折、不腐；不破折，不腐，而不为人所材，以及于斧斤；出于湍沙之间，而不为樵夫野人之所薪，而后得至乎此，则其理似不偶然也。

然予之爱之，则非徒爱其似山，而又有所感焉；非徒爱之，而又有所敬焉。予见中峰魁岸踞肆[⑧]，意气端重，若有以服[⑨]其旁之二峰。二峰者庄栗[⑩]刻峭，凛乎不可犯，虽其势服于中峰，而岌然无阿附[⑪]意。吁！其可敬也夫，其可以有所感也夫！

注释

①蘖（niè）：树木的嫩芽，这里用作动词。殇：还没到成年就死了。

②拱：两手合抱为拱，文中指树木很粗。

③斧斤：砍伐树木的工具。这里指树木遭受被砍伐的灾难。

④汩没：沉沦，埋没。

⑤荒江之濆：荒凉的江岸。

⑥野人：村野之人，农民。

⑦数：这里指树木的命运、气数。

⑧魁岸：强壮高大的样子。踞肆：无所拘束地挺立在那里。

⑨服：顺从，这里为使动词，使……顺从。

⑩庄栗：庄重、严肃。

⑪岌（jí）然：高耸的样子。阿附：逢迎附和。

译文

树木的生长，有的在刚长出嫩芽时就死掉了，有的在长有双手合拱那么粗时夭折；幸运的能长成栋梁之才了，则遭到砍伐；不幸的则遭到飓风连根拔起，有的被大水冲走，有的被破坏折断，有的就腐烂了，侥幸而能够不折断不腐烂的，就被人当木材用，于是就要面临刀斧之灾。其中最幸运的漂流汩没在湍急沙滩之中，不知过了几百年，被激流冲击、害虫啃啮剩下的，有的仿佛像座山，则被好事者拿去，把它加工做成假山，然后倒可以脱离泥沙，远离斧子的祸害，但荒芜的江河之滨，像这样的能有几棵呢？不被好事者发现，而被樵夫野汉砍伐去当柴的又怎能数得清呢？那么所谓最幸运的树木当中也还有不幸的啊。

我家里有三座木制假山，每当我想到它们，就怀疑它们也是有命运在起着作用。且说它们在萌芽时没死，合拱粗时没夭折，可作栋梁之材时又没遭砍伐、被风拔起、被水冲走，也没破坏折断，没有烂掉；没破坏折断、没烂掉，而又没被人看中作材料，以至于遭斧头的难；被冲出来到了激湍沙滩，而又没被樵夫野汉砍去当柴，而后才得来到此地，那么它所经历的一切看上去似乎不像是偶然的巧合。

然而我之所以爱它们，绝非单单爱它们像座山，而是另有所感的；我不仅是爱它们，而且对它们更有崇敬之情。我看到中间那座山峰魁伟而傲岸，稳健而恣肆，意态气度既端厚而凝重，好像有能镇服左右两座山峰的气概；而左右两峰呢，庄严而凛栗，酷似刻削而成，凛凛然宛如不可侵犯的样子；在形势上像是对中间那座峰表示倾服，而其岌岌可危的神态又决无阿谀附和的意思。啊！它们真令人敬重啊！它们真令人有所感慨啊！

评析

本文除了歌咏木假山之外，还蕴含着作者对人才问题的沉重感叹与思考。树木的坎坷遭遇就是隐喻当时社会上人才所遭受到的压制和迫害。

苏洵一生的政治抱负都没有能够实现，他常常在文中托物言志、借物抒怀、寓托旨意，以不幸中有大幸的木假山作为隐喻，抒发了自己志向得不到舒展却又不愿与世浮沉，力图自立的精神境界。文中对三峰的爱敬实际上是对三苏父子人格的肯定。

名二子说

原文

轮、辐①，盖、轸②，皆有职乎车；而轼③独若无所为者。虽然，去轼吾未见其为完车也。轼乎，吾惧汝之不外饰也。天下之车莫不由辙④，而言车之功，辙不与焉。虽然，车仆马毙，而患不及辙。是辙者善处乎祸福之间也。辙乎，吾知免矣。

注释

①轮：车轮，古代时为木制的。辐：车辐，轮中的直木，用来支撑车轮。

②盖：车盖。轸（zhěn）：车后的横木。

③轼：车前的横木。

④辙：车走过的印迹。

译文

不管是车轮、车辐、车盖，还是车后面的横木，它们对于车子来说都是有用处的，可是只有轼用处不大。即使我们这样认为，但是要是车子没有了轼，我不认为这是一辆完整的车。轼啊！你不注意外表行为的表现实在令我担忧啊。天下的车没有没留下过车辙的，可是人们往往说的都是车的功劳，辙是没有任何功劳可言的。虽然他们这样认为，可是一旦车翻了，马倒了，而辙却不会因此受到任何牵连啊。这就是辙的好处啊！在祸与福之间能够处理得很好。辙啊！我知道你可以通过自身而免除祸害。

评析

苏洵在这篇文章中写了为苏轼、苏辙起名这件事。本文借物喻人，借二子各自性格的长处和弱点，阐发为人处世的道理，并且提出自己的期望，教导二子要为国家贡献才智，对社会要有益。

送石昌言[1]使北引

原文

昌言举进士时，吾始数岁，未学也。忆与群儿戏先府君侧，昌言从旁取枣栗啖我；家居相近，又以亲戚故，甚狎。昌言举进士，日有名。吾后渐长，亦稍知读书，学句读、属对、声律，未成而废。昌言闻吾废学，虽不言，察其意，甚恨。后十余年，昌言及第第四人，守官四方，不相闻。吾以壮大，乃能感悔，摧折复学。又数年，游京师，见昌言长安，相与劳苦，如平生欢。出文十数首，昌言甚喜称善。吾晚学无师，虽日为文，中甚自惭；及闻昌言说，乃颇自喜。今十余年，又来京师，而昌言官两制，乃为天子出使万里外强悍不屈之虏庭，建大旆[2]，从骑数百，送车千乘，出都门，意气慨然。自思为儿时，见昌言先府君旁，安知其至此？富贵不足怪，吾于昌言独有感也！大丈夫生不为将，得为使，折冲口舌之间足矣。

往年彭任[3]从富公使还，为我言曰："既出境，宿驿亭。闻介马数万骑驰过，剑槊相摩，终夜有声，从者怛然失色。及明，视道上马迹，尚心掉不自禁。"凡虏所以夸耀中国者，多此类。中国之人不测也，故或至于震惧而失辞，以为夷狄笑。呜呼！何其不思之甚也！昔者奉春君使冒顿[4]，壮士健马皆匿不见，是以有平城之役。今之匈奴，吾知其无能为也。孟子曰："说大人则藐之。"况于夷狄！请以为赠。

注释

①石昌言：即石扬休。字昌言，宋代眉州人。少孤力学，登进士。累官刑部员外郎，知制诰。仁宗朝上疏力请广言路，尊儒术，防壅蔽，禁奢侈。其言皆有益于国，时人称之。石、苏两家均为眉州大户，世有通家之谊。昌言进举，洵方五岁。昌言出使契丹，为契丹国母生辰寿，在嘉祐元年（公元1056年）八月。引本应作序，苏洵父名序，避家讳而改。

②大旆（pèi）：一种末端呈燕尾状之大旗。

③彭任：宋代岳池人。庆历初富弼使辽，任与偕行，道次语弼曰："朝廷所谓书词，

万一与口传异，将何以对？”启视果不同，弼即驰还朝，更书而去。

④冒顿（mò dú）：汉初匈奴族一个单于的名字。

译文

昌言考进士科目的时候，我才只有几岁，还没开始学习。回忆当年我跟一群孩子在父亲身边嬉戏玩耍，昌言也在旁边，还曾拿来枣儿栗子给我吃；我们两家住得很近，又因为是亲戚的缘故，所以彼此十分亲昵。昌言应考进士科目，一天比一天出名。后来我渐渐长大，也稍稍懂得要读书，学习句读、对对子、四声格律，结果没有学成而废弃了。昌言听说我废弃了学习，虽然没有说我什么，而细察他的意思是很遗憾的。后来过了十多年，昌言进士及第，考中第四名，便到各地去做官，彼此也就断了音讯。我日益成长壮大，能够感到悔恨了，便痛改前非而恢复学习。又过了几年，我游历京城，在汴京遇见了昌言，便彼此慰劳，畅叙平生以来的欢乐。我拿出十多篇文章，昌言看了很高兴，并且夸我写得好。我学习开始得晚，又没有老师指导，虽天天作文，但内心一直十分惭愧；等听到昌言的话后，于是颇为自喜。到现在又十多年过去了，再次来到了京城，而昌言已经身居两制，他作为朝廷使者，要出使到万里以外那些强悍不屈服的契丹朝廷，要树立大旌旗，跟随的骑士多达几百骑，送行的车辆有上千辆，走出京城大门，情绪慷慨激昂。我自思忖，孩童时代见到昌言在先父身旁，那时怎么会料想他会走到这一步呢？一个人富贵起来并不奇怪，而我对昌言的富贵特别有感触啊！大丈夫活着不去当将军，能当名使臣，用口舌辞令在外交上战胜敌人就足够了。

前些年，彭任跟随富弼公出使契丹，曾对我说：“出了国境之后，住宿在驿亭。听到披甲战马几万骑驰骋而过，宝剑和长矛互相撞击，整夜不绝于耳，跟随之使臣惊慌失色。等到天亮了，看见道路上的马蹄印了，心中的余悸还难平息，好像心要跳出来似的。”大凡契丹用来向中原炫耀武力的手段，多为这类事情。中原去的使者没有识透他们这类手段，因之而有的人甚至震惊害怕到哑口无言，让外族人嗤笑。唉！这是多么没有思考力啊！古代奉春君刘敬出使到冒顿去，壮士大马都藏起来不让看见，这才有平城的战役。现在的匈奴（契丹），我是深知他们没有什么能力与作为的。孟子说：“面对诸侯国君的谈话，就得藐视他。”更何况对待外族呢？请把上述的话权作临别赠言吧。

评析

本文作于嘉祐元年九月，是一篇赠序。宋仁宗嘉祐元年（公元1056年）八月，刑部员外郎、知制诰石扬休（字昌言）出使北国前往契丹，庆贺契丹国母生辰。苏洵给他这篇赠序（因为苏洵之父名序，所以不称序，改称引），就是让他借鉴历史经验，不怕强敌威胁，发扬民族正气，夺取外交胜利。文章首段回忆他们之间的亲密交往，感佩扬休奉使强虏实现平生抱负，寄予莫大信任，充满劝勉之情；第二段回顾历史情况，剖析强虏本质，指出藐视强虏是唯一正确的态度。文章用语简练，仅在这数百言间，就已经将文才发挥得淋漓尽致，体现了令人敬仰的大家风范。

襄阳怀古

原文

我行襄阳野，山色向人明。何以洗怀抱，悠哉汉水清。辽辽岘山[①]道，千载几人行？踏尽山上土，山腰为之平。道逢堕泪碣[②]，不觉涕亦零。借问羊叔子[③]，何异葛孔明[④]？今人固已远，谁识前辈情？朅来万山[⑤]下，潭水转相萦。水深不见底，中有杜预铭[⑥]。潭水竟未涸，后世自知名。成功[⑦]本无敌，好誉真儒生。自从三子亡，草中无豪英。聊登岘山首，泪与汉流倾。

注释

①岘（xiàn）山：也称岘首山，在湖北襄阳县南，东临汉水，是襄阳的要塞。

②堕泪碣：即堕泪碑，西晋时羊祜镇守襄阳，功绩卓越，并且对待百姓恩惠有加，他死了以后，当地的百姓十分伤心，在岘山上建立碑庙，以纪念他，后来的人看到此碑，无不流泪叹息。杜预因此称此碑为堕泪碑。

③羊叔子：即羊祜，字叔子。

④葛孔明：即诸葛孔明，也就是诸葛亮。诸葛亮一度居住在南阳的邓县隆中，距离襄阳城西仅仅二十里。

⑤万山：即汉皋山，在襄阳城西十一里。

⑥杜预铭：杜预，字元凯，京兆人，继羊叔子以后出镇襄阳，他在太康元年，曾统兵灭吴，建立功业，被封为阳县侯。他好为后世言，常说“高岸为谷，深谷为陵”，并刻石为二碑，用来记载他的功绩，一块沉到万山之下，一块立在岘山之上，并说到，“焉知此后不为陵谷乎？”后世便称之为“杜预铭”。

⑦成功：指杜预建功之事，杜预以一介儒生建立了显赫的功业，并且立碑记载，这是所有儒生的人生理想，当然也是有才能、有抱负的苏洵的理想。

译文

我在襄阳之野行走，只见岘山的秀丽风光处处都呈现在人们眼前。拿什么来洗去我胸中郁积的烦恼愁绪呢？只见那滔滔的汉水清澈见底，不停地奔走。千载以来，岘山上那长长的山间道路有几个人行走过呢？踏遍了山上的每一寸土地，山腰也为之变得平坦起来。在上山的道上看到了那块著名的堕泪碑，我感慨丛生，不觉间涕泪齐下。借问一下羊叔子，您和那隐居在此的诸葛亮都一样地施展了才能，建立了功绩，其中有什么区别呢？现在距离他们已经非常遥远，有谁识得前辈们的才情呢？我来到万山下面，只见水波萦绕，潭水深不见底，那下面应该有杜预的碑铭。潭水至今也没有干涸，杜预的声名自然也就广传后世。杜预以一介儒生建立了这无人可敌的盖世功绩，这份荣誉可以称得上是真正的儒生。自从这三位前辈去世以后，草野之中，再也没有像他们一样的英雄豪杰产生了。如今我也登上了这岘山的顶峰，却只有脸上的泪水和那汉水一同纵横交流。

评析

嘉祐元年（公元1056年），苏洵以文章得到欧阳修的赞赏和推荐，一时名满京师，但其后求官之事一直没有着落，他十分失望。嘉祐二年（公元1057年），苏洵之妻亡故，他携带二子回蜀地奔丧。嘉祐三年（公元1058年），朝廷找苏洵试策，他以老病为借口而不往。嘉祐四年（公元1059年），朝廷再次下令，朋友们也纷纷劝告，苏洵只好携带二子再次赴京。途经三峡，一路上风景秀美，苏洵父子一路诗文唱和，写下了很多诗作。这首诗就是嘉祐五年（公元1060年），他们经过襄阳时所作。他们登上风景秀丽的岘山，又面对着滔滔奔流的汉水，山上的古迹名胜勾起作者的无限感慨和怀想，引发了苏洵年岁已老，功业无成的忧伤，于是便写下了这首怀古诗。

精彩点拨

苏洵的散文论点鲜明，论据有力，语言锋利，纵横恣肆，具有雄辩的说服力。欧阳修称赞他“博辩宏伟”，“纵横上下，出入驰骤，必造于深微而后止”（《故霸州文安县主簿苏君墓志铭》）；曾巩也评论他的文章“指事析理，引物托喻，烦能不乱，肆能不流”（《苏明允哀词》）。艺术风格以雄奇为主，而又富于变化。

阅读积累

苏洵发愤读书

北宋明道元年（公元1032年），苏洵母亲史氏病故，葬于眉山县修文乡安道里苏氏祖坟。苏洵第一次上欧阳内翰书说：“洵少年不学，生二十五岁始知读书，从士君子游。”他开始学习的时间实已太晚，何况一开头的时候，态度又不很认真，仗着聪明，看看与他同辈的人都不见得比自己高明，以为读书没有什么难。但是第一次应乡试举人，他却不幸落第。这次失败使他痛自检讨，再搬出几百篇自己的旧作细读，不禁喟然叹道：“吾今之学，乃犹未之学也！”愤然将这批旧稿一把火烧个干净，决心取出《论语》《孟子》、韩愈文来从头再读，继续穷究诗书经传诸子百家之书，贯穿古今。每日端坐在书斋里，苦读不休，长达六七年，并发誓读书未成前，不写任何文章。此时，苏洵已二十七岁。所以欧阳修作墓志铭，张方平作墓表，史本传皆言：“年二十七，始发愤读书。”

苏轼

精彩导读

苏轼的散文代表了宋代散文的最高成就，在某种程度上，它是欧阳修散文与王安石散文的综合与提高。苏轼的一生对散文用力甚勤，作品宏伟，至今存有各类散文四千余篇。体裁有赋铭、颂赞、论议、杂著、记叙、表状、书碑、碑状、笔记等多种。可以大略分为议论文、记叙文、小品文、杂著等几类。“读书百遍其义自见”，下面我们就来认真鉴赏该书中所节选的代表性篇目吧！

刑赏忠厚之至论

原文

尧、舜、禹、汤、文、武、成、康[①]之际，何其爱民之深，忧民之切，而待天下以君子长者之道也。有一善，从而赏之，又从而咏歌嗟叹之，所以乐其始而勉其终；有一不善，从而罚之，又从而哀矜惩创[②]之，所以弃其旧而开其新。故其吁俞[③]之声，欢休惨戚，见于虞、夏、商、周之书[④]。成、康既没，穆王立而周道始衰，然犹命其臣吕侯[⑤]，而告之以祥刑。其言忧而不伤，威而不怒，慈爱而能断，恻然有哀怜无辜之心，故孔子犹有取焉。

传[⑥]曰：“赏疑从与，所以广恩也；罚疑从去，所以慎刑也。”当尧之时，皋陶为士。将杀人，皋陶曰杀之三，尧曰宥之三。故天下畏皋陶执法之坚，而乐尧用刑之宽[⑦]。四岳曰：“鲧[⑧]可用。”尧曰：“不可。鲧方命[⑨]圮族。”既而曰：“试之。”何尧之不听皋陶之杀人，而从四岳之用鲧也？然则圣人之意，盖亦可见矣。《书》曰：“罪疑惟轻，功疑惟重。与其杀不辜，宁失不经。”呜呼！尽之矣！可以赏可以无赏，赏之过乎仁；可以罚可以无罚，罚之过乎义。过乎仁不失为君子，过乎义则流而入于忍人，故仁可过也，义不可过也。

古者赏不以爵禄，刑不以刀锯。赏以爵禄，是赏之道行于爵禄之所加，而不行于爵禄之所不加也；刑以刀锯，是刑之威施于刀锯之所及，而不施于刀锯之所不及也。先王知天下之善不胜赏，而爵禄不足以劝也；知天下之恶不胜刑，而刀锯不足以裁也。是故疑则举而归之于仁，以君子长者之道待天下，使天下相率而归于君子长者之道。故曰忠厚之至也。

《诗》曰："君子如祉，乱庶遄已。君子如怒，乱庶遄沮。"夫君子之已乱，岂有异术哉？时其喜怒，而无失乎仁而已矣。《春秋》之义，立法贵严，而责人贵宽。因其褒贬之义以制赏罚，亦忠厚之至也。

注释

①尧：陶唐氏，史称唐尧。舜：有虞氏，史称虞舜。禹：亦称大禹、夏禹，其子启建立夏朝。汤：又称成汤，建立商朝。文：周文王姬昌。武：文王之子，周武王姬发，建立周王朝。成：武王之子周成王。康：成王之子周康王。成康之世，号称大治。

②哀矜：怜悯。惩创：惩治警戒。

③吁：叹其不然之词。俞：应许之词。

④虞、夏、商、周之书：《尚书》中有《虞书》《夏书》《商书》《周书》。

⑤吕侯：周穆王司寇，史录其事作《吕刑》。

⑥传：解说经义的文字。

⑦皋陶：舜时掌刑法之官。宽：宽松。

⑧四岳：官名，总掌四岳诸侯之事。鲧：四岳推举鲧治水。后其失败被杀，其子禹继而治之。

⑨方命：逆命不从。

译文

尧、舜、禹、汤、文、武、成、康在位的时候，那是多么无微不至地爱护百姓，为百姓着想，并且用对待仁人君子的礼仪来对待黎民百姓。有人做了一件好事，便奖赏他，还用诗歌的形式来赞扬他，以此肯定他的做法并勉励他坚持下去；有人做了一件坏事，便惩罚他，并满怀怜悯痛心地教训他，用这种方式来使他弃恶从善、悔过自新。所以人们表示赞成或反对的感叹声，喜悦欢欣或悲伤忧愁的感情，在虞、夏、商、周的书里都有记载。成王、康王先后去世，穆王继承王位而周朝开始衰败，但是他仍然召见他的大臣吕侯，告诫他要谨慎地使用刑罚。他的话忧愁而不悲伤，威严而不愤怒，慈爱而又果断，对无辜者充满了同情和怜悯，于是孔子认为《吕刑》有可取之处而把它选进《尚书》中。

经传上说："对将要奖赏的人，即使有所怀疑，也还是照样奖赏他，这是为了推广恩德啊；对将要处罚的人，若有疑惑便要免于处罚，这是为了谨慎地使用刑罚啊。"尧在位的时候，皋陶担任法官，将要处决犯人，皋陶三次说“杀”，尧帝却三次说“赦免”。于是百姓都畏惧皋陶执法的坚决，而庆幸尧帝量刑的宽大。四岳建议说：“鲧可以用。”尧帝说：“不行。鲧常常抗命违众。”过后又说：“就试用一下吧。”为什么尧帝不同意皋陶处决犯人的意见，却接受四岳用鲧的建议呢？圣人的用意从这里大致也能看到啊。《尚书》上说：“对罪行有疑惑，只能从轻发落；对功绩有疑惑，仍要重奖。与其杀死一个无辜的人，宁可自己承担执法不严的罪责。”唉！再没有比这更仁至义尽的了。可以奖赏，也可以不奖赏，奖赏他就过于仁厚了；可以处罚，也可以不处罚，处罚他又过分严厉了。过于仁厚，仍不失为君子；过分严厉，就会成为残酷无情的人。所以仁厚可以过分，严厉却不能过分。

古时候，奖赏不单纯用爵位和俸禄，刑罚不单纯用刀和锯。用爵位和俸禄作奖赏，那只能把奖赏的范围局限在享有爵位和俸禄的人们之中，而无法奖赏这个范围之外的人；用刀锯来处罚，这只能把刑法的威力施加在罪犯头上，而对未犯罪的人则无威慑力可言。过去的帝王深知天下做好事的人多得赏不胜赏，如果用有限的爵位和俸禄作奖赏，是根本不够奖赏的；也深知天下做坏事的人多得罚不胜罚，光用刀锯是无法制裁的。于是凡是对赏罚对象有所怀疑的，都一概用仁厚的态度来处理。用对待仁人君子的礼仪对待黎民百姓，使黎民百姓相互督促着向仁人君子学习，所以说这是忠厚到了极点啊。

《诗经》说：“如果君子喜欢好的，祸乱就会迅速结束；如果君子痛恨坏的，祸乱就会很快平定。”君子使祸乱迅速平定，难道有什么奇招异术吗？该喜就喜，该怒则怒，不过始终不失仁厚罢了。《春秋》一书的要点便是，制定法律贵在严肃，而处罚人则贵在从宽。根据其褒贬的原则进行赏罚，这也是忠厚到了极点啊。

评析

本文是嘉祐二年苏轼参加礼部考试的一篇策论。文章质疑儒家典籍中的“疑”字，援引古时仁者以忠厚为本进行赏罚的事例，阐述了仁政的思想，认为忠厚在于以“君子长者之道”治国，而不全在于刑与赏。当时的主考官欧阳修对此文评价很高，曾说：“读轼书不觉汗出，快哉！老夫当避此人，放出一头地。”

范增论

原文

汉用陈平计，间疏楚君臣。项羽疑范增①与汉有私，稍夺其权。增大怒，曰：“天下事大定矣，君王自为之。愿赐骸骨归卒伍！”归未至彭城，疽②发背死。苏子曰：“增之去，善矣！不去，羽必杀增。独恨其不早耳！”然则当以何事去？增劝羽杀沛公，羽不听，终以此失天下，当于是去耶？曰：“否。增之欲杀沛公，人臣之分也；羽之不杀，犹有君人之度也。增曷为以此去哉？《易》曰，‘知几其神乎！’《诗》曰‘相彼雨雪，先集维霰。’增之去，当于羽杀卿子冠军③时也。”

陈涉之得民也，以项燕、扶苏。项氏之兴也，以立楚怀王孙心④；而诸侯叛之也，以弑义帝。且义帝之立，增为谋主矣；义帝之存亡，岂独为楚之盛衰，亦增之所与同祸福也。未有义帝亡，而增独能久存者也。羽之杀卿子冠军也，是弑义帝之兆也；其弑义帝，则疑增之本也，岂必待陈平哉？物必先腐也，而后虫生之，人必先疑也，而后谗入之。陈平虽智，安能间无疑之主哉？

吾尝论义帝，天下之贤主也。独遣沛公入关，不遣项羽；识卿子冠军于稠人之中，而擢以为上将；不贤而能如是乎？羽既矫杀卿子冠军，义帝必不能堪；非羽弑帝，则帝杀羽，不待智者而后知也。增始劝项梁立义帝，诸侯以此服从；中道而弑之，非增之意也；夫岂独非其意，将必力争而不听也。不用其言而杀其所立，羽之疑增必自是始矣。

方羽杀卿子冠军，增与羽比肩⑤而事义帝，君臣之分未定也。为增计者，力能诛羽则诛之，不能则去之，岂不毅然大丈夫也哉？增年已七十，合则留，不合则去；不以此时明去就之分，而欲依羽以成功名，陋矣！虽然，增，高帝之所畏也。增不去，项羽不亡。呜呼！增亦人杰也哉！

注释

①范增：项羽的重要谋臣，屡劝项羽杀刘邦而项羽不听。

②疽（jū）：恶疮。

③卿子冠军：指宋义。卿子：是对人的尊称。冠军：指楚怀王封宋义为上将，位在其他将领之上。

④心：楚怀王孙子熊心。项梁曾立熊心为怀王。项羽自称西楚霸王后，尊熊心为义帝。

⑤比肩：地位相当。

译文

汉王刘邦采用陈平的计谋，离间分化了楚国的君臣关系。项羽怀疑范增跟汉王秘密勾结，于是逐渐削减了范增的权力。范增非常气愤地说：“天下差不多已经平定了，君王您就自己治理它吧，希望您能把这把老骨头赏给我，让我回家去养老吧!”范增回去时还没到彭城，就因背上患痈疽而死去了。苏子说：“范增的离去是正确的。如果当时他不离去，项羽一定会杀死他。只是遗憾他没早些离开罢了!"

那么他应当借着哪件事情而离去呢？当初范增劝说项王杀掉沛公刘邦，但是项羽没有听从，终于因此而失掉了天下，他应该在那时候离去吗？（我）说：不对。范增想杀掉刘邦，是他作为大臣的责任；项羽没有杀掉刘邦，也表现了他作为一个君主的度量。范增又何必为这件事而离去呢？《周易》上说，"能够见微知著，那真是神明了！"《诗经》上又说，"观察那下大雪的时候，就会看到先落下来的是小冰糁。"范增的离去应当在项羽杀掉卿子冠军的时候。陈涉之所以受到百姓的拥护，是因为打着项燕和公子扶苏的旗号。项家的兴盛是因为拥立楚怀王的孙子为义帝；诸侯背叛项羽，是因为他又谋杀了义帝。况且义帝被拥立，范增是主要的谋划者呢。难道义帝的生死存亡仅仅关系着楚国的盛衰吗？也同时关系到范增的祸福命运啊。没有义帝被杀而范增却偏偏能够长久生存的道理啊。项羽杀害卿子冠军，是谋杀义帝的先兆。他之所以谋杀了义帝，就是因为他开始对范增产生了怀疑，哪里会等到后来陈平用反间计呢？东西一定是先腐朽了，然后虫子才会生出来；人一定是先起了疑心，然后才会听信谗言。虽然陈平很聪明，但他又哪里能够离间没有疑心的君主呢？

我曾经评价过义帝，认为他是天下的贤明君主。只派刘邦进攻函谷关，而不派项羽；在众多人之中发现了卿子冠军并提拔他做大将。不贤明能这样做吗？项羽假借义帝的命令杀害了卿子冠军，义帝肯定不能容忍。这样，不是项羽谋杀义帝，便是义帝诛死项羽，用不着聪明人点破也能看出来啊。当初范增劝项梁拥立义帝，诸侯因此而服从；中途又谋害他，并不是范增的主意。但不是他的主意，而且他一定竭力规劝过而未被接受。不接受范增的规劝而谋杀他建议拥立的义帝，项羽对范增的怀疑一定是从这个时候开始的。

当项羽杀害卿子冠军的时候，范增与项羽同为侍奉义帝的臣子，彼此之间君臣的名分尚未确定。替范增打算，有力量杀掉项羽就杀掉他，否则就离开他，难道不也称得上是一位坚定果敢的大丈夫吗？那时范增已经七十岁了，与项羽合得来就留下，合不来就离去。不在这个时候明智地做出是留是去的选择，却反而想依附项羽来建立功名，真是见识浅啊！

即使如此，范增仍然是汉高祖刘邦所畏惧的人啊。如果范增不离去，项羽就不会灭亡。唉！范增也是一位杰出的人才啊！

评析

本文主要论证了范增没有正确地选择离开项羽的时机。作者认为，范增应该在项羽杀宋义时选择离开。因为杀宋义后，项羽与义帝必不能再共存，项羽杀掉义帝，也就开始怀疑范增，范增应在他与项羽同侍义帝而尚无君臣名分时择机离开。虽然作者认为范增在此事上不是很聪明，但在文章结尾还是评价范增为人中豪杰。

次韵张安道读杜诗

原文

大雅[①]初微缺，流风困暴豪。张为词客赋，变作楚臣骚。展转更崩坏，纷纶阅俊髦[②]。地偏蕃怪产，源失乱狂涛。粉黛迷真色，鱼蝦易豢牢[③]。谁知杜陵杰，名与谪仙高。扫地收千轨，争标看两艘。诗人例穷苦，天意[④]遣奔逃。尘暗人亡鹿，溟翻帝斩鳌[⑤]。艰危思李牧，述作谢王褒[⑥]。失意各千里，哀鸣闻九皋[⑦]。骑鲸遁沧海，捋虎得绨袍[⑧]。巨笔屠龙手，微官似马曹[⑨]。迂疏无事业，醉饱死游遨。简牍仪刑在，儿童篆刻劳。今谁主文字，公合把旌旄。开卷遥相忆，知音两不遭。般斤思郢质，鲲化陋儵濠[⑩]。恨我无佳句，时蒙致白醪。殷勤理黄菊，未遣没蓬蒿。

注释

①大雅：表示《诗经》所体现出的创作传统。李白在《古风》中有“大雅久不作，吾衰竟谁陈”之句。

②纷纶：纷纭，形容众多。俊髦：英俊之士。

③粉黛：古代妇女们使用的化妆品。易：替换。豢牢：古代祭祀用的牛羊。

④天意：此处指的是安史之乱，长安沦陷，杜甫逃难出来后一直过着颠沛流离的生活。

⑤尘暗：尘土遮天，此处指的是安史之乱爆发，唐玄宗逃往西蜀。亡鹿：《汉书·蒯通传》中说“秦失其鹿，天下共逐之”。作者借此典故，比喻李唐王朝失去政权。溟翻：大海波涛翻滚，比喻干戈四起。帝斩鳌：喻指唐肃宗李亨平定安史之乱。鳌：巨龟。

⑥李牧：战国时期赵国名将。王褒：汉代文士。

⑦九皋：深深的沼泽。

⑧骑鲸遁沧海：指李白晚年的远游。自安史之乱后，李白遭流放，后沿江游历，经三峡，泛洞庭，自称海上骑鲸客。捋虎得绨袍：指杜甫漂泊西南依傍严武一事。当时严武任剑南节度使，杜甫曾得罪过严武，但此时在生活上仍得到严武的诸多关照。

⑨巨笔屠龙手：《庄子·列御寇》中说：“朱泙漫学屠龙于支离益，单千金之家，三年技成而无所用其巧。”这里借指杜甫才高。马曹：管马的官。

⑩般斤思郢质：《庄子·徐无鬼》中说，郢人鼻端沾了些蝇翼大小的石灰，让石匠给他砍去，石匠“运斤成风”，霎时便把石灰砍掉，而鼻子毫无损伤。般：通“搬”。斤：斧子。鲲化：鲲鹏，大鱼的名字。儵：白鲦鱼。濠：水名。

译文

自《诗经》之后，干戈四起，诗风也受到了困扰。后来发展为赋，演变成了骚体诗。经过辗转变迁，风雅的体式越发破裂，出现了许多作者。诗歌走入了偏地，繁衍出一些怪异之作，不仅离开了诗歌的本源，而且称得上是一股浊浪狂涛。诗作逐渐优劣混淆，就好像用鱼虾替换了祭祀用的牛羊。当今只有杜甫才得以与李白并驾齐驱。这两个人都是集诸家之大成，成就如并行的两条船，难分高下。可惜诗人都是穷苦的，自长安陷落后，一直过着颠沛流离的生活。虽然唐肃宗平定了战乱，但唐朝也因此失去了天下。在那动乱的年代，朝廷只需要李牧这样的猛将，对王褒这样的文士便不再重视。李白和杜甫政治失意，只能流落江湖，写诗抒怀，即便是偏远的地方，也能听到他们的诗作。李白骑鲸海上漂游，杜甫则依傍严武生活。虽然才学卓著，却官职低微。杜甫疏于世事，做官也不成功，不时醉酒遨游。但杜甫的诗作堪称典范，那些雕虫小技都无与伦比。如今在诗作上，张安道堪称文章旗手。看你的文章就想到杜甫，只可惜生在不同的朝代而无法成为知音。你是杜诗的知音，好似石匠对郢人运斤成风。你的诗作如鲲鹏，我的文章不过是鲦鱼，不敢与你相提并论。只恨自己没什么好诗作，倒承蒙你敬以白酒。我还是栽种菊花吧，不要再作诗了。

评析

宋神宗熙宁四年（公元1071年），苏轼任杭州通判，上任途中路经陈州（今河南淮阳），拜访父亲的旧友、知府张方平（字安道），作此诗。自欧阳修作《水谷夜行寄子美、圣俞》后，宋人写诗论诗的风气日盛。本诗也是苏轼论诗诗中的名篇。

水调歌头

原文

明月几时有？把酒①问青天。不知天上宫阙②，今夕是何年③。我欲乘风归去，又恐琼楼玉宇④，高处不胜寒。起舞弄清影⑤，何似在人间！

转朱阁，低绮户⑥，照无眠。不应有恨，何事长向别时圆？人有悲欢离合，月有阴晴圆缺，此事古难全。但愿人长久，千里共婵娟⑦。

注释

①把酒：端起酒杯。

②宫阙：宫殿。

③今夕是何年：古代神话传说，天上只三日，世间已千年。古人认为天上神仙世界年月的编排与人间是大不相同的。

④琼楼玉宇：白玉砌成的楼阁。

⑤弄清影：在月光下起舞，自己的影子也翻动不已，仿佛自己和影子一起嬉戏。

⑥朱阁：朱红色的楼阁。绮户：刻有纹饰的门窗。

⑦婵娟：月里的嫦娥，代指月亮。

译文

明月什么时候出现的？我端着酒杯问青天。不知道现在天上的神仙宫殿里是什么年代了。我想要乘着风回到天上去，返回玉石砌成的美丽月宫，又害怕经受不住高空的寒冷。在浮想联翩中对月起舞，清影随人，仿佛乘云御风，置身天上，哪里像是在人间？

月亮照遍了华美的楼阁。夜深时，月光低低地透进雕花的门窗里，照着心事重重不能入眠的人。月亮既圆，便不应有恨了，但为什么常常要趁着人们离别的时候圆呢？人生有悲哀也有欢乐，有离别也有团聚。月亮呢，也会有阴、晴、圆、缺的转换，自古以来，这种情况难得十全十美。只愿我们都能健康和平安，虽然远隔千里，却能共同欣赏这美丽的月色。

评析

此词作于宋神宗熙宁九年（公元1076年）中秋，时苏轼四十一岁，为密州（今山东诸城）知州，与其弟苏辙长期别离，中秋之夜对月抒怀。

江城子

原文

梦中了了[①]醉中醒。只渊明，是前生。走遍人间，依旧却躬耕。昨夜东坡春雨足，乌鹊喜，报新晴[②]。雪堂西畔暗泉鸣。北山倾，小溪横。南望亭丘，孤秀耸曾城。都是斜川当日境，吾老矣，寄余龄。

注释

①了了：明白。

②乌鹊喜，报新晴：古有乌鹊鸣叫而天放晴的说法。

译文

只有醉中才清醒，梦中才明白。醉梦恍惚之间，仿佛自己的前生就是陶渊明，我们的命运是何其相似啊！都是遍尝人世艰辛，最后以躬耕为生。昨晚一场春雨过后，乌鹊报晴，满是生机盎然。

我的雪堂之西有泉水叮咚。北临山，门前小溪流淌。向南望去，山坡之上有亭子，亭后的山巍然独耸，好像是传说中的昆仑仙境。今日的春景好似渊明当日描述的斜川之景。我老了，只想在这里平淡地度过剩下的岁月。

评析

此词作于宋神宗元丰二年（公元1082年），时苏轼被贬谪黄州。他以自己“躬耕于东坡，筑雪堂居之”自比于晋代诗人陶渊明的斜川之游，融说理、写景和言志于一炉，在词中表达了对陶渊明的深深仰慕之意，抒发了随遇而安、乐而忘忧的旷达襟怀。

南歌子

原文

带酒冲①山雨，和衣睡晚晴。不知钟鼓报天明，梦里栩然②蝴蝶、一身轻。老去才都尽，归来计未成。求田问舍笑豪英，自爱湖边沙路、免泥行。

注释

①冲：冒着。

②栩然：欢乐畅快的样子。

译文

山中下雨，我会冒雨去喝酒，傍晚的天气晴好，我便和衣而睡。不知道钟鼓几时报天亮，酣睡甜梦中，我如蝴蝶一样欢乐畅快！

人老才尽，还无法实现归隐的志向。我经营家产必将惹得英雄豪杰笑话，不知我只想在湖边无泥的沙路上悠闲散步而已。

评析

此词作于宋神宗元丰二年（公元1079年），表现了作者洒落的襟怀和飘逸的情绪。词作意境清朗空明，语言俊真奇拔。

念奴娇·赤壁怀古

原文

大江东去，浪淘尽、千古风流人物。故垒[①]西边，人道是、三国周郎[②]赤壁。乱石穿空，惊涛拍岸，卷起千堆雪[③]。江山如画，一时多少豪杰！

遥想公瑾当年，小乔[④]初嫁了，雄姿英发[⑤]。羽扇纶巾[⑥]，谈笑间、樯橹[⑦]灰飞烟灭。故国神游[⑧]，多情应笑我，早生华发。人间如梦，一樽还酹[⑨]江月。

注释

①故垒：黄州古老的城堡。

②周郎：指周瑜，字公瑾，为吴中郎将，时年仅二十四岁，吴中称他为周郎。

③雪：比喻浪花。

④小乔：乔玄的小女儿，嫁给周瑜。

⑤英发：勃发，谈吐不凡。

⑥羽扇纶巾：手摇羽扇，头戴纶巾。这是古时儒将的装束，形容周瑜从容娴雅。纶巾是古代配有青丝帛的头巾。

⑦樯橹：此处代指曹操的水军战船。

⑧故国神游：神游于故国。指词人想象当年周瑜大破曹军的情景。故国：指旧地。

⑨酹（lèi）：以酒洒地表示祭奠。

译文

长江滚滚向东流去，千百年来，那些才华横溢的英雄豪杰都被这滚滚的浪涛冲洗掉了。那旧营垒的西边就是人们常说的三国时期周郎大破曹兵的赤壁。陡峭不平的石壁插入天空，惊人的巨浪拍打着江岸，卷起层层雪似的浪花。俊美的江山啊，那时该有多少英雄豪杰！

遥想当年的周公瑾，小乔刚刚嫁了过来，他正是英姿勃发之时，手里拿着羽毛扇，头上戴着青丝帛的头巾，谈笑之间，曹操的无数战船便在浓烟烈火中烧成了灰烬。神游于三国的古战场，不禁笑我自已太过多愁善感，以至于早早生出了白发。人生就像一场梦，还是把这酒献给江上的明月，和我同饮共醉吧！

评析

宋神宗元丰五年（公元1082年）七月，苏轼游览黄州赤壁，作此词。此词怀古抒情，写自己以旷达之心关注历史和人生。

贺新郎

原文

乳燕飞华屋。悄无人、桐阴转午①，晚凉新浴。手弄生绡白团扇②，扇手一时似玉。渐困倚、孤眠清熟。帘外谁来推绣户？枉教人、梦断瑶台曲。又却是，风敲竹。石榴半吐红巾蹙③。待浮花浪蕊都尽，伴君幽独。秾艳④一枝细看取，芳心千重似束。又恐被，西风惊绿⑤。若待得君来向此，花前对酒不忍触。共粉泪，两簌簌⑥。

注释

①桐阴转午：桐树的影子逐渐转移，时间已指向午后。

②生绡白团扇：白色生丝制的团扇。

③石榴半吐红巾蹙：形容石榴花半开时状如褶皱的红巾。

④秾艳：茂盛，美丽。李白《清平调》诗："一支秾艳露凝香。"

⑤西风惊绿：石榴夏天开花，西风起后，榴花凋谢，便只有一树绿叶了。

⑥共粉泪，两簌簌：指佳人泪、榴花蕊一起落下。簌簌：形容花瓣与眼泪落下的声音。

译文

雏燕儿在华丽的房屋前飞过。这里悄然无人，桐树的影子逐渐转移，时间已指向午后。晚间凉爽，美人刚刚沐浴完毕，手里摇弄着白绢团扇，团扇与素手似白玉凝酥。渐渐困倦，独自睡得香熟。窗外是谁推响彩绣的门户？白白地把人叫起，惊散了好梦一场。唉，敲门并不是有人来，而是夜风敲响了翠竹。

半开的石榴花像红巾叠簇，等轻浮的花朵谢尽，它就会来陪伴孤独的美人。取一枝艳丽的石榴花细细看，千层的花瓣好像美人心事重重。只怕那西风骤起，吹得只剩下一树绿叶。若那时美人再来，残花面前即便对着美酒，也不能畅怀，只有花蕊与美人的眼泪一起落下。

评析

这是一首抒写闺怨的双调词。上片写美人，下片专咏榴花，借花取喻，时而花人并列，时而花人合一。作者赋予词中的美人、榴花以孤芳高洁、自伤迟暮的品格和情感，在这两个美好的意象中渗透进自己的人格和感情。词中写失时之佳人，托失意之情怀；以婉曲缠绵的儿女情长，寄慷慨郁愤的身世之感。

关于这首词，前人传说纷纭。杨湜《古今词话》说：东坡知杭州时，府僚西湖宴集，官妓秀兰浴后倦卧，姗姗来迟，折一枝榴花请罪，东坡乃作此词，令秀兰歌之以侑觞。曾季狸《艇斋诗话》说：此词是东坡在杭州万顷寺作，寺有榴花树，是日有歌者昼寝云云。陈鹄《耆旧续闻》说：有人在晁以道家见东坡此词真迹，问之为侍妾榴花作。然从词的内容来看，词人为生活中某事而作，只不过借题发挥而已，这首词实是写东坡自己的情怀。而胡仔说得好："东坡此词，冠绝今古，托意高远，宁为一娼而发耶！"（《苕溪渔隐丛话》后集卷三十九）

留侯论

原文

古之所谓豪杰之士者，必有过人之节，人情有所不能忍者。匹夫见辱，拔剑而起，挺身而斗，此不足为勇也。天下有大勇者，卒然[①]临之而不惊，无故加之而不怒。此其所挟持者甚大，而其志甚远也。

夫子房受书于圯上之老人也，其事甚怪；然亦安知其非秦之世，有隐君子者，出而试之？观其所以微见其意者，皆圣贤相与警戒之义；而世不察，以为鬼物，亦已过矣。

且其意不在书。当韩之亡、秦之方盛也，以刀锯鼎镬待天下之士，其平居无罪夷灭者，不可胜数。虽有贲育[②]，无所获施。夫持法太急者，其锋不可犯，而其势未可乘，子房不忍忿忿之心，以匹夫之力，而逞于一击之间。当此之时，子房之不死者，其间不能容发，盖亦已危矣。千金之子，不死于盗贼[③]，何者？其身之可爱，而盗贼之不足以死也。子房以盖世之才，不为伊尹、太公[④]之谋，而特出于荆轲、聂政[⑤]之计，以侥幸于不死，此固圯上之老人所为深惜者也。是故倨傲鲜腆而深折之，彼其能有所忍也，然后可以就大事。故曰："孺子可教也。"

楚庄王伐郑，郑伯肉袒牵羊以迎。庄王曰："其君能下人，必能信用其民矣。"遂舍之。勾践之困于会稽，而归臣妾于吴者，三年而不倦。且夫有报人之志，而不能下人者，是匹夫之刚也。夫老人者，以为子房才有余，而忧其度量之不足，故深折其少年刚锐之气，使之忍小忿而就大谋。何则？非有平生之素，卒然相遇于草野之间，而命以仆妾之役，油然而不怪者，此固秦皇之所不能惊，而项籍之所不能怒也。

观夫高祖之所以胜，项籍之所以败者，在能忍与不能忍之间而已矣。项籍唯不能忍，是以百战百胜，而轻用其锋。高祖忍之，养其全锋而待其弊，此子房教之也。当淮阴破齐，而欲自王，高祖发怒，见于词色。由是观之，犹有刚强不忍之气，非子房其谁全之？

太史公疑子房以为魁梧奇伟，而其状貌乃如妇人女子，不称其志气。呜呼！此其所以为子房欤！

注释

①卒然：突然。卒：通"猝"。

②贲（bēn）育：战国时的勇士孟贲、夏育。

③千金之子，不死于盗贼：语出《史记·货殖列传》："谚曰：千金之子，不死于市。"

④伊尹：商朝开国功臣，商汤之师。太公：即吕尚，周朝开国功臣，周武王之师。

⑤荆轲：卫国人，为燕太子丹刺杀秦王，不中，被杀。聂政：韩国人，为韩卿严遂刺死相国韩傀，后自杀。

译文

古时候所说的英雄人物一定有超过一般人的气度，能忍受一般人所无法忍受的事情。一般人受到侮辱，拔剑而起，挺身而斗，这不能称为勇敢。天下有非常勇敢的人，大祸突然降临而不震惊，无缘无故地怪罪他而不恼怒，这是因为他所负的使命很重大，而他的志向也很远大啊。

张子房在圯上老人那里得到赠书，这件事很奇怪。但又怎么知道那位老人不是在秦朝时就隐居起来的君子出来试探考验他呢？观察一下他那从细节体现出来的用心，都是古圣先贤们相互提醒、警诫的道理。可是世人不用心思考，竟认为他是鬼神，也就大错特错了，何况他的用意并不仅在于赠书一事。当韩国灭亡，秦国正强盛的时候，秦国用残酷的刑罚来对待天下的读书人，那些平时足不出户，没有任何犯罪行为无故被屠杀的多得数不胜数。即使有孟贲、夏育那样的人，也无法获得施展本领的机会。执法过于严厉的人，他的锋芒是不能触犯的，而且他的势头是不可阻挡的。张子房忍耐不住愤怒的心情，只凭借个人的力量，企图通过一椎猛击达到杀死秦始皇的目的。在这个时候，张子房侥幸未被杀死，但到死亡之门的距离小得几乎容不下一根头发，这也太危险了。家财万贯的人决不肯与盗贼死拼硬斗。为什么呢？因为他很珍惜自己的生命，觉得死在盗贼手里太不值得。张子房凭着盖世无双的才能，不去筹划伊尹、太公那样的治世大计，反而做出荆轲、聂政那样的暗杀下策，而侥幸的是没有被秦始皇捉住杀死，这也是圯上老人替他深深惋惜的啊，于是才用傲慢无礼的态度来使他深受磨砺。他在这种情况下能隐忍不发，以后就能够成就一番大事业，所以老人才说："这孩子是能够教导的。"

楚庄王攻打郑国，郑伯光着上身牵着羊来迎接。庄王说："郑国的君主能谦卑地对待人，也必定能够信任地使用他的臣民了。"于是放弃了原来的打算。越王勾践被围困在会稽山，被迫投降，像奴仆一样为吴国服役，历经三年而不倦怠。如果有复仇的决心，却不能暂时忍耐着屈居人下，这只是普通人的刚强。那位老人认为张子房才能有余，而担心他的度量不够，于是有意深深地磨砺他那年轻人特有的刚强锐利之气，使他忍住小怒以成就大事业。为什么要那样做呢？一个与老人素昧平生的人突然在荒郊野地与老人萍水相逢，却被命令做奴仆婢妾所干的事情，若无其事而不见怪的，这个人肯定是秦始皇吓不倒、项籍也无法激怒的啊。

看来汉高祖胜利的原因，项籍失败的缘故，关键在于是否能够忍耐罢了。项籍仅仅因为不能忍耐，所以百战百胜，却轻率地使用他的有生力量；汉高祖敛心收性，养精蓄锐而耐心地等待对方的疲惫衰竭，这是张子房给他出的主意啊。当韩信打败齐国，想要自立为王时，高祖大为恼火，言辞和脸色都充满着愤怒。从这里来看，汉高祖居然也有刚强不能忍耐的脾性，如果不是张子房，还有谁能够成全他呢？

太史公本以为张子房一定长得高大魁梧，却不料后来看到他的画像，发现他长得竟然宛若妇人女子，与他的志向、气度不相称。啊！这大概就是子房之所以是子房的原因吧！

评析

留侯，即张良。张良字子房，相传为城父（今安徽亳县）人，为刘邦重要谋士，辅助刘邦灭秦、灭项羽。建汉后，封于留（今江苏徐州附近），故称留侯，后退隐。张良一生为刘邦设计良谋无数，从历史的角度来看，这是张良成名之所在。本文论张良，却不以此为重点，而是论张良之所以成为张良的原因，指明关键就在于他放弃了以一击刺秦王的匹夫之勇，而接受了圯上老人的试探、警诫，"忍小忿而就大谋"，不仅成就了自己的功名，并因此而影响了高祖，遂成帝王大业。

贾谊论

原文

非才之难，所以自用者实难。惜乎！贾生[①]，王者之佐，而不能自用其才也。夫君子之所取者远，则必有所待；所就者大，则必有所忍。古之贤人，皆有可致之才，而卒不能行其万一者，未必皆其时君之罪，或者其自取也。

愚观贾生之论，如其所言，虽三代何以远过？得君如汉文[②]，犹且以不用死，然则是天下无尧舜，终不可以有所为耶？仲尼圣人，历试于天下，苟非大无道之国，皆欲勉强扶持，庶几一日得行其道。将之荆，先之以冉有，申之以子夏。君子之欲得其君，如此其勤也。孟子去齐，三宿而后出昼[③]，犹曰："王其庶几召我。"君子之不忍弃其君，如此其厚也。公孙丑问曰："夫子何为不豫？"孟子曰："方今天下，舍我其谁哉？而吾何为不豫？"君子之爱其身，如此其至也。夫如此而不用，然后知天下之果不足与有为，而可以无憾矣。若贾生者，非汉文之不用生，生之不能用汉文也。

夫绛侯亲握天子玺而授之文帝，灌婴连兵数十万，以决刘、吕之雌雄，又皆高帝之旧将，此其君臣相得之分，岂特父子骨肉手足哉？贾生，洛阳之少年，欲使其一朝之间，尽弃其旧而谋其新，亦已难矣。为贾生者，上得其君，下得其大臣，如绛、灌之属，优游浸渍[④]而深交之，使天子不疑，大臣不忌，然后举天下而惟吾之所欲为，不过十年，可以得志。安有立谈之间，而遽为人"痛哭"哉！观其过湘为赋以吊屈原[⑤]，纡郁愤闷，趯然[⑥]有远举之志。其后卒以自伤哭泣，至于夭绝，是亦不善处穷者也。夫谋之一不见用，安知终不复用也？不知默默以待其变，而自残至此。呜呼！贾生志大而量小，才有余而识不足也。

古之人，有高世之才，必有遗俗之累。是故非聪明睿智不惑之主，则不能全其用。古今称苻坚得王猛于草茅之中，一朝尽斥去其旧臣而与之谋，彼其匹夫略有天下之半，其以此哉！

愚深悲贾生之志，故备论之。亦使人君得如贾生之臣，则知其有狷介[⑦]之操，一不见用，则忧伤病沮，不能复振。而为贾生者，亦谨其所发哉！

注释

①贾生：即贾谊。古代对有学识的人尊称为"生"，犹后世称"先生"。

②汉文：汉文帝刘恒，西汉前期最有作为的君主之一。

③昼：地名，在今山东临淄。

④优游浸渍：从容不迫，逐渐渗透。

⑤“观其过湘”句：即流传至今的《吊屈原赋》。

⑥趯然：跳跃的样子。

⑦狷介：性情正直，不肯同流合污。

译文

并不是具备才能难，而是如何把自己的才能施展出来才的确很难。可惜呀！贾谊是个辅佐帝王的人才，却不善于使用自己的才能。君子要想实现远大的追求，就必须等待时机；想要建立伟大的功业，就必须忍辱负重。古时候的贤能人士都有建功立业的才能，但最终能够实现的往往不过万分之一，这不一定都是当时君主的过错，也可能是他自己造成的。

我看贾谊的议论，像他所说的那种美好设想，即便是三代盛世，又怎能超过它呢？遇到汉文帝那样贤明的君主，尚且因为未被重用抑郁而死，那么，如果天下没有尧、舜那样圣明的君主，就永远不能有所作为吗？孔仲尼是圣人，曾周游列国而多次试求任用，如果不是极其无道的国家，都想尽力扶持，希望有朝一日能推行自己的政治主张。他将去楚国时，先派冉有去联系，接着又派子夏去落实。君子想得到君主的重用，是这样辛勤啊。孟子离开齐国时，住了三夜才离开昼地，还说：“也许齐王会召见我。”君子不忍心离开他的君主，是这样感情深厚啊。公孙丑问道：“为什么先生不高兴？”孟子说：“如今这种时候，除了我，还有谁能负起治理国家的重任呢？为什么我要不高兴？”君子爱惜自己是这样无微不至啊。如果做到了这种程度而仍然得不到重用，那么就彻底明白天下真的不值得自己去做什么了，从而就能够毫无遗憾了。像贾谊这样的人，并非汉文帝不重用他，而是他本人不能被汉文帝所用啊。

绛侯周勃亲手捧着皇帝的玉玺交给汉文帝，灌婴联合几十万兵力决定过刘、吕两家的胜败，他们又都是高祖时的老将，这种君臣之间相互遇合的情分哪里是父子兄弟之间的骨肉关系所能比拟的呢？贾谊只是洛阳的一个年轻人，却想在一天之内，使文帝放弃全部旧的政策而制定新的政策，也太强人所难了。作为贾生本人，应该上面取得君主的信任，下面取得大臣的支持，像绛侯、灌婴这种人，应该从容地、慢慢地与他们深交，使皇帝不猜疑，大臣不忌恨，这样才能使整个国家都按照自己的主张治理，用不了十年，就能实现自己的理想。哪里有短时间内就迫不及待地向人家“痛哭”的道理呢？看他路过湘水时所作的凭吊屈原的辞赋，心绪烦乱，忧郁愤懑，大有退隐山林之意。此后又因自怨自艾而常常哭泣，终于短命而死，这也是不善于正确对待逆境的啊。他的建议一次未被采纳，又怎能知道将来最终不会再被采纳呢？不懂得静静地等待事情的变化，却自我摧残到这种地步。唉！贾谊志向远大而气量狭小，才能有余而见识短浅啊。

如果古时候的人具有超出当时一般人的才能，也一定有不被世俗理解的烦恼。如果遇不到聪明睿智不糊涂的君主，便无法充分施展他的才能。从古至今，人们称道苻坚在多如茅草的人中间慧眼识人得到了王猛这个人才，很快就把昔日的老臣尽数撇在一边，而只与他商讨治国大计。王猛这个普通人几乎占有了天下的一半，大概就是因为这个原因吧！我深深地为贾谊的抱负未能实现而悲哀，于是才全面地评论他。也希望如果做君主的得到像贾谊这样的臣子，能够理解他孤傲狷介的性格，他们一旦不被重用，就会忧伤、沮丧，不能再振作起来。而像贾谊这样的人，也应该谨慎地发表自己的政见啊！

评析

贾谊是西汉时人，很有才干，却一生不得志，被贬远离朝廷。这篇文章引征古今，从正、反两方面举例，分析了贾谊才能得不到施展的原因。作者认为，贾谊只是对君王不赏有识之士心存埋怨，却忽略了自身性格不坚强的弱点，认为有才能的人应当不怕挫折，持之以恒。这种看法也是作者的自勉。

晁错论

原文

天下之患，最不可为者，名为治平无事，而其实有不测之忧。坐观其变，而不为之所，则恐至于不可救；起而强为之，则天下狃①于治平之安，而不吾信。惟仁人君子豪杰之士，为能出身为天下犯大难，以求成大功。此固非勉强期月之间，而苟以求名者之所能也。天下治平，无故而发大难之端。吾发之，吾能收之，然后有辞于天下。事至而循循焉欲去之，使他人任其责，则天下之祸必集于我。

昔者晁错尽忠为汉，谋弱山东②之诸侯。山东诸侯并起，以诛错为名，而天子不之察，以错为之说。天下悲错之以忠而受祸，而不知错之有以取之也。

古之立大事者，不惟有超世之才，亦必有坚忍不拔之志。昔禹之治水，凿龙门③，决大河，而放之海。方其功之未成也，盖亦有溃冒冲突可畏之患。惟能前知其当然，事至不惧，而徐为之图，是以得至于成功。

夫以七国之强而骤削之，其为变，岂足怪哉？错不于此时捐其身，为天下当大难之冲，而制吴、楚之命，乃为自全之计，欲使天子自将而己居守。且夫发七国之难者谁乎？己欲求其名，安所逃其患？以自将之至危，与居守之至安，己为难首，择其至安，而遗天子以其至危，此忠臣义士所以愤怨而不平者也。当此之时，虽无袁盎，错亦未免于祸。何者？己欲居守，而使人主自将，以情而言，天子固已难之矣，而重违其议，是以袁盎之说得行于其间。使吴、楚反，错以身任其危，日夜淬砺[4]，东向而待之，使不至于累其君，则天子将恃之以为无恐，虽有百盎，可得而间哉？

嗟夫！世之君子，欲求非常之功，则无务为自全之计。使错自将而讨吴、楚，未必无功。惟其欲自固其身，而天子不悦，奸臣得以乘其隙。错之所以自全者，乃其所以自祸欤！

注释

①狃（niǔ）：习惯。

②山东：指崤山以东。

③龙门：今山西河津西北，是黄河奔流最湍急之处。

④淬砺：锻炼磨砺。引申为冲锋陷阵，发愤图强。

译文

天下的祸患最不能挽回的莫过于表面上社会安定没有祸乱，而实际上却存在着不安定因素。消极地看着祸乱发生却不去想方设法对付，那么恐怕祸乱就会发展到无可挽回的地步。起来坚决地制止它，又担心天下人已经习惯这种安定的表象而不相信我。只有那些仁人君子、豪杰人物才能够挺身而出为国家安定而冒天下之大不韪，以求得成就伟大的功业。这本来就不是能够在短时间内一蹴而就的，更不是企图追求名利的人所能做到的。国家安定平静，无缘无故触发巨大的祸患的导火线。我触发了它，我又能制止它，然后才能有力地说服天下人。祸乱发生却想躲躲闪闪地避开它，让别人去承担平定它的责任，那么天下人的责难必定要集中到我的身上。

从前晁错殚精竭虑效忠汉室，建议景帝削弱山东诸侯各国的实力。于是山东诸侯各国共同起兵，借着杀晁错的名义。可是景帝没有洞察到他们的用心，就把晁错杀了来说服他们退兵。天下人都为晁错因尽忠而遭杀身之祸痛心，却不明白其中部分原因却是晁错自己造成的。

自古以来，凡是做大事业的人，不仅有出类拔萃的才能，而且一定有坚韧不拔的意志。从前大禹治水，凿开龙门，疏通黄河，使洪水东流入海。当他的整个工程尚未完成时，可能也时有决堤、漫堤等可怕的祸患发生，只是他事先就预料到会这样，于是祸患发生时就不惊慌失措而能从从容容地治理它，所以能够最终取得成功。七国那样强大，却突然想削弱它，难道他们起来叛乱值得奇怪吗？晁错不在这个时候豁出自己的性命，为天下人承受抵挡大难，从而控制吴、楚等国的命运，居然为了保全自己的性命，想让景帝御驾亲征平定叛乱而自己留守京城。再说那挑起七国之乱的是谁呢？自己想赢得那个美名，又怎么能躲避这场患难呢？拿极其危险的亲自带兵平定叛乱与极其安全的留守京城相比，自己是引发祸乱的主谋，选择最安全的事情去做，却把最危险的事情留给皇帝去做，这就是让忠臣义士们愤怒不平的原因啊。在这个时候，即使没有袁盎，晁错也不可能免于杀身之祸。为什么呢？自己想要留守京城，却叫皇帝御驾亲征，按情理来说，皇帝本来已经觉得这是勉为其难的事情，但又不好反对他的建议，这样正好给袁盎以进谗言的机会，使他的目的能够得逞。假若吴、楚等七国叛乱时，晁错豁出性命承担这一危险的平叛重担，夜以继日像淬火磨刀似的训练军队，向东边严阵以待，让自己的君主不至于受到烦忧，那么皇帝就会充分依靠他而不觉得七国叛乱有什么可怕。纵使有一百个袁盎，能有机可乘离间他们君臣吗？

唉！如果世上的君子想要建立伟大的功业，那就不要考虑保全性命的计策。假如晁错自己亲自带兵去讨伐吴、楚等七国，不一定就不会成功。只因他一心想保全自身，而惹得皇帝不高兴，奸臣正好趁此钻了空子。晁错企图保全自己的性命，这正是他招致杀身之祸的原因啊！

评析

本文总结了削藩失败、晁错被杀的原因。作者认为，晁错被杀，首先有七国叛乱给皇帝造成的压力和受到政敌中伤的原因，但又提出了另一个观点，即晁错自己也缺乏坚强的意志和临危不惧的精神，这才给了政敌攻击他的机会。

教战守

原文

夫当今生民之患，果安在哉？在于知安而不知危，能逸而不能劳。此其患不见于今，而将见于他日。今不为之计，其后将有所不可救者。

昔者先王[①]知兵之不可去也，是故天下虽平，不敢忘战。秋冬之隙，致民田猎以讲武。教之以进退坐作之方，使其耳目习于钟鼓、旌旗之间而不乱，使其心志安于斩刈、杀伐之际而不慑[②]。是以虽有盗贼之变，而民不至于惊溃。及至后世，用迂儒之议，以去兵为王者之盛节[③]；天下既定，则卷甲而藏之。数十年之后，甲兵顿弊，而人民日以安于佚乐，卒[④]有盗贼之警，则相与恐惧讹言，不战而走。开元、天宝[⑤]之际，天下岂不大治？惟其民安于太平之乐，豢[⑥]于游戏、酒食之间，其刚心勇气，消耗钝眊[⑦]，痿蹶[⑧]而不复振。是以区区之禄山[⑨]一出而乘之，四方之民，兽奔鸟窜，乞为囚虏之不暇，天下分裂，而唐室固以微矣。

盖尝试论之：天下之势，譬如一身。王公贵人，所以养其身者，岂不至哉？而其平居常苦于多疾。至于农夫小民，终岁勤苦，而未尝告病，此其故何也？夫风雨、霜露、寒暑之变，此疾之所由生也。农夫小民，盛夏力作，而穷冬暴露，其筋骸之所冲犯，肌肤之所浸渍⑩，轻霜露而狎风雨，是故寒暑不能为之毒。今王公贵人，处于重屋之下，出则乘舆，风则袭裘⑪，雨则御盖⑫。凡所以虑患之具，莫不备至。畏之太甚，而养之太过，小不如意，则寒暑入之矣。是故善养身者，使之能逸而能劳，步趋动作，使其四体狃⑬于寒暑之变，然后可以刚健强力，涉险而不伤。夫民亦然。今者治平之日久，天下之人，骄惰脆弱，如妇人孺子，不出于闺门。论战斗之事，则缩颈而股栗；闻盗贼之名，则掩耳而不愿听。而士大夫亦未尝言兵，以为生事扰民，渐不可长。此不亦畏之太甚而养之太过欤？

且夫天下固有意外之患也。愚者见四方之无事，则以为变故无自而有，此亦不然矣。今国家所以奉西北之虏者，岁以百万计⑭。奉之者有限，而求之者无厌，此其势必至于战。战者，必然之势也。不先于我，则先于彼；不出于西，则出于北。所不可知者，有迟速远近，而要以不能免也。天下苟不免于用兵，而用之不以渐，使民于安乐无事之中，一旦出身⑮而蹈死地，则其为患必有不测。故曰：天下之民，知安而不知危，能逸而不能劳，此臣所谓大患也。

臣欲使士大夫尊尚武勇，讲习兵法；庶人之在官者⑯，教以行阵之节；役民之司盗者⑰，授以击刺之术。每岁终则聚于郡府，如古都试⑱之法，有胜负，有赏罚。而行之既久，则又以军法从事。然议者必以为无故而动民，又挠以军法，则民将不安。而臣以为此所以安民也。天下果未能去兵，则其一旦将以不教之民而驱之战。夫无故而动民，虽有小恐，然孰与夫一旦之危哉？

今天下屯聚之兵，骄豪而多怨，陵压百姓而邀⑲其上者，何故？此其心以为天下之知战者，惟我而已。如使平民皆习于兵，彼知有所敌，则固已破其奸谋，而折其骄气。利害之际，岂不亦甚明欤？

注释

①先王：指夏、商、周三代帝王。

②慑：害怕。

③盛节：美好的法度。

④卒：同“猝”，突然。

⑤开元、天宝：都是唐玄宗李隆基的年号。

⑥豢：沉醉安养。

⑦钝眊：迟钝衰竭。

⑧痿蹶（jué）：精力疲惫。

⑨禄山：安禄山，安史之乱的发动者，天宝末年，起兵攻陷长安。

⑩浸渍：被水浸泡。

⑪袭裘：加穿皮袄。

⑫御盖：打伞。

⑬狃：习惯。

⑭今国家所以奉西北之虏者，岁以百万计：宋仁宗庆历年间，每年向辽朝献纳银二十万两，绢三十万匹。向西夏输银十万两，绢十万匹。西：指西夏。北：指辽国。百万：指数量之多。

⑮出身：投身。

⑯庶人之在官者：在军队服役的平民。

⑰役民之司盗者：从民间抽调负责捕盗的差役。

⑱都试：汉代定期集合官兵于都城演习武事的一种制度。《汉书·韩延寿传》载："及都试讲武，设斧钺旌旗，习射御之事。"

⑲邀：要挟。

译文

如今百姓的隐患究竟在哪里呢？在于他们知道自己处于和平的环境中，却不知道有危险存在；过惯了安逸日子，却不能吃苦耐劳。今天，这种隐患还没有暴露出来，但总有一天会暴露的。现在不为他们想出对策，以后就将出现不可挽救的祸患。

从前，先王懂得军备是不能解除的，虽然天下太平了，却不敢忘记战备。在秋冬农闲的时候，就招集民众到野外打猎来习武练兵。教会他们如何前进、后退、跪下、起立的方法，使他们的耳朵听惯战鼓的响声、眼睛看惯战旗飘扬，不会一听见鼓响、一看见战旗就心慌意乱，使他们面对割削砍杀、血肉横飞的战争场面而不感到害怕。因此，即使出现了盗贼兴起的变乱，老百姓也不会因为惊惧而溃散。等到了后世，君主们采用了迂腐儒生的意见，把解除军队作为君王应该实行的美好措施，天下平定以后，便卷起铠甲收藏起来。几十年以后，铠甲烂了，兵器钝了，老百姓又一天天过惯了安乐的日子。突然出现了盗贼作乱的紧急情况，大家就惊慌失措，谣言四起，没有抵抗就逃跑了。开元、天宝年间，难道天下治理得不好？只因老百姓习惯过太平安乐的日子，成天在吃喝玩乐中生活，他们刚强的意志和勇气全都消耗尽了，萎缩衰竭，振作不起来。因此小小的安禄山一出来就利用了这种机会，四处的百姓像鸟兽一样到处奔跑逃窜，想乞求做一个被囚禁的俘虏恐怕都来不及，天下四分五裂，而唐朝当然也就急剧衰落了。

我曾经试着分析了一下这个问题：天下的情形好比一个人的身体。难道王公贵人用来保养他们身体的方法还不周到完备吗？可是平时他们却常因多病而苦恼。至于农民小百姓们，一年到头辛勤劳苦，却不曾生过病。这是什么缘故呢？风雨、霜露、寒暑的变化是造成人生病的原因。那些种田的老百姓在酷热的夏天还不停地努力耕作，而到了冬末仍然在野外干活，风霜冲犯他们的筋骨，雨露浸泡他们的皮肤，可他们却对风霜雨露毫不在乎，因此寒暑冷热都不能给他们带来危害。如今王公贵人住在楼房中，出门就坐车，刮风就加上皮衣，下雨就撑开伞，凡是可以用来防备生病的用具，没有准备得不齐全的。他们对病害怕得太厉害，而对自己保养得太过分，稍微不注意，寒暑之气就侵入了他们的身体。因此会保养身子的人总是使自己既能过安逸日子，又能吃苦耐劳，经常散步、跑步和运动，使自己的身体能够适应寒暑的变化。这样才可以使他的身体刚健，强壮有力，就算经历危险的事情也不会受到损害。老百姓的情况也是这样，如今国家太平很久了，天下的人骄傲怠惰，脆弱得很，就像妇女和小孩一样，从没有出过家门。一听到谈论打仗的事，就吓得直缩颈项、大腿发抖；一听到盗贼的名字，就用手遮住耳朵不愿意听。而且士大夫也未曾谈到军事方面的事，认为谈论军事就是无端生事来扰乱人民，一有苗头就要制止。这种情况不是对打仗的事害怕得太厉害和对自己保养得太过分了吗？

况且天下本来就有意外发生的灾祸。愚蠢的人见到四方无事，就认为意外的事便无从产生，这种看法也是不对的。现在每年国家进献给辽国和西夏的银绢要以百万来计算。进献者的财物是有限的，而索取财物的人没有满足的时候，这样双方势必会发生战争。发生战争，这是必然的趋势。不是从我方开始，就是从对方开始；不是从西夏爆发，就从辽国爆发。不能知道的只是战争发生得慢一些还是发生得快一些，是发生在远处还是发生在近处，总之是不可避免的。如果天下不能避免战争，可又不让打仗的人渐渐适应战争，而是使他们从安乐无事的环境中，一下子就投身到出生入死的战场，那就必然会出现意外的灾祸。所以说，天下人民只懂得安稳平静，却不知道有危险存在，只能够过安逸日子，却不能吃苦耐劳，这就是我所说的大祸患。

我想让各级官吏重视提倡武力和勇敢，讲解练习用兵的法规。在官府服兵役的百姓，要教给他们编排行列、布置阵势的规则；对那些被征来服役、专管缉捕盗贼的公差，教给他们击、刺的本领。每到年底，就把他们聚集到州府所在地，像古代那样演习武事，有胜负，有赏罚。实行很久以后，就用军法来要求他们。这样做，持不同意见的人一定会认为是无缘无故地调动百姓，又用军法来约束他们，那老百姓将不能过安定日子了。可是我却认为这是用来安定百姓的好办法。天下果真不能消除战争，那么总有一天就要驱使没有受过战争训练的老百姓去打仗。这样，无事时训练百姓，虽说他们会有些小的惊恐，但和一旦要他们走上战场所面临的危险相比，哪个严重呢？

现在天下屯聚的军队骄纵强横、怒气冲天，他们欺压百姓、要挟上级军官，这是什么原因呢？这是因为他们心目中认为天下会打仗的只有自己罢了。如果让平民百姓都学习军事，他们明白自己有了对手，就一定能破除他们的坏主意，打消他们的骄横气焰。这样做是有利还是有害，难道不是很清楚吗？

评析

本文是苏轼在宋仁宗嘉祐六年（公元1061年）应制科考试时，所奏《策别》中议论“安万民”问题的第五篇。北宋中叶以后，辽和西夏成为西北边境的严重威胁，苏轼分析了当时的形势，清醒地预见到战争不可避免，明确指出知安忘危的危险，建议朝廷改变萎靡不振的局面，使百姓“尊尚武勇，讲习兵法”，以便应对战局。这是一篇很有见地，现实性、针对性较强的政论文。

乞校正陆贽奏议进御札子

原文

臣等猥以空疏，备员讲读[①]。圣明天纵，学问日新。臣等才有限而道无穷，心欲言而口不逮[②]，以此自愧，莫知所为。

窃谓人臣之纳忠，譬如医者之用药，药虽进于医手，方多传于古人。若已经效于世间，不必皆从于己出。

伏见唐宰相陆贽[③]，才本王佐，学为帝师。论深切于事情，言不离乎道德。智如子房而文则过，辩如贾谊而术不疏，上以格君心之非，下以通天下之志。但其不幸，仕不遇时。德宗以苛刻为能，而贽谏之以忠厚；德宗以猜忌为术，而贽劝之以推诚；德宗好用兵，而贽以消兵为先；德宗好聚财，而贽以散财为急。至于用人听言之法，治边御将之方，罪己以收人心，改过以应天道，去小人以除民患，惜名器[④]以待有功，如此之流，未易悉数。可谓进苦口之药石，针害身之膏肓。使德宗尽用其言，则贞观可得而复。

臣等每退自西阁，即私相告，以陛下圣明，必喜贽议论。但使圣贤之相契，即如臣主之同时。昔冯唐论颇、牧[⑤]之贤，则汉文为之太息[⑥]；魏相条晁、董[⑦]之对，则孝宣以致中兴。若陛下能自得师，则莫若近取诸贽。

夫六经三史，诸子百家，非无可观，皆足为治。但圣言幽远，末学支离，譬如山海之崇深，难以一二而推择。如贽之论，开卷了然。聚古今之精英，实治乱之龟鉴。臣等欲取其奏议，稍加校正，缮写进呈。愿陛下置之坐隅，如见贽面，反复熟读，如与贽言。必能发圣性之高明，成治功于岁月。

臣等不胜区区之意，取进止。

注释

①备员：凑数。讲读：指侍讲、侍读，官名。

②逮：到，及。

③陆贽：唐德宗时任翰林学士、宰相，后受谗被贬。著有《翰苑文集》，亦名《陆宣公奏议》。

④名器：《左传》："唯器与名，不可以假人。"意即赏赐不可滥。

⑤颇：廉颇。牧：李牧。均为战国时名将。

⑥太息：出声长叹。

⑦晁：晁错。董：董仲舒。均为西汉时思想家。

译文

臣等依凭空虚浅薄的才学，在翰林院侍讲、侍读的职位上充个数目。皇上的聪明睿智是上天赋予的，学问一天比一天深厚。臣等才学有限，然而圣贤之道没有穷尽，虽然心中想表述清楚，可口头上表达不出来，于是自己感到很是惭愧，不知道该怎么办。

臣等认为作为臣子向皇帝进献忠诚就像医生对准病症去用药一样，虽然药经医生之手传过去，但药方多是从古人那里留下来的。如果药方在世间被证明确实很灵验，那么就不必一定要由医生自己创造出来才用。

臣等听说唐德宗时的宰相陆贽，其才能本来就是帝王的辅佐，学问足可成为帝王的老师。他的议论深刻而切合物事人情，言语从不偏离圣贤的道德规范。才能与西汉的张良（张良字子房）齐肩而文才却要胜过他，议论的才能像西汉的贾谊而方法却不粗疏。上可以纠正皇帝想法上的错误，下能够贯通天下人的心志。但他不幸的是做官没能赶上良好的时机。唐德宗以严厉刻薄为能事，陆贽就以忠诚敦厚去规谏；唐德宗以猜疑忌恨去对人，陆贽就以推心置腹去劝说；唐德宗喜好用兵打仗，陆贽则认为消除战事是当时首先要做到的；唐德宗喜好敛聚财物，陆贽则认为散财于民最为迫切。至于任用人才、接受意见的方法，整治边防、驾驭将帅的策略，归罪于自身以收拢人心，改正过错以顺应天道，斥退小人以消除人民的祸患，珍惜爵位、宝器以授予有功的人，像这类合理的建议很难列举完。陆贽真可以说是进献了苦口的良药去诊治危害身体的重病。假使唐德宗能完全按陆贽的进言去实行，那么贞观之治的盛况便会再一次出现。

臣等每次从皇帝听讲的西阁退出，都私下相互议论，认为您是圣明的天子，一定喜欢陆贽的议论。只要使像您这样的圣明天子和像陆贽那样的贤能大臣意见相吻合，那就像圣君和贤臣处于同一时代一样了。当初冯唐高度赞扬战国时廉颇、李牧的贤能，汉文帝则为不能任用他们而深深叹息；魏相陈述了西汉晁错、董仲舒等应对当时皇帝的言语，汉宣帝就按这些言语施政而成就了汉室中兴的业绩。如果陛下能自己寻求老师，就不如从近一点的唐朝选取陆贽。

再说那《诗》《书》《礼》《易》《乐》《春秋》六经，《史记》《汉书》《后汉书》三部史书，以及诸子百家的著作并不是没有可以效法的，而且依照这些史籍所阐述的道理足以治理好国家。然而“六经”当中的圣贤言论精深奥秘，而史书、子书中存留的圣贤学说却颇不完整，犹如高山大海那样崇高深远，很难从中选择出多少可以直接推广运用的东西。而陆贽的议论，一打开书本就非常明了清楚，汇聚了古往今来的学说精华，确实是国家治乱的一面镜子。臣等想把他向皇帝的进言文章稍微加以整理校对，重新抄好进呈给陛下。希望陛下把它放在自己的座位旁边，就像亲眼见到陆贽之面一样；反复熟读它，就像和陆贽当面谈话一样。这样，一定能启发陛下天子之性的神明天资，在不长的时间内就能成就强盛国家的功业。

臣等说不尽愚陋的心意，请陛下决定是否采用。

评析

陆贽为唐德宗时宰相，著名政论家。他的奏议往往切中时弊，为后世所推崇。本文写于宋哲宗即位不久。当时旧党上台，而王安石推行的新法被吕惠卿等人弄得面目全非，弊端百出，新旧党之争依然激烈，国无宁日。苏轼进此札子，乞校正陆贽奏议，并建议哲宗反复熟读，从中得到治国的启发。文章认为，陆贽的札子虽当时不为德宗所用，但已是如“经效于世间”的良药，为“治乱之龟鉴”，若为哲宗熟读，“必能发圣性之高明，成治功于岁月”。文章写得真切动人。

凌虚台记

原文

国于南山之下，宜若起居饮食与山接也。四方之山，莫高于终南，而都邑之丽山者，莫近于扶风。以至近求最高，其势必得，而太守之居，未尝知有山焉。虽非事之所以损益，而物理有不当然者。此凌虚之所为筑也。

方其未筑也，太守陈公，杖屦逍遥于其下。见山之出于林木之上者，累累如人之旅行于墙外而见其髻也。曰：“是必有异。”使工凿其前为方池，以其土筑台，高出于屋之危而止。然后人之至于其上者，恍然不知台之高，而以为山之踊跃奋迅而出也。公曰：“是宜名凌虚。”以告其从事苏轼，而求文以为记。

轼复于公曰："物之废兴成败，不可得而知也。昔者荒草野田，霜露之所蒙翳[1]，狐虺[2]之所窜伏。方是时，岂知有凌虚台耶？废兴成毁，相寻于无穷，则台之复为荒草野田，皆不可知也。尝试与公登台而望，其东则秦穆之祈年、橐泉也，其南则汉武之长杨、五柞，而其北则隋之仁寿、唐之九成也。计其一时之盛，宏杰诡丽，坚固而不可动者，岂特百倍于台而已哉！然而数世之后，欲求其仿佛，而破瓦颓垣，无复存者，即已化为禾黍荆棘丘墟陇亩矣，而况于此台欤！夫台犹不足恃以长久，而况于人事之得丧，忽往而忽来者欤？而或者欲以夸世而自足，则过矣。盖世有足恃者，而不在乎台之存亡也。"

既已言于公，退而为之记。

注释

①翳：遮盖。

②虺（huǐ）：古书上说的一种毒蛇。

译文

州城建造在终南山下，住在城里的人的饮食起居，比如喝茶吃饭等，和山的联系多一些。州城四面的山，没有高过终南山的，而城市靠着终南山的没有比扶风（指凤翔府治所，在今陕西凤翔）更近的。以最近的去眺望最高的，一般来说，是一定能够做到的。但是太守居住在扶风，却不曾知道眼前还有座终南山。虽然这与治理政事的好坏没有什么关联，但从事理上来说是不应该的。这就是建造凌虚台的原因。

在还没有筑台的时候，太守陈希亮公拄着手杖在它下面自由自在地散步，突然看见树林上面露出一些山峰的影子，一个接一个的，就像人行走在墙外只能看到他的发髻那样，便说："这里一定有奇异的景致。"便派人在前边挖了一口方正的池塘，用挖出的土筑起一座台子，台子的高度只稍稍高过人家的屋檐。这样，人走在台上，恍惚之间忽略了台子的高度，却认为山峰是突然腾跃上来的。陈公说："这个台应该起名为凌虚。"于是就把这个意思告诉给他的属官苏轼，要他写篇文章记下来。

苏轼又对陈公说："一座建筑物的荒废与兴起、完成与毁败是不能够预料的。过去，这里的荒草野田是霜雪雨露覆盖遮蔽、狐狸毒蛇潜来窜去的地方。那时，哪里能料到会有座凌虚台呢？破败与兴起、完成与毁败是相互循环无穷无尽的，那么凌虚台是否又会变迁为荒草野田，都是不能预料的。我曾经试着和您登台眺望，东边是秦穆公所建的祈年宫、橐泉宫，南边是汉武帝建造的长杨宫、五柞宫，北边是隋文帝建造的仁寿宫、唐太宗建造的九成宫。回想这些盛极一时的建筑物，它们的宏伟、杰出、奇异和壮丽，以及坚固到不可动摇的程度何至超过这个台子的一百倍呢？然而经过几代之后，想要寻求它们的大概形状，却连破瓦断墙也不复存在了，即已化为禾苗杂草土丘田地了，更何况这个台子呢？台子且不能依靠什么得以长久存在，何况人事方面的得与失忽去忽来呢？倘若有人想通过这个台子在世上夸耀而自满就错了。因为世上有可以依靠的，但不在于台子的存在与消亡啊。”

我把这些话说给陈公后，退下来就写了这篇文章。

评析

宋仁宗嘉祐八年（公元1063年），苏轼任凤翔府签书判官。太守陈希亮于后圃筑土台，自名凌虚台，请苏轼写了这篇题记。文章记叙了土台的修建和命名过程，并引古证今，大发感慨，从人事万物变化无常的感叹中批判了稍有所得便“夸世而自足”的作风，鼓励人们去探求真正可以永久依靠的东西。文章寓理深刻，委婉含蓄，读来耐人寻味。

放鹤亭记

原文

熙宁十年[①]秋，彭城[②]大水，云龙山人张君之草堂，水及其半扉。明年春，水落，迁于故居之东，东山之麓。升高而望，得异境焉，作亭于其上。彭城之山，冈岭四合，隐然如大环；独缺其西一面，而山人之亭，适当其缺。春夏之交，草木际天；秋冬雪月，千里一色。风雨晦明之间，俯仰百变。山人有二鹤，甚驯而善飞，旦则望西山之缺而放焉，纵其所如，或立于陂田，或翔于云表；暮则傃[③]东山而归，故名之曰“放鹤亭”。

郡守苏轼，时从宾佐僚吏，往见山人，饮酒于斯亭而乐之。挹山人而告之曰：“子知隐居之乐乎？虽南面[④]之君，未可与易也。《易》曰，‘鸣鹤在阴，其子和之。’《诗》曰，‘鹤鸣于九皋[⑤]，声闻于天。’盖其为物，清远闲放，超然于尘垢之外，故《易》《诗》人以比贤人君子。隐德之士，狎而玩之，宜若有益而无损者，然卫懿公好鹤则亡其国。周公作《酒诰》[⑥]，卫武公作《抑戒》，以为荒惑败乱，无若酒者；而刘伶、阮籍之徒，以此全其真而名后世。嗟夫！南面之君，虽清远闲放如鹤者，犹不得好，好之则亡其国；而山林遁世之士，虽荒惑败乱如酒者，犹不能为害，而况于鹤乎？由此观之，其为乐未可以同日而语也。”

山人忻然[⑦]而笑曰：“有是哉！”乃作放鹤、招鹤之歌，曰：“鹤飞去兮西山之缺，高翔而下览兮择所适。翻然敛翼，婉将集兮，忽何所见，矫然而复击。独终日于涧谷之间兮，啄苍苔而履白石。”“鹤归来兮，东山之阴。其下有人兮，黄冠草屦葛衣而鼓琴。躬耕而食兮，其余以汝饱。归来归来兮，西山不可以久留。”

注释

①熙宁十年：公元1077年。

②彭城：徐州。

③傃：向。

④南面：古代以坐北面南为尊。

⑤九皋（gāo）：深泽。

⑥《酒诰》：《尚书》篇名。

⑦忻然：高兴的样子。

译文

宋神宗熙宁十年（公元1077年）秋天，彭城一带暴发洪水，大水已淹至云龙山人张君所居住的草堂大门一半高的地方。第二年春天，洪水才退落而去，云龙山人即向东迁居至东山的山脚下。他登上高处眺望，寻得一处景致奇异的地方，就在上面建造了一座亭子。彭城周围的山势，山冈大岭四面围拢，隐约像一个大圆环，而唯独在西面有个缺口，山人的亭子就恰好建在这个缺口上。每年春、夏相交之际，山草树木，接天而生；秋、冬之时，清亮的月光，洁白的雪花，使得大地银装素裹，千里一色；而在刮风、下雨、天阴、天晴的日子里，其景色更是瞬息万变。山人有两只鹤，甚为驯服，又很会飞，每天清早，山人在亭上向西山缺口处放鹤，任凭仙鹤飞翔。仙鹤或站立在池塘边、田野上，或飞翔于层云之外，傍晚则向东山飞回，于是山人便给亭子起名为放鹤亭。

彭城郡守苏轼时常带领幕僚宾客前去看望云龙山人，在这座亭子上随意饮酒，感到很快乐。苏轼斟了杯酒，对山人说："您知道隐居的乐趣吗？即使一国的皇帝，也是不能交换的。《易经》上说，'仙鹤在阴暗的地方鸣叫，雏鹤在旁边应和着。'《诗经》上说，'仙鹤在幽深的沼池鸣叫，它的声音传到了天上。'大概是因为仙鹤的性情清高旷远、悠闲安逸，好像超乎尘世之外，所以《易经》《诗经》的作者把它比作有才有德的人。隐居的有德之士与仙鹤亲近、嬉戏，应该是与性情有益而无损的，然而战国时卫懿公十分喜好鹤，却丧失了自己的国家。周公作《酒诰》的文章，卫武公作引以自戒的诗篇《抑戒》，都认为荒废事业、惑乱性情、败坏祸乱国家的没有比酒更厉害的，然而魏晋时的刘伶、阮籍等人却因饮酒而保全了名节，从而名传后世。唉！朝廷中的帝王，即使如性情清高旷远、悠闲安逸的鹤，也不能喜好，喜好它们便丧失了国家。然而隐迹山林远离尘世的人，即使是像酒那样最能荒废事业、迷惑性情、败坏祸乱国家的东西，却不能对他们构成危害，更何况那性情美好的仙鹤呢？由此看来，朝廷上的帝王与山林中的隐士之间的快乐是不能相提并论、同日而语的啊！”

山人高兴地笑着说：“真有这样的道理吗？”于是我便作了放鹤、招鹤的歌，道：“仙鹤从西山的缺口一飞而去，在高空中翱翔，向下巡视可供栖息的地方。翻身而下收起翅膀，仿佛将要栖止，不知看到了什么，忽然又矫健地展开翅膀一飞冲天。整天独自在涧溪、山谷间来往，嘴啄着青色的苔藓，足踩着洁白的山石。”“仙鹤归来啊，飞回东山的北面，那下边有个人啊，头戴着黄冠，足穿着草鞋，身披葛布衣在那里弹琴。他吃自己亲自耕种而收获的粮食，把剩余的喂给了仙鹤。仙鹤回来吧，快回来吧，西山那个地方不能长久地停留。”

评析

放鹤亭由云龙山人张天骥在宋神宗元丰元年建筑。因云龙山人在此养了两只鹤，故名放鹤亭。苏轼任徐州知州时与他结为好友，本文即写于这一时期。文章描写了作者与云龙山人的游宴之乐，描绘了山中的景色，赞美了隐逸生活的乐趣，也寄托了自己政治上不得志的感慨。

石钟山记

原文

《水经》云：“彭蠡[①]之口有石钟山焉。”郦元以为下临深潭，微风鼓浪，水石相搏，声如洪钟[②]。是说也，人常疑之。今以钟磬置水中，虽大风浪不能鸣也，而况石乎！至唐李渤始访其遗踪，得双石于潭上，扣而聆之，南声函胡，北音清越，桴[③]止响腾，余韵徐歇。自以为得之矣。然是说也，余尤疑之。石之铿然有声者，所在皆是也，而此独以钟名，何哉？

元丰七年六月丁丑，余自齐安舟行适临汝[④]，而长子迈将赴饶之德兴尉，送之至湖口，因得观所谓石钟者。寺僧使小童持斧，于乱石间择其一二扣之，硿硿然。余固笑而不信也。至莫[⑤]夜月明，独与迈乘小舟至绝壁下。大石侧立千尺，如猛兽奇鬼，森然欲搏人；而山上栖鹘，闻人声亦惊起，磔磔云霄间；又有若老人咳且笑于山谷中者，或曰：“此鹳鹤也。”余方心动[⑥]欲还，而大声发于水上，噌吰如钟鼓不绝。舟人大恐。徐而察之，则山下皆石穴罅[⑦]，不知其浅深，微波入焉，涵澹澎湃而为此也。舟回至两山间，将入港口，有大石当中流，可坐百人，空中而多窍，与风水相吞吐，有窾坎镗鞳之声，与向之噌吰者相应，如乐作焉。因笑谓迈曰：“汝识之乎？噌吰者，周景王之无射[⑧]也；窾坎镗鞳者，魏庄子之歌钟[⑨]也。古之人不余欺也！”

事不目见耳闻，而臆断其有无，可乎？郦元之所见闻，殆与余同，而言之不详；士大夫终不肯以小舟夜泊绝壁之下，故莫能知；而渔工水师，虽知而不能言；此世所以不传也。而陋者乃以斧斤考击而求之，自以为得其实。余是以记之，盖叹郦元之简，而笑李渤之陋也。

注释

①彭蠡：鄱阳湖。

②洪钟：古代一种打击乐器。

③桴：鼓槌。

④齐安：即黄冈。临汝：即汝州。

⑤莫：通“暮”。

⑥心动：指害怕。

⑦穴罅：洞和裂缝。

⑧无射：钟名。

⑨歌钟：即编钟，古代乐器。

译文

《水经》上说：“彭蠡湖的出口有一座石钟山。”郦道元给它所作的注释中认为，石钟山的下面是一个很深的水潭，微风吹动湖面掀起波浪，水与石相撞击，发出的声音像大钟一样洪亮。对于这种说法，人们常常怀疑它。现在把钟磬一类的器物放在水中，即使是大风大浪，也不能使它发出声响，更何况是座石山呢？至唐代时，有个叫李渤的人才探寻到它的遗迹，并在深潭的两边选了两块石头，用鼓槌敲打而仔细地听，结果潭南的石头声音低沉而模糊，潭北的石头声音清亮而激越。鼓槌停止敲击后，敲击石头发出的余音很长时间才停息。于是他便自认为得到了石钟山得名的原因。但这种说法，我更为怀疑。敲打石头发出的铿锵之声到哪个地方都是一样的，唯独此处用“钟”来命名，这是什么原因呢？

宋神宗元丰七年（公元1084年）六月初九，我从齐安（即黄州，治所在今湖北黄冈县）乘船到临汝（即汝州，治所在今河南临汝县），而我的大儿子苏迈也要去饶州（治所在今江西鄱阳县）的德兴县（今属江西省）任县尉。我送他去湖口，这才有机会到了传说中的石钟山。寺庙里的和尚派一个小童拿了斧头，在湖边的乱石丛中选着敲击了一两处，结果发出了“硿硿硿”的声音，我只是笑了笑，并不认为它正确。到晚上月亮明亮的时候，我单独与长子苏迈乘坐小船来到湖中的绝壁之下。山石耸立岸边，有千尺之高，犹如凶猛的野兽、奇异的鬼怪，阴冷可怕，想扑击人似的；而山上栖息的鹘鸟听到人声也忽地惊飞起来，在云霄间“磔磔”地鸣叫；又像老人在山谷中边咳边笑的声音，有人说：“这就是所说的鹳鹤鸟。”正在我心惊肉跳而想返回之际，忽然听到水上发出一种很大的声响，轰轰隆隆像不断敲击钟鼓而发出的声音，船夫很是惊怕。我慢慢地观察，才发现山下都是石头形成的洞穴和缝隙，难以探得它们的深浅。微小的波浪进入其中，流转激荡而发出这种声音。把船绕至两山之间，将要进入港口的时候，忽见一块大石头挡立在水中间，上边可坐百人左右，大石的里面是空的，并有许多洞眼，微风波浪冲进其中又击荡返回，发出窾坎镗鞳的声响，与刚才的轰轰隆隆钟鼓声相呼应，犹如演奏乐器一般。弄清了这个原因，我因此笑着对苏迈说：“你知道了吗？轰隆的声音就像是周景王的无射（yì）钟发出的；窾坎镗鞳的声音像是魏庄子的编钟发出的。古人给山起名钟山，并没有欺骗我们啊！”

事情没有经过自己的眼睛所见、耳朵所闻，就凭空判断其是否存在，这可以吗？郦道元的所见所闻和我大致相同，但他说得并不详尽；一般士大夫到底不会夜间乘小船停在绝壁之下，也就不会知道其中的详情；而一般渔夫船工虽然知道详情，却难以用话准确地表达出来，这就是石钟山得名的真相没有在世间流传的原因。而见识鄙陋的人却用斧头之类的器物敲击石头以探求它，自认为得到了真实情况。因此我写文章把这件事记下来，为的是叹惜郦道元记录的简略，讥笑李渤见识的浅薄啊。

评析

作者由于怀疑世人所传石钟山命名的原因，便亲自探访石钟山，经过实地调查而得出自己的结论。写作此文的目的主要不在于将石钟山命名的真正原因告之于世，而在于批评“事不目见耳闻，而臆断其有无”的主观作风。虽然有人对苏轼关于石钟山命名原因的结论提出了异议（认为是因山形如覆盖之钟且中空），但文中阐明的道理却富有启发意义的。石钟山在今江西湖口。

超然台记

原文

凡物皆有可观。苟有可观，皆有可乐，非必怪奇伟丽者也。哺糟啜醨[①]，皆可以醉，果蔬草木，皆可以饱。推此类也，吾安往而不乐？

夫所为求福而辞祸者，以福可喜而祸可悲也。人之所欲无穷，而物之可以足吾欲者有尽。美恶之辨战乎中，而去取之择交乎前，则可乐者常少，而可悲者常多，是谓求祸而辞福。夫求祸而辞福，岂人之情也哉！物有以盖之矣。彼游于物之内，而不游于物之外。物非有大小也，自其内而观之，未有不高且大者也。彼挟其高大以临我，则我常眩乱反复，如隙中之观斗，又焉知胜负之所在？是以美恶横生，而忧乐出焉，可不大哀乎。

予自钱塘移守胶西，释舟楫之安，而服车马之劳；去雕墙之美，而庇采椽之居；背湖山之观，而行桑麻之野。始至之日，岁比不登，盗贼满野，狱讼充斥；而斋厨索然，日食杞菊，人固疑予之不乐也。处之期年，而貌加丰，发之白者，日以反黑。予既乐其风俗之淳，而其吏民亦安予之拙也。于是治其园囿，洁其庭宇，伐安丘、高密之木，以修补破败，为苟完之计。而园之北，因城以为台者旧矣，稍葺而新之。时相与登览，放意肆志焉。

南望马耳、常山，出没隐见，若近若远，庶几有隐君子乎！而其东则卢山，秦人卢敖之所从遁也。西望穆陵，隐然如城郭，师尚父、齐威公之遗烈，犹有存者。北俯潍水，慨然太息，思淮阴之功，而吊其不终。

台高而安，深而明，夏凉而冬温。雨雪之朝，风月之夕，予未尝不在，客未尝不从。撷园蔬，取池鱼，酿秫酒，瀹②脱粟而食之，曰：乐哉游乎！

方是时，予弟子由适在济南，闻而赋之，且名其台曰“超然”。以见予之无所往而不乐者，盖游于物之外也。

注释

①哺糟啜醨：吃酒糟，喝薄酒。哺：吃。糟：酒糟。啜：饮。醨：薄酒。典出《楚辞·渔父》：“众人皆醉，何不其糟而啜其醨？”

②瀹（yuè）：煮。

译文

凡是世界上的事物，都有可观赏的地方。如果有可观赏的地方，就都有令人快乐的地方，不必都具有怪异、稀奇、雄伟、瑰丽的特色。吃酒糟、喝薄酒都可以使人发醉；吃水果、蔬菜甚或野草、树皮都可以使人腹饱。依此而论，我到哪里会不感到快乐呢？

人们之所以追求幸福而躲避祸患，是认为幸福叫人喜悦，而祸患令人悲愁。人的欲望没有穷尽，而外物能满足人的欲望的却是有限的。对外物中哪个美好、哪个丑恶的辨别在心中争斗，去求取哪个、舍弃哪个的选择交替出现在眼前，那么，能令人快乐的自然很少，而令人悲叹的自然很多，这叫作求取祸患而舍弃幸福。求取祸患而舍弃幸福，哪里是人的真情呢？这是外物掩蔽了人的心窍啊！那些人只在物之中求取，而不在物之外去追求。物本身并没有大小的分别，从物的内部去观看，它们没有不是既高又大的。那外物以其高大的气势俯视着我，则只会令我头晕目眩，犹豫反复了。犹如从细小的缝隙中观看他人争斗，又哪能得知谁胜谁负呢？因此美好丑恶交相产生，忧愁喜乐夹杂出现，能不令人十分悲哀吗？

我从杭州调任胶州太守，放弃乘船的安逸，而承受坐车骑马的劳困；舍去雕墙画栋的华美住宅，而住在粗木建造的陋室；离开湖山汇映的景致，而行走于种植桑麻的野地。刚到的时候，连年麦谷歉收，盗贼布满郊野，案件繁多，难以数计，而我的厨房里亦空空如也，每天只吃些枸杞菊花，人们自然怀疑我不会有什么快乐了。然而一年满后，我的容貌却更加丰满，头发变白的也日见变黑。我对这里民风的淳厚很为高兴，而这里的官吏百姓也习惯我的质朴笨拙了。这时，我便修整了衙门里的花园，清扫庭院屋舍，叫人从安丘、高密砍来一些树木，用以修补屋舍破败的地方，作为苟且安生的打算。还把园子北面原有的靠城建造的一座破旧台子也稍微修葺，使它焕然一新。我时时和客人一起登临观赏，以放开心境，以尽志趣。

站在台上向南望去，马耳山、常山忽隐忽现，若近若远，或许隐居着有德才的君子吧！向东望去有卢山，是秦朝的博士卢敖奉秦始皇之命入海求仙药不成而逃隐的地方。向西望去有穆陵关，隐隐约约像座城郭，姜太公、齐桓公的遗迹依然存在。向北可俯视潍水，不由得万分感慨而叹息，回想淮阴侯韩信的功勋，而怀悼他没有落个好下场。

这台子又高大又稳固，深广而明亮，夏天凉爽而冬天温暖。若是下雨降雪的清早，或是有风有月的傍晚，我没有不在这里的，客人也没有不随我而来的。平时采摘园中的蔬菜，捕捞池中的鱼儿，拿出自己酿成的高粱酒，煮熟新脱粒的稻米，大家一块儿吃，口中都赞叹道："玩得真痛快呀！"

当时，我的弟弟子由（苏辙字子由）恰巧在济南，听到这件事后，就赋诗歌唱，还给这座台子起名叫作超然，以表示我不论到什么地方都没有不快乐的原因，是我能逍遥于事物本身之外啊！

评 析

本文作于宋神宗熙宁九年（公元1076年），时苏轼任密州知州，修复了一座残破的楼台，其弟苏辙为之起名超然。于是苏轼便写了这篇《超然台记》，以表明超然物外、无往而不乐的思想。文章写景生动，说理透辟，语言清新自然，行文如汩汩流泉，体现了苏文洒脱自如、纵横不羁的特点。

日喻

原文

生而眇[①]者不识日，问之有目者。或告之曰："日之状如铜盘。"扣盘而得其声。他日闻钟，以为日也。或告之曰："日之光如烛。"扪烛而得其形。他日揣籥[②]，以为日也。

日之与钟、籥亦远矣，而眇者不知其异，以其未尝见而求之人也。道之难见也甚于日，而人之未达也，无以异于眇。达者告之，虽有巧譬善导，亦无以过于盘与烛也。自盘而之钟，自烛而之籥，转而相之，岂有既[③]乎？故世之言道者，或即其所见而名之，或莫之见而意之，皆求道之过也。然则道卒不可求欤？苏子曰："道可致而不可求。"何谓致？孙武曰："善战者致人，不致于人。"[④]子夏曰[⑤]："百工居肆，以成其事，君子学以致其道。"莫之求而自至，斯以为致也欤？

南方多没人[⑥]，日与水居也，七岁而能涉，十岁而能浮，十五而能没矣。夫没者岂苟然哉？必将有得于水之道者。日与水居，则十五而得其道；生不识水，则虽壮，见舟而畏之。故北方之勇者，问于没人，而求其所以没，以其言试之河，未有不溺者也。故凡不学而务求道，皆北方之学没者也。

昔者以声律取士，士杂学而不志于道；今也以经术取士，士知求道而不务学。渤海吴君彦律[⑦]，有志于学者也，方求举于礼部[⑧]，作《日喻》以告之。

注释

①眇（miǎo）：瞎一只眼，这里泛指双目失明。

②揣籥（yuè）：摸着一支笛状的管乐器。

③既：尽。

④“孙武曰”两句：谓善于争取主动。

⑤子夏：孔子的弟子，名卜商。

⑥没人：潜水的人。

⑦渤海：宋代的滨州，别名渤海郡，即今山东滨州。吴君彦律：吴彦律，名琯，时任徐州监酒正字。

⑧方求举于礼部：据《乌台诗案》载：“元丰元年，轼知徐州。十月十三日，在本州监酒正字吴琯锁厅得解，赴省试。轼作文一篇，名为《日喻》，以讥讽近日科场之士，但务求进，不务积学，故皆空言而无所得，以讥讽朝廷更改科场新法不便也。”

译文

一出生就双目失明的人不认识太阳，问看得见的人太阳是什么样子。有的人告诉他说：“太阳的样子像铜盘。”这个失明的人敲铜盘听到了它的声音，一天听到钟声，就把发出声音的钟当作了太阳。有的人告诉他说：“太阳的光像蜡烛。”失明的人用手摸蜡烛，晓得了它的形状。一天，摸到一支形状像蜡烛的乐器籥，就把它当作了太阳。

太阳和钟、籥的差别太大了，但是天生双目失明的人不知道它们之间有很大的差别，因为他不曾亲眼看见，而是向他人求得关于太阳的知识。抽象的道理很难被认识，这一点比太阳难认识的情况更加严重，人们不通晓抽象的道理的情况和生来就不认识太阳的盲人没有什么不同。通晓的人告诉他，即使有巧妙的比喻和很好的启发诱导，也无法使这些比喻或教法比用铜盘和用蜡烛来说明太阳的比喻或教法好。从用铜盘比喻太阳到把铜钟当作太阳，从把铜钟当作太阳而到把乐器籥当作太阳，像这样辗转连续地推导，难道还有个尽头吗？所以人世上大谈“道”的人，有的就他自己的理解来阐明它，有的没有理解它却主观猜度它，这都是研求“道”的弊病。既然如此，那么最终这个“道”不可能求得吗？苏轼说：“道能够通过自己的虚心学习，循序渐进使其自然来到，但不能不学而强求它。”那么什么叫作自然来到呢？孙武说：“会作战的将军能招致敌人，而不被敌人所招致，不使自己处于被动的境地。”子夏说：“各行各业的手艺人坐在店铺作坊里，完成他们制造和出售产品的业务。有才德的人刻苦学习，来使道自然到来。”不是强求它而使它自己到来！

南方有很多会潜水的人，他们天天都生活在水边，七岁就能蹚水过河，十岁就能浮在水面游泳，十五岁就能潜入水里了。潜水的人能长时间地潜入水里，哪里是马虎草率而能这样的呢？一定是对水的活动规律有所领悟才能做到。天天生活在水边，那么十五岁就能掌握它的规律。生来不识水性，那么即使到了壮年，见到了船也会害怕。于是北方的勇士向南方会潜水的人询问来求得他们能潜入水里的技术，按照他们说的技术到河里试验，没有不淹死的。所以凡是不老老实实地刻苦学习而强行求道的，都是像北方的学潜水的人一样。

从前以讲究声律的诗赋择取人才，于是读书人学习儒家、墨家还兼及名家、法家，而不是立志在求儒家之道；现在以经学择取人才，于是读书人只知道强求义理，而不是踏踏实实地学。渤海人吴彦律是有志对经学做实实在在地学习的人，正要到京城接受由礼部主管的进士考试，于是我写《日喻》来勉励他。

评析

本篇以一个盲人识日的生动事例来作比喻，说明要亲自观察，不要以耳代目，这样才能获得完整的知识。写作上用比喻导入正题，指出“道之难见也甚于日”，阐明盲人识日的道理：因辗转“相之”，谬之千里，结果闹出笑话。非常形象地说明缺乏实践经验，无切身感受，只从别人那里转述第二手材料，就不可避免地得出盲目的结论。强调了深入实地调查，获得直接经验的重要性。勉励人们要脚踏实地地求学论道。王文濡评：“文以道与学并重，而譬喻入妙，如白香山诗，能令老妪都解。”

前赤壁赋

原文

壬戌[①]之秋，七月既望，苏子与客泛舟游于赤壁[②]之下。清风徐来，水波不兴。举酒属客，诵明月之诗，歌窈窕之章。少焉，月出于东山之上，徘徊于斗牛之间。白露横江，水光接天。纵一苇[③]之所如，凌万顷之茫然。浩浩乎如冯虚[④]御风，而不知其所止；飘飘乎如遗世独立，羽化[⑤]而登仙。

于是饮酒乐甚，扣舷而歌之。歌曰：“桂棹兮兰桨，击空明兮溯流光[⑥]。渺渺兮予怀，望美人兮天一方。”客有吹洞箫者，倚歌而和之。其声呜呜然，如怨如慕，如泣如诉；余音袅袅，不绝如缕，舞幽壑之潜蛟，泣孤舟之嫠妇[⑦]。

苏子愀然，正襟危坐而问客曰：“何为其然也？”客曰：“‘月明星稀，乌鹊南飞’，此非曹孟德之诗乎？西望夏口[⑧]，东望武昌[⑨]，山川相缪，郁乎苍苍，此非孟德之困于周郎者乎？方其破荆州，下江陵，顺流而东也，舳舻[⑩]千里，旌旗蔽空，酾酒[⑪]临江，横槊赋诗，固一世之雄也，而今安在哉？况吾与子渔樵于江渚之上，侣鱼虾而友麋鹿，驾一叶之扁舟，举匏樽以相属[⑫]；寄蜉蝣于天地，渺沧海之一粟。哀吾生之须臾，羡长江之无穷。挟飞仙以遨游，抱明月而长终。知不可乎骤得，托遗响于悲风。”

苏子曰："客亦知夫水与月乎？逝者如斯[13]，而未尝往也；盈虚[14]者如彼，而卒莫消长也。盖将自其变者而观之，则天地曾不能以一瞬；自其不变者而观之，则物与我皆无尽也，而又何羡乎？且夫天地之间，物各有主。苟非吾之所有，虽一毫而莫取。惟江上之清风，与山间之明月，耳得之而为声，目遇之而成色，取之无禁，用之不竭，是造物者之无尽藏[15]也，而吾与子之所共适。"

客喜而笑，洗盏更酌。肴核既尽，杯盘狼藉。相与枕藉乎舟中，不知东方之既白。

注释

①壬戌：指宋神宗元丰五年（公元1082年）。

②赤壁：赤壁之战的故地，说法不一。一般人认为在今湖北蒲圻县北。苏轼所咏的赤壁是黄州的赤鼻矶。

③一苇：小船。

④冯虚：凌空。冯：通"凭"。虚：太空。

⑤羽化：变化飞升。道家谓人升仙为羽化。

⑥空明：指明澈如空的江水。流光：月光浮动的水面。

⑦嫠（lí）妇：寡妇。

⑧夏口：在湖北武昌西的黄鹄山上。

⑨武昌：即今湖北鄂州。

⑩舳舻：长方形大船。

⑪酾酒：滤酒。这里指饮酒。

⑫匏（páo）樽：用葫芦做的酒器。相属：互相敬酒。

⑬逝者如斯：《论语·子罕》："子在川上曰：'逝者如斯夫，不舍昼夜。'"斯：指江水。

⑭盈虚：月亮的圆缺。

⑮无尽藏：佛家语，即无穷无尽的宝藏。

译文

宋神宗元丰五年（公元1082年）的秋天，农历七月十六日，我与客人划着小船，在赤壁之下游览。这时，清爽的凉风缓缓吹来，江面上水波平静。我举起酒杯和客人互相劝酒，朗诵《明月》的诗歌，唱起《窈窕》的篇章。过了一会儿，月亮从东边山上升起，在斗宿和牛宿之间徘徊不定。白蒙蒙的水汽笼罩江面，江水的白光与天上的月光相连接。我们放纵小船，任凭它漂来漂去，行驶在茫茫无边的江面。江面多么宽阔，浩浩荡荡如同凌空驾风一样，而不知道船儿漂到了什么地方；轻飘飘地如同远离尘世，了无牵挂，仿佛变化飞升而登上了神仙的境界。

在这时，大家欢畅地喝着酒，我不由得敲着船舷唱起歌来。歌词说：“桂木做的船棹啊兰木做的船桨，划开清亮的江水啊迎着江面上浮动的月光。我的心思悠悠怀远啊，盼望的美人远在天的另一方。”客人中有个善吹洞箫的人，依着我的歌声而吹箫相和。箫声呜呜地响着，像是怨恨着什么，又像企盼着什么；像是在哭泣，又像是在诉说。箫声停止了而余音仍在悠扬回荡，很长时间不能断绝，犹如用丝缕相连。箫声使得幽居水底的蛟龙跳起舞来，又使得独守空船的寡妇饮泣流泪。

顿时我改变了脸色，整理好衣服，端坐着问客人道：“为什么箫声如此悲凉呢？”客人回答说：“‘月明星稀，乌鹊南飞’，这不是曹孟德（曹操字孟德）《短歌行》里的诗句吗？向西望去是夏口，向东望去是武昌，山川在这中间相互环绕，而草木茂盛，一片苍茫，这不是曹孟德被周瑜围困的地方吗？当时曹操刚刚攻破了刘表据有的荆州，又攻下江陵，顺江流向东而进的时候，战船首尾相连，浩浩荡荡，有千里之长，军中的旗帜遮蔽了天空。他面对大江端起酒杯，横握长矛赋下新诗，确实称得上是一代英豪，但是现在又在哪里呢？况且我与您在江边捕鱼打柴，以鱼虾为伴侣，以麋鹿为朋友，驾起一只小船，举起酒杯互相祝福。就像一生短暂的蜉蝣寄生于不生不灭的天地间一样，渺小得像大海里的一粒粮食；哀叹人生的短促，羡慕长江的无穷无尽；希望与天上的神仙一块儿遨游，怀抱明月而永世长存。知道这些都不可能忽然得到，只有把洞箫的余音吹进这悲凉的秋风。”

我不由自主地对客人说：“您也知道那江水和明月的妙处吗？流逝的就像这水，但对江水本身而言却不曾流去啊；月亮有圆时，有缺时，但对月亮本身而言却不曾增大或削减。所以说，从事物变化的角度去看的话，那么天地间的一切就连一眨眼的时间都不曾保持过原貌；从事物不变的角度去看的话，则事物连同我们自己都是无穷无尽的，又有什么值得羡慕的呢？再说天地之间的东西都有它们各自的主人，倘若不是我所有的，即使一丝一毫也不会去取。只有这江面上清爽的凉风与那山间皎洁的月光，耳朵听之就有了声音，眼睛看见就有了颜色，取它没有人会禁止，消用它不会穷尽，这是造物者所赐予的无尽宝藏啊，我与您共同享有。”

客人高兴得笑了起来，于是洗了酒盏重新斟酒。菜肴和果品已经吃完，杯子、盘子也杂乱地放在一边。我与客人互相枕靠着挤在船中睡着了，不知不觉间，东方已经放出了天亮的白光。

评析

苏轼游黄州城外赤壁时，联想到三国时期周瑜打败曹操的赤壁，写下了一首词和两篇赋。后人称前一篇赋为《赤壁赋》或《前赤壁赋》，称后一篇赋为《后赤壁赋》。本文通过记述宾主于月夜泛舟，饮酒赋诗引起的对话，表达了作者吊古伤今的感慨和坚定不移的志向。

后赤壁赋

原文

是岁十月之望，步自雪堂[1]，将归于临皋。二客从予过黄泥之坂。霜露既降，木叶尽脱；人影在地，仰见明月。顾而乐之，行歌相答。

已而叹曰："有客无酒，有酒无肴；月白风清，如此良夜何？"客曰："今者薄暮，举网得鱼，巨口细鳞，状如松江之鲈。顾安所得酒乎？"归而谋诸妇。妇曰："我有斗酒，藏之久矣，以待子不时之需。"

于是携酒与鱼，复游于赤壁之下。江流有声，断岸千尺，山高月小，水落石出。曾日月之几何，而江山不可复识矣！予乃摄衣而上，履巉岩，披蒙茸[2]，踞虎豹[3]，登虬龙[4]；攀栖鹘[5]之危巢，俯冯夷[6]之幽宫。盖二客不能从焉。划然长啸，草木震动，山鸣谷应，风起水涌。予亦悄然而悲，肃然而恐，凛乎其不可留也。反而登舟，放乎中流，听其所止而休焉。时夜将半，四顾寂寥。适有孤鹤，横江东来，翅如车轮，玄裳缟衣[7]，戛然长鸣，掠予舟而西也。

须臾客去，予亦就睡。梦一道士，羽衣蹁跹，过临皋之下，揖予而言曰："赤壁之游乐乎？"问其姓名，俯而不答。"呜呼噫嘻！我知之矣！畴昔之夜，飞鸣而过我者，非子也耶？"道士顾笑，予亦惊寤。开户视之，不见其处。

注释

①雪堂：苏轼在黄冈县城东所建的住所。

②披蒙茸：拨开丛生的灌木杂草。

③踞虎豹：蹲坐状如虎豹的山石。

④登虬龙：攀缘形似虬龙的弯曲古木。

⑤鹘（hú）：鹰隼。

⑥冯夷：水神名，即河伯。

⑦玄裳缟衣：黑色下裙，白色上衣。

译文

这一年（即上篇所说的壬戌年）的十月十五日，我从雪堂（作者所筑堂名，在黄州赤壁之东坡）步行出发，准备回临皋亭（作者在黄州寓居之处，在长江边）。有两位客人跟着我一起走过黄泥坂。这时，霜露已经降过，树木的叶子全部脱落。人的影子映在地上，我们抬头望见那当头的明月。大家看到这种景色，都很快乐，不由得边行走边吟诗，互相酬答。过了一会儿，我叹息道："有客人却没有酒，有酒却没有菜肴。面对明月高悬、微风清爽的美好夜晚，怎么度过好呢？"客人说："今天傍晚，我刚用网捕了一些鱼，宽嘴巴，细鳞片，就像吴淞江的鲈鱼一样。但是从哪里能弄到酒呢？"回家后我与妻子商量，妻子说："我有一斗好酒，藏了很长时间，以满足您随时的需要。"

于是，我们就带着酒，拿了鱼，再一次划小船到赤壁之下游览。长江的流水发出阵阵响声，岸边的绝壁耸立千尺。抬头而望，四周的山显得又高又大，而明亮的月亮则显得很小；江流在秋天水位低落，原来淹在水中的礁石则显露了出来。距上次游览才相隔几天，可江景山色却变得认不出来了。我撩起衣服离开舟船，向岸上而来，攀上险而高的山岸，分开丛生的杂草，蹲在像虎豹形状的怪石上休息一会儿，又拉着像虬（qiú）龙一样的藤条，攀上鹘鸟（一种凶猛的鸟）做巢栖息的悬崖，俯视水神冯夷的神宫。这些都是两位客人不能随我一块儿玩赏的。站在高处，我划地一声仰天长啸，周围的草木为之震撼，山谷中激荡着我的回声，随之风刮了起来，水也泛起了波浪。我也不由自主地忧伤悲哀，感到肃然恐惧，而不敢再停留了。返而登上小船，划至江中，任它漂流在什么地方就在什么地方歇息。当时将到夜半，向四周望望，觉得一片清冷寂静。正在此时，有一只鹤从东边顺着江面横飞而来，翅膀有车轮那般大，尾部的黑羽毛就像穿着黑色的裙子，身上的白羽毛就像穿着白色的衣衫，嘎嘎地鸣叫着，掠过我们的小船，向西飞走了。

不一会儿，客人走了，我也回家睡觉。梦中见一道士，穿着羽衣，似飞似舞地来到临皋亭中，向我拱拱手说："赤壁之游很快乐吧？"问他的姓名，他低着头不予回答。"噢，哎呀！我知道了！昨天晚上，鸣叫着从我身边飞过去的不就是你吗？"道士回头笑笑，我也惊醒过来。推开门一看，却没有了他的踪影。

评析

此文是《前赤壁赋》的续篇，写于作者因乌台诗案被贬至黄州时。本文主要描写了孟冬季节江岸上的活动，采用了传统赋体主客问答的形式，阐发了内心感悟的人生哲理。作者借孤独的鹤与奇异的山石表达了自己超凡自在的心境。

方山子传

原文

方山子，光、黄[1]间隐人也。少时慕朱家、郭解为人[2]，闾里[3]之侠皆宗之。稍壮，折节读书，欲以此驰骋当世，然终不遇。晚乃遁于光、黄间，曰岐亭。庵居蔬食，不与世相闻；弃车马，毁冠服，徒步往来山中，人莫识也。见其所著帽，方屋[4]而高，曰："此岂古方山冠之遗像[5]乎？"因谓之方山子。

余谪居于黄，过岐亭，适见焉。曰："呜呼！此吾故人陈慥季常也，何为而在此？"方山子亦矍然，问余所以至此者。余告之故。俯而不答，仰而笑。呼余宿其家。环堵萧然，而妻子奴婢皆有自得之意。

余既耸然异之。

独念方山子少时，使酒好剑，用财如粪土。前十有九年，余在岐山[6]，见方山子从两骑，挟二矢，游西山。鹊起于前，使骑逐而射之，不获；方山子怒马独出，一发得之。因与余马上论用兵及古今成败，自谓一时豪士。今几日耳，精悍之色犹见于眉间，而岂山中之人[7]哉？

然方山子世有勋阀，当得官；使从事于其间，今已显闻。而其家在洛阳，园宅壮丽与公侯等；河北有田，岁得帛千匹，亦足以富乐。皆弃不取，独来穷山中，此岂无得而然哉？

余闻光、黄间多异人，往往佯狂垢污。不可得而见，方山子傥见之欤？

注释

①光：光州（治所在今河南潢川）。黄：黄州（治所在今湖北黄冈）。

②朱家、郭解：均为汉时著名游侠。

③闾里：乡里。闾：里巷大门，代指里巷。

④方屋：帽顶呈方形。

⑤方山冠：汉代祭宗庙时乐师所戴的帽子。遗像：遗留下的式样。

⑥岐山：岐山之下，指陕西凤翔。苏轼曾任凤翔佥判。

⑦山中之人：指一般的隐居山野之人。

译文

方山子是光州、黄州一带的隐士。他年少时仰慕西汉时的游侠朱家、郭解的为人，乡里讲侠义的人都尊重推崇他。他年纪稍大之后，改变以前的志向，转而潜心读书，想通过这条途径在当世干一番事业，但终究没有遇到机会。晚年便隐居于光州、黄州一带名叫岐亭的镇上。住着茅草搭成的窝棚，吃着清淡的蔬菜，不过问社会上的事情。丢弃原有的车子马匹，毁掉原来的衣服帽子，平日在山中总是徒步往来，没有人认识他。因看到他所戴的帽子方方正正地耸起好高，便说："这不就是古代乐师戴的帽子遗留下来的式样吗？"因此就称他为方山子。

我被贬谪到黄州任黄州监税，路过岐亭镇，正巧碰上他。我惊奇地说："哎呀，这不是我的老朋友陈慥（字季常）吗？你怎么会在这个地方呢？"方山子也吃惊地问我为什么到了这里。我把缘故告诉了他。他低头没有回答，又仰头大笑起来。招呼我住在他家，只见他家四壁空空，显得寂寞冷落，但他的妻子儿女和奴婢都有自得其乐的神态。

我既惊奇他变成今天这个样子，又想到了他年少时，放情饮酒，喜好刀剑，挥钱如土的情形。十九年前，我在岐山做官，曾看到方山子带领两个骑马的人，背着两副弓箭游猎于西山。见有鸟鹊在前边惊飞而起，便让另两人追逐而用箭去射，结果没有射中。方山子驱马奔驰单独出击，一箭就射了下来。于是与我在马上谈论用兵之术以及古往今来成功与失败的道理，自认为是当代的豪杰之士。至今又过了多少日子，但是精明强悍的神色还显露在眉宇之间，难道这能是山间隐居的人吗？

方山子家中世代建有功勋，按理他也可受到荫庇而做官。倘若让他走这条路子，恐怕到现在他已经有地位有声望了。并且他的家在洛阳，府第园林宏伟华丽，与公侯家一样。在黄河北岸还有田产，每年可得丝帛千匹之多，也足可享受富贵之乐了。可是他把这些都放弃了，偏偏来到这穷困的山乡之中，如果没有什么收获，那么他会这样做吗？

我听说光州、黄州一带多有异人隐居，往往佯装疯狂而弄脏自己，使世人不能看到他们的真实面目，恐怕方山子见过他们吧！

评析

陈慥为人豪爽，好饮酒，苏轼在凤翔任职时曾与他交游。十九年后，苏轼被贬为黄州团练副使，途中遇到了陈慥。此时的陈慥已成了隐士，号方山子。苏轼见他放弃富贵隐居深山能够怡然自得，感慨于人世的变迁，于是为他写了此篇传记，记下了他青年时期的豪气和隐居后的风度。

文与可画筼筜谷偃竹记

原文

竹之始生，一寸之萌[①]耳，而节叶具焉。自蜩腹[②]蛇蚹以至于剑拔十寻者，生而有之也。今画者乃节节而为之，叶叶而累之，岂复有竹乎？故画竹必先得成竹于胸中，执笔熟视，乃见其所欲画者，急起从之，振笔直遂[③]，以追其所见，如兔起鹘落，少纵则逝矣。与可之教予如此。予不能然也，而心识其所以然。夫既心识其所以然，而不能然者，内外不一，心手不相应，不学之过也。故凡有见于中而操之不熟者，平居自视了然，而临事忽焉丧之，岂独竹乎？子由为《墨竹赋》以遗与可曰："庖丁[④]，解牛者也，而养生者取之；轮扁，斫轮者也[⑤]，而读书者与之。今夫夫子之托于斯竹也，而予以为有道者则非耶？"子由未尝画也，故得其意而已。若予者，岂独得其意，并得其法。

与可画竹，初不自贵重，四方之人持缣素[⑥]而请者，足相蹑于其门。与可厌之，投诸地而骂曰："吾将以为袜材。"士大夫传之，以为口实。及与可自洋州还，而余为徐州。与可以书遗余曰："近语士大夫，吾墨竹一派[⑦]，近在彭城，可往求之。袜材当萃于子矣[⑧]。"书尾复写一诗，其略曰："拟将一段鹅溪[⑨]绢，扫取寒梢万尺长。"予谓与可："竹长万尺，当用绢二百五十匹，知公倦于笔砚，愿得此绢而已。"与可无以答，则曰："吾言妄矣。世岂有万尺竹也哉？"余因而实之，答其诗曰："世间亦有千寻竹，月落庭空影许长。"与可笑曰："苏子辩则辩矣，然二百五十匹绢，吾将买田而归老焉。"因以所画筼筜谷偃竹遗予曰："此竹数尺耳，而有万尺之势。"筼筜谷在洋州，与可尝令予作洋州三十咏，《筼筜谷》其一也。予诗云："汉川修竹贱如蓬，斤斧何曾赦箨龙[⑩]。料得清贫馋太守，渭滨千亩在胸中。"与可是日与其妻游谷中，烧笋晚食，发函得诗，失笑喷饭满案。

元丰二年正月二十日，与可没于陈州[⑪]。是岁七月七日，予在湖州[⑫]曝书画，见此竹，废卷而哭失声。昔曹孟德祭桥公文，有"车过""腹痛"之语[⑬]。而予亦载与可畴昔戏笑之言者，以见与可于予亲厚无间如此也。

注释

①萌：嫩芽。

②蜩（tiáo）腹：蝉的肚皮。蛇蚹：蛇腹下的横鳞。

③遂：完成。

④庖丁：姓丁的厨师。《庄子·养生主》说：庖丁解牛的技艺高妙，因为他能洞悉牛

的骨骼肌理，运刀自如，十九年解了数千只牛，其刀刃还同新磨的一样，毫无损伤。文惠君听了庖丁的介绍后，说："善哉！吾闻庖丁之言，得养生焉。"

⑤轮扁，斫轮者也：《庄子·天道》载：桓公在堂上读书，轮扁在堂下斫轮，轮扁停下工具，说桓公所读的书都是古人的糟粕，桓公责问其由。轮扁说：臣斫轮"不徐不疾，得之于手而应于心，口不能言，有数存焉于其间"，却无法用口传授给别人。

⑥缣素：供书画用的白色细绢。

⑦墨竹一派：善画墨竹的人，指苏轼。

⑧袜材当萃于子矣：谓求画的细绢当聚集到你处。

⑨鹅溪：在今四川盐亭县西北，附近产名绢，称鹅溪绢，宋人多用以作为书画材料。

⑩箨（tuò）龙：指竹笋。

⑪陈州：治所在今河南淮阳。

⑫湖州：今浙江吴兴，时苏轼任湖州知州。

⑬昔曹孟德祭桥公文，有"车过""腹痛"之语：建安七年，曹操军过浚仪，遣使以太牢祀旧友桥玄。祀文说："承从容约誓之言：'殂逝之后，路有经由，不以斗酒只鸡过相沃酹，车过三步，腹痛勿怪。'虽临时戏笑之言，非至亲之笃好，胡肯为此辞乎？"苏轼以此典比喻自己与文与可的情谊笃厚。

译文

竹子开始生长的时候，只有一寸来长的幼芽而已，但是节和叶都已经在芽内具备了。从它像蝉蜕壳、蛇蜕皮脱下外皮，直到长成像宝剑出鞘那样挺拔，高达七八十尺高的竹子生来就有竹节和竹叶。现在作画的人竟一节一节描摹它，一叶一叶堆叠它，难道还会有生机勃勃的竹子吗？所以画竹子，一定要先在头脑里构成完整的竹子形象，拿起画笔仔细地观察想象，才能在构思中发现所要画的形象特点，这时就要急忙振作精神，按照构思，挥动画笔一气呵成，以便捉住自己看到的那个竹子，就像兔子跃起，老鹰快速落下，稍一放松，时机就过去了。文与可就像这样教我画竹子。我不能做到这样，但心里懂得所以这样做的原因。既然心里明白为什么这样做，却又不能这样做的原因，是由于心里想的与手上做的不一样，心和手不能密切配合，这是不学习的过错呀。所以凡是心里有所领悟，而实际做起来却不熟练的人，平时自己看来很明白清楚的事，临到做的时候却又恍恍惚惚地把握不住它，这种手不从心的情况难道只是画竹才有的吗？

子由作了一篇《墨竹赋》送给文与可说："庖丁是个宰牛的人，而讲求养生之道的人却从庖丁解牛的技巧中领悟到了养生的道理。轮扁是个砍削制作车轮的人，而读书人却赞许轮扁所说的道理。现在从你在画竹上所寄寓的道理来看，我认为你也是个深知事物规律的人，难道不是吗？”子由从未作过画，于是只领会了他的意思罢了。至于我，就不仅能领会他的意思，并且学到了他的画法。

文与可对自己画的墨竹图，起初看得并不那么重要。四方的人拿着素绢求他作画的一个接着一个地找上门来。文与可对此很厌烦，把绢扔到地上骂道：“我要拿它做袜子！”士大夫口耳相传这句话，把它当成笑柄。等到文与可从洋州回来，我在徐州做知州，文与可给我写了一封信，信中说：“近来我告诉士大夫，我们画墨竹这个流派的人就近在彭城，你们可以去求他作画。做袜子的材料将汇集到你那里了。”信的后边还写了首诗，诗中大致说：“打算拿一块鹅溪名绢，挥笔画出万尺长的竹子。”我对文与可说：“画万尺长的竹子应当用绢二百五十匹，我知道你懒得动笔作画，只不过希望得到这些绢罢了。”文与可无话可答，就说：“我的话说得过头了，世间哪有万尺长的竹子呢？”我借着他的话来证明所讲是事实，于是在回答他的诗中说：“世间也有千寻长的竹子，当月光落在空寂的庭院里时，竹子的影子就有这么长。”与可笑着说：“苏轼真会巧辩啊，但是如果真有二百五十匹绢的话，我将用它买田地养老了。”于是把他所画的一幅《筼筜谷偃竹》送给我，说：“这幅竹子只不过几尺罢了，然而却有万尺长的气势。”筼筜谷在洋州，文与可曾经让我作《洋州三十咏》，《筼筜谷》是其中一首。我的诗中说：“汉江长长的竹子贱得像蓬草，你的刀斧何曾饶过那里的竹笋？想必是清贫而嘴馋的太守要把渭水之滨千余亩的竹子吞在肚里以求一饱。”这天，文与可正和妻子在谷中游玩，恰巧正烧竹笋吃晚饭，打开信看到这首诗，禁不住笑得喷了满桌子的饭。

元丰二年正月二十日，文与可在陈州去世。这年七月七日，我在湖州晾晒书画，看见这幅墨竹图，忍不住放下画卷，失声痛哭。从前曹操祭桥玄的文中有“车过”“腹痛”这样的话，而我也记下文与可昔日的戏笑之言的原因，就是想从中看出我和文与可之间也有这样亲密无间的友情啊！

评析

文与可，梓潼（今属四川）人，苏轼的表兄兼好友，北宋著名画家，长于画竹，曾画《筼筜谷偃竹》赠苏轼。元丰二年（公元1079年）正月，文与可病逝。七月，苏轼在湖州曝晒书画，看到文与可的这幅遗作，写了这篇题记，提出了胸有成竹这一文学观点。“胸有成竹”这一成语就是苏轼称赞文与可的话，说文与可在画竹子之前，在内心已有画好的竹子的形象了。

江行唱和集序

原文

夫昔之为文者，非能为之为工，乃不能不为之为工也。山川之有云雾，草木之有华实[①]，充满勃郁[②]，而见于外，夫虽欲无有，其可得耶？自闻家君之论文，以为古之圣人有所不能自已而作者。故轼与弟辙为文至多，而未尝有作文之意。己亥[③]之岁，侍行适楚[④]，舟中无事，博弈饮酒，非所以为闺门[⑤]之欢。而山川之秀美，风俗之朴陋，贤人君子之遗迹，与凡耳目之所接者，杂然有触于中，而发为咏叹。盖家君之作，与弟辙之文皆在，凡一百篇，谓之《南行集》。将以识一时之事，为他日之所寻绎[⑥]，且以为得于谈笑之间，而非勉强所为之文也。时十二月八日。江陵驿书。

注释

①华实：“华”同“花”，实即为果实。

②勃郁：蓄积。

③己亥：宋仁宗嘉祐四年。

④楚：指今湖北一带。

⑤闺门：家门。

⑥寻绎：寻思、推求。

译文

以前那些作论文之人不是无法论述得精妙，而是不知道如何论述得精妙。要知道，山川会有云雾笼罩，花草树木开花结果，是原本蓄积的能量释放出来，才能被外界所看到。如果只有写作的欲望，而没有发自内心的感悟，怎么可能作出好文章呢？自从看了父亲的论文，我就意识到，自古以来，圣贤之人都是有感触于内心，不吐不快，才能写出好的文章来。虽然我和弟弟苏辙也写过不少文章，但从没奢望写出父亲那样的论文。己亥这年，我们陪伴父亲行船到达湖北一带，在船中没有什么事做，无非是下棋饮酒，无法像在家中那样安乐。然而沿途秀美的山川景色，朴实或简陋的风俗，贤人名家的遗迹，凡是我们见到的，多少都会有一些触动，自然便会感慨，继而写成诗作。父亲的文章，以及我和弟弟写作的诗文，共有一百篇，结成集子，名为《南行集》。里面记录了沿途的所见所闻和内心感受，作为以后细细寻思考量的依据吧。这些诗文都是在谈笑之间而写，随感而发，不是刻意、勉强所作的文章。此时是十二月八日，我在江陵的驿站写下了这篇序文。

评析

本篇是作者于宋仁宗嘉祐四年（公元1059年），为苏氏父子的诗集《江行唱和集》作的序。时苏轼母亲程氏死于四川家乡，苏轼、苏辙兄弟奔丧回家，后随父亲苏洵由水路赴京。一路上，父子三人随感而发，写了一百篇诗文，汇成《江行唱和集》。序中根据自己的创作经验，提出了“有触于中，而发为咏叹”的有感而发的创作思想，批评了无病呻吟、勉强为文的写作态度。本文是体现苏轼创作思想的重要作品之一。

记承天寺夜游

原文

元丰六年十月十二日夜，解衣欲睡，月色入户，欣然起行。念无与为乐者，遂至承天寺，寻张怀民①。怀民亦未寝②，相与步于中庭③。

庭下如积水空明④，水中藻荇交横⑤，盖竹柏影也。

何夜无月，何处无竹柏，但少闲人⑥如吾两人者耳。

注释

①张怀民：即张梦得，清河（今属河北）人，当时也贬居黄州。

②寝：睡觉。

③相与：共同，一起。中庭：院子里。

④空明：形容水清澈、透亮。

⑤藻荇（xìng）交横：水藻与荇菜交织。藻、荇均为水生物。荇，荇菜，根生在水底，叶子浮在水面上。

⑥但：只是。闲人：清闲的人。

译文

元丰六年十月十二日夜里，我脱了衣服正要睡觉，忽然看见月光透进门窗，瞬间睡意全消，便高兴地起身走出来。想到没有一个同我共享这月夜乐趣的人，就到承天寺去找张怀民。正好怀民也没睡，我们就一同在寺院里散起步来。

院子被月光照着，像贮满了水一样，澄澈透明，水里面的藻、荇枝叶纵横交错，原来是竹子和柏树的影子。

哪里的夜里没有月亮？哪个地方没有竹子和柏树？只是少有像我和怀民这样清闲的人罢了。

评析

这篇游记仅有八十五字，寥寥几笔就点染出一个明净幽静的夜景，传达出一种恬淡自适的心境。月色如水，上下空明，幽人漫步，竹柏弄影，宛如一幅用淡墨挥洒的月夜游人图。天上有明月，庭中有竹柏，身边有知己。作者把自己政治失意后的孤高情怀寄托于其中，情与景如水乳交融，实难分辨。他的情怀也像天光月影一般，表里澄澈，纤尘不染，无忧无虑，潇洒自如。此情此景岂是嚣嚣官场可与相比的？

记游定惠院

原文

黄州定惠院东小山上，有海棠一株，特繁茂。每岁盛开，必携客置酒，已五醉其下矣。今年复与参寥师①及二三子访焉，则园已易主。主虽市井人，然以予故，稍加培治。山上多老枳木②，性瘦韧，筋脉呈露，如老人头颈。花白而圆，如大珠累累，香色皆不凡。此木不为人所喜，稍稍伐去，以予故，亦得不伐。既饮，往憩于尚氏之第。尚氏亦市井人也，而居处修洁，如吴越间人，竹林花圃皆可喜。醉卧小板阁上，稍醒，闻坐客崔成老弹雷氏琴③，作悲风晓月，铮铮然，意非人间也。晚乃步出城东，鬻④大木盆，意者谓可以注清泉，瀹⑤瓜李，遂夤⑥缘小沟，入何氏、韩氏⑦竹园。时何氏方作堂竹间，既辟地矣，遂置酒竹阴下。有刘唐年⑧主簿者，馈油煎饵，其名为甚酥，味极美。客尚欲饮，而予忽兴尽，乃径归。道过何氏小圃，乞其藂橘，移种雪堂之西。坐客徐君得之⑨将适闽中，以后会未可期，请予记之，为异日拊掌。时参寥独不饮，以枣汤代之。

注释

①参寥师：僧人道潜，钱塘人，苏轼通判杭州时与之交游。

②枳木：也称枸橘，果实可入药。

③雷氏琴：苏轼题跋有《家藏雷琴》一首，言琴上有“雷家记”字样。谓“此最琴之妙，而雷琴独然”。

④鬻：卖，这里可作买讲。

⑤瀹：浸。

⑥夤（yín）缘：循沿。

⑦何氏、韩氏：指友人何圣可、韩毅甫。

⑧刘唐年：字君佐。

⑨徐君得之：徐大正，字得之，黄州知州徐大受之弟，苏轼友人。

译文

黄州定惠院东边的小山上有一株海棠，枝叶特别繁荣茂盛。每年花开的时候，我都会带着客人前去喝酒，已经五次醉在这海棠之下了。今年又和参寥禅师以及其他两三个人去访赏，然而那个园子已经换了主人。主人虽然是个市井平凡的人，但由于我的原因，他稍稍地培育整理了这个园子。园子里有很多年老的枳木，木性瘦瘠而坚韧，树的筋脉都显露在外面，好像老人的头颈。开的花白色，很圆，好像很多颗大粒的珍珠，香气和颜色都很不平凡。这种树不讨人喜欢，本来想过一阵砍去，也是因为我的缘故，没有被砍掉。喝过酒之后，我们去姓尚的人家休息。尚氏也是个平凡的人，但居住的地方干净整洁，好像吴越之地的人，他家的竹林和花圃都很讨人喜欢。我醉躺在小板阁上，一会儿醒了，听见客人崔成老弹奏雷氏琴，琴声像悲鸣的风，微亮的月光，铮铮有声，得到的享受是人间所没有的。到了晚上，徒步出到城东，买了一个大木盆，心想可以注入清水，浸泡瓜和李子，于是沿着小沟，走进了姓何与姓韩人家的竹园。那时何氏在竹间作大堂，已经把地方都腾出来了，于是把酒放在竹阴下。有一个叫刘唐年的主簿送给了我们一种油炸的小吃，名字叫甚酥，味道很好。客人还要喝酒，而我忽然没了兴致，于是直接回家了。路上经过了姓何人家的小园子，跟他要了一丛橘子，移植到了雪堂的西边。客人徐得之马上就要启程到闽中去，以后不知道什么时候才能再见面，于是恳请我记下今天之事，作为以后的谈资。那个时候，参寥是唯一一个不喝酒的人，用枣汤代替了酒。

评析

本文约作于宋神宗元丰七年（公元1084年）三月，记述了苏轼与友人愉快游赏的一天。语言清新、自然，有随手拈来、信口脱出之美。结构组织似不经意，然而按时间顺序记一天游玩过程，有松而不乱之美。

书吴道子画后

原文

知者创物，能者述焉，非一人而成也。君子之于学，百工之于技，自三代[①]历汉至唐而备矣。故诗至于杜子美[②]，文至于韩退之[③]，书至于颜鲁公[④]，画至于吴道子，而古今之变，天下之能事毕矣。道子画人物，如以灯取影，逆来顺往，旁见侧出，横斜平直，各相乘除[⑤]，得自然之数，不差毫末，出新意于法度之中，寄妙理于豪放之外，所谓游刃余地，运斤成风[⑥]，盖古今一人而已。予于他画，或不能必其主名，至于道子，望而知其真伪也。然世罕有真者，如史全叔所藏，平生盖一二见而已。

注释

①三代：指夏、商、周三个朝代。

②杜子美：杜甫，字子美，唐代诗人。

③韩退之：韩愈，字退之，唐代文学家。

④颜鲁公：颜真卿，字清臣，封鲁国公，世称颜鲁公，唐代著名书法家。

⑤乘除：增减。

⑥运斤成风：语出《庄子·徐无鬼》："郢人垩慢其鼻端，若蝇翼，使匠石斫之。匠石运斤成风，听而斫之，尽垩而鼻不伤，郢人立不失容。"这里用以比喻吴道子手法纯熟。

译文

聪明的人创造事物，有能力的人来叙述，这不是一个人能够独立完成的。士人攻读诗书，匠人学习技艺，从夏、商、周三代一直到汉朝、唐朝，一套体系都很完备了。因此作诗有了杜甫，写文章出现了韩愈，书法有了颜真卿，而作画则当推吴道子，虽然从古至今有许多审美的变化，但能够超过他们的几乎没有。吴道子画人物，好似看着灯烛能描绘出影子，笔锋往来自如，笔势不拘一格，横竖笔画互相增减补充，这是得到了自然之法啊。他的画作传神逼真，在传统的画法中不乏新意，豪放的风格里不乏细腻，手法娴熟，可以称得上是游刃有余，古今只有他可以当此殊荣。我对于其他人的画作不能肯定其作者的名字，但对于吴道子的画，一看就知道真伪。可惜现在存世的赝品太多，像史全叔收藏的这样的真品，我这辈子也不过见过一两次。

评析

本文是宋神宗元丰八年（公元1085年），苏轼为史全叔收藏的吴道子的画写的题跋。吴道子，名道玄，阳翟（今河南禹县）人，唐代杰出画家，有"画圣"之称。本文作者借题发挥，总结艺术经验，在有限的篇幅内阐发系统的艺术理论，且有独到见解。

记游松风亭

原文

余尝寓居惠州嘉祐寺①，纵步松风亭②下，足力疲乏，思欲就林止息。望亭宇，尚在木末③，意谓是如何得到？良久忽曰："此间有甚么歇不得处？"由是如挂钩之鱼，忽得解脱。若人悟此，虽兵阵相接，鼓声如雷霆，进则死敌，退则死法，当甚么时，也不妨熟歇④。

注释

①嘉祐寺：故址在白鹤峰以东，明代改建城隍庙。今为广东惠州东坡小学所在地。

②松风亭：原在嘉祐寺旁边，故址在今惠州桥东区东坡小学的后山上。

③木末：树梢，指在高处。

④熟歇：很好地歇息一番。

译文

我曾经住在惠州的嘉祐寺，信步走到松风亭下，感到腿酸疲乏，很想找个能躺下的地方休息一下。抬头望向松风亭，还在高处，心想这么高，我可如何爬上去休息呢？就这样想了一会儿，忽然对自己说："为什么这里就不能休息呢？偏偏要到亭子里才能休息吗？"于是心情一下子放松了，好像已经挂在鱼钩上的鱼儿得到了解脱。如果人们都能领悟随遇而安的道理，即便是马上就要上阵杀敌，耳边听得战鼓声声，想到前进杀敌也是死，逃跑受到军法处置也是死，到那时，一样能放下担心，很好地休息一番。

评析

宋哲宗绍圣元年（公元1094年），哲宗亲政，章惇为相，苏轼被贬为宁远军节度副使惠州（今广东惠州）安置。十月，苏轼到达惠州，居住在嘉祐寺，游览松风亭时作此文。文章记录了作者游览时轻松愉悦的心情，显示了对待贬谪的旷达态度，读来理趣盎然。

在儋耳书

原文

吾始至南海，环视天水无际，凄然伤之，曰："何时得出此岛耶？"已而思之：天地在积水中，九州在大瀛海①中，中国在少海中，有生孰不在岛者？覆盆水于地，芥②浮于水，蚁附于芥，茫然不知所济。少焉水涸，蚁即径去，见其类，出涕曰："几不复与子相见，岂知俯仰之间，有方轨八达之路乎？"念此可以一笑。戊寅九月十二日，与客饮薄酒小醉，信笔书此纸。

注释

①大瀛海：大海，相当于大洋。

②芥：小草。

译文

我刚到海南岛的时候，看到四周天水相连，无边无际，不禁为之伤心，说道："我什么时候才能离开这里啊？"现在想来，天和地也都是在水中的，偌大的九州在大海的包围中，中国在小一些的海洋的包围中，有谁能说自己不是生活在岛上的呢？将一盆水倒在地上，小草浮在水面上，蚂蚁便会爬到小草上，茫然不知如何是好。不久，水干了，蚂蚁爬开，见到了它的同类，不禁伤心地说："我还以为见不到你了，哪里知道就这一会儿工夫，宽阔的道路就出现了。"我想到此处，不禁一笑。戊寅年九月十二日，与客人饮酒微醉，随手将这些感触写在了纸上。

评析

儋耳，古郡名，治所在今海南儋州西北。本文为宋哲宗元符元年（公元1098年）在儋耳所写，一题作《试笔自书》。文中作者情感由悲伤到乐观，体现了作者乐观豁达的心境。

黠鼠赋

原文

苏子夜坐，有鼠方啮[①]。拊[②]床而止之，既止复作。使童子烛之，有橐[③]中空，嘐嘐聱聱[④]，声在橐中。曰："嘻！此鼠之见闭而不得去者也。"发而视之，寂无所有，举烛而索，中有死鼠。童子惊曰："是方啮也，而遽死耶？向为何声，岂其鬼耶？"覆而出之，堕地乃走，虽有敏者，莫措其手。

苏子叹曰："异哉！是鼠之黠[⑤]也。闭于橐中，橐坚而不可穴也。故不啮而啮，以声致人；不死而死，以形求脱也。吾闻有生，莫智于人。扰龙伐蛟，登龟狩麟，役万物而君之[⑥]，卒见使于一鼠；堕此虫之计中，惊脱兔于处女，乌在其为智也。"

坐而假寐[⑦]，私念其故。若有告余者曰："汝惟多学而识[⑧]之，望道而未见也。不一于汝，而二于物，故一鼠之啮而为之变也。人能碎千金之璧，不能无失声于破釜；能搏猛虎，不能无变色于蜂虿[⑨]，此不一之患也。言出于汝，而忘之耶？"余俯而笑，仰而觉。使童子执笔，记余之作。

注释

①啮：咬。

②拊：拍。

③橐：箱状的盛衣食的家具。

④嘐嘐聱聱（áo áo）：象声词，形容鼠啃咬的声音。

⑤黠：狡猾。

⑥君之：做它们的主宰。

⑦假寐：闭目打盹儿。

⑧识：通“志”，记。

⑨蜂虿（chài）：蝎类毒虫。

译文

夜里坐起身，听到一只老鼠正在啃咬东西。敲敲床沿吓唬它，它停了一会儿又咬起来。让童子用烛光照照，原来有一只空箱子。老鼠咬东西的声音是从那里传出来的。我说：“嘻，这老鼠被封闭在里面跑不出来了。”打开箱子一看，里面静静的，什么也没有，举烛找找，发现里面有只死老鼠。童子惊奇地说：“刚才还在咬东西，怎么突然死了？刚才的是什么声音，难道有鬼吗？”翻过箱子把死鼠拎了出来，老鼠落在地面就跑。即使行动再敏捷的人，对老鼠的突然逃跑也措手不及。

我叹息说：“奇怪呀！这是老鼠狡猾的地方。被封闭在箱子里时，箱子结实咬不开窟窿，于是老鼠不是真的要咬破箱子，而是要用咬声招来人；不是真的死了，而是借假死脱身。我听说有生命以来，没有比人更聪明的了。人能驯服龙，擒住蛟，用龟占卜，猎取麒麟。役使万物而主宰它们的人却被一只老鼠骗了。中了老鼠的计，狡猾的老鼠看起来像处女一样安稳，却像脱手的兔子一样逃掉了。人怎么还能算是聪明的呢？

我一边坐着闭目打盹儿，一边私自想其中的原因。仿佛有人告诉我说：“你只不过多读了点书，记住些知识，离道还远着呢。你自己的精神不集中，因而受到外物的干扰，于是才会被一只老鼠的啃咬声弄得坐立不安。有时人砸碎了价值千金的璧玉倒不动声色，却不能做到不在摔破锅时大声惊叫；有时人能与猛虎搏斗，却不能做到不在蜂虿面前吓变了脸色，这就是不专一带来的危害。这些话是从你嘴里讲出来的，如今你忘了吗？”我低下头暗自发笑，后又抬起头来有所醒悟。于是让童子拿笔来，写下自己的这篇文章。

评析

人是最有智慧的，而智慧的发挥有待于意志的专一。当人的精神高度集中，心无旁骛的时候，就能够降龙伏虎，主宰万物，无所畏惧；当人的精神松懈涣散，疏忽大意的时候，就会变得神经脆弱，怯懦无能，闻锅破而失声惊呼，见蜂蝎而容颜变色，堂堂万物之灵甚至对付不了一只小小的老鼠。可见目标明确，用心专一，态度严谨，工作认真，是人类征服自然，取得成功的关键所在。事无大小，莫不如此。这就是作者从一个捉老鼠的小故事中引申出来的生活真理。文章前半部分描写老鼠装咬装死，趁机逃脱，形象狡猾诡诈；写人的漫不经心，乍喜乍惊，受骗上当，情节曲折生动；笔墨简练幽默，表现出状物写事的高超技巧。后半部分抒发感慨，因事论理，先提出问题，再加以辨析，步步深入，以小见大，寓庄于谐，发人深思。从“坐而假寐，私念其故”到“余俯而笑，仰而觉”，作者在睡意蒙眬中自我对话，在心灵搏动中自我反省，最后疑团顿开，恍然大悟，这一段心理活动的描写尤其别致。

答黄鲁直书

原文

轼顿首再拜鲁直[①]教授长官足下。轼始见足下诗文于孙莘老[②]之坐上，耸然异之，以为非今世之人也。莘老言：“此人，人知之者尚少，子可为称扬其名。”轼笑曰：“此人如精金美玉，不即人而人即之，将逃名而不可得，何以我称扬为？”然观其文以求其为人，必轻外物而自重者，今之君子莫能用也。其后过李公择[③]于济南，则见足下之诗文愈多，而得其为人益详，意其超逸绝尘，独立万物之表，驭风骑气，以与造物者游，非独今世之君子所不能用，虽如轼之放浪自弃，与世阔疏者，亦莫得而友也。今者辱书词累幅，执礼恭甚，如见所畏者，何哉？轼方以此求交于足下，而惧其不可得，岂意得此于足下乎？喜愧之怀，殆不可胜。然自入夏以来，家人辈更卧病，匆匆至今，裁答甚缓，想未深讶也。《古风》二首，托物引类，真得古诗人之风，而轼非其人也。聊复次韵，以为一笑。秋暑，不审起居何如？未由会见，万万以时自重。

注释

①鲁直：黄庭坚，字鲁直，号山谷道人。洪州分宁（今江西修水）人。

②孙莘老：孙觉，字莘老，苏轼之友，黄庭坚的岳父。

③李公择：李常，字公择，苏轼友人，黄庭坚的舅父。

译文

苏轼这里再次叩头拜见黄鲁直教授。我第一次欣赏您的诗文是在孙莘老家，当时不觉耸肩惊讶，认为这不是当代人能够写出来的文章。孙莘老说：“这个人，了解他的人还不多，你可以给他宣扬一下。”我笑着回答：“这人必定如纯金美玉一般，就算他不去接触别人，别人也会主动接近他，哪里用我去宣扬呢？”看他的文章来揣度他的为人，他必定是看轻身外之物，注重自身品德之人，如今正直的君子没有不被争相起用的。这以后，我与李公择在济南相会，读到了更多您的诗文，对您的为人有了更加详尽的了解，知道您风度超然脱俗，与众不同，且品格超拔，不受世俗的羁绊，不是得不到当今君子的赏识，也不像我这样放浪形骸，与世俗格格不入，交不到好的朋友。今日看到您的书信，礼数甚是恭敬，态度极是谦卑，好像是见到了一个让您害怕的人，这又何必呢？我一直想以书信与您结交，却害怕唐突，不料得到您的书信，欣喜之余，不禁有些惭愧。只因自从入夏以来，家里不断有人生病卧床，断断续续直到如今，于是回信很是缓慢，希望您不要介意。您寄来的《古风》两首诗，以物寄托深意，真是具备古代诗人的风格，而我并不是您所推崇备至的人。我也作了次韵诗寄给您，见笑见笑。秋天的暑气还很重，不知您的生活如何？没有机会见面，希望您保重身体，善自珍重。

评析

宋神宗元丰元年（公元1078年）初，北京（北宋时北京为大名府，在今河北大名）国子监教授黄庭坚致信徐州知州苏轼，并附《古风》二首，表达了对苏轼的景仰倾慕之情。苏轼次韵奉和，并写了这封书函。函中追述了两次见黄庭坚诗文的感受，称扬了对方超尘脱俗的品格。

与王定国书

原文

某启：罪大责轻，得此甚幸，未尝戚戚。但知识数十人，缘我得罪，而定国为某所累尤深，流落荒服[①]，亲爱隔阔。每念至此，觉心肺间便有汤火芒刺。今得来教，既不见弃绝，而能以道自遣，无丝发蒂芥[②]，然后知定国为可人，而不肖他日犹得以衰颜白发厕宾客之末也。甚幸！甚幸！恐从者不由此过，故专遣人致区区。惟愿定国深自爱重，仍以戒我者自戒而已。临书悒悒[③]，不知此人到江，犹及见仙舟[④]否？匆匆，不宣。

注释

①荒服：远离皇城的偏远地区。

②蒂芥：草芥，比喻胸中郁积。司马相如《子虚赋》中说：“吞若云梦者八九于其胸

中，曾不蒂芥。”

③悒悒：郁闷惆怅的样子。

④仙舟：装饰华丽的游船，此处指王定国乘坐的船。

译文

我写信相告：罪责重大，惩罚却很轻微，能得到这种处分已经是很幸运了，不曾觉得悲伤。但是几十位好友因为我的缘故都受到了处罚，而王定国被我连累得最深，被发配到远离皇城的偏远地区，与亲人朋友相隔遥远。每每想到此处，我便觉得心肺都像被热汤浇，被芒刺扎那样难受。今日得到了你的来信，你不但没有责怪我，反倒安慰我，心中丝毫没有郁积的情绪，足见你的为人，不以得势失势而摒弃朋友，真是太难得了！我唯恐路过的人不能将这封信送到，于是专门派人送去，以表达我一点诚恳的心意。我希望你多多保重身体，用告诫我的那些话自诫吧。写到此处心情郁闷，不知送信的人走到江边，还能不能赶上你的游船呢？信写得匆忙，无法尽述我的心意。

评析

王定国，名巩，大名莘县（今山东莘县）人，工于诗，与苏轼交谊甚厚。因苏轼乌台诗案而受到株连，被谪宾州（今广西宾阳）监酒税。苏轼被贬黄州后，对王定国的远放深感不安，但王定国在赴贬所途中致书安慰苏轼。本文是宋神宗元丰三年（公元1080年），苏轼写给王定国的回信，倾吐了因自己获罪而连累朋友的负疚之情。

答毛滂书

原文

轼启：比日①酷暑，不审起居何如？顷承示长笺及诗文一轴，日欲裁谢，因循至今，悚息，悚息②！今时为文者至多，可喜者亦众。然求如足下闲暇自得，清美可口者实少也。敬佩厚赐，不敢独飨③，当出之知者。世间唯名实不可欺。文章如金玉，各有定价，先后进相汲引④，因其言以信于世⑤，则有之矣。至其品目高下，盖付之众口，决非一夫所能抑扬。轼于黄鲁直⑥、张文潜⑦辈数子，特先识之耳。始诵其文，盖疑信者相半，久乃自定，翕然⑧称之，轼岂能为之轻重哉？非独轼如此，虽向之前辈，亦不过如此也。而况外物之进退。此在造物者，非轼事。辱见贶⑨之重，不敢不尽。承不久出都，尚得一见否？

注释

①比日：近日。

②悚息：恐惧惭愧的样子。

③飨：享用酒食，这里比喻欣赏美文。

④汲引：推荐。

⑤信于世：展现于世。信，通“伸”，展现。

⑥黄鲁直：即黄庭坚。

⑦张文潜：苏轼友人。

⑧翕然：聚合在一起的样子，此处表示一致。

⑨见贶（kuàng）：受赐。

译文

苏轼启：近日天气炎热，不知道你身体如何？前几天接到了你送来的诗文，当天就想着要回复答谢，不想到今日才写回信，深感惭愧！如今作诗文的人很多，写得好的也不少。不过像你的文章这样自然清新的却太少了。我很是敬佩，感谢你的赠文，不敢自己独自欣赏，于是推荐给了一些通晓诗文的人。世上只有名实不能假冒。文章也像黄金玉石一样，有着不同的价值，需要不同的人互相之间推荐，因为这种推荐才能使它们展现于世间，被人们认可。至于品评诗文的价值，要让大家共同来评价，不是一个人能够褒扬或是贬低的。我和黄鲁直、张文潜等数人结交比你早，也都是通过诵读诗文才结交的。品读诗文时，有的人认为好，有的人认为不好，时间久了，大多数人都表示认可，我一个人又怎么能轻易地表示抑扬呢？并不是只有我这样，向任何前辈请教，他们大多是这种态度。何况诗文进退的高低完全在于个人的努力，并不是我的评论所能左右的。我承蒙你的看重，赠送诗文，不敢不说明自己的看法。不久后，我就要离开汴京了，不知还能不能见上一面呢？

评析

毛滂，字泽民，衢州江山（今浙江江山）人，著有《东堂词》。这封书札是宋哲宗元祐四年（公元1089年）苏轼被调离汴京，去杭州赴任前写给毛滂的。苏轼赞扬毛滂文章“闲暇自得，清美可口”，表现出奖掖后进的长者之风。同时指出文章高下有其客观标准，并肯定了社会评价的重要意义。

与参寥子

原文

某启：专人远来，辱手书，并示近诗，如获一笑之乐，数日慰喜忘味也。某到贬所半年，凡百粗遣，更不能细说，大略只似灵隐、天竺①和尚退院后，却住一个小村院子，折足铛②中，罨③糙米饭便吃，便过一生也得。其余，瘴疠④病人，北方何尝不病？是病皆死得人，何必瘴气？但苦无医药，京师国医手里死汉尤多。参寥闻此一笑，当不复忧我也。故人相知者，即以此语之，余人不足与道也。未会合间，千万为道善爱自重。

注释

①灵隐、天竺：均为杭州著名的寺院，灵隐在西湖西北灵隐山麓，天竺在城西一十里。

②折足铛：断腿的锅。

③罨（yǎn）：焖蒸。

④瘴疠：旧指南方山林水边容易致人患病的湿热之气。

译文

某启：你专门派人远来送信，还有你近日的诗作，我好像得到开怀一笑的快乐，数日喜慰，都不知道饭菜的味道了。我来到贬谪的居所有半年了，凡事大多过得去，这里也就不细说了。就好像灵隐寺、天竺寺的僧人离开禅房，住到了一个小村落中过活，用断腿的锅煮饭，焖里面的糙米饭吃，就这样过一辈子了。其余的就是这里病人多，都是因为湿热之气而生病的。其实北方何尝没有人生病呢？得了病就会死人，并不一定只有瘴气才让人生病。只是这里缺少医药，不过京城里的著名医生也不能保证不死人呀。你看到此处肯定会一笑抒怀，不会再为我忧虑。你是昔日与我相知的好友，我才这样写信相告，其他人也就没有必要对他们讲述什么。我们没有机会见面，请你千万保重。

评析

参寥，即僧人道潜，钱塘（今杭州）人，苏轼通判杭州时结交的朋友。在苏轼南贬途中，参寥多次致函问候。至惠州后，参寥又派专人送函慰问。本文是宋哲宗绍圣二年（公元1095年）苏轼的复信，信里叙述了参寥同东坡的深情厚谊以及苏轼面对逆境的豁达胸襟。

与侄孙元老

原文

侄孙元老秀才，久不闻问[①]，不识即日体中佳否？蜀中骨肉，想不住得安讯。老人住海外如昨，但近来多病瘦瘁，不复如往日，不知余年复得相见否？循、惠[②]不得书久矣。旅况牢落[③]，不言可知。又海南连岁不熟，饮食百物艰难，及泉、广[④]海舶绝不至，药物鲊酱等皆无，厄穷至此，委命而已。老人与过子相对，如两苦行僧尔。然胸中亦超然自得，不改其度，知之，免忧。所要志文，但数年不死便作，不食言也。侄孙既是东坡骨肉，人所觑看[⑤]。住京，凡百加关防，切祝切祝！今有一书与许下诸子[⑥]，又恐陈浩秀才不过许，只令送与侄孙，切速为求便寄达。余惟万万自重。不一一。

注释

①闻问：通音讯。

②循、惠：循指循州，治所在今广东惠阳东。时苏辙贬居循州，苏轼的家属留在惠州。

③牢落：孤寂零落。

④泉、广：泉指泉州（今福建泉州），广指广州（今广东广州），均为当时的海上贸易城市。

⑤觑看：细看、关注。

⑥许下诸子：当时苏轼兄弟两家分住惠州、筠州、许州和常州四处。许下指许州，治所在今河南许昌。

译文

侄孙元老秀才很久没有通音讯了，不知最近身体可好？四川的家人，我都得不到他们安好的消息。我住在海南岛，情况一如往昔，只是近来生病，瘦了一些，不如往日那样健壮了，不知道这剩下的岁月还能不能与你再见面。循州和惠州也很久没通音讯了。贬谪在外的凄凉孤寂，我不说你也明白。加上海南岛连年荒灾，吃饭生活等事很是艰难，泉州和广州的商船很久没来了，因此连药品、咸菜、鱼酱等物都缺乏了，穷困到这种地步，只有听天由命了。我和儿子苏过相伴过日，好像两个苦行僧。不过心中依然超脱自得，没有改变心意，你知道了这些，可以不必替我们担忧。以前你向我要求的墓表，只要我不死，就一定会写，不会食言的。因为你是我的侄孙，必然会受到人们的关注，你又住在京城，行事一定要小心防范，切记！切记！我还有一封书信给许州的家属，但是担心送信的陈浩秀才不路过许州，便只请他送信给你，请你再速速替我转寄吧。剩下的话不多说了，你一定要多保重呀。

评析

苏元老，字在廷，是苏轼的侄孙。这是苏轼在儋州写给他的一封书札，是一封十分动人的家书。

又答王庠书

原文

别纸累幅过当，老病废忘，岂堪英俊如此责望邪。少年应科目时，记录名数沿革及题目等，大略与近岁应举者同尔。亦有少节目文字[①]，才尘忝后[②]，便被举主取去，今皆无有，然亦无用也。实无捷径必得之术。但如君高才强力，积学数年，自有可得之道，而其实皆命也。但卑意欲少年为学者，每一书皆作数过尽之。书富如入海，百货皆有，人之精力，不能兼收尽取，但得其所欲求者尔。故愿学者每次作一意求之。如欲求古人兴亡治乱圣贤作用，但作此意求之，勿生余念。又别作一次，求事迹故实典章文物之类，亦如之。他皆仿此。此虽迂钝，而他日学成，八面受敌，与涉猎者不可同日而语也。甚非速化之术，可笑可笑！

注释

①节目文字：指应试时较难较大的题目。《礼记·学记》载："善问者如攻坚木，先其易者，后其节目。"

②才尘忝后：才能低下，名列榜后。自谦之辞。

译文

你在来信中称颂我太过了，如今我年老多病爱忘事，如何能承受你这样的期望啊。我年轻参加科举考试时，那些需要死记的应试的科目大概和近几年的依然相同。也有一些应试时较难较大的题目，我因才能低下，故这部分的考试名列榜后。这些文章都已经被当年的考官拿走了，今天估计都不在了，不过就算在，也没什么用了。其实学习是没有任何捷径的，像你这样天分高，学习能力又强，学习几年之后，自然会悟出学习的方法，不需要外力来辅佐。年轻人读书，每一本好书都读它几遍。好书内容丰富，就像知识的海洋，读书时，人的意识指向一个方面，不能使各个方面的知识都被掌握，所以每读一遍都只带着一个目标去读就可以了。我希望求学的时候每次都能专心。如果想掌握古人是如何安定国家、治理祸乱的，学习古代的圣贤之人，就要像我说的这样去求学，不要有其他走捷径的想法。你还可以仿照古人的名文，写一篇类似的文章，并且要从不同的角度下笔。虽然这个方法有些笨拙，但将来必定受益匪浅，学成之时，可应付各种学问上的质难，那些博览群书却不做深入研究的人是无法与你相比的。这些都不是速成的方法，见笑见笑！

评析

王庠，荣州（今四川荣县）人，苏辙的女婿。本篇是苏轼晚年回答王庠问学的一封书札，以循循善诱的态度告诉王庠求学无捷径可走，必须勤奋学习，讲求方法，抓住重点，深入把握。

答谢民师书

原文

近奉违[①]，亟[②]辱问讯，具审起居佳胜，感慰深矣！某受性刚简，学迂材下，坐废累年，不敢复齿缙绅[③]。自还海北，见平生亲旧，惘然如隔世人，况与左右无一日之雅[④]，而敢求交乎？数赐见临，倾盖如故[⑤]，幸甚过望，不可言也。

所示书教及诗赋杂文，观之熟矣。大略如行云流水，初无定质，但常行于所当行，常止于所不可不止，文理自然，姿态横生。孔子曰："言之不文，行而不远。"又曰："辞，达而已矣。"夫言止于达意，即疑若不文，是大不然。求物之妙，如系风捕影；能使是物了然于心者，盖千万人而不一遇也，而况能使了然于口与手者乎？是之谓辞达。辞至于能达，则文不可胜用矣。

扬雄[⑥]好为艰深之辞，以文浅易之说；若正言之，则人人知之矣。此正所谓"雕虫篆刻"者，其《太玄》《法言》皆是类也，而独悔于赋，何哉？终身雕篆而独变其音节，便谓之"经"，可乎？屈原作《离骚经》，盖《风》《雅》之再变者，虽与日月争光可也，可以其似赋而谓之"雕虫"乎？使贾谊[⑦]见孔子，升堂有余矣；而乃以赋鄙之，至与司马相如同科。雄之陋如此比者甚众。可与知者道，难与俗人言也，因论文偶及之耳。欧阳文忠公言："文章如精金美玉，市有定价，非人所能以口舌定贵贱也。"纷纷多言，岂能有益于左右，愧悚不已。

所须惠力[⑧]"法雨堂"字，轼本不善作大字，强作终不佳，又舟中局迫难写，未能如教。然轼方过临江[⑨]，当往游焉。或僧有所欲记录，当为作数句留院中，慰左右念亲之意。今日至峡山寺[⑩]，少留即去，愈远。惟万万以时自爱。不宣。

注释

①奉违：离别。奉：敬辞。

②亟：屡次。辱：承蒙。

③缙绅：官僚士大夫。

④一日之雅：一天的交往。

⑤倾盖如故：一见如故。倾盖：指途中相遇，两人车盖倾斜。

⑥扬雄：字子云，西汉文学家。

⑦贾谊：西汉人，少年时即精通诸家书，后被召为博士。

⑧惠力：寺名，一作“慧力寺”，临近谢民师的家乡。

⑨临江：治所在今江西清江。

⑩峡山寺：在今广东清远县。

译文

分别不久，就承蒙你多次来信问候，得知近来你生活得很好，深感欣慰。我生性刚直简慢，学问迂阔、才质低下，因此被贬谪多年，不敢再和士大夫同列。自从渡海北归以来，见到往日的亲戚朋友，我精神上恍恍惚惚，就像和他们是生活在不同时代的人，何况从前我和你没有一天的来往，哪敢要求和你交往呢？承蒙你几次来看我，交谈时间虽短，却像老朋友一样，真是幸运之至，出乎意料，不是用言语表达得了的。

你给我看的书信以及诗、赋和各类文章，我已经反复熟读了。大体来说，作文应该像舒卷自如的云霞，以及自然流淌的溪水，原本没有什么固定的格式。只不过是常常在它应当飘行的时候就飘行，常常在它不能不停下来的时候就停下来，条理自然，姿态富于变化。孔子说：“言辞没有文采，就传播得不远。”又说：“言辞能够把意思表达清楚就行了。”说到言辞能够把意思表达清楚就行了，就怀疑这种说法是不重视文采，这种怀疑是很不对的。要把事物的精妙之处探求出来就像要拴住风、捉住影子那样困难，能做到在心里透彻了解事物特点的人，大概在千万个人中也遇不到一个，更何况能使之在语言和文字上都表达清楚呢！能够做到这样，才能称为言辞表达出了意思。能使言辞清楚地表达出意思来，他的文采就一辈子也用不尽了。

扬雄喜欢用一些深奥难懂的言词来文饰浅薄简单的道理，如果直接说出来，那人人都能明白。这正是他所说的雕虫篆刻一类的文字游戏，他的《太玄》《法言》都是这类作品，可他却偏只悔恨写了赋，这是为什么呢？终身都在搞雕虫篆刻的玩意儿，只是把句子的音节改变一下，便称为“经”，这可以吗？屈原作《离骚经》，那是承继《风》《雅》精神，加以变化而形成的，即使说它能和日月争夺光辉也是可以的，能因为它形式上像赋而把它称为雕虫一类的作品吗？假使贾谊能见到孔子，他的道德和才能达到“进入厅堂”的水平也是绰绰有余的，而扬雄竟然因为贾谊作过赋而鄙视他，甚至把他和司马相如列为一类。像扬雄这类见识浅陋的例子很多。这些只可以和聪明人谈，很难和平庸的人说清楚，这里因为谈论文章，不过偶然提到罢了。欧阳文忠公说过：“文章如同精美的金玉，市场上自有定价，不能凭着人们的一张嘴来决定它的贵贱。”胡乱讲了这么多，哪能对你有益处呢，我感到非常惭愧恐惧！

你要我给惠力寺法雨堂题字，我本来不善于写大字，勉强写来到底不好；又因为船中地方窄小很难动笔，于是没有完成您的嘱托。但我将要经过临江，到那里后，我会去寺中游览，可能寺中僧人要我写点什么留下来，我就在寺院写几句话来安慰你思念父母的心意。今日到了峡山寺，稍稍停留一下就离开。我们相距越来越远，希望你千万随时保重自己。不再一一尽述。

评 析

谢民师，名举廉，新淦（今江西新干）人。宋哲宗元符三年（公元1100年），苏轼自琼州遇赦北还，十月过海至广州。时谢民师任广州推官，曾携诗文谒见苏轼，深得苏轼赞赏。苏轼离开广州后，谢民师多次函候。本文即是苏轼行至广东清远时写给谢民师的复函，以简洁朴实的文笔倾谈了个人的心绪，并阐述了对诗文创作的见解，是一篇相当精彩的文论。

亡妻王氏墓志铭

原 文

治平二年五月丁亥[①]，赵郡[②]苏轼之妻王氏卒于京师。六月甲午[③]，殡[④]于京城之西。其明年[⑤]六月壬午，葬于眉[⑥]之东北彭山县安镇乡可龙里，先君、先夫人墓之西北八步。轼铭其墓曰：

君讳弗，眉之青神人，乡贡进士方之女。生十有六年而归于轼，有子迈。君之未嫁，事父母；既嫁，事吾先君先[⑦]夫人，皆以谨肃闻。其始，未尝自言其知书也。见轼读书，则终日不去，亦不知其能通也。其后，轼有所忘，君辄能记之。问其他书，则皆略知之，由是始知其敏而静也。

从轼官于凤翔。轼有所为于外，君未尝不问知其详。曰：“子去亲远，不可以不慎。”日以先君之所以戒轼者相语也。轼与客言于外，君立屏间听之，退必反覆其言，曰："某人也，言辄持两端，惟子意之所向，子何用与是人言。"有来求与轼亲厚甚者，君曰："恐不能久，其与人锐，其去人必速。"已而果然。将死之岁，其言多可听，类有识者。其死也，盖年二十有七而已。始死，先君命轼曰："妇从汝于艰难，不可忘也。他日，汝必葬诸其姑之侧。"未期年而先君没，轼谨以遗令葬之，铭曰：

君得从先夫人于九泉，余不能。呜呼哀哉！余永无所依怙。君虽没，其有与为妇何伤乎。呜呼哀哉！

注释

①五月丁亥：阴历五月二十八日。

②赵郡：指苏轼家族所属的郡望。

③甲午：阴历六月初七。

④殡：入殓，还没有下葬。

⑤明年：第二年。

⑥眉：这里指眉州，现在的四川眉县。

⑦先：用于称呼死去的人。

译文

在治平二年（公元1065年）五月二十八日这一天，赵郡苏轼的妻子王氏于京师开封因病辞世。六月初七，将灵柩停在京城的西门外。于次年的六月壬午，在眉州城东北彭山县的安镇乡可龙里把妻子下葬了，妻子的坟墓位于父亲和母亲墓葬西北方向约有八步远的地方，现在我为她作墓志铭如下：

死去的妻子叫王弗，是眉州青神县人，她父亲是乡贡进士王方。在她十六岁的时候就嫁给了我苏轼，为我生了儿子名叫苏迈。未嫁之前，在家里她很孝顺父母。嫁给我之后，对我的父母也很孝顺，她的端庄、恭敬在当地是很有名声的。刚嫁来的时候，她没有告诉我自己认字。她见我读书，就坐在我的旁边，我不明白她是否懂得我读的书。后来，我读过的书会有忘记的地方，她就会记得这些地方的内容。我问她一些书籍，她基本上都记住了，这件事以后，我才知道她聪敏且文静。

她陪同我苏轼去凤翔府做了签书判官，我经常外出办公事，每次回来，她都详细询问我办事的情况。她还经常告诫我："你在这里人生地不熟的，办事一定要处处小心啊。"每天她告诫我的这些话我父亲也曾经告诫过我。我在外和朋友们说话的时候，她常常站在屏风后面仔细地听，等我回来后，她还能复述出来我们曾经说的话，还说："某个人讨论问题很有偏见，常常走极端化。但是你的意见本来就是正确的啊，那为什么还要和这帮人讨论呢？”凡是有事情来求我办事的人来和我套近乎，她总告诫我：“这种人是不能长久做朋友的，这个人这么快就和你交上朋友了，这不符合常理，那么遇上坏人也是很容易的，这种人还是别交的好。”不久，她的看法果然被证实了。将要死的时候，她的话多可听，大家都有同感。她仅仅二十七岁就告别了人间。在刚刚失去她的时候，我的父亲吩咐我说：“你媳妇是和你一起同甘共苦的人，你不能忘了她啊。以后有机会，千万把她埋葬在你母亲墓旁。”不到一年，我的父亲也离开了我。我苏轼遵奉父亲的遗嘱，把她安葬在我们家的墓地中。我给她作铭文，内容如下：

你能在九泉之下跟随着咱们的母亲，我却没有这种机会。真是可悲啊！失去了你，我就失去了永远的依靠。虽然你离开了我，但今生我能有幸娶你做妻子，你作为儿媳能够安葬在公婆身边，我也没有什么值得悲伤的了。呜呼哀哉！

评 析

宋仁宗至和元年（公元1054年），苏轼娶了王弗为妻，王弗是眉州青神人王方的女儿。那时候苏轼才十九岁，王弗十六岁。宋英宗治平二年（公元1065年），王弗在京师逝世（今河南开封）。第二年，苏轼的父亲苏洵去世，葬在了原籍，王氏也迁葬到原籍。这篇墓志铭，作者在记事中倾注了自己的情思，记事虽简练，但感情深厚。所记的事只有寥寥两三件，却刻画了一个贤德的妻子形象。

书蒲永升[①]画后

原 文

古今画水，多作平远细皱[②]，其善者不过能为波头起伏，使人至以手扪之，谓有洼隆，以为至妙矣。然其品格，特与印板水纸争工拙于毫厘间耳。

唐广明中，处士孙位始出新意，画奔湍巨浪，与山石曲折，随物赋形，尽水之变，号称神逸[③]。其后蜀人黄筌、孙知微[④]皆得其笔法。始知微欲于大慈寺寿宁院壁作湖滩水石四堵，营度[⑤]经岁，终不肯下笔。一日，仓皇[⑥]入寺，索笔墨甚急，奋袂如风，须臾而成，作输泻跳蹙之势，汹汹欲崩屋也。知微既死，笔法中绝五十余年。

近岁成都人蒲永升，嗜酒放浪，性与画会，始作活水，得二孙本意，自黄居寀[⑦]兄弟、李怀衮之流，皆不及[⑧]也。王公富人或以势力使之，永升辄嘻笑舍去。遇其欲画，不择贵贱，顷刻而成。尝与余临寿宁院水，作二十四幅，每夏日挂之高堂素壁，即阴风袭人，毛发为立。永升今老矣，画亦难得，而世之识真者亦少。如往时董羽、近日常州戚氏画水，世或传宝之。如董、戚之流，可谓死水，未可与永升同年而语也。元丰三年十二月十八日夜，黄州临皋亭西斋戏书。

注释

①蒲永升：成都人，宋代画家，善画水。

②皱：曲折的纹路。

③神逸：神韵十足。

④孙知微：字太古，宋代画家。

⑤营度：谋求，计算，这里指构思、布置。

⑥仓皇：匆促，慌张。

⑦黄居寀：筌季子，字伯鸾，仕蜀孟昶为翰林待诏，归宋授光禄寺丞。善画。

⑧及：赶得上。

译文

古今画家画水多半是用细小的纹路把水画成平静广远的样子，那些画得好的也不过是能画出波浪起伏的样子，以至使人用手摸画时，有高低不平的感觉，便认为是画得最好的了。但这种画的品格只不过在技法的工拙上和印板纸争个优劣罢了。

唐代广明年间，隐士孙位才在山水方面画出了新的意境。他画奔腾的流水、巨大的波浪和山石的曲折，随着山石形态的变化而赋予水以不同的形状，把水的种种变化都画尽了，被人称为“神逸”。后来的四川人黄筌、孙知微都学会了他的笔法。起初，知微打算在大慈寺寿宁院墙上画四堵湖滩水石的壁画，规划、构思了一年，始终不肯下笔。有一天，他慌慌张张地跑进寺内，急急忙忙地索取笔墨，挥笔时，衣袖摆动如同风吹，一会儿就画成了。画面上的水有一股奔腾倾泻、急促跳跃的势头，波涛汹涌，就像房屋要倒塌下来似的。知微死后，这种笔法中断了五十多年。

近年，成都人蒲永升喜欢饮酒，为人放纵不拘，性情与画融合一道。他出来才学前人画活水，掌握了二孙作画的原意。即使是黄居寀兄弟、李怀衮一类人都赶不上他。有时王公富人凭着势力要他作画。蒲永升就嘻嘻哈哈取笑他们一番，扔下笔扬长而去；碰上他想作画时，便不选择要画人地位的贵贱，顷刻间就画好了。他曾给我临摹寿宁院壁画中的水，画了二十四幅，每当夏天把它们挂在高堂里洁白的墙壁上，就感到冷风袭人，使人毛发竖立。如今永升老了，他的画很难得到，而世上能鉴别出真画的人也少。像从前董羽、近日常州人戚氏画的水，世上的人你传给我，我传给你，当作宝贝。董、戚一类人画的水可以说是死水，不能和永升画的水相提并论。元丰三年十二月十八日夜，戏写于黄州临皋亭西斋。

评析

我国绘画理论的精髓是形似与神似的完美结合。在这篇短小精粹的题画文中，作者通过“死水”与“活水”的对比，形象地说明了形似与神似的结合，对绘画创作实践具有重要指导意义。怎样才能达到形神兼备、气韵飞动的艺术境界呢？一要有“随物赋形”——对自然形态的山水景物具有深刻的观察和忠实的再现能力；二要能“性与画会”——把主观感情与客观景物融为一体。这样就会有灵感的爆发，以及创作的冲动，用一种不可遏制的激情表现出山水景物的形状和神理，从而取得情景合一、物我难分的最高艺术境界。作者还把绘画创作与画家的个性特征和品德修养联系起来，说明绘画艺术是画家思想品格的自然外现。蒲永升笔下的“活水”具有一种逼人的凛凛生气，正是因为他具有放浪不羁的性格和不畏权贵的节操。如果仅能摹写出水“平远细皱”的表面形状，而没有画家的思想品格在内，就只能是毫无生气的一潭“死水”，以及印画工匠的复制品，算不上什么艺术。苏轼深知艺术的奥妙，这篇随意挥洒的“戏书”实在是一篇生动深刻的画论。

精彩点拨

苏轼的散文论点鲜明，论据有力，语言锋利，纵横恣肆，具有雄辩的说服力。欧阳修称赞他“博辩宏伟，纵横上下，出入驰骤，必造于深微而后止”（《故霸州文安县主簿苏君墓志铭》）；曾巩也评论他的文章“指事析理，引物托喻”，“烦能不乱，肆能不流”（《苏明允哀词》）。艺术风格以雄奇为主，而又富于变化。

阅读积累

苏轼读书

苏轼，字子瞻，眉州眉山人。他十岁时，父亲苏洵到四方游学，母亲程氏亲自教他读书，听到古今的成败得失，常能说出其中的要害。程氏读东汉《范滂传》，很有感慨，苏轼问道：“如果我做范滂，母亲能答应我这样做吗？”程氏说：“你能做范滂，难道我不能做范滂的母亲吗？”苏轼到二十岁时，更加喜欢读书，他精通经传历史，每天写几千字的文章，喜欢贾谊、陆贽的书。不久，读《庄子》，感叹说：“我从前有的见解，嘴里不能说出，现在看到这本书，说到我心里了。”

苏 辙

精彩导读

苏辙生平学问深受其父兄的影响。苏辙对于前辈学人，亦尊韩、欧，政治思想亦近于欧。但韩、欧辟佛道，而苏辙不然。苏辙的文章与其父兄并称当代大家。与父兄相比，虽有所不及，但亦自有特点。他擅长政论和史论，如《新论》三篇，纵谈天下大事，论断相当确切。《上皇帝书》说“今世之患，莫急于无财”，亦切中肯綮。史论同父兄一样，针砭时弊，古为今用。苏辙史论的代表作品是《历代论》，有些篇章是写得很有特点的。论汉光武、唐太宗，分析相当全面，和苏轼相比，特点确在于“稳”。《六国论》评论齐、楚、燕、赵四国不能支援前方的韩、魏，团结抗秦，暗喻北宋王朝前方受敌而后方安乐腐败的现实。《三国论》将刘备与刘邦相比，评论刘备“智短而勇不足”，又“不知因其所不足以求胜”，也有以古鉴今的寓意。下面我们来一一鉴赏吧！

六国论

原文

尝读六国世家[①]，窃怪天下之诸侯，以五倍之地，十倍之众，发愤西向，以攻山西[②]千里之秦，而不免于灭亡。常为之深思远虑，以为必有可以自安之计；盖未尝不咎其当时之士，虑患之疏，而见利之浅，且不知天下之势也。

夫秦之所与诸侯争天下者，不在齐、楚、燕、赵也，而在韩、魏之郊，诸侯之所与秦争天下者，不在齐、楚、燕、赵也，而在韩、魏之野。秦之有韩、魏，譬如人之有腹心之疾也。韩、魏塞秦之冲[③]，而蔽山东之诸侯；故夫天下之所重者，莫如韩、魏也。

昔者范雎用于秦而收韩，商鞅用于秦而收魏；昭王未得韩、魏之心，而出兵以攻齐之刚、寿[④]，而范雎以为忧。然则秦之所忌者可以见矣。秦之用兵于燕、赵，秦之危事也。越韩过魏而攻人之国都，燕、赵拒之于前，而韩、魏乘之于后，此危道也。而秦之攻燕、赵，未尝有韩、魏之忧，则韩、魏之附秦故也。夫韩、魏，诸侯之障，而使秦人得出入于其间，此岂知天下之势邪？委区区之韩、魏，以当强虎狼之秦，彼安得不折而入于秦哉？韩、魏折而入于秦，然后秦人得通其兵于东诸侯，而使天下遍受其祸。

夫韩、魏，不能独当秦，而天下之诸侯，藉之以蔽其西，故莫如厚韩亲魏以摈秦。秦人不敢逾韩、魏以窥齐、楚、燕、赵之国，而齐、楚、燕、赵之国，因得以自完于其间矣。以四无事之国，佐当寇之韩、魏，使韩、魏无东顾之忧，而为天下出身[5]以当秦兵。以二国委秦，而四国休息于内，以阴助其急。若此，可以应夫无穷，彼秦者将何为哉？不知出此，而乃贪疆埸[6]尺寸之利，背盟败约，以自相屠灭，秦兵未出，而天下诸侯已自困矣；至使秦人得伺其隙[7]，以取其国，可不悲哉？

注释

①世家：指《史记》中记述诸侯王的家世兴衰的传记。六国在《史记》中专列“世家”记述。

②山西：战国秦汉时，崤山或华山以西为山西，即关西；以东为山东，即关东，也指秦以外的六国。秦国地属山西。

③塞秦之冲：堵塞、阻挡着秦国的军事要道。

④刚：今山东宁阳。寿：今山东郓城。皆齐国领地。

⑤出身：挺身而出。

⑥埸：边界。

⑦伺其隙：利用六国间的矛盾。

译文

我曾经读《史记》中齐、楚、燕、韩、赵、魏六国的世家，私下奇怪这些各霸天下一方的诸侯以五倍于敌的地域，十倍于敌的军民，奋发向西而进，去攻击崤山之西不过千里之大的秦国，却没能免于灭亡的命运。我常常为他们深刻地考虑，认为他们一定会找到一条能保全自己的计策。因此不得不责备当时的谋士们防备祸患之策的疏漏，目光看不到长远利益，并且不了解天下的大势。

秦国和诸侯们争夺天下的要害之地不是在齐国、楚国、燕国和赵国之内，而是在韩国、魏国的郊外；诸侯各国与秦国争夺的关键之地不是在齐国、楚国、燕国、赵国之内，而同样是在韩国、魏国的郊野。秦国对于韩国、魏国的存在就像人患有腹心的疾病一样。韩国、魏国堵塞着秦国东进的要道，而遮蔽着崤山之东的各诸侯国；所以天下最重要的战略位置没有比得过韩国、魏国的。

当时范雎被秦国任用，就主张收服韩国，商鞅被秦国任用，就主张收服魏国。秦昭王没有得到韩国、魏国的真心降服，就出兵攻打齐国的刚（在今山东兖州附近）、寿（在今山东东平县北）之地，范雎因此很是担心。这样，秦国所忌讳的就很明白地看出来了。秦国对燕国、赵国用兵，对秦国来说就是很危险的事了。跨越韩国、魏国而攻击他国的都城，那么燕国、赵国在前边抵抗，韩国、魏国乘机在后面偷袭，这就很危险了。但秦国攻击燕国、赵国，却不曾对韩国、魏国的存在感到担忧，这是韩国、魏国依附秦国的缘故。韩国、魏国作为诸侯各国的屏障而秦国能在其中进进出出，难道这可以说那些谋士了解了天下的大势吗？把小小的韩国、魏国推出去，以抵御强暴如虎狼一般的秦国，那韩国、魏国怎么能不回头投入秦国的怀抱呢？韩国、魏国依附了秦国，于是秦国便能派兵通过其地而向东进攻诸侯各国，从而使整个天下的诸侯国遭受到被秦国灭亡的祸害。

韩国、魏国不能独自抵挡秦国，而天下各诸侯国可以凭借韩国、魏国而挡住秦国向西进攻的道路，由此可见，还不如亲近厚待韩国和魏国以抵挡秦国。既然秦国不敢轻易越过韩国、魏国以谋取齐国、楚国、燕国和赵国，那么，齐国、楚国、燕国和赵国便可以因此保全自身了。凭着四个没有战事的国家帮助面对强敌的韩国和魏国，使韩国、魏国没有来自东面的后顾之忧，而为天下各诸侯国的安全去抵挡秦兵。用韩国、魏国对付秦国，而其他四个国家在内部休养生息，并在暗中帮助韩国、魏国的危急，这样的话，便可以对付一切变故，那强大的秦国还能有什么作为呢？不知道出此计策，却贪图边土上的尺寸小利，违背誓言，破坏协约，而自相残杀。秦兵还没有出击，而天下的诸侯国已把自己搞得困顿不堪了。因此使秦国能乘机攻取他们的国家，这能不令人悲叹吗？

评析

六国，指战国时期韩、赵、魏、齐、楚、燕六国。作者分析了六国先后被秦灭亡的历史，指出六国诸侯眼光短浅，胸无韬略，不能联合一致，共同对敌，以致先后灭亡。此文可与苏洵的《六国论》并读，二者都是总结六国灭亡的历史教训：洵文着眼于政治形势，批评苟安的国策；辙文着眼于战略形式，批评六国没有战略眼光，不能联合抗敌，却互相残杀。

上枢密韩太尉书

原文

太尉执事：辙生好为文，思之至深，以为文者气之所形[①]；然文不可以学而能，气可以养而致。孟子曰：“我善养吾浩然之气。”今观其文章，宽厚宏博，充乎天地之间，称其气之小大。太史公行天下，周览四海名山大川，与燕、赵间豪俊交游，故其文疏荡[②]，颇有奇气。此二子者，岂尝执笔学为如此之文哉！其气充乎其中而溢乎其貌，动乎其言而见乎其文，而不自知也。

辙生十有九年矣。其居家所与游者，不过其邻里乡党[3]之人，所见不过数百里之间，无高山大野可登览以自广。百氏之书[4]，虽无所不读，然皆古人之陈迹，不足以激发其志气。恐遂汩没[5]，故决然舍去，求天下奇闻壮观，以知天地之广大。过秦、汉之故都，恣观终南、嵩、华[6]之高；北顾黄河之奔流，慨然想见古之豪杰。至京师，仰观天子宫阙之壮，与仓廪、府库、城池、苑囿之富且大也，而后知天下之巨丽。见翰林欧阳公，听其议论之宏辩，观其容貌之秀伟，与其门人贤士大夫游，而后知天下之文章聚乎此也。太尉以才略冠天下，天下之所恃以无忧，四夷之所惮以不敢发。入则周公、召公[7]，出则方叔、召虎[8]，而辙也未之见焉。

且夫人之学也，不志其大，虽多而何为？辙之来也，于山见终南、嵩、华之高，于水见黄河之大且深，于人见欧阳公，而犹以为未见太尉也。故愿得观贤人之光耀，闻一言以自壮，然后可以尽天下之大观而无憾矣。

辙年少，未能通习吏事。向之来，非有取于斗升之禄；偶然得之，非其所乐。然幸得赐归待选[9]，使得优游数年之间，将归益治其文，且学为政。太尉苟以为可教而辱教之，又幸矣！

注释

①文者气之所形：指文章是作者精神气质的外在表现。

②疏荡：指文风流畅而跌宕有致。

③邻里乡党：泛言乡里。古代以五家为邻，二十五家为里，五百家为党，一万两千五百家为乡。

④百氏：指诸子百家。

⑤汩没：埋没，消沉。

⑥终南：终南山，在今陕西西安南。嵩：嵩山，在河南洛阳东南。华：华山，在陕西华阴南。

⑦周公：名旦。召公：名奭。二人都是周初的辅弼大臣。

⑧方叔、召虎：周宣王的大臣。方叔征荆蛮、猃狁有功。召虎曾讨平淮夷。

⑨待选：等待选派官职。

译文

太尉执事：我生性喜好写作，对怎样写好文章考虑得很深刻。我认为文章是人内在气质的再现，虽然文章不是学习了就能写好，而人的内在气质却可以通过加强自身的修养而得到。孟子说："我善于培养我的盛大刚正之气。"如今看他的文章，宽阔厚实，宏伟博大，充塞于天地之间，同他的内在气质大小相称。太史公司马迁游历天下，看遍了整个中国的名山大川，和燕国、赵国一带的豪侠俊杰交游，所以他的文章流畅跌宕，很有奇伟的气魄。难道这两个人什么时候专门提笔学习写过这样的文章吗？那种浩然之气充塞于他们的心胸之中而自然流露于他们的容貌之上，从他们的口中表达出来而在他们文章中再现出来，只是他们并没有察觉而已。

我出生已经十九年了。平常在家中与我交游的不外乎乡里邻居之人，所看到的也不过几百里之内的事，没有高大的山脉、空旷的平野来登览以增加自己的见识；诸子百家之书，虽然没有不去读的，但那终究不过是古人的陈迹，不足以激发自己的志气。我害怕这样会埋没了自己，于是决然离开家乡，去寻求天下的珍奇传说和壮观景色，以感知天地间的广阔博大。我路过秦汉时的故都，从容地观览了终南山、嵩山、华山的高大雄伟，向北眺望了黄河奔腾而去的壮观气势，颇有感触地想起了古代的英雄豪杰，到都城开封（今河南开封），瞻仰了皇帝宫殿的壮丽宏伟，以及粮食、府库、城池、苑囿的众多和巨大，这才知道天下的广阔和美丽。见到了翰林学士欧阳修先生，聆听了他宏伟雄辩的议论，看见了他秀美俊逸的容貌，和他的门生贤士大夫交游，因而知道天下的优秀文章都汇聚在这里。太尉您以雄才大略而名冠天下，国家依靠您才没有忧患，周边的各族害怕您才不敢轻举妄动，在朝廷上就如周公、召公那样辅佐君王，在外用兵就像方叔、召虎一样御侮安边。可我还没见到您啊。

再说，一个人的学习不有志于最高境界，即使再多，又有什么作为呢？我来到京城，于山，看到了终南山、嵩山、华山的高大雄伟；于水，看到了黄河的广大深远；于人，看到了欧阳修先生，然而还以没有见到太尉您而深为遗憾。因此希望能亲睹您的风采，聆听您的一点教诲以充实自己，这才会认为全部看到了天下的可观景致而没有什么遗憾的了。

我还年少，没有能通晓做官的事务。先前来京应试的时候，并不一定要谋取一点点俸禄，偶然考中得了官，也不是自己喜欢的。幸而得到恩赐让我回家等候选拔，使我能悠闲几年，我将进一步钻研作文之道，并且学习为政之道。如果太尉您认为我可以教诲而屈尊教诲我，那我就更感荣幸了。

评析

本文为苏辙十九岁时所作。苏辙考中进士后，写了这封自荐信，求见当时管理全国军事的韩琦。文章没有阿谀谄媚之态，而是从作文之道着手，将求进之事与文学结合起来，不同流俗，使得韩琦对其另眼相看。文中提出了实践对创作具有重要意义的观点，丰富和发展了我国古代的文学理论。

黄州快哉亭记

原文

江出西陵，始得平地，其流奔放肆大；南合湘沅，北合汉沔[1]，其势益张；至于赤壁之下，波流浸灌，与海相若。清河张君梦得，谪居齐安[2]，即其庐之西南为亭，以览观江流之胜；而余兄子瞻名之曰“快哉”。

盖亭之所见，南北百里，东西一舍[3]，涛澜汹涌，风云开阖；昼则舟楫出没于其前，夜则鱼龙悲啸于其下；变化倏忽，动心骇目，不可久视。今乃得玩之几席之上，举目而足。西望武昌诸山，冈陵起伏，草木行列，烟消日出，渔夫樵父之舍，皆可指数[4]，此其所以为快哉者也。至于长洲之滨，故城之墟，曹孟德、孙仲谋之所睥睨[5]，周瑜、陆逊之所驰骛[6]，其流风遗迹，亦足以称快世俗。

昔楚襄王从宋玉、景差[7]于兰台之宫，有风飒然至者，王披襟当之，曰：“快哉此风！寡人所与庶人共者耶？”宋玉曰：“此独大王之雄风耳，庶人安得共之！”玉之言盖有讽焉。夫风无雄雌之异，而人有遇不遇之变；楚王之所以为乐，与庶人之所以为忧，此则人之变也，而风何与焉！

士生于世，使其中不自得，将何往而非病？使其中坦然，不以物伤性，将何适而非快？今张君不以谪为患，收会计之余功，而自放山水之间，此其中宜有以过人者。将蓬户瓮牖，无所不快；而况乎濯长江之清流，挹西山之白云，穷耳目之胜以自适也哉！不然，连山绝壑，长林古木，振之以清风，照之以明月，此皆骚人思士之所以悲伤憔悴而不能胜者。乌睹其为快也哉！

注释

①汉沔（miǎn）：汉水和沔水。汉水上游称为漾水，至陕西沔县一段又称为沔水，东经褒城，纳褒水，始称汉水。

②齐安：旧郡名，即黄州。

③一舍：三十里。

④指数：指点计算。

⑤睥睨：斜视的样子。此指傲视对方，相互争雄。

⑥驰骛：逐战。

⑦宋玉、景差：楚国以辞赋见长的文学家。兰台：楚国宫苑，故址在今湖北钟祥。

译文

长江流出西陵峡，开始进入平坦的旷野，江流变得奔放宽阔起来。在南汇合了沅水、湘江，在北接纳了汉江、沔水（汉江的北源称为沔水，西源称为汉水），水势更加盛大。到了赤壁之下，江流侵蚀两岸，犹如大海一样宽阔。清河（今属河北省）张梦得君贬官后居住在齐安（即黄州），他在住处的西南边建了一座亭子，用以观览长江横流浩瀚的胜景，我的哥哥苏轼（字子瞻）给它起名为快哉。

从亭上所能看到的，南北之间有百余里，东西之间约三十里。长江波涛汹涌，时而风起云涌，时而风静云消；白天则有舟船往来于眼前，晚上可听鱼龙在亭下悲鸣；景致变化迅疾，动人心魄，惊人眼目，使人不能长时间地观看。如今，我能坐在亭子间的案几上观览，只要一抬头就尽可以看个够。向西望去，武昌一带的山脉，山冈丘陵高低起伏，草木成行成列，烟雾消散，红日东出，渔夫、樵客的屋舍都历历在目，举手可数。这就是把亭子起名为快哉的原因吧。至于那江中长长的沙洲沿岸，故城的废墟，曹操、孙权曾经窥视谋取的地方，周瑜、陆逊曾经驰骋才华的场所，他们的风流遗迹也足使一般世俗之人快慰啊。

从前，宋玉、景差陪伴楚襄王在兰台宫游玩，有阵清风忽然吹来，楚襄王迎风敞开衣襟，说："这风真令人痛快啊！大概寡人和百姓们可共同享受吧？"宋玉回答说："这仅是大王独享的雄风罢了，老百姓怎能与您共同享有呢？"宋玉说的话包含有讽谏的意思。风并没有雄雌的分别，而人却有得志与不得志的不同。楚襄王所感到的快乐，老百姓所感到的忧愁，只是人的境遇不同所造成的，与风有什么关系呢？

读书人生活在世上，假使他心中有不得意的地方，那么到哪里会有快乐呢？假使他心中坦然自安，不以外物的影响而伤害到性情，又到哪里不会快乐呢？如今，张君不以贬谪异乡为愁苦，利用办理公务之后的闲余时间，而在山水之间尽情享乐，这其中应有超过常人的地方。即使让他生活在用茅草编成门户、用瓮片做成窗子那样艰苦的环境中，他也不会有不快乐的，更何况是可于长江的清流中洗濯，能在西山上尽情观赏悠悠的白云，从而让耳目充分地感受美好的景色，从中来自求安适呢！如果不是这样，那么连绵的山脉，幽深的峡谷，一眼望不到边的森林，古老的树木，清风在其间回荡，又有明月照临，这些景物都是令文人志士悲伤甚至憔悴而不能忍受的，怎么能从中看到什么快乐呢？

评析

元丰二年，苏轼因乌台诗案被贬，苏辙因上书替苏轼辩解也遭到贬谪。与苏轼同样谪居在黄州的张梦得于元丰六年在住所西南建了一座亭子，苏轼将其命名为快哉亭。本文描写了三个人，即张怀民、苏轼和作者自己，他们的共同之处是都处于被贬中。文章赞扬了身处逆境时旷达乐观的精神，也流露出失意和不平之情。

东轩记

原文

余既以罪谪[①]监筠州盐酒税，未至，大雨，筠水泛滥，蔑南市，登北岸，败刺史府门。盐酒税治舍，俯江之漘，水患尤甚。既至，弊不可处，乃告于郡，假部使者府以居。郡怜其无归也，许之。岁十二月，乃克支其欹斜[②]，补其圮缺，辟听事堂之东为轩，种杉二本，竹百个，以为宴休之所。然盐酒税旧以三吏共事，余至，其二人者适皆罢去[③]，事委于一。昼则坐市区鬻盐、沽酒、税豚鱼，与市人争寻尺以自效[④]。莫归筋力疲废，辄昏然就睡，不知夜之既旦。旦则复出营职，终不能安于所谓东轩者。每旦莫出入其旁，顾之未尝不哑然自笑也。

余昔少年读书，窃尝怪颜子以箪食瓢饮[⑤]居于陋巷，人不堪其忧，颜子不改其乐。私以为虽不欲仕，然抱关击柝[⑥]，尚可自养，而不害于学，何至困辱贫窭自苦如此？及来筠州，勤劳盐米之间，无一日之休，虽欲弃尘垢，解羁絷，自放于道德之场，而事每劫[⑦]而留之。然后知颜子之所以甘心贫贱，不肯求斗升之禄以自给者，良以其害于学故也。嗟夫！士方其未闻大道，沉酣势利，以玉帛子女自厚，自以为乐矣。及其循理以求道，落其华而收其实，从容自得，不知夫天地之为大与死生之为变，而况其下者乎？故其乐也，足以易穷饿而不怨，虽南面之王，不能加之。盖非有德不能任也。余方区区[⑧]欲磨洗浊污，睎[⑨]圣贤之万一，自视缺然而欲庶几颜氏之乐，宜其不可得哉！若夫孔子周行天下，高为鲁司寇，下为乘田委吏，惟其所遇，无所不可，彼盖达者之事，而非学者之所望也。

余既以谴来此，虽知桎梏之害而势不得去。独幸岁月之久，世或哀而怜之，使得归伏田里，治先人之敝庐，为环堵[⑩]之室而居之，然后追求颜氏之乐，怀思东轩，优游以忘其老。然而非所敢望也。

元丰三年十二月初八日，眉阳苏辙记。

注释

①以罪谪：这里是说作者受苏轼的乌台诗案牵连遭贬。

②克支：支撑起。欹斜：倾斜。

③罢去：离开。

④寻尺：这里指细小之物。自效：愿为别人贡献出自己的力量。

⑤箪食瓢饮：用来形容生活俭朴、贫困。

⑥抱关击柝：守门打更的小官吏。

⑦劫：约束、阻碍。

⑧区区：四处奔走的意思。

⑨睎（xī）：仰望、向上看。

⑩环堵：四面为墙，屋里空空。

译文

我因为获罪被贬，担任管理筠州盐酒税收政策的税务官，还没到任，就下起了大雨。筠州大水泛滥成灾，淹没了南岸的市场，漫上了北坡，冲坏了州府的大门。盐酒税所就在锦江边，水灾尤其严重。我来到任所时，房屋破败，无处安身。于是向郡府的长官作了报告，请求借用户部巡察使衙门暂居。郡府长官同情我无安身之处，就答应了我的请求。这年十二月，才能勉强支立起倾斜的房子，修补上倒塌的墙壁，又是在厅事堂的东边盖了一间小屋，屋前种了两株杉树和上百棵竹子，作为我读书休息的处所。但是，以前盐酒税务的差事由三个人来管，我来到这里时，其余二人正好都卸职离去，所有的事务都落在我一个人头上。白天，我得坐守在市场上，卖盐沽酒，收猪、鱼交易的利税，与市场上的买卖人为尺寸的小利争执以尽我的职责。晚上回去就已经筋疲力尽，昏然睡去，天已经亮了都不知道。第二天又得出去工作，始终不能在所谓的东轩安闲地休息。每天早晚都从它旁边出入，回头看看，不禁使人内心发出一声无可奈何的苦笑。

从前，我小的时候读书，曾经暗地里责怪颜回用一个竹器盛饭，一个瓢盛水，住在简陋的小巷里，别人都忍受不了这种困苦，颜回却怡然自乐。我私下认为即使不想从政做官，那么至少也应该做点看门打更的小差事，这样也可以自己养活自己，而且不妨碍治学，何至于贫穷困苦到如此地步呢？可是自从我来到筠州，每天为盐米这些琐事辛勤操劳，没有一天休息的时间。虽然很想离开人声喧嚣、尘土飞扬的市场，摆脱繁杂琐碎的事务，回到能修身养性、培养品德的场所去，但每每被繁杂的事务缠绕住而身不由己。从这以后才知道颜回之所以甘心贫贱，不肯谋求一斗一升的薪禄来养活自己的原因，实在是因为这样的处境对治学是有害的缘故啊。唉！读书人在他还没有最高理想境界的时候，沉醉在权势利益之中，为财帛子女经营，并以此为乐趣。等到他按着正理而寻求人生最高理想的时候，就能摆脱虚华而追求真正的人生。那时就会从容自得，连天地的大小、人的生死都置之不顾，何况其他事情呢？所以那种乐趣足够对穷困饥饿的处境漠视不顾，毫无怨言，即使让他南面称王，他也不会接受，大概品德不高尚的人是达不到这种境界的。我正想以诚挚的心情洗心革面，勤学求道，希望能达到至圣先贤们的万分之一。可是我自知我的不足，那么希望达到颜回那样忧道不忧贫的境界不是更做不到吗？至于孔子周行列国游说，最高的官职是做了鲁司寇，最低的时候还做过乘田、委吏，只要他接触的官职，他都能做好。他所做的都是达者的事情，不是我们这些平常学者能够办到的。

我已经被贬谪在这里，虽然知道受职事的束缚不能离开，只希望时间长久了，或许世人能同情可怜我，让我返回家乡，修建先人留下的破败家园，盖起简陋的房屋栖身，然后追求颜回安贫乐道的志趣，实现所期望的东轩之乐，优哉游哉，其乐无穷，以至不知老之将至。然而这不过是幻想，我是不敢有这样的希冀的。

现在是元丰三年十二月初八日，眉山苏辙所作。

评析

宋神宗元丰三年春，在苏东坡被贬谪湖北黄州任团练副使的同时，其弟苏辙因牵连罪而被贬往江西筠州（今高安县）监盐酒税。正遇洪水泛滥，苏澈请求借用户部巡察使衙门暂居，作为休息的地方。此时苏辙政治失意与生活烦乱交织，只好借笔以抒发之。此文就是他，宋时一个小小贬官劳累一天的真实记录。

孟德传

原文

孟德者，神勇之退卒[①]也。少而好山林，既为兵，不获如志。嘉祐中戍秦州，秦中多名山，德出其妻，以其子与人，而逃至华山下，以其衣易一刀十饼，携以入山，自念："吾禁军也，今至此，擒亦死，无食亦死，遇虎狼毒蛇亦死，此三死者吾不复恤矣。"惟山之深者往焉，食其饼既尽，取草根木实食之。一日十病十愈，吐利[②]胀懑无所不至。既数月，安之如食五谷，以此入山二年而不饥。然遇猛兽者数矣，亦辄[③]不死。德之言曰："凡猛兽类能识人气，未至百步辄伏而号，其声震山谷。德以不顾死，未尝为动。须臾，奋跃如将搏焉，不至十数步则止而坐，逡巡弭耳[④]而去。试之前后如一。"

后至商州，不知其商州也，为候者所执。德自分死矣。知商州宋孝孙谓之曰："吾视汝非恶人也，类有道者。"德具道本末，乃使为自告者[⑤]置之秦州。张公安道适知秦州，德称病得除兵籍为民，至今往来诸山中，亦无他异能。

夫孟德可谓有道者也。世之君子皆有所顾，故有所慕，有所畏。慕与畏交于胸中未必用也，而其色见于面颜，人望而知之。故弱者见侮，强者见笑，未有特立于世者也。今孟德其中无所顾，其浩然之气发越于外，不自见而物见之矣。推此道也，虽列于天地可也，曾何猛兽之足道哉？

注释

①神勇：这里指禁军的一个兵营名。退卒：逃跑的士兵。

②利：同"痢"，这里指患了痢疾。

③辄：常常，总是。

④弭耳：指贴耳。这里是形容动物非常驯服。

⑤自告者：自首的人。

译文

孟德曾经是禁军神勇营的逃兵。他小的时候很喜欢山林，后来入了军营，“好山林”的愿望没有实现。在宋仁宗嘉祐年间，他守卫秦中，陕西关中这个地方有很多名山。孟德休掉妻子，把他的儿子送人了，他逃奔到华山脚下，用身上的衣服交换到了十个饼和一把刀，就这样进山了。他心里想：“我是属于禁军的，现在跑到了这里，万一被拿着，还是要被处死的；或者被活活饿死；万一遇到虎狼毒蛇还是要死。对这三种死，我没有什么顾虑。”只管向山上走吧，他把饼吃完了以后，就靠野草和野果充饥。一天生病十次又痊愈，呕吐、下痢、腹胀、胸闷，没有不遇上的。这样过了几个月，他吃这些东西就像吃五谷一样安全，因此进山两年没有被饿死，遇上很多次猛兽也幸免于难。孟德说：“只要是猛兽，都能认出人的气息。离人还有百步，就伏在地上号叫，声音响彻山谷。因为我不害怕死，所以才没死。过一会儿，它就跳过来想跟我搏斗，离我只差十几步，又不向前蹲坐在那里，犹豫不定，终于驯服地走了。我所遇到的猛兽都是这样的。”

后来孟德到达商州，他却不知道这里是商州，被哨兵抓住，他认为必死无疑了。商州知府宋孝孙对他说：“我不认为你是坏人，而像是有道的人。”于是孟德就把事情的经过全部对他说了，宋孝孙就把他看作自首者，并将其安置在秦州。张安道恰巧在秦州做知府，孟德谎称有病，得以成为百姓。至今仍在各山中往来，没看出有什么特别的本事。

孟德真可谓一个有道之人啊。世上的君子都有自己的喜好，所以对有的事会仰慕，对有的事会畏惧；仰慕畏惧在内心纠缠，虽没有在行动中有所表现，但脸上还会露出情绪的，旁人一看就知道了。所以弱者遭到侮辱，强者遭受讥笑，没有一个人能做到超凡脱俗、独立于世。如今孟德没有挂念，盛大刚直之气外露于表，他自己没有觉察，但众人却看见了。把这个道理推而广之，即使同天地并列也是可以的，而猛兽又有什么呢？

评析

《孟德传》是苏辙的名篇之一。文章开首即用寥寥数语交代孟德做了逃卒走进华山深处，然后着力描写孟德在深山的苦况，即便这样也不愿为兵，从侧面写出宋代不人道的兵役制度的弊病。苏辙抱着对士卒的同情态度来写作，加上采用实录的笔法，不去掩盖当时社会的丑陋，同时又描绘悲惨的一面，所以文章读来特别感人。笔锋过处，尽对滥施淫威的官僚甚至整个腐败的兵役制度做出严厉至极的批评，而文力却又隐而未尽，不若韩愈、苏轼等文的一泻千里，而是别有一番韵味和力量。这也是苏辙文的独特之处。

三国论

原文

天下皆怯而独勇，则勇者胜；皆暗而独智，则智者胜。勇而遇勇，则勇者不足恃也；智而遇智，则智者不足用也。夫惟智勇之不足以定天下，是以天下之难蜂起而难平。盖尝闻之，古者英雄之君，其遇智勇也，以不智不勇，而后真智大勇乃可得而见也。

悲夫！世之英雄，其处于世，亦有幸不幸邪？汉高祖、唐太宗，是以智勇独过天下而得之者也；曹公①、孙②、刘③，是以智勇相遇而失之者也。以智攻智，以勇击勇，此譬如两虎相捽④，齿牙气力，无以相胜，其势足以相扰，而不足以相毙。当此之时，惜乎无有以汉高帝之事制之者也。

昔者项籍乘战百胜之威，而执诸侯之柄，咄嗟叱咤，奋其暴怒，西向以逆高祖，其势飘忽震荡如风雨之至。天下之人，以为遂无汉矣。然高帝以其不智不勇之身，横塞其冲，徘徊而不进，其顽钝椎鲁，足以为笑于天下，而卒能摧折项氏而待其死，此其故何也？夫人之勇力，用而不已，则必有所耗竭；而其智虑久而无成，则亦必有所倦怠而不举。彼欲用其所长以制我于一时，而我闭而拒之，使之失其所求，逡巡⑤求去而不能去，而项籍固已败矣。

今夫曹公、孙权、刘备，此三人者，皆知以其才相取，而未知以不才取人也。世之言者曰：孙不如曹，而刘不如孙。刘备唯智短而勇不足，故有所不若于二人者，而不知因其所不足以求胜，则亦已惑矣。盖刘备之才，近似于高祖，而不知所以用之之术。昔高祖之所以自用其才者，其道有三焉耳：先据势胜之地，以示天下之形；广收信、越⑥出奇之将，以自辅其所不逮；有果锐刚猛之气而不用，以深折项籍猖狂之势。此三事者，三国之君，其才皆无有能行之者。独有一刘备近之而未至，其中犹有翘然自喜之心，欲为椎鲁而不能纯，欲为果锐而不能达，二者交战于中，而未有所定。是故所为而不成，所欲而不遂。弃天下而入巴蜀，则非地也；用诸葛孔明治国之才，而当纷纭征伐之冲，则非将也；不忍忿忿之心，犯其所短，而自将以攻人，则是其气不足尚也。

嗟夫！方其奔走于二袁⑦之间，困于吕布而狼狈⑧于荆州，百败⑨而其志不折，不可谓无高祖之风矣，而终不知所以自用之方。夫古之英雄，唯汉高帝为不可及也夫！

注释

①曹公：这里指曹操，字孟德。他的儿子曹丕废掉汉献帝自立，改国号为魏。

②孙：孙权，字仲谋，建立东吴，形成三国割据的局面。

③刘：刘备，字玄德，在西蜀称帝，建立蜀汉。

④捽：相遇。

⑤逡巡：停滞不前的样子。

⑥信、越：韩信、彭越，都是汉高祖的功臣。

⑦二袁：袁绍和他的弟弟袁术。

⑧狼狈：指作战不顺利。

⑨百败：这里指经历过很多次失败，是概数，不是确数。

译文

若天下都是胆怯之人，只有一个勇敢的人，那么勇敢的人取胜；若天下都是糊涂的人，只有一个聪明的人，那么聪明的人取胜。勇敢的人遇到勇敢的人，那么就不能只依靠勇敢了；聪明的人遇到聪明的人，那么就不能够只依靠聪明了。正因为只靠智勇来安定天下是不够的，所以天下的灾祸蜂涌而起而又难以平定。曾听说，古时候可称英雄的帝王，他们用不智不勇对待智勇，然后真正的大智大勇才能表现出来。

可悲呀！难道英雄处于世界上也有幸运与不幸吗？汉高祖、唐太宗是以个人智勇超过天下所有的人而得到其帝位的。曹操、孙权、刘备是因他们智勇相当而又遇到一起，因而丧失完全取胜的机会。用智谋来打击智谋，用勇者打击勇者，这就好像两虎相争，光凭牙齿气力无法取胜，那情势可以互相干扰，而不能杀死对方。在这个时候，可惜没有人用汉高祖的办法来对付对方的。从前，项羽用百战百胜的威势掌管统帅着各路诸侯大军，狂呼大吼充分显示出他愤怒的气势，然后向西来迎战汉高祖。他的声势极大，如同暴雨雷霆般迅猛而惊天动地。天下人都认为从此就没有大汉帝国了。然而汉高祖用他那不聪明又不勇敢的身躯，在项羽进军的冲要之地横杀竖挡，使项羽军队来回调动而不能前进。汉高祖那种愚笨蠢钝足以使天下人笑话，而最后却能打败项羽而等着看他死亡。原因是什么？人的勇敢气力拼命使用而没尽止，就一定会有损耗，而人的谋划总是不能成功，就会有所疲倦懈怠而无法振作起来。他想用他的长处在短时间内压倒我，而我关上门拒绝他，使他失去他的希望，徘徊不定想退走又不能退走，这时项羽肯定已经十分疲惫。

现在曹操、孙权、刘备这三个人都知道凭自己的才能自己去夺取，而不知道用自己的短处去从别人那里取得。世上议论的人说：孙权不如曹操，而刘备不如孙权。刘备智谋浅显而又没有勇力，相对曹、孙二人有所不足，却又不懂得用自己的不足来求取胜利，这样也是太糊涂了。刘备的才能与汉高祖已经接近，却不懂得如何把才能使用出来。从前，汉高祖有三种使用自己才能的方法。先占据有利的地势，用以显示出得天下后将有所作为；大批收集像韩信、彭越等才能出众的将领，用来弥补自己的能力不足；有果敢敏锐刚烈勇猛的精神却不表现出来，用来大大挫败项羽猖狂的气势。这三件事，三国的君主都没有能做到的本领。只有一个刘备接近有这种本领却未能完全达到这种境地，内心还有点自命不凡沾沾自喜的情绪。想做一个愚笨的人而又不能愚傻，想做果敢敏锐的人而又不能明达。在心中两种思想激烈交战，却没有定下来。所以，事情做不成，希望无法实现。扔掉天下而进入巴蜀，那不是合适的地方。用诸葛亮这样治理国家的人才，却是在混乱战争进行之时，作为将才是不合适的。不能忍耐愤怒的情感，没有避开自己的短处，却自己领兵来攻打别人，这样就不值得过高评价他的精神。唉！当他在袁绍、袁术之间奔波的时候，当他被吕布所困的时候，当他在荆州被打得狼狈不堪的时候，失败无数而志向不改，不能不说他没有汉高祖的精神和作风，但也始终不能懂得如何把自己的能力发挥出来。在古代的英雄中，只有汉高祖是无人能够赶得上的。

评析

此篇文章为宋仁宗嘉祐五年（公元1060年），苏辙为应制科试而进论二十五篇之一。文章以“以不智不勇，而后真智大勇乃可得而见”立论，由此对刘、项和三国史事加以分析，并着重将刘备与刘邦进行对比，指出刘备的失误。文章立意新颖，论述婉转而条理清晰，又极具开合抑扬之势。

为兄轼下狱上书

原文

臣闻困急而呼天，疾痛而呼父母者，人之至情也。臣虽草芥之微，而有危迫之恳，惟天地父母哀而怜之。臣早失怙恃[①]，惟兄轼一人，相须为命。今者窃闻其得罪逮捕赴狱，举家惊号，忧在不测。臣窃思念，轼居家在官，无大过恶，惟是赋性愚直，好谈古今得失，前后上章论事，其言不一。陛下圣德广大，不加谴责。轼狂狷寡虑[②]，窃恃天地包含之恩，不自抑畏。顷年通判杭州及知密州日，每遇物托兴，作为歌诗，语或轻发，向者曾经臣寮缴进，陛下置而不问。轼感荷恩贷，自此深自悔咎[③]，不敢复有所为。但其旧诗已自传播。臣诚哀轼愚于自信，不知文字轻易，迹涉不逊，虽改过自新，而已陷于刑辟，不可救止。轼之将就逮也，使谓臣曰：“轼早衰多病，必死于牢狱，死固分也。然所恨者，少抱有为之志，而遇不世出之主，虽龃龉[④]于当年，终欲效尺寸于晚节。今遇此祸，虽欲改过自新，洗心以事明主，其道无由。况立朝最孤，左右亲近，必无为言者。惟兄弟之亲，试求哀于陛下而已。”臣窃哀其志，不胜手足之情，故为冒死一言。昔汉淳于公得罪，其女子缇萦，请没为官婢，以赎其父。汉文因之，遂罢肉刑。今臣蝼蚁之诚，虽万万不及缇萦，而陛下聪明仁圣，过于汉文远甚。臣欲乞纳在身官，以赎兄轼，非敢望末减其罪，但得免下狱死为幸。兄轼所犯，若显有文字，必不敢拒抗不承，以重得罪。若蒙陛下哀怜，赦其万死，使得出于牢狱，则死而复生，宜何以报！臣愿与兄轼，洗心改过，粉骨报效，惟陛下所使，死而后已。臣不胜孤危迫切，无所告诉，归诚陛下，惟宽⑤其狂妄，特许所乞，臣无任祈天请命激切陨越之至。

注释

①怙恃：这里指父母。

②狂狷（juàn）寡虑：为人行为放荡，考虑问题不全面。

③悔咎：悔过，反省。

④龃龉：齿，这里指意见不合。

⑤惟：希望。宽：宽容。

译文

臣听说，如果人所处的环境很恶劣，就会呼叫苍天，遇到难忍的痛苦就会呼叫父母，这些都是人感情最强烈的表现。臣如小草一般卑微，但在受危难压迫时也还是有所求的，恐怕现在能悲悯我的只有天地和父母了吧。臣很小的时候就没了父母，一直无依无靠，只有哥哥苏轼和我相依为命。现在我听说他犯罪，被打入监狱，我们全家都非常惊恐害怕，担心的是他会有什么不测。臣在下面揣度，从总体上说，苏轼的个人生活和在朝廷为官没有大错，只是为人过于率直，缺少周全的考虑罢了，他喜欢谈古论今，还有好几次他所上的奏折中观点与陛下不一致。陛下有很深广的圣德，没有责难他什么。但苏轼性格过于狂妄，做事缺乏考虑，还以为现在有天地宽容的恩德，就不知道敬畏，也不知道收敛。近来，他在担任杭州通判和密州知府期间，看到事物时就有感而发，于是写成诗，也不对用词多加考虑，在这之前，曾经有一些同僚就把他的诗文呈给陛下，但是陛下放在一旁没追问。苏轼觉得辜负了圣上的恩泽，常常自己悔过，行为不敢再有所轻慢了。但是他以前写的诗传开了。臣真心哀叹苏轼过于自信的愚昧，不知道写出来文字容易，但是其中的不恭敬言辞带来的影响不容易消除。虽然现在他已改过，但违反了刑律，这是没法儿挽回的。苏轼在被捕之前，他就让人来捎话说："我身体过早就不好了而且多病，肯定会死在牢狱里，死也是我应该的。可是我还有遗憾在世间，我年少时就想有一番作为，恰好逢到世上难遇的贤明君主，当年的所作所为确实糊涂，也有所悔悟，只想在晚年时有所报效国家。现在却出了这样的祸患，即使想改过自新，洗心革面重新报答贤明的君主，却没有足够的理由来证明。况且我在朝中没有什么朋党，即便是以前显得和我较好的人，肯定也不会出来为我求情。只能指望兄弟亲情向陛下为我请求。"我很赞同他的志向，而且没法儿拒绝手足之情，于是只好冒死向陛下为他求情。从前汉朝的淳于公犯了罪，他的女儿缇萦请求朝廷将自己收为官婢，以求得赎回父亲。淳于公因此免遭肉刑。我现在就像蚂蚁一般渺小，是不能和缇萦相比的，但是陛下比汉文帝更为聪明仁圣。臣想用我的官职赎回兄长苏轼，不奢望到最后能够减轻他的罪过只求能不让他死在牢狱里。臣的兄长苏轼所犯的罪真的是因为他的诗文，他肯定会承认因此获得重罚的。如果陛下能够给予同情怜悯，赦免他的死罪，把他从牢狱中放出来，他就等于死而复生了。这样的恩德怎能够报答呢？臣愿意和兄长苏轼改过自新，粉身碎骨报答陛下，只要陛下差遣去做，就是肝脑涂地也要去做。现在臣非常慌张和迫切，不知道如何去说话了，我所能对陛下说的就是：希望您对他的狂言妄行能包容，恩许我的请求。臣不能再承受这种祈天请命的惶恐了，这已经到达我所承受的极限了。

评析

《为兄轼下狱上书》是苏辙的代表篇目。这篇文章写于神宗元丰二年（公元1079年）。该年八月，苏轼因文字狱牵连坐狱。由于苏轼在湖州做知州的时候，他写的《湖州谢上表》中有这样几句话："皇帝陛下天覆群生，海涵万族，用人不求其备，嘉善而矜不能。知其愚不适时，难以追陪新进，察其老不生事，或能牧养小民。"后来，御史中丞李定等人用这些话来断定他诋毁变法，对朝廷不敬；他们从苏轼居杭州期间所作的大量诗文中发掘出六十多处所谓"讪上骂下""公为诋訾"的词句，上奏皇上，苏轼因此下狱。这就是所谓的乌台诗案。事件一发生，苏辙迅速作了此文呈交神宗皇帝，"乞纳在身官，以赎兄轼"，希望能赦免苏轼。文章写于性命攸关的时刻。因为苏氏兄弟情深义重，所以文章饱含真情，文章的开头和结尾处更是强烈地表达了他那种为兄弟担心的情怀。以情感人是这篇文章的最大特色。

墨竹赋

原文

与可[①]以墨为竹，视之良竹也。

客见而惊焉，曰："今夫受命于天，赋形于地，涵濡[②]雨露，振荡风气，春而萌芽，夏而解弛[③]，散柯布叶，逮冬而遂。性刚洁而疏直，姿婵娟以闲媚。涉寒暑之徂变[④]，傲冰雪之凌厉。均一气于草木，嗟壤同而性异。信物生之自然，虽造化其能使？今子研青松之煤[⑤]，运脱兔之毫，睥睨墙堵[⑥]，振洒缯绡[⑦]，须臾而成。郁乎萧骚[⑧]，曲直横斜，秾纤庳[⑨]高，窃造物之潜思，赋生意于崇朝[⑩]。子岂诚有道者耶？"

注释

①与可：文同（公元1018年—公元1079年），字与可，号笑笑居士、笑笑先生，人称石室先生等。北宋梓州梓潼郡永泰县（今属四川绵阳市盐亭县）人。以学名世，擅诗文书画，以善画竹著称。深为文彦博、司马光等人赞许，和苏轼、苏辙是表兄弟。

②涵濡：指滋润，沉浸。

③解弛：这里指竹笋脱落，开始长成竹子。

④徂变：指往来变化。徂：即逝去。

⑤青松之煤：因为墨是由松烟制造的，所以如此说。

⑥睥睨墙堵：形容漫不经心看着作画的墙壁。睥睨：眼睛斜着看，形容高傲的样子。

⑦振洒缯绡：形容在绢帛上尽情挥洒作画的样子。缯绡：泛指绢帛之类。

⑧郁乎：指植物纷繁茂盛貌。萧骚：形容风吹竹叶发出的声音。

⑨庳：指低矮，与“高”相对。

⑩生意：指生命力。崇朝：指从天亮到早饭前的一段时间，喻指时间短。

译文

文同擅长画墨竹，画出的竹子看起来和真的一样。

客人见到他画的竹子之后非常惊讶，说：“大自然赋予了竹子生命和形貌。竹子受到雨露滋润，存在于天地间。春天，竹子开始萌芽生长；夏天，竹笋就脱离竹壳，舒展为竹。等到叶子慢慢增多，到了冬天，竹子就长成了。竹子性情刚直，长的姿态却娴雅妩媚。历经寒暑变化，笑傲冰雪严寒。草木所吸收的天地间浑然之气是一样的，嗟叹它们生长的土壤一样，而性情却不一样。万物生长确实有其天然的本性，除了造物主，谁能够驾驭得了？如今你却用松烟制成的墨，用兔毛制成的笔，漫不经心地看着作画的墙壁，然后在绢帛上尽情挥洒，不一会儿就画好了。竹子枝叶纷繁茂盛，极为传神，仿佛能听到风吹竹叶发出的声音。画出的竹子弯直横斜，粗细高低，形态各异。窃取了造物主的神妙构思，赋予画竹以蓬勃生机。难道你就是那得道的人吗？”

原文

与可听然[①]而笑曰：“夫予之所好者道也，放乎竹矣。始予隐乎崇山之阳，庐乎修竹之林，视听漠然，无概乎予心。朝与竹乎为游，莫与竹乎为朋，饮食乎竹间，偃息[②]乎竹阴。观竹之变也多矣。若夫风止雨霁，山空日出，猗猗其长[③]，森乎满谷，叶如翠羽，筠[④]如苍玉。澹乎自持，凄兮欲滴，蝉鸣鸟噪，人响寂历[⑤]。忽依风而长啸，眇掩冉[⑥]以终日。

笋含箨[⑦]而将坠，根得土而横逸，绝涧谷而蔓延，散子孙乎千忆。至若丛薄[⑧]之余，斤斧所施，山石荦埆[⑨]，荆棘生之。蹇将抽而莫达，纷既折而犹持，气虽伤而益壮，身已病而增奇[⑩]。凄风号怒乎隙穴，飞雪凝沍乎陂池[⑪]。悲众木之无赖，虽百围而莫支。犹复苍然于既寒之后，凛乎无可怜之姿。追松柏以自偶，窃仁人之所为，此则竹之所以为竹也。始也余见而悦之，今也悦之而不自知也。忽乎忘笔之在手与纸之在前，勃然而兴，而修竹森然。虽天造之无朕[⑫]，亦何以异于兹焉？”客曰：“盖予闻之，庖丁，解牛者也，而养生者取之。轮扁，斫轮者也，而读书者与之。万物一理也，其所从为之者异尔，况夫夫子之托于斯竹也。而予以为有道者则非耶？”与可曰：“唯唯。”

注释

①听然：指微笑的样子。

②偃息：表示睡觉休息。

③猗猗其长：秀丽茂盛的样子。

④筠：指竹子的青皮。

⑤寂历：形容凋零疏落，这里指孤寂、落寞。

⑥眇：同“渺”，远，高。掩冉：形容偃倒的样子。

⑦箨：指竹笋外层一片一片的皮，即笋壳。

⑧丛薄：指草木丛生。

⑨荦埆：形容怪石嶙峋的样子。

⑩蹇：指艰难。“纷既”一句：形容竹之顽强，虽欲倒，却顽强支撑着。

⑪凝沍：指冻结、凝结。陂池：指池塘。

⑫无朕：没有迹象或先兆，这里形容天地造物之自然。

译文

文同听过了之后，微笑着说：“我所追求的就是道，把这种追求寄予在竹子中了。我开始在高山的南面隐居，在竹林附近修建房屋，视听淡漠，对外界无牵挂。早晨和傍晚都和竹子在一起。在竹林间吃饭，在竹荫下睡觉休息。看到竹子形态体貌的变化很多。每当风住、雨停的时候，山林间空旷幽静，太阳出来，竹林就显得特别秀丽茂盛，布满了整个山谷。竹叶像是翠鸟的羽毛，竹上的青皮像是青玉，非常淡薄，竹上的寒露好像都要滴下来了。只有蝉和鸟在林间鸣叫，人的声音寂寞而寥落。我顺着风长啸一声，终日看着那苍茫的远方。新的竹笋带着笋壳一起落下，根在土里生长，穿过涧谷蔓延开来，生出成千上万的子孙。到了被斧头砍过，竹子比较稀少的地方，怪石嶙峋，荆棘丛生，竹在那种地方艰难地抽出来却不能伸展开，虽欲倒，却顽强支撑着，虽环境艰难元气受损，却更加坚强，身体弯折形状，却更加奇特。狂风怒号的天气，天寒地冻，叹息别的树木即使很粗大却没有可以自持的东西。竹却依旧在严寒之后苍翠，没有那种可怜的姿态，使自己与松柏同列，这是效仿仁者的做法，这就是竹子被称为竹的原因了。我一开始见到竹子就很喜悦，现在这种喜悦的感觉已经融入自己身体里了。来了兴致之后，挥毫泼墨，那真切的竹子就在眼前了。虽然自然的竹子是天造地设的，可是这与墨竹又有什么分别呢？”客人听了之后说：“从前我听说，庖丁是个杀牛的厨师，但是学养生的人从他那里学到了养生的道理；轮扁是制造车轮的木匠，读书的人却从中学到了读书的道理。世上一切的道理都是一样的，只不过他们所从事的工作不一样而已，更何况您把这道理寄托在竹子中，我说您是得道的人，难道不对吗？”文同听过之后说：“大概是这样子的吧。”

评析

文与可是北宋著名画家，他与苏轼、苏辙是表兄弟，极为擅长画墨竹。苏辙这篇赋除继承了传统的赋体创作手法如主客问答的形式以外，还有自己的特点。其一，此赋构思精巧，行文流畅，前后联系密切，结构合理谨严。此赋第一层写文与可画艺的高超；第二层写文与可画艺高超的原因；第三层指出文与可画竹合乎大道。全赋以“道”为贯穿始终的线索，而“道”的含义又随着文章的展开而逐渐丰富和深化。其二，写竹与写人，论画艺与论人品有机结合，人、景、情、理浑融一体，使全赋意蕴丰厚，耐人品味。其三，语言简洁凝练，流畅疏宕，准确精到，既形象鲜明，又意义深邃。其四，句式以散句为主，骈散结合，整齐中有变化，音韵节奏跳荡活泼，语言形式与内在意蕴的表达得到了和谐的统一。

上刘长安书

原文

辙闻之，物之所受于天者异，则其自处必高，自处既高，则必趯然①有所不合于世俗。盖猛虎处于深山，向风长鸣，则百兽震恐而不敢出。松柏生于高冈，散柯布叶②而草木为之不殖。非吾则尔拒，而尔则不吾抗也。故夫才不同则无朋③，而势远绝则失众；才高者身之累也，势异者众之弃也。昔者伯夷、叔齐已尝试之矣，与其乡人立，以其冠之不正也，舍而去之。夫以其冠之不正也，舍之而去，则天下无乃无可与共处者耶？举天下而无可与共处，则是其势岂可以久也？苟其势不可以久，则吾无乃④亦将病之，与其病而后反也，不若其素与之之为善也。伯夷、叔齐惟其往而不反，是以为天下之弃人也。以伯夷之不吾屑而弃伯夷者，是固天下之罪矣。而以吾之洁清而不屑天下，是伯夷亦有过耳。古语有之曰："大辩若讷，大巧若拙。"何者？惧天下之以吾辩而以辩乘我，以吾巧而以巧困我。故以拙养巧，以讷养辩，此又非独善保身也，亦将以使天下之不吾忌，而其道可长久也。今夫天下之士，辙已略观之矣：于此有所不足，则于彼有所长；于此有所蔽，则于彼有所见，其势然矣。仄闻执事之风，明俊雄辩，天下无有敌者，而高亮刚果，士之进于前者，莫不振栗⑤而自失；退而仰望才业之辉光，莫不逡巡⑥而自愧。盖天下之士已大服矣，而辙愿执事有以少下之，使天下乐进于前而无恐，而辙亦得进见左右，以听议论之末。幸甚幸甚。

注释

①趯然：形容超然、高超出俗的样子。趯：古通"跃"。

②散柯布叶：指枝叶茂盛。

③无朋：指没有同类。

④无乃：表委婉推测语气，相当于"大概"。

⑤振栗：指颤抖。

⑥逡巡：形容迟疑不敢向前的样子。

译文

我听说，秉受上天特殊恩赐的事物，他自持会比周围高洁；既然自持比别人高，那么一定会不合乎世俗的标准。猛虎生活在深山中，对着风长啸，百兽吓得不敢出来；松柏长在高岗上，枝叶茂盛，那些低矮的草木却不能繁衍。不是和你是一类的人你就拒绝，但是你并没有拒绝我。因此，才情不一样就没有同类，疏远隔绝就会脱离众人。才高累身，势高被众人抛弃。从前的伯夷、叔齐已经这样试过了，与一个乡下人站在一起，乡下人帽子戴得歪斜，他们便离开。只是因为帽子不正，就转身离开，那么天下还怎么有能和他一起相处的呢？全天下的人都不愿意和他共处，那他的势怎么会长久呢？如果这种势不长久，那么我怎能对这种势孤表示担忧呢？与其等到势孤之后再去改变，不如现在就用一颗平常心与别人相处。伯夷、叔齐最后势孤却没有改变他们自己，于是被天下人所弃。因为伯夷与众人不一样而把伯夷抛弃，这是天下人的不对，但是只顾及自己的高洁而不屑与众人为伍则是伯夷的不对。古语说：“真正灵巧的人看起来很笨拙，真正善言的人看起来很木讷。”为什么呢？害怕天下人用自己的辩才辩倒自己，用自己的机巧来困住自己。所以用笨拙来包容巧智，用木讷来茹涵巧辩。这并不仅仅是独善其身，也是为了不让天下人妒忌，是长久之道。如今天下的士人，我已经大概观察了一遍：这方面有所不足，那方面就有所擅长；这方面被遮掩了，另一方面就会彰显，这是必然的。听说您明慧俊逸，词锋不可犯，天下没有能够和您抗衡的。您高风亮节、刚毅果决，那些想接近您的士人都会因为与您相比看到自身的缺点而颤抖；那些士人们看到您高深的才学造诣，都会因为自我惭愧而离开您。天下的士人都很敬重您，我希望您能够礼待别人，使天下士人愿意接近您而不感到害怕，那么我也有机会拜访您，听您议论，那将是多么荣幸啊！

评析

刘长安，即刘敞，北宋史学家、经学家、散文家。字原父，世称公是先生。据《宋史》本传记载：“敞以议论与众忤，求知永兴军。”永兴军治所在长安。于是这里称刘敞为刘长安。这封信写于嘉祐六年（公元1061年），刘敞初任永兴军但是还没有到赴任的时候。那个时候，苏辙应制科试，就写了这封信求见。苏辙在信中借助伯夷、叔齐的例子规劝刘敞不要过于特立独行，从而把自己推到一个孤立无友的境地。文章铺排开张，观点鲜明，说理清晰明澈，兼顾情理。

上昭文富丞相书

原文

辙西蜀之人，行年二十有二，幸得天子一命之爵①，饥寒穷困之忧不至于心，其身又无力役劳苦之患，其所任职不过簿书米盐之间，而且未获从事以得自尽。方其闲居，不胜思虑之多，不忍自弃，以为天子宽惠与天下无所忌讳，而辙不于其强壮闲暇之时早有所发明以自致其志，而复何事？恭惟天子设制策之科②，将以待天下豪俊魁垒③之人。是以辙不自量，而自与于此。盖天下之事，上自三王以来以至于今世，其所论述亦已略备矣，而犹有所不释于心。夫古之帝王，岂必多才而自为之。为之有要，而居之有道。是故以汉高皇帝之恢廓慢易，而足以吞项氏之强④；汉文皇帝之宽厚长者，而足以服天下之奸诈⑤。何者？任人而人为之用也，是以不劳而功成。至于武帝，材力有余，聪明睿智过于高、文，然而施之天下，时有所折而不遂。何者？不委之人而自为用也⑥。

注释

①“幸得”一句：苏辙于嘉祐五年（公元1060年）三月，授河南府渑池主簿。没有到任，于是下文才说：“未获从事以得自尽。”

②制策之科：即制举。开始于唐代科举取士制度。除了地方荐举以外，朝廷在中央，由皇帝亲自在殿廷诏示制科举，称为制举或者制科。

③魁垒：形容高超突出。宋曾巩《本朝政要策·文馆》：“悉择当世聪明魁垒之材，处之其中，食于太官，谓之学士。”

④“是故”二句：汉高祖平定天下之后，置酒洛阳宫，让列诸侯将领分析他能够战胜项羽而取得天下的原因。

⑤“汉文”二句：汉孝文帝即位二十三年，节俭而无犬马宫苑之好，是宽厚仁德者，对于奸邪之人能够以德报怨。

⑥“至于”以下七句：汉武帝刘彻在位五十四年，承接文景之治，对内进行改革，对外用兵，加上大兴土木，迷信神仙，急征敛，使得国家空虚。

译文

我是川西人，今年已经二十二岁，很幸运地得到一个天子任命的官职，心中不会再担忧饥饿穷困，我的身体也没有劳役的折磨，我所需要做的只不过是处理一些简簿公文和米盐等事情，并没有得到实职来发挥自己的力量。空闲时间比较多，于是思考了一些问题，不愿意自暴自弃。我认为天子非常宽厚仁德，对天下人的言论没有什么忌讳，而如果我不趁着自己强壮并且空闲的时候，早点实现自己的志向，还想做什么别的事呢？恭敬地想到天子设立制科，用来选择天下英俊豪杰，于是我试着不自量力地参加这次考试。天下的事情，从远古到现在，人们的议论大体已经完备了，但是仍然有一些不让人满意的。难道那些古代帝王一定要博学多才，什么事情都要自己亲自去做吗？做事情要抓住要领，才能够更好地做好。因此，汉高祖宽宏傲慢，却能够战胜强大的项羽；汉文帝有宽厚长者风度，却能够让天下奸诈的人顺从。为什么会这样呢？知人善任，所以才能够不用事必躬亲，却让事情做得很好。到了汉武帝，财力都很丰富，聪明才智超过了汉高祖和汉文帝，然而用来治理天下，却经常遇到挫折而不能成功。为什么会这样呢？因为他不善于用人，事必躬亲啊。

原文

由此观之，则夫天子之责亦在任人而已。窃惟当今天下之人，其所谓有才而可大用者，非明公而谁？推之公卿之间而最为有功[①]；列之士民之上而最为有德；播之夷狄之域[②]而最为有勇。是三者亦非明公而谁？而明公实为宰相，则夫吾君之所以为君之事，盖已毕矣。古之圣人，高拱无为，而望夫百世之后，以为明主贤君者，盖亦如是而可也。然而天下之未治，则果谁耶？下而求之郡县之吏，则曰："非我能。"上而求之朝廷百官，则曰："非我责。"明公之立于此也，其又将何辞？嗟夫，盖亦尝有以秦越人之事说明公者欤？昔者秦越人以医闻天下，天下之人皆以越人为命。越人不在，则有病而死者，莫不自以为吾病之非真病，而死之非真死也。他日，有病者焉，遇越人而属之曰："吾捐身以予子，子自为子之才治之，而无为我治之也。"越人曰："嗟夫，难哉！夫子之病，虽不至于死，而难以愈。急治之，则伤子之四肢；而缓治之，则劳苦而不肯去。吾非不能去也，而畏是二者。夫伤子之四支，而后可以除子之病，则天下以我为不工；而病之不去，则天下以我为非医。此二者，所以交战于吾心而不释也。"既而见其人，其人曰："夫子则知医之医，而未知非医之医欤？今夫非医之医者，有所冒行而不顾，是以能应变于无穷。今子守法密微而用意于万全者，则是子犹知医之医而已。"天下之事，急之则丧，缓之则得，而过缓则无及。孔子曰："道之难行也，我知之矣。知者过之，不肖者不及也。"夫天下患于不知，而又有知而过之者，则是道之果难行也。昔者，世之贤人，患夫世之爱其爵禄，而不忍以其身尝试于艰难也。故其上之人，奋不顾身以搏天下之公利而忘其私。在下者亦不敢自爱，叫号纷[③]，以攻讦[④]其上之短。是二者可谓贤于天下之士矣，而犹未免为不知。何者？不知自安其身之为安天下之人，自重其发之为重君子之势，而轻用之于寻常之事，则是犹匹夫之亮耳。伏自明公执政，于今五年，天下不闻慷慨激烈之名，而日闻敦厚之声。意者明公其知之矣，而犹有越人之病也。

注释

①"推之"一句：《宋史·富弼传》，仁宗"锐以太平责成宰辅，数下诏督弼与范仲淹等"。"弼为相，守典故，行故事，而傅以公议，无容心于其间。当是时，百官任职，天下无事"。

②播之夷狄之域：《宋史·富弼传》，契丹屯兵境上以求地。"朝廷择报聘者，皆以其情叵测，莫敢行，夷简因是荐弼。"欧阳修引颜真卿被李希烈所杀的故事，请求留之。而"弼即入对，叩头曰：'主忧臣辱，臣不敢爱其死。'帝为动色"。

③纷：表示纷杂、争吵。

④攻讦：举发他人的过失或阴私而加以攻击。《北齐书·刘贵传》：刘贵"性峭直，攻讦无所回避"。

译文

这么看来，天子的主要职责是做好用人。我看当今天下的人，那些所谓的有才能而可以任用的人，除了您还能有谁呢？看公卿之间功劳最大的，在士民之上而又德行最高，声名远播在异族中最无畏的，这三种人不是阁下又是谁呢？而阁下担任宰相职位，那么我们的君王的职责就到位了。古代的帝王能够无为而治，希望百代之后作为明主贤君之人，能够做到这样就行了。然而，天下没有治理好，责任在谁呢？从下面郡县的官吏中找，他们说："我们做不到这样。"到上面的朝廷中去找，他们则说："这也不是我们的责任。"阁下身居要职，又怎么能够推辞呢？哎呀！恐怕是有人曾经用秦越人的事情向您进言吧？从前，秦越人凭借医术而名闻天下，天下人把越人看成生命所系。越人不在，那么病死的人就认为自己的病不是真病，死也不是真死。有一天，一个病人遇到越人，对他说："我把身体交给你，你只要为了施展你的才能而诊治它就行，不要为了我而治疗它。"越人说："哎呀，这很难做，虽然你的病不至于死，但是，要想完全治愈也很困难。如果用药过猛，就会伤及你的四肢，如果用药太缓，那病就不好除根。我不是不能治疗，而是怕出现上述的两种情况。伤害你的肢体来治疗你的疾病，那天下人就以为我的医术不精；但是（如果用药缓）你的病根不除，那天下人就认为我不配当医生。我心中一直有这两种矛盾在斗争。"后来又见到那人，那人说："您只知道医生的医术，却不知道不是医生的医术吧？如今不是医生的医生敢于冒险，于是能够应付无穷的变化。而你在（疾病面前）严格遵守法则，追求万无一失，你所知道的医术只是医生的医术罢了。"天下的事情就是这样，急于成功往往会失败，如果从容去做往往能够成功，但是，如果过分拖沓，也会使机会白白失去的。孔子说："中庸之道难于实行，我早就知道。聪明人往往超过界限，而愚笨的人却又达不到要求。"天下的事情既怕不明白，也怕明白过度的人，于是中庸之道的确难以实行。古代的贤能忧虑世人吝惜官爵，于是不肯试着用自己的身体去尝试艰难。因此高高在上的人奋不顾身为天下人谋取公利，而忘掉了自己的私利；下面的人也不顾惜自己的私利，敢于说话，指出上面的不足。这两种人可以说是比天下人都贤明，却还不免做不聪明的人，为什么会这样呢？不明白让自己安全是为了天下人安全的道理。对自己的举动要慎重，是为了尊重君子的权势，但是把这种慎重普遍化，那是普通人的识见。从阁下执政到现在已经有五年的时间了，天下听不到慷慨的称颂，却听到您淳朴厚道的名声。想来阁下还是知道的，但是还有秦越人身上的缺点啊。

原文

辙读《三国志》，尝见曹公与袁绍相持，久而不决，以问贾诩，诩曰："公明胜绍，勇胜绍，用人胜绍，决机胜绍。绍兵百倍于公，公画地而与之相守，半年而绍不得战，则公之胜形已可见矣。而久不决，意者顾万全之过耳。”夫事有不同，而其意相似。今天下之所以仰首而望明公者，岂亦此之故欤？明公其略思其说，当有以解天下之望者。不宣[①]。辙再拜。

注释

①不宣：古代的书信末尾常用语，即不用一一细说。

译文

我读《三国志》，记得见过这样的情节——曹操和袁绍相对峙，久久不能决断，曹操问贾诩，贾诩说：“您的明智比袁绍高明，胆力也超过了他，在用人方面也比他强，当机立断的魄力也超过了他。虽然袁绍兵力百倍于您，您与他画地而守，半年袁绍却不能取胜，那您取胜的形势已经比较清楚，但是久而不决，那是因为您为考虑万无一失的过错罢了。”虽然事情不一样，而道理却一致。如今天下人寄希望于您，难道不是这个缘故吗？阁下只要稍微考虑一下我上面的说法，就应该明白天下人希望您所要做的事情。不一一细说了。苏辙敬上。

评析

本文是苏辙写给昭文馆大学士富弼丞相的一封书信。当时苏辙年方二十二岁，初生牛犊，血气方刚，有一种少年的豪迈之气。在文章中，苏辙一开始引用汉高祖、汉文帝等典故，希望富丞相能够做好本职，任用贤能的人来管理国家。然后通过病人与秦越人之间的对话，讲到要敢于冒险，任何事情不要等到有万无一失的把握的时候才去做，那样往往会失去很多机会。接下来引用孔子论述中庸之道的一段话，讲要想真正做到中庸，度是不好把握的。最后，苏辙讲到自己读《三国志》，讲到曹操与袁绍对峙时候的力量分析，想要说明不要等到所有的事情都准备好了才开始动手去做的道理，借以劝谏富丞相能够不拘一格任用贤能的人才治理国家。

本文采取议论的形式，运用讲道理、举例子等说理方式，从多个角度和侧面对自己的论点进行分析，让人读了之后比较有感触，很容易被打动。语言形式多变，行文显现出了苏辙那种年少豪迈之气。

隋论

原文

人之于物，听其自附，而信其自去，则人重而物轻。人重而物轻，则物之附人也坚。物之所以去人，分裂四出而不可禁者，物重而人轻也。古之圣人，其取天下，非其驱而来之也；其守天下，非其劫[1]而留之也。使天下自附，不得已而为之长，吾不役天下之利，而天下自至。夫是以去就之权在君，而不在民，是之谓人重而物轻。且夫吾之于人，己求而得之，则不若使之求我而后从之；己守而固之，则不若使之不忍去我，而后与之。故夫智者或可与取天下矣，而不可与守天下。守天下则必有大度者也。何者？非有大度之人，则常恐天下之去我，而以术留天下。以术留天下，而天下始去之矣。

注释

①劫：劫持，表示强行留住人民。

译文

人对于事物，任凭它来依附自己，任凭它自由离去，如果能够做到那样，就是人重而物轻。人重物轻，物依附人就牢固。物之所以离开人，分裂四散却没有办法聚拢起来，是因为物重而人轻。古代那些圣贤，他们之所以取得天下，并不是他驱使人得来的；他们守天下，也并不是靠劫持而留住人的。让天下人自己来依附，不得已做了他们的头领。我没有驱使天下的利，而利自己却来了。这样，离去的权力就在君王而不在百姓，这就是所谓的人重物轻。像我和别人交往，通过自己请求得到，不如让别人邀请而答应他。自己固守着，不如让他不忍心离开我，然后给予他。所以或许可以和那些聪明的人一起打天下，但是，不能够和他们一起来守天下。守护天下必须要有大度的胸怀。为什么呢？那些没有宽广胸怀的人时常担心天下会离自己而去，于是就玩弄权术来留住天下。用权术来留守天下，那天下就开始离去了。

原文

昔者三代之君，享国长远，后世莫能及。然而亡国之暴，未有如秦、隋之速，二世而亡者也。秦、隋之亡，其弊果安在哉？自周失其政，诸侯用事，而秦独得山西之地，不过千里。韩、魏压其冲[1]，楚胁其肩，燕、赵伺其北，而齐掉其东。秦人被甲持兵，七世[2]

而不得解，寸攘尺取[3]，至始皇然后合而为一。秦见其取天下若此其难也，而以为不急持之，则后世且复割裂以为敌国。是以销名城，杀豪杰，铸锋镝[4]，以绝天下之望。其所以备虑而固守之者甚密如此，然而海内愁苦无聊，莫有不忍去之意。是以陈胜、项籍[5]因民之不服，长呼起兵，而山泽皆应。由此观之，岂非其重失天下，而防之太过之弊欤？

注释

①冲：指要塞。

②七世：指自战国（公元前475年）七国并立以来，秦朝经过二百多年，到公元前221年秦始皇统一全国。

③寸攘尺取：表示秦国夺取土地的艰辛。攘：指夺取。

④“是以销名城”三句：出自《史记·秦楚之际月表》：“堕坏名城，销锋镝，豪桀，维万世之安。”锋镝，指兵刃和箭头，这里泛指兵器。

⑤陈胜、项籍：指秦朝末年的起义军领袖陈胜和项羽。

译文

从前三代的君主长久地拥有国家，后代是赶不上了。然而，国家灭亡之快，没有赶得上秦朝和隋朝的，他们都是二世就灭亡了。秦朝、隋朝的灭亡，他们的弊病究竟在什么地方呢？自从周朝政治衰败，诸侯之间相互争霸，但是，秦国单独拥有山西之地不过千里，却有韩国、魏国扼住它的要塞，楚国威胁它的肩头，燕国、赵国窥视它的北面，齐国牵制它的东面。秦国的人披甲胄、拿着兵器，七代都不能够解除，一寸一寸地夺取土地，直到秦始皇统一了六国。秦国看到夺取天下是如此困难，于是认为如果不迅速地守护天下，天下就会重新陷入混乱的境地，所以毁坏名城，杀戮英雄豪杰，熔铸兵器，以此来消灭分裂天下的念头。他们想到守护天下的办法是这么周密、严谨。然而，四海之内的人民却不堪忍受这种政策，都怀有离秦而去的念头。因此，陈胜、项羽他们这些人能够借助百姓的这种不满，高呼起义，天下响应。这么看来，这不是秦国因为害怕失去天下而防备过分的弊病吗？

原文

今夫隋文[1]之世，其亦见天下之久不定，而重失其定也。盖自东晋以来，刘聪、石勒、慕容、苻坚、姚兴、赫连之徒[2]，纷纷而起者，不可胜数。至于元氏[3]，并吞灭取，略已尽矣，而南方未服。元氏自分而为周、齐[4]，周并齐而授之隋。隋文取梁灭陈，而后天下为一。彼亦见天下之久不定也，是以既得天下之众，而恐其失之；享天下之乐，而惧其不久；立于万民之上，而常有猜防不安之心，以为举世之人，皆有曩者[5]英雄割据之怀，制为严法峻令[6]，以杜天下之变。谋臣旧将，诛灭略尽，而独死于杨素[7]之手，以及于大故。终于炀帝[8]之际，天下大乱，涂地而莫之救。由此观之，则夫隋之所以亡者，无以异于秦也。

注 释

①隋文：隋文帝杨坚。

②“刘聪”一句：刘聪，字玄明，他是匈奴十六国汉国开创者刘渊的第四子，父汉王刘渊死后，杀害兄弟，自立为王。

③元氏：即拓跋氏，北魏皇族。这里是指拓跋宏。他把都城迁到洛阳，改姓元氏，大兴文治，在位二十九年。

④“元氏自分”一句：是指公元550年，东魏齐王高洋逼迫东魏孝静帝元善见禅位，自立为王，即北齐；公元556年，西魏宇文护逼迫魏恭帝拓跋廓禅位于周公宇文觉，次年，宇文觉即位，史称北周。

⑤曩者：从前的意思。

⑥“制为”一句：是指隋文帝命令大臣修订的刑律，“刑纲简要，疏而不失”，被后代所取法。但是，隋文帝晚年喜怒无常，过于杀戮。

⑦杨素：字处道，弘农华阴（今陕西华阴）人，杨素“少落拓，有大志，不拘小节”。后来杨素帮助杨广争夺了帝位。

⑧炀帝：隋文帝次子，他杀死文帝及兄长杨勇后继位。在位十四年，被农民大起义的浪潮困于江都（今江苏扬州市），为部下宇文化及等发动兵变缢杀。

译 文

隋文帝的时代也是因为看到天下初定，害怕天下混乱。因为从东晋以来，刘聪、石勒、慕容、苻坚、姚兴、赫连这些人连续不断地崛起。到了北魏的元氏，兼并灭取，大体上已经统一了，只有南方还没征服。后来北魏分为周、齐，周国兼并了齐国，周禅位给了隋。隋文帝攻取梁国，灭掉陈国，统一了天下。他看到天下长久的不安定，因此得到天下之后，就非常害怕失去它，虽然享受拥有天下的乐趣，却担心天下不能够长久。高高在万民之上，就经常处在怀疑和猜忌之中，认为天下的人都有以前那种英雄割据的情怀。于是就制定了很严酷的法律来防止天下变乱。他的那些谋臣、猛将基本上被他杀得差不多了，而他却偏偏死在杨素手中，以至于发生了大变故。终于在隋炀帝的时候，天下大乱，一败涂地而没有办法收拾。这样看来，隋朝灭亡的原因和秦朝没有什么两样。

原文

悲夫！古之圣人，修德以来天下，天下之所为去就者，莫不在我，故其视失天下甚轻。夫惟视失天下甚轻，是故其心舒缓，而其为政也宽。宽者生于无忧，而惨急者生于无聊耳。昔尝闻之，周之兴，太王避狄于岐，豳[①]之人民扶老携幼，而归之岐山之下，累累而不绝，丧失其旧国，而卒以大兴[②]。及观秦、隋，唯不忍失之而至于亡，然后知圣人之为是宽缓不速之行者，乃其所以深取天下者也。

注释

①豳：同“邠”。古都邑名，在今陕西郴县。

②卒以大兴：这里指的是太王，即周文王之祖，当时狄人攻打豳地，国人想要抵抗，可是太王不希望杀戮，于是就离开豳地，去了岐山，豳地的人感激太公的教化与恩情，就与他一起来到岐山。

译文

可悲啊！古代的圣人通过修养德行来让天下人归附，拥有天下或者离开天下都在我自己，所以把天下看得很轻，这样心态就平稳，所实行的政策就宽松。宽松来自无所忧虑，急暴来自无所依赖。过去曾经听说，周朝兴起，太王为躲避狄人而跑到岐山，而豳地的人民扶老携幼也跟随他来到岐山，络绎不绝。虽然失去了原来的国土，但是随后再次振兴。再来看看秦朝和隋朝，正是因为舍不得天下，所以导致了灭亡。最后才明白，圣人之所以做出这么不缓不急的行为，正是因为这是他用来稳固天下的办法啊。

评析

这是苏辙的一篇政论文。文章一开始先摆出自己的论点，通过对人与物的关系的剖析，得出如果过于在乎外在事物，反而容易失去的道理。接着讲到了得天下与守天下的不同：可以使那些聪明之人用权术来得到天下，但是一旦拥有天下，如果没有宽广的胸怀，一味凭借权术治理，是很容易失去的。然后，以秦朝和隋朝为例，点明过于紧张、害怕失去天下，最后往往适得其反，天下反而很容易失去；而像太公那样，以一颗平常之心，用宽松仁爱来治理天下，即使土地没有了，可是却拥有天下的人心，最后天下还是他的。

苏辙的政论文大多精辟，能够巧妙运用历史，将说理与历史有机结合起来，很有说服力；行文结构严谨，有一种紧凑的感觉。

唐论

原文

天下之变，常伏于其所偏重而不举之处，故内重则为内忧，外重则为外患。古者聚兵京师，外无强臣，天下之事，皆制于内。当此之时，谓之“内重”。“内重”之弊，奸臣内擅而外无所忌，匹夫横行于四海而莫之能禁。其乱不起于左右之大臣，则生于山林小民之英雄。故夫天下之重，不可使专在内也。古者诸侯大国，或数百里，兵足以战，食足以守，而其权足以生杀，然后能使四夷、盗贼之患不至于内，天子之大臣有所畏忌，而内患不作。当此之时，谓之“外重”。“外重”之弊，诸侯拥兵，而内无以制。由此观之，则天下之重，固不可使在内，而亦不可使在外也。

译文

天下的变化经常隐藏在它所偏重但是无法控制的地方。因此，如果偏重朝廷，就会产生内忧；偏重外边，就会产生外患。古代军队在京城聚集，如果外边没有强藩，那么天下的大事就都会在朝廷的控制之下。那个时候就称之为“内重”。“内重”的弊病在于奸邪专权于内，外地却无所顾忌，那些不法之徒纵横于海内却没有人能够收拾他们。祸乱不是发生在皇帝周围的大臣身上，就是发生在民间的那些豪杰身上。因此天下的重心不能仅仅放在朝廷内部。古代那些大的诸侯国，有的方圆能够达到数百里，拥有足够多能够打仗的兵力，粮食也非常充足，也拥有生杀予夺的权力。只有这样，才能够让四方的外族以及盗贼感到害怕，才能够让朝廷感到安稳，以至于皇帝大臣也感到恐惧，从而有效地阻止了内部祸乱的发生。那个时候，就是所谓的“外重”。“外重”的弊端就在于，诸侯坐拥重兵，朝廷对他的节制作用非常微弱。这样看来，天下的重心既不能完全在朝廷内，也不能完全在朝廷外。

原文

自周之衰，齐、晋、秦、楚，绵地千里，内不胜于其外，以至于灭亡而不救。秦人患其外之已重而至于此也，于是收天下之兵而聚之关中，夷灭其城池，杀戮其豪杰，使天下之命皆制于天子①。然至于二世②之时，陈胜、吴广③大呼起兵，而郡县之吏，熟视而走，无敢谁何。赵高④擅权于内，颐指如意，虽李斯⑤为相，备五刑而死于道路。其子李由⑥守三川，拥山河之固，而不敢校也。此二患者，皆始于外之不足而无有以制之也。至于汉兴，惩秦孤立之弊，乃大封侯王。而高帝之世，反者九起⑦，其遗孽余烈，至于文、景而为淮南、济北、吴、楚之乱⑧。于是武帝分裂诸侯⑨，以惩大国之祸。而其后百年之间，王莽⑩遂得以奋其志于天下，而刘氏子孙无复龃龉。魏晋之世，乃益侵削诸侯，四方微弱，不复为乱，而朝廷之权臣、山林之匹夫，常为天下之大患。此数君者，其所以制其内外轻重之际，皆有以自取其乱而莫之或知也。

注释

①“于是”四句：出自《史记·秦楚之际月表》：“堕坏名城，削锋镝。”贾谊《过秦论》：“聚之咸阳，削锋镝，铸以为金人十二，以弱天下之民。”

②二世：是指秦二世胡亥，他在位三年，最后被赵高所杀。

③陈胜、吴广：秦朝末年农民起义的领袖，其国号“张楚”，最后起义失败，二人被害。

④赵高：本为赵国贵族，后入秦为宦官。秦始皇死后，他与李斯合谋伪造诏书，逼秦始皇长子扶苏自杀，另立胡亥为帝，并自任郎中令。

⑤李斯：秦代政治家。战国末年楚国上蔡（今河南上蔡西南）人。

⑥李由：秦相李斯之子。李由自儿时起便与扶苏相交甚好，一同拜在蒙恬将军门下学习兵法。

⑦高帝之世，反者九起九起叛乱是指：高祖五年十月，燕王臧荼叛乱，被俘获；利己反，被击走；七年，韩王信造反，被高祖平定；八年，赵国丞相贯高谋害高祖；九年，事发被杀掉三族；十年，赵国相国陈豨谋反，被镇压；十一年，淮阴侯韩信等反，被诛杀三族，梁王彭越谋反，被灭三族，淮南王黥布叛乱，被诛三族；十二年，燕王卢绾被告与陈豨勾结，被讨伐。一共九起。

⑧淮南、济北、吴、楚之乱：这里指的是汉文帝时候，因为诸侯的势力非常强大。到了景帝的时候，听取晁错的建议，进行削藩。吴王刘濞勾结楚、赵、济南、胶西等地的诸侯国，打着“诛晁错，清君侧”的旗号发动武装叛乱，最后被周亚夫平定，历史上称为“七国之乱”。

⑨武帝分裂诸侯：是指汉武帝吸取诸侯之乱的教训，对诸侯的领地进一步进行分封，削弱诸侯的实力。

⑩王莽：字巨君，魏郡元城（河北大名县东）人。汉元帝皇后王政君之侄。

译文

自从周朝衰微以来，齐、晋、秦、楚，疆土面积绵延千里，中央不能控制诸侯，最后到了灭亡而无法挽救的地步。秦国统一以后，吸取周朝诸侯拥有重兵最终导致天下灭亡的教训，就收缴了天下所有的兵器，全部聚集到关中，毁坏了诸侯的城池，灭掉各个国家的豪强，将整个天下的命运控制在天子的手中。就是这样，等到了秦二世的时候，陈胜、吴广号召百姓起义，那些郡县的长官纷纷逃跑，没有人能够抵挡。赵高在朝廷内专权，颐指气使、横行霸道，就是丞相李斯，也在经受了很多酷刑之后，被腰斩于咸阳集市。李斯的儿子李由担任三川郡守，虽拥有山河的天险，却不敢起来反抗。这两种祸患之所以能够发生，根源在于没有足够强大的外部力量足以制衡他们。到了汉代之后，汉代吸取秦朝灭亡的教训，于是大封诸侯，然而，在汉高祖的时候，就有九个地方造反、叛乱，这些叛乱的残余到了文帝和景帝的时候，最终酿成了淮南、济北、吴、楚等诸侯国的祸乱。于是，汉武帝就在诸侯国中再分诸侯，进一步削弱他们的力量，防止大的诸侯国家叛乱的发生。然而，此后百年左右，王莽就实现了篡夺天下的愿望，而刘氏子孙却不敢阻挠。魏晋的时候，就更加削弱了诸侯的势力，地方势力非常微弱，没有再发生叛乱。但是，朝廷握有重要权柄的大臣和山间的平民却是带来天下祸乱的很大的隐患。这些君主在处理内外关系的时候，都犯了自取其祸的错误，但是他们自己并不明白。

原文

夫天下之重，在内则为“内忧”，在外则为“外患”。而秦汉之间，不求其势之本末，而更相惩戒，以就一偏之利，故其祸循环无穷而不可解也。且夫天子之于天下，非如妇人孺子之爱其所有也。得天下而谨守之，不忍以分于人，此匹夫之所谓智也，而不知其无成者，未始不自不分始。故夫圣人将有所大定于天下，非外之有权臣，则不足以镇之也。而后世之君，乃欲去其爪牙，剪其股肱[①]，而责其成功，亦已过矣。愚尝以为天下之势，内无重，则无以威外之强臣；外无重，则无以服内之大臣而绝奸民之心。此二者，其势相持而后成，而不可一轻者也。

注释

①剪其股肱：是指除掉得力的助手。

译文

天下权力的重心放在朝廷，就会成为“内忧”；如果放在外边，就会成为“外患”。然而，在秦汉时期，不去探求造成这种局面的根本原因，只是交替吸取前朝的教训，用来迁就其中一个方面的益处，于是祸乱就不断地轮回交替而没有终止。并且，天子对于国家的喜爱与一般妇人、孩童喜欢他们自己的东西还不一样。得到天下之后就小心地守护它，舍不得与别人共享，这是庸夫之智啊！他们不明白，之所以守不住天下，正是因为不舍得与人分享的缘故啊。因此，圣人想要大治天下，外边一定要有握有重要权柄的大臣才能够震得住。但是，后代的君王却处心积虑地除掉自己的爪牙，剪除辅佐的朝廷重臣来实现国家的稳定，这已经是错误的了。我曾经以为，天下的形势，如果朝廷没有权威，就不能够镇压住地方上的豪强；外地没有握有重兵的权臣，就没有办法牵制朝廷内那些怀有奸邪之心想作乱的大臣。这两种力量要达到一种平衡，相互牵制才能够形成一种势，而不能够削弱任何一方。

原文

昔唐太宗既平天下，分四方之地，尽以沿边为节度府[①]，而范阳[②]、朔方之军，皆带甲十万，上足以制夷狄之难，下足以备匹夫之乱，内足以禁大臣之变。而其将帅之臣常不至于叛者，内有重兵之势，以预制之也。贞观之际[③]，天下之兵八百余府，而在关中者五百，举天下之众，而后能当关中之半。然朝廷之臣亦不至于乘隙间衅以邀大利者，外有节度之权以破其心也。故外之节度，有周之诸侯外重之势，而易置从命，得以择其贤不肖之才。是以人君无征伐之劳，而天下无世臣暴虐之患。内之府兵，有秦之关中内重之势，而左右谨饬[④]，莫敢为不义之行。是以上无逼夺之危，而下无诛绝之祸。盖周之诸侯，内无府兵之威，故陷于逆乱而不能以自止。秦之关中，外无节度之援，故胁于大臣而不能以自立。有周秦之利，而无周秦之害，形格势禁，内之不敢为变，而外之不敢为乱，未有如唐制之得者也。

注释

①节度府：节度使是官职名，唐初沿北周及隋旧制，于重要地区设总管，后改称都督。

②范阳：唐藩镇名。亦名范阳镇、幽州。

③贞观之际：是唐太宗李世民的年号，一共二十二余年（公元627年—公元649年），李世民的清明执政也被称为“贞观之治”。

④谨饬：是指细心慎重。

译文

从前，唐太宗平定了天下之后，分封天下的土地，在国家的边境全部设置了节度府，范阳、朔方的节度使拥有十万全副武装的军队。对上足以制止外族发动的叛乱，对下足以镇压平民的造反，对内足以约束大臣们的叛变之心。然而，那些担任将帅的大臣们之所以不敢叛乱的原因在于朝廷也拥有足够多的兵力可以制约他们。贞观年间，天下的兵分布在八百多个府内，而在关中就有五百个府，集中全国的兵力才相当于关中的一半。然而，朝廷大臣也没有乘机钻空子过分追求利益的原因在于地方节度使的权力和兵力足够让他们感到震慑。所以在外的节度使，有周朝时候诸侯拥有重权在外的形势，并且更换设置都要服从命令，可以对他们的好坏忠奸进行选择。因此，国君就免去了亲自征战的劳苦，而天下也没有出现世代为官的大臣引发的祸乱。关中的那些府兵与秦朝时候在关中拥有重兵的形势差不多，左右的大臣们都小心翼翼，谁也不敢做那些奸邪的事情。因此，上面没有被逼官篡夺的危险，下面就没有被杀头灭族的灾祸。周朝时候的诸侯因为没有中央的政府军的威慑，所以陷于叛乱却不能够自己制止；秦朝的关中地区外边没有节度使的援助，所以最后才会受到权臣的胁迫而不能够自立。集合了周秦的好处，却没有周秦的弊病，用形势来加以相互牵制和制约，朝廷内部不敢搞政变，并且外边也不会发生叛乱，没有一个像唐朝制度这样得体的。

原文

而天下之士不究利害之本末，猥以成败之遗踪而论计之得失，徒见开元之后，强兵之将皆为天下之大患，而遂以太宗之制为猖狂不审之计。夫论天下，论其胜败之形，以定其法制之得失，则不若穷其所由胜败之处。盖天宝之际，府兵四出，萃于范阳，而德宗之世，禁兵皆戍赵、魏，是以禄山[①]、朱泚得至于京师，而莫之能禁，一乱涂地。终于昭宗，而天下卒无宁岁。内之强臣，虽有辅国、元振、守澄、士良之徒[②]，而卒不能制唐之命。诛王涯，杀贾[③]，自以为威振四方，然刘从谏[④]为之一言，而震慑自敛，不敢复肆。其后崔昌遐[⑤]倚朱温之兵以诛宦官，去天下之监军，而无一人敢与抗者。由此观之，唐之衰，其弊在于外重，而外重之弊，起于府兵之在外，非所谓制之失，而后世之不用也。

注释

①禄山：安禄山（公元703年—公元757年），营州（今辽宁朝阳）人。安禄山从一方节帅到身兼三镇，荣耀君宠达到顶峰。

②辅国、元振、守澄、士良之徒：是指李辅国、程元振、王守澄、仇士良四个人。李辅国（公元704年—公元762年），唐肃宗时当权宦官。本名静忠，曾赐名护国，后改辅国。

③诛王涯，杀贾：王涯，字广津，太原人。博学，工属文。

④刘从谏：范阳（今北京）人，唐朝藩镇割据时期任昭义节度使，以忠义自诩。

⑤崔昌遐：即崔胤。唐清河武城（今山东武城西北）人，字昌遐，一说字垂休。乾符进士。累迁御史中丞。

译文

而天下的人并没有深究利和害的原因，一味轻率地吸取成败的历史，议论前代政治的得失。只是看到在开元之后，凶悍的武将拥有强大的军队而成为天下的祸患，就认为唐太宗的政策是自大轻率不慎重的办法。议论天下事情以及胜败的形势，用来确定其法制的得失还不如深究造成这种局面的原因。天宝年间，府兵被分派到各地，主要兵力在范阳；到了德宗一朝，禁军在河北一带驻守，于是安禄山、朱泚能够直捣京师，并且没有人能够制止他们，造成一败涂地的局面。最后，到了昭宗一朝，天下就没有一天安生日子了。朝内握有重权的大臣，即使像李辅国、程元振、王守澄、仇士良这样一群宦官，也无法控制朝廷的命运了。他们杀掉王涯、贾等人，自以为能够震慑四方，但是，刘从谏一讲到清君侧，那些朝臣们就惊恐并且自我收敛了，不敢再肆意横行了。从这以后，崔胤凭借朱温的兵力，杀掉了很多的宦臣，取消了宦官监军的制度，没有一个人敢反对。这么看来，唐朝的衰落，其弊病就在于外部藩镇的权力太大了。但是，藩镇的弊病起源于府兵的外调，并不是府兵制的结果，但是，后代却取消了府兵制。

评 析

《唐论》一篇用了一半以上篇幅论述一般历史现象，无只字及唐，却处处都为后文论唐做铺垫，而论唐又实际上是在论宋，是为宋王朝开救弊的药方。落笔甚远而紧扣中心，言在彼而意在于此，具弦外之音、言外之意。

文章立意高远，用典允当，结构严谨，行文简洁畅达，语言朴实淡雅，说理透彻精辟，具有严密的逻辑性和说服力。

《古今家诫》叙

原 文

老子曰：“慈故能勇，俭故能广。”①或曰：“慈则安能勇？”曰：“父母之于子也，爱之深，故其为之虑事也精。以深爱而行精虑，故其为之避害也速，而就利也果，此慈之所以能勇也。非父母之贤于人，势有所必至矣。”辙少而读书，见父母之戒其子者，谆谆乎惟恐其不尽也，恻恻乎惟恐其不入也，曰：“呜呼！此父母之心也哉！”师之于弟子也，为之规矩以授之，贤者引之，不贤者不强也。君之于臣也，为之号令以戒之，能者予之，不能者不取也。臣之于君也，可则谏，否则去。子之于父也，以几谏不敢显，皆有礼存焉。父母则不然，子虽不肖，岂有弃子者哉！是以尽其有以告之，无憾而后止。《诗》②曰：“泂酌彼行潦③，挹彼注兹④，可以饙饎⑤。岂弟君子，民之父母。”夫虽行潦之陋⑥，而无所弃，犹父母之无弃子也。故父母之于子，人伦之极也。虽其不贤，及其为子言也必忠且尽，而况其贤者乎？

注释

①“老子”句：引文出自《道德经》六十七章。

②《诗》：后文所引诗句选自《诗·大雅·泂酌》。

③“泂酌”句：泂：远。

④挹彼注兹：挹：《诗·小雅·大东》：“维北有斗，不可以挹酒浆。”《说文》：“挹，抒也。从手，邑声。”这里用为舀、酌之意。兹：唐李白《送友人》：“挥手自兹去。”这里用为这里之意。

⑤餴饎：指煮饭做酒。

⑥行潦之陋：行潦，本来指沟中的流水。后来指祭祀或进献用的酒食。

译文

老子说：“做到仁慈就能够勇敢，做到节俭就能够广大。”有人问：“仁慈怎么会变勇敢？”回答说：“父母对于子女，爱之既深，于是为他们考虑的事情很多也很深。因为深爱的情感，所以才能够做到精深的思虑，于是他们为了保护子女躲避灾祸就很迅速，而为子女成就利益也十分果敢，这就是仁慈能够导致勇敢的原因。并不是因为父母比其他人贤明，而是形势必然到这一步啊。”我小时候读书，看见父母告诫他们的子女，不厌其烦，唯恐有说不到的地方，伤心得唯恐子女听不进去劝告。那人感叹道：“是啊，这就是父母的心啊！”老师对于弟子，给他们立了规矩，传授给他们知识、本领，贤明的人引导他们，不贤明的人也不勉强他们。君主对于臣子，对他们发号施令告诫他们，对贤能的给予官职，对于不贤能的不授予官职。臣子对于君主，可以的话就谏诤，不然就离职。儿子对于父亲，用隐约的言辞劝谏，不敢太显露，这都是因为礼仪的存在约束着。父母就不这样了，即使儿子不好，哪有遗弃儿子的呢？于是他们竭尽所能教给子女，直到没有遗憾才停止。《诗经》说：“从远方酌取流水，从那里舀取注入此中。可以蒸饭煮酒食，不仅是君主，更像是父母子女的关系。”即使是简陋的酒食也不弃去，就像是父母不遗弃子女一样。所以父母对于子女是人类伦理道德的极致。即使他们本身并不贤能，等到他们和自己的子女说话的时候，一定会竭尽所能的，更何况那些贤明的父母呢？

原文

太常少卿长沙孙公景修[①]，少孤而教于母。母贤，能就其业，既老而念母之心不忘，为《贤母录》，以致其意。既又集《古今家诫》，得四十九人，以示辙，曰：“古有为是书者，而其文不完。吾病焉，是以为此。合众父母之心，以遗天下之人，庶几有益乎？”

辙读之而叹曰："虽有悍子，忿斗于市莫之能止也，闻父之声则敛手而退，市人之过之者亦莫不泣也。慈孝之心，人皆有之，特患无以发之耳。今是书也，要将以发之欤？虽广之天下可也。自周公以来至于今，父戒四十五，母戒四。公又将益广之，未止也。"元丰二年四月三日，眉阳苏辙叙。

注释

①太常少卿：太常寺的副长官，掌礼乐、郊庙、社稷等事宜。孙公景修：长沙人，成平进士，担任太常少卿。

译文

太常少卿，长沙人孙公景修，年幼丧父而受教于母亲，母亲贤能，能够成就他的学业。等到年纪老了之后，就感激母亲的心意而不能够忘怀，作《贤母录》以表达他的心意。以后又编辑《古今家诫》，收录了四十九人，拿来给我看，并说："古代就有辑集这种书的人，而他们的内容不完整。对此我感到遗憾，于是又作了此书。集中天下众多父母的心，用来馈赠给天下的人，希望能够带来益处。"我读了之后，感叹道："即使有凶悍的儿子在集市上狠斗，没有人能够阻止，他却听到父亲的声音就收敛罢手退去，路过集市的人没有不哭泣的。慈孝的心，所有的人都有，只是担忧没有能够启发它罢了。如今的这本书大概将会启发吧！即使推广流传于天下也是行得通的。自从周公以来到如今，父戒四十五人，母戒四人，孙公又要将它加以发扬光大，没有停止。"元丰二年四月三日，眉阳苏辙叙。

评析

这是苏辙为孙景修所作的《古今家诫》所写的一篇序言。在这篇序言中，苏辙把自己对于孝、慈等人伦观念的理解表达了出来。文章紧紧围绕父母对于子女那种至大至刚的爱，说明父母为了自己的孩子能够做出一些超越他们自身能力的事情。

在论述的过程中引用《诗经》中关于孝道的说法，表现了父母那种无私的爱，同时，对孙景修编写的《古今家诫》给予了很高评价，赞扬了天下能够父慈子孝的人。文章有理有据，写得很感人。

子瞻和陶渊明诗集引

原文

东坡先生谪居儋耳[①]，置家罗浮[②]之下，独与幼子过[③]负担渡海。葺茅竹而居之。日啖荼芋[④]，而华屋玉食之念不存于胸中。平生无所嗜好，以图史为园囿，文章为鼓吹，至此亦皆罢去。独喜为诗，精深华妙，不见老人衰惫[⑤]之气。

注释

①儋耳：儋州古称“儋耳”，又名“儋县”，唐高祖武德五年（公元622年）改郡为州，将“儋耳郡”改为“儋州”。

②罗浮：即惠州。罗浮山，在今广东省东江北岸，在惠州境内。

③过：即苏过，是苏轼的第三子。字叔党，号斜川居士，眉州眉山（今属四川）人。

④啖荼芋：啖，就是吃的意思。荼芋，即芋艿，因为味道苦涩，所以如此称呼。

⑤衰惫：形容衰弱疲惫。

译文

东坡先生被贬谪到儋耳，他把家安置在罗浮山下，只和幼子苏过挑着东西过海。在儋耳，他住的是用茅草、竹子修建的房屋，每天吃的是苦涩的芋艿，心中没有那种住室堂皇、食物精美的想法。平日子瞻没有什么特殊的爱好，只是把图书史籍当作园囿来游览，把文章当作音乐来欣赏，到了这时也全都停下来了，只是喜欢写诗。他写的诗精深华妙，并未显露出老年人那种衰弱疲惫的精神状态。

原文

是时，辙亦迁海康[①]，书来告曰：“古之诗人有拟古之作矣，未有追和古人者也。追和古人，则始于东坡。吾于诗人，无所甚好，独好渊明之诗。渊明作诗不多，然其诗质而实绮，癯而实腴[②]。自曹、刘、鲍、谢、李、杜[③]诸人皆莫及也。吾前后和其诗凡百数十篇，至其得意，自谓不甚愧渊明。今将集而并录之，以遗后之君子。子为我志之。然吾于渊明，岂独好其诗也哉？如其为人，实有感焉。渊明临终，疏告俨等[④]：‘吾少而穷苦，每以家弊，东西游走。性刚才拙，与物多忤，自量为己必贻俗患，黾勉[⑤]辞世，使汝等幼而饥寒。’渊明此语，盖实录也。吾今真有此病，而不蚤自知。半生出仕，以犯世患，此所以深服渊明，欲以晚节师范其万一也。”

注释

①海康：汉元鼎六年（公元前111年）置徐闻县于此。

②“质而”二句：表面上质朴，实质上则是绮丽；表面上瘦劲，实际上丰腴。

③曹、刘、鲍、谢、李、杜：是指曹植、刘桢、鲍照、谢灵运、李白、杜甫等著名的诗人。

④“渊明临终”二句：见于陶渊明的《与子俨等疏》，俨、俟等都是陶渊明的孩子。

⑤黾勉：指努力。

译文

这时，我也被贬谪到海康，子瞻来信对我说道：“自古以来，已经有诗人写过模拟古人的作品，却没有人追和古人的诗。追和古人的诗，便从我东坡开始。在诗人中没有谁是我非常喜爱的，我唯独喜爱陶渊明的诗。陶渊明作诗不多，但他的诗看上去朴实而实际上华美得很，看上去很瘦而实际上肥美得很。即使是曹植、刘桢、鲍照、谢灵运、李白、杜甫众位诗人，都赶不上他。我前后和渊明的诗共几十首，至于那些得意之作，自认为在渊明面前并不觉得很惭愧。现在我要把它们编成集子并且抄录下来，为的是把它们送给后世的君子，你为我把这些记下来。但是我对于渊明，哪里只是喜爱他的诗呢？如对于他的为人，我确实是很有感触的。渊明临死前写信给陶俨等人说：‘我年轻时生活穷苦，常常因为家里贫穷而东奔西跑。我性子刚烈，才智笨拙，同外界事物多有抵触，自己估量，照我的性子干下去，一定会给你们留下祸患。于是尽力辞去世事，使你们很小就过着挨饿受冻的生活。’渊明这些话说的是实际情况。现在我真的有了和他同样的忧患，由于自己没有早早知道这种弊病，做了半辈子官，却招来了世间的灾祸。这就是我十分佩服渊明、想在晚年学得他一点长处的原因。”

原文

嗟夫！渊明不肯为五斗米一束带见乡里小人①，而子瞻出仕三十余年，为狱吏所折困，终不能悛②，以陷于大难，乃欲以桑榆之末景，自托于渊明，其谁肯信之？虽然，子瞻之仕，其出入进退，犹可考也。后之君子其必有以处之矣。孔子曰：“述而不作，信而好古，窃比于我老彭。”③孟子曰：“曾子、子思同道。”区区之迹，盖未足以论士也。

注释

①“渊明”一句：《晋书·陶渊明传》中记载陶渊明在做彭泽县令的时候，会郡的一个官员到来，那个官员要求陶渊明束带见他。陶渊明感叹道：“难道我会为了一点点的俸

禄而向这个家伙折腰吗？”于是，陶渊明辞官不做。

②悛：悔改之意。

③“孔子”一句：出自《论语·述而》。大意是：传述而不创作，笃信古代的文化私下里自比殷代的老彭。

译文

唉！陶渊明不肯为了五斗米而穿戴整齐去拜见乡里小人，而子瞻做了三十多年的官，被管监的官吏置于屈辱、困顿的地位，最后还是不能悔改，以致陷入大难之中，这才想起在晚年从渊明身上求得寄托，哪里有人肯相信呢？虽然是这样，但子瞻做官，官职或升或降的原因还是可以考究出来的。后世君子一定会从中总结出一些立身处世的教训来。孔子说：“传述成说而不自立新义，诚实而喜好古事，私下自认为可得上比殷的贤大夫老彭。”孟子说：“曾子与子思所行之道相同。”我的行迹微不足道，尚不能够评论文士。

原文

辙少而无师，子瞻既冠而学成，先君命辙师焉。子瞻尝称辙诗有古人之风，自以为不若也①。然自其斥居东坡，其学日进，沛然②如川之方至。其诗比杜子美、李太白为有余，遂与渊明比。辙虽驰骤③从之，常出其后，其和渊明，辙继之者亦一二焉。

注释

①“自以”一句：出自苏轼的《答张文潜县丞书》：“子由之文实胜仆，而世俗不知，乃以为不如。”

②沛然：盛大的样子。

③驰骤：指马飞快地奔跑。这里比喻用力地追。

译文

我年轻时没有老师，子瞻已经成年，学问也有成就了，先父便要我向他学习。子瞻曾经称赞我的诗具有古人的风格，我自己认为比不上古人。然而子瞻自从被贬谪到黄州住在东坡之后，他的学问日益有所长进，如同河水奔流般充沛盛大；他的诗和杜子美、李太白比起来，是要超过他们的，于是就和陶渊明相比。虽然我随着他奔驰不已，但总是落在他的后面。对于他和陶渊明的诗，我继续跟着写了一些和韵的诗。

评析

本文写于宋哲宗绍圣四年（公元1097年）十二月，这个时候，苏轼已经六十岁。苏轼早年喜欢杜甫的诗，晚年喜欢陶渊明的诗，这反映了他人生思想的变化。元祐七年（公元1092年），苏轼在扬州作《和陶饮酒二十首》。本文就是其弟苏辙为苏轼《和陶集》所作的序言。与一般的序言写作者人品、文章的风格以及成书等问题不一样，苏辙的这篇序言只是写了苏轼晚年虽然凄凉，但是没有那种衰飒之气，对苏轼作该文的出处进行了简单的评论，对苏轼那种“精深华妙”的诗风进行了概括。

序文近一半的篇幅是引用苏轼给苏辙信的原文，引用原文主要是想说明：陶渊明诗歌的风格是“质而实绮，癯而实腴”；渊明自己说，“性刚才拙，与物多忤”，苏轼也认为，“半生出仕，以犯世患”。苏轼实际上借和陶渊明的诗来表明自己的态度。苏辙直接引用苏轼的书信来表明苏轼的态度，让苏轼自己来说明自己，更加具有说服力。

精彩点拨

苏辙生平学问深受其父兄的影响，以散文著称，擅长政论和史论，苏轼称其散文“汪洋澹泊，有一唱三叹之声，而其秀杰之气终不可没”。其诗力图追步苏轼，风格淳朴无华，文采稍逊。苏辙亦善书，其书法潇洒自如，工整有序。

阅读积累

苏辙之“辙”

“辙”字本指车轮碾过留下的痕迹。《左传·庄公十年》有“下视其辙”之句。苏辙，字子由，带有仿效和依循的意思，就是萧规曹随、踵武前人、循规蹈矩的意思。苏辙性格与其兄迥然不同，为人沉稳，待人低调，处事求实，性格内敛。从苏轼、苏辙兄弟之名可窥见其命名玄机。“轼”就是车前用作扶手的横木，对乘车人起到保护作用，但所处位置在抢眼处，要想做到不招人忌，实在是太难了。“辙”其实是行进轨迹，处于车身结构之外，虽缺乏个性，但受车轮和“轼”的影响，难免会跟着吃苦。苏辙遭贬谪，往往是受苏轼的牵连。兄弟两人屡次遭贬、终身坎坷的命运和父亲为之命名的深意互为表里、相互印证。